Carol Higgins Clark

Überspannt

Überspannt

Roman

Aus dem Amerikanischen von
Angelika Bardeleben

Knaur

Die amerikanische Originalausgabe erschien 1998 unter dem Titel
»Twanged« bei Warner Books Inc., New York

Besuchen Sie uns im Internet:
www.droemer-knaur.de

Vollständige Taschenbuchausgabe Mai 1999
Droemersche Verlagsanstalt Th. Knaur Nachf., München

Redaktion: Ingola Lammers

Umschlaggestaltung: Agentur Zero, München
Umschlagfoto: G+J Fotoservice, Hamburg/Kim Steele
Satz: Ventura Publisher im Verlag
Druck und Bindung: Ebner Ulm
Printed in Germany
ISBN 3-426-61040-X

5 4 3 2 1

»Music oft have such a charm
To make bad good, and good provoke to harm.«

William Shakespeare, *Measure for Measure*

Für Maureen Egen und Larry Kirshbaum,
meine guten Freunde,
die auch Regan Reillys Freunde sind!
Mit Liebe und Dank.

eins

Samstag, 21. Juni
Ballyford, Irland

Der schwere, süße Duft von Torf, der im Kamin von Malachy Sheerins hundertfünfzig Jahre altem Steincottage brannte, das ein Stück von der Straße abgelegen, jedoch nicht allzu weit entfernt war von der rauhen Küstenlandschaft Westirlands, erfüllte ihn immer mit einem Gefühl inneren Friedens. Er lebte in einer kleinen Stadt namens Ballyford, ein wenig südlich des Ring of Kerry. Dies war praktisch der westlichste Punkt Europas.

Das Wetter draußen war auf angenehme Weise unangenehm. Zwar war es dem Kalender nach Juni, aber der kalte Regen und der peitschende Wind bewirkten, daß es im Haus sehr viel gemütlicher war als sonst. Dieser Abend war einer von denen, an denen eine Tasse heißer Tee oder ein Gläschen Whisky niemals besser geschmeckt hatten.

Malachys einzige Tür paßte nicht ganz in den Rahmen. Das war wahrscheinlich noch nie der Fall gewesen. Deshalb pfiff der böige Wind durch die Ritzen und Spalten herein, rüttelte an dem Holz und komponierte seine eigene Nachtmusik.

Malachy schien es nicht zu bemerken. Er war mit einem seiner langen Vorträge beschäftigt, die er auf Kassette sprach.

»... Jetzt kannst du verstehen, warum man die Fiedel den ›Tanz des Teufels‹ oder den ›Kasten des Teufels‹ nannte. Man assoziierte sie mit Tanz und Alkohol. Tatsächlich betrachte ich sie als eines der besten Mittel gegen Streß. Sie half den Menschen, sich nach einem Tag harter Arbeit auf den Feldern zu entspannen.«

Er zündete sich erneut seine Pfeife an. So gefiel es ihm: in seinem Lieblingsstuhl am Kamin zu sitzen, das beißende Tabakaroma einzuatmen, das er so sehr liebte, und sich selbst reden zu hören.

Alter Graubär, so nannte er sich mittlerweile selbst. Sein verwittertes Aussehen vermittelte den Eindruck, daß er bei dem häufig unfreundlichen Wetter ein ziemlich hartes Leben hatte. Mit seinen vierundsiebzig Jahren war sein Gesicht tief zerfurcht, sein struppiges Haar war grau mit ein paar dunklen Strähnen, und über seiner türkisfarbenen Lieblingsgürtelschnalle hing ein vorstehender Bauch.

»Musik ist für die Menschen in dieser Gegend, sogar noch stärker als für die Menschen in den anderen Teilen Irlands, ein Mittel der Entspannung. So war es immer schon. Inmitten einer einsamen Landschaft wie hier gibt es nichts Köstlicheres, als sich am Abend im Wohnzimmer eines Nachbarn zu versammeln und sich um den Kamin herum lange Geschichten zu erzählen. Es gibt weiß Gott nichts, was zu uninteressant wäre, um sich darüber zu unterhalten. Alles, was einem in den Sinn kommt, liefert Stoff für eine Diskussion. Man redet vom Wetter, von Geistern. Die alte Granny McBride kannte tausend Geschichten von Feen und Kobolden. Aber dann« – Malachy hielt inne, als wollte er die Erinnerung auskosten –, »wenn der richtige Zeitpunkt gekommen war, holte ich meine magische Fiedel hervor und begann zu spielen. Das war immer ein großer Moment. Im Handumdrehen klopften Fußspitzen auf den Boden, wurden Arme in die Luft geworfen, und die Sorgen des Tages waren vergessen, wenn sogar der Schüchternste sich von seinem Stuhl erhob und begann, sich im Rhythmus der Musik zu bewegen. Vor sechs Tagen vererbte ich dir die legendäre Fiedel, mein Lieblingsinstrument, und jetzt bist du an der Reihe, mein Schatz, den Zauber wieder lebendig werden zu lassen. Spiel weiter, Brigid! Kümmere dich nicht darum, was man sich über den Fluch erzählt, der angeblich auf ihr lastet.

Das ganze Gerede ist nichts als Blödsinn.« Er schwieg einen Moment. »Also, diese Fiedel hier …«
Malachy Sheerin, der frühere Fiedelchampion von ganz Irland und weit und breit bekannte reisende Geschichtenerzähler, legte seine Pfeife auf die Kaminplatte neben sein Whiskyglas. Nachdem er einen herzhaften Schluck genommen hatte, bückte er sich, um die Fiedel in die Hand zu nehmen, die er seitlich gegen seinen Stuhl gelehnt hatte, aber es strengte ihn sehr an. Mit seinen arthritischen Fingern ergriff er den Bogen und die Fiedel und legte sie dann in seinen Schoß zurück.
»Ich sollte am besten für ein paar Minuten die Augen schließen«, sagte er. Einen Moment später war er eingeschlafen.
Das Tonbandgerät neben ihm surrte weiter.
Nach wenigen Sekunden öffnete sich die Tür, und der vom Regen durchnäßte Fremde, der Malachy vom Fenster aus beobachtet hatte, ging mit geschmeidigen Bewegungen ans Werk. Verstohlen befreite er die Fiedel und den Boden aus Malachys Schoß und legte sie in ihren Kasten, der, wie er bemerkt hatte, in der Ecke des Zimmers stand. Seine Augen leuchteten auf, als er das Tonbandgerät sah. Hastig zog er seinen Regenmantel aus, ergriff die kleine Maschine und wickelte den Mantel um seine Beute, um sie vor den Elementen zu schützen.
Er bemerkte nicht die Quittung, die aus seiner Tasche fiel. Sie flatterte auf den Fußboden und landete zwischen dem Stapel alter Zeitungen und dem Kamin.
Mittlerweile hatte Malachy zu schnarchen begonnen, aber das immer lauter werdende Geräusch machte den Fremden nervös. Ein kräftiger Schnarcher, und Malachy würde sich selbst aufwecken. Der Eindringling warf einen letzten, verstohlenen Blick auf das Zimmer, ergriff die Whiskyflasche, um sich noch rasch einen Schluck zu genehmigen, schlüpfte zur bebenden Tür hinaus und lief zu seinem wartenden Wagen. Er wollte auf

den gefährlichen und gewundenen Küstenstraßen so rasch wie möglich entfliehen. Straßen, die eindrucksvolle Kliffs umarmten und auf die wütenden, donnernden Wellen des Atlantik hinabschauten, auf dieselben Wassermassen, die an die fast dreitausend Meilen entfernten Küsten an der South Fork von Long Island spülten, an die berühmten Strände, die unter dem Namen ›Hamptons‹ bekannt sind.

zwei

Sonntag, 22. Juni
Southampton, New York

Chappy Tinka blinzelte aus einem gepolsterten Liegestuhl in die Sonne. Der Stuhl stand neben seinem Swimming-pool, auf dessen Boden er eine große schwarze Note gemalt hatte, um aller Welt sein Interesse an den schönen Künsten zu demonstrieren. Die Rückseiten seiner Beine fühlten sich verschwitzt an, vor allem in den Kniekehlen. Er hatte mehrere Minuten lang gedöst und dabei seine Beine angezogen und mit den Armen umschlossen, und jetzt bildeten Schweißtropfen winzige Pfützen auf dem Kissen. Der Strohhut mit dem Logo für das Schmelztiegel-Musikfestival begann an seinen Ohren zu jucken, und Strähnen seines graumelierten Haars stachen unter der Krempe hervor. Die Sonntagszeitungen lagen unordentlich um ihn herum, und immer wenn eine Brise vom Stand heraufwehte, begannen sie zu flattern und drohten davonzufliegen. Trotz seines privilegierten Lebens fühlte er sich immer häufiger gereizt und unzufrieden.

Er schlürfte seinen mittlerweile wäßrigen Eistee und dachte über die Tatsache nach, daß er den ganzen Tag lang nichts über die verdammte Fiedel gehört hatte, die er unbedingt besitzen wollte. Eine Fiedel, die er so verzweifelt brauchte! Eine Fiedel, die auf den Besitz der Tinkas gehörte, den er, nachdem Mutter gestorben war, ein wenig hochtrabend »Chappys Anwesen« genannt hatte. Dies war der zukünftige Standort von Chappys Theater am Meer – wenn die Leute es jemals schafften, mit dem Bau zu beginnen!

Chappy fischte die Zitronenscheibe aus seinem Glas und saugte daran. Er verzog das Gesicht, wenn auch für das ungeübte Auge kaum ein Unterschied in seiner Miene wahrnehmbar war. Dies schien ein Charakteristikum seiner Familie zu sein. Die meisten seiner Vorfahren, obwohl im allgemeinen ein freundliches Völkchen, sahen aus, als wären sie nicht mit einem silbernen Löffel, sondern mit einer Zitrone im Mund geboren worden. Auf den Gesichtern vieler Mitglieder der Familie Tinka erschienen verfrühte Runzelfältchen, und zahlreiche Gesichtszuckungen waren auf alten Schwarzweißfotos festgehalten, die in der Eingangshalle aufgehängt waren.

Während seine Zunge um die Zitronenscheibe herumfuhr, ging Chappy immer wieder derselbe Gedanke im Kopf herum. Dieser Idiot Duke sollte sich, verdammt noch mal, anstrengen, um ihm endlich die Fiedel zu beschaffen! Es war ein seltsamer Zufall gewesen, daß er, Chaplain Wickham Tinka, erst letzten Sonntagmorgen mit seiner Frau, Bettina, in Irland gewesen war und sie in jenen blöden Pub in Ballyford hineingeraten waren, und zwar am letzten Tag ihrer Besichtigungsreise der Schlösser im Westen. Im Pub hatte ein furchtbares Chaos geherrscht: Zigarettenstummel, schmutziges Geschirr und ein müder Barkeeper, der ihnen die Tür geöffnet und sie in einen Raum hineingewinkt hatte, in dem es nach schalem Bier roch. »Wir hatten 'ne ganz große Feier letzte Nacht«, hatte er gesagt. »Tolle Sache. Bin gerade erst gekommen, um mit dem Aufräumen anzufangen.«

Chappy war von dem Anblick so angewidert gewesen, daß er sofort hatte gehen wollen, aber Bettina hatte gejammert, daß ihr Blutzuckerspiegel sehr niedrig sei, und darauf bestanden, daß sie bleiben und eine Kleinigkeit essen sollten.

Als Bettina zur Toilette ging, hatte der Barkeeper ein Gespräch mit Chappy angefangen. Er hatte von der Geburtstagsparty erzählt, die hier in der Nacht zuvor für eine Amerikanerin namens Brigid gefeiert worden war. Die junge Frau sei auf dem

besten Wege, ein Star der Countrymusic zu werden. Die Familie ihrer Mutter lebe in Ballyford, und alle seien gekommen. Brigid habe mehrere Duette mit dem in ganz Irland berühmten Fiedelchampion Malachy Sheerin dargeboten; dieser habe natürlich auf seiner legendären ›Fiedel der Kliffs‹ gespielt.
»Warum legendär?« fragte Chappy.
Die Augen des Barkeepers weiteten sich. »Tja, Mensch, sie wurde aus dem Holz eines Feenbaumes gemacht. Auf dieser Fiedel liegt ein Segen. Wer sie besitzt, wird immer Glück haben und alles bekommen, was sein Herz begehrt.«
Chappy spitzte die Ohren. Er war ein Mensch, der an Talismane und Glücksbringer glaubte. Vielleicht könnte er, wenn er die Fiedel besäße, doch am Ende ein Star der musikalischen Komödie werden.
»Was kann ich tun, um sie zu kaufen?« fragte er.
Der Barkeeper sah ihn an, als wäre er verrückt. »Das ist lächerlich. Überhaupt keine Frage. Es ist eine irische Fiedel, die im Besitz der Iren bleiben wird.«
Als Bettina zurückkehrte, servierte er ihnen einige ekelhafte Reste. Und dann, als Chappy ihm seine Kreditkarte reichte und Bettina schon zum Auto hinausging, weiteten sich die Augen des Barkeepers noch einmal.
»Chappy Tinka«, sagte er begeistert. »CT. Das sind die Initialen, die in die Fiedel geschnitzt sind. Es gibt massenhaft Theorien, aber niemand weiß, wofür sie stehen.«
Chappy Tinka, dafür stehen sie, du Dummkopf! wollte Chappy rufen. Jetzt wußte er, daß er die Fiedel unbedingt haben mußte! Das war Schicksal! Auf die eine oder andere Weise mußte er in ihren Besitz kommen.
Der Barkeeper klatschte die Rechnung vor Chappy auf den Tresen und fuhr fort: »Malachy besitzt diese Fiedel jetzt seit über sechzig Jahren. Sie wurde ihm geschenkt, als er ein junger Bursche war. Er ist überall im Land damit herumgezogen, hat

darauf gespielt und seine Geschichten erzählt. Mehr Iren haben diese Fiedel gehört ...«

Chappy konnte kaum zuhören. Jemanden sagen zu hören, es gebe etwas, was er nicht haben könne, war für ihn eine Provokation. In den vierundfünfzig Jahren seines Lebens hatte Chappy immer alles bekommen, was er wollte. Jedenfalls normalerweise. Der Name Tinka war überall bekannt. Sein Großvater hatte in der Reißzweckenbranche ein Vermögen gemacht, und ›Tinka Tacks‹ war eine äußerst respektable Firma. Es war Pech für Chappy, daß Leute, die in den Hamptons die vornehmen Partys gaben, sich nicht besonders für Reißzwecken begeisterten. Aber Bettina arbeitete unermüdlich daran, daß sie und Chappy auf die Liste der Gäste gesetzt würden, die bevorzugt eingeladen wurden.

Chappy tat es ebenfalls. Im Herbst würde er endlich auf seinem Anwesen ein kleines Theater bauen lassen, eines, in dem er Schauspiele auf die Bühne bringen und vielleicht in einigen davon als Hauptdarsteller auftreten konnte. Wen interessierte es schon, daß man ihm gerade im letzten Jahr nahegelegt hatte, lieber nicht an der Schauspielklasse teilzunehmen, für die er sich mit so viel Begeisterung beworben hatte? Wer braucht denn überhaupt Schauspielunterricht? hatte er sich wütend gefragt. Einige der besten Schauspieler der Welt hatten nicht eine einzige Stunde Unterricht genommen. Der Lehrer war bloß neidisch auf ihn, dessen war er sich sicher. Zu behaupten, daß seine darstellerischen Möglichkeiten auf Grund seiner Erziehung begrenzt waren – Was für eine Unverschämtheit!

Chappy war aus jener Schauspielklasse mit einem ironischen Ratschlag des Lehrers ausgeschieden, den er zu befolgen beabsichtigte:

Wenn du als Schauspieler arbeiten willst, dann solltest du am besten dein eigenes Theater bauen.

Amen, dachte Chappy. So sei es.

Und die magische Fiedel besitzen! Er würde schließlich eine Produktion von *Anatevka* herausbringen, in der er selbst die Hauptrolle spielte. Wenn er nicht gerade mit Leib und Seele fiedelte, würde er das Instrument unter der Bühne aufbewahren. Der Feng-Shui-Spezialist, der von der Architektin des Theaters herangezogen worden war, um die Möbel umzustellen, damit ihr Leben harmonischer verlief, glaubte ebenfalls an die Kraft bestimmter Objekte. »Legen Sie eine Kristallkugel in die Reichtum-und-Kraft-Ecke des Raumes, die sich ganz links befindet«, hatte er gesagt. »Dann werden Sie noch reicher, glücklicher und berühmter werden.« Chappy hatte das Ganze für Blödsinn gehalten, aber als er von der Fiedel hörte, stellte er sich automatisch vor, wie segensreich ihre Wirkung sein könnte, wenn man sie auf *die linke Seite der Bühne* in Chappys Theater am Meer plazierte. Chappy geriet bei dem Gedanken fast ins Zittern. Seine Aufführungen würden Preise gewinnen, und er würde all diesen eingebildeten Laffen in den Hamptons beweisen, was für ein künstlerischer und talentierter Mann er war.

Schließlich waren ja auf dem 1910 aufgenommenen Foto von Großmutter und Großvater Tinka auch drei oder vier Fiedler zu sehen, die rechts und links von dem glücklichen Paar standen! Es war ganz offensichtlich höchste Zeit, daß auf dem Anwesen der Tinkas wieder Fiedel gespielt wurde.

Also hatte Chappy in jenem kleinen Pub in Irland entschieden, daß er die Fiedel haben mußte. Wen kümmerte es schon, daß sie eigentlich in den Händen der Iren bleiben sollte? Chappy hatte keinen Tropfen irisches Blut in seinen Adern. Der Reißzweckenclan hatte in diesem Land eine lange Geschichte, aber sie war bei weitem nicht so lang, wie die Familie es sich gewünscht hätte. Die *Mayflower* hatte vom Kai in Plymouth, England, abgelegt, aber Chappys Vorväter waren zu spät gekommen und hatten ihr hinterhergeschrien, sie solle zurückkehren. Zu spät. Sie hatten das Schiff verpaßt und waren gezwungen, auf die nächste Pilgerfahrt zu warten. Von jenem Tag an hatten die Mitglieder der Familie Tinka einen neurotischen Hang zur Pünktlichkeit.

Chappy konnte sie natürlich nicht selbst stehlen. Er hatte nicht die Zeit dazu, und er konnte Bettina nicht in seine Pläne einweihen. Aber als er wieder nach Hause kam, hatte er seinen beschränkten Angestellten, Duke, zu sich gerufen. Er sollte nach Irland reisen und ihm die Fiedel bringen. Und jetzt konnte Chappy seit Tagen nichts anderes tun, als zu warten und sich Sorgen zu machen.

Natürlich hatte er Anrufe von Duke erhalten, aber dieser hatte ständig nur irgendwelche Ausreden gestottert. »Ich bin zum falschen Cottage gegangen.« »Er hatte Gäste, die bis spät in der Nacht geblieben sind, und ich litt unter dem Jetlag, deshalb bin ich in mein Hotel zurückgekehrt.« »Er hat sich auf einer Party betrunken und blieb über Nacht im Haus seines Freundes im Dorf.« Man hätte meinen können, daß Chappy ihm befohlen hatte, einen Lastwagen mit Bierfässern zu entladen! War es denn so schrecklich schwierig, eine Fiedel aus einem Cottage im ländlichen Irland zu stehlen? Wahrscheinlich war noch nicht einmal ein Schloß an der Tür.

Chappy warf die Zitronenscheibe in den Pool, stand auf und ging ins Haus, das er durch die Schiebetür mit dem trompetenförmigen Griff betrat. Jedesmal wenn die Tür sich öffnete, ertönten ein paar Noten von »When the Saints Go Marchin' In.«

Constance, die Hausverwalterin mit den kleinen, runden, glänzenden Augen, die immer ein wenig verwirrt dreinschaute, kam herbeigelaufen. Sie trug einen Rock aus Jeansstoff, und eine Flasche Fensterputzmittel war an einem Halfter befestigt, das an ihren dürren Hüften hing. Sie war gerade damit fertig geworden, einen gläsernen Schaukasten mit

Mundharmonikas zu putzen, den Chappy etwa zur selben Zeit aufgestellt hatte, wie er die Note auf den Boden des Swimmingpools hatte malen lassen. »Mr. Tinka«, fragte sie atemlos, »gibt es etwas, was ich für Sie tun kann?«

»Nein! Nichts!« brüllte er. »Wo ist mein Herzblatt Nummer eins?« fragte er, womit er natürlich seine Frau, Bettina, meinte. Tatsächlich war sie für ihn sowohl Herzblatt Nummer eins als auch Nummer zwei. Sie hatten vor fünfundzwanzig Jahren geheiratet, nachdem Bettina mit zweiundzwanzig ihre Abschlußprüfung in der ›Schule des Charmes‹ mit Auszeichnung bestanden hatte. Aber da die Wege der wahren Liebe niemals frei von Steinen sind und die Ausbildung in einer ›Schule des Charmes‹ nur begrenzt wirksam ist, und da schließlich Chappys Mutter, die die Beziehung niemals gebilligt hatte, ihr Bestes getan hatte, um die beiden auseinanderzubringen, hatten sie sich wieder scheiden lassen.

»Ich habe noch nie eine Goldgräberin mit einer größeren Schaufel gesehen«, hatte seine Mama gesagt.

Aber die Geschichte hatte dennoch ein Happy End. Bettina, die sich gerade von einem Ehemann getrennt hatte, über den zu reden sie nicht ertragen konnte, hatte, als sie vom Tod ihrer früheren Schwiegermutter erfuhr, Chappy angerufen, um ihm ihr Beileid auszusprechen. Aber was wäre gewesen, wenn sie erst ein paar Jahre nach Hilda Tinkas Tod von dem Trauerfall gehört hätte?

»Ich habe gerade die schreckliche Nachricht gehört«, hatte sie gesagt. »Wir haben Mutter verloren.«

Komisch, hatte Chappy damals gedacht. Während ihrer Ehe hatte Bettina sie nie anders als »die alte Hexe« genannt. Aber Chappy hatte deutlich erkannt, daß die zunehmende Reife Bettina mit der Fähigkeit zu verstehen und zu verzeihen gesegnet hatte. Sie hatten sich wieder versöhnt und würden im September ihren einjährigen Hochzeitstag der zweiten

Runde ihrer Ehe feiern. Jetzt verbrachten sie ihre Zeit abwechselnd in einem weitläufigen Apartment in der Park Avenue und auf ihrem Schloß in Southampton.

»Sie bereitet sich auf eine Sitzung mit Peace Man im Meditationsraum vor. Die Damen sind bereits alle eingetroffen«, sagte Constance atemlos.

»Sehr gut«, grunzte er, während er eilig durch den Empfangsraum ging, vorbei an den alten Familienfotos seiner Eltern und Großeltern, die in ihrer besten Sonntagskleidung unter der glühendheißen Sonne im Sand saßen. Gerahmte Bilder von Berühmtheiten, umklammert von seinen und Bettinas Armen, schmückten ebenfalls die Wände. Die meisten der Stars hatten den Gesichtsausdruck eines Rehs, das in die Scheinwerfer eines Autos starrt, denn Bettina hatte sich, sobald sie sie erkannte, wie eine Wilde auf sie gestürzt.

Ein stark vergrößertes Bild eines winzigen Chappy, der den Fotografen aus seinem Kinderwagen heraus anlächelte, war Chappys Lieblingsfoto.

Er ging rasch weiter. Am anderen Ende seines riesigen Sommerhauses befand sich ein Turmzimmer mit wandhohen Fenstern, die den Blick auf den Atlantik freigaben. Peace Man war Bettinas neu entdeckter Guru, und er liebte es, seine Chanting-Sitzungen in jenem Raum abzuhalten.

»Wir sind am Meer und in der Salzluft. Wir befinden uns an der Quelle des Lebens. Peace Man gefällt es, sich in diesem Raum aufzuhalten«, sagte er, wobei er wie üblich von sich selbst in der dritten Person redete.

Chappy stand im Korridor und schaute zu, wie die Ladys aus anderen reichen Häusern, die Bettina eingeladen hatte, sich im Yogasitz auf dem Boden niederließen und ihre Augen schlossen. Peace Man war damit beschäftigt, den Stecker seiner Lavalampe in die Steckdose zu schieben. Bettina saß ganz vorn, begierig, jedes Bröckchen New-Age-Blödsinn, das

Peace Man von sich gab, zu verschlingen. Es ärgerte Chappy, sie so völlig im Bann eines verrückten Typen mit geschorenem Kopf zu sehen, der ein hellgrünes Gewand trug, das aussah, als wäre es ihm von einer staatlichen Institution verpaßt worden.

Schließlich spreizte Peace Man die Hände über der kleinen Schar. »Meine Schwestern, seid ihr bereit, mit eurem inneren Kind in Kontakt zu treten?«

»Ja, Peace Man«, antworteten sie leise.

»Seid ihr sicher?«

»Ja, Peace Man.«

»Zunächst einmal möchte ich, daß ihr euch alle entspannt. Wir müssen uns öffnen. Um für das, was das Universum uns schickt, aufnahmebereit zu sein. Um seine Energie in uns aufzunehmen und uns zu heilen. Um das Licht zu sehen. Gibt es, meine Schwestern, irgendeine unter euch, die eine Nahtoderfahrung hatte?«

»JA! Ich, Peace Man!« rief eine magere Platinblonde mit noch immer geschlossenen Augen aus.

»Erzähl Peace Man davon«, sagte er mit besänftigender Stimme.

»Mein Mann ließ meine American-Express-Karte sperren.«

Ein vielstimmiges Keuchen wurde hörbar. »Das ist schlimmer als der Tod«, ertönte eine nasale Stimme aus der Ecke.

»Psst, Schwestern, schweigt jetzt. Es sind nicht materielle Güter, nach denen wir streben. Spiritualität ist etwas, was man nicht mit Geld kaufen kann ...«

Chappy wandte sich ab. »Und was machst du mit all dem Geld, das du mir aus der Tasche ziehst?« murrte er leise.

»Mr. Tinka, oh, Mr. Tinka«, rief Constance, schon wieder atemlos, während sie auf ihn zueilte. Mit ihren Cowboystiefeln geriet sie auf dem spiegelglatten Mahagonifußboden fast ständig ins Rutschen.

Chappy gefiel es, wenn seine Hausangestellten Kleidung im Western-Stil trugen.
»Was ist denn jetzt los?« Gott, was für ein Tag, dachte er.
»Duke ist zurück. Er sucht nach Ihnen.«
»Er ist zurück! Aber er hat gar nicht angerufen. Und wo ist er? Wo? Wo? Wo?« fragte er, die Wörter rasch hintereinander ausspuckend.
Constance gestikulierte dramatisch. »Ich habe ihm gesagt, er soll in Ihrem Arbeitszimmer warten, und ich würde Sie suchen gehen. Dies Haus ist so schrecklich groß, und ich fühle mich heute alt.«
Chappy rannte nur sehr selten und hatte nie Sport getrieben, da er nicht in Form war und es so schwierig war, damit anzufangen, aber dieser Anlaß verdiente es, einen Spurt einzulegen. Er erreichte die Doppeltüren seines Arbeitszimmers und stieß sie hastig auf.
Duke saß grinsend wie die Cheshirekatze in dem mit Beschlagnägeln verzierten Ohrensessel und umklammerte den Fiedelkasten. »Ich hab sie, Chef!« rief er und hielt den Kasten in die Höhe, als hätte er gerade das Wimbledon-Turnier gewonnen.
Mit zitternden Händen schloß Chappy die Türen hinter sich. »Gib sie mir«, stieß er hervor, ergriff das kostbare Stück und legte es auf seinen antiken Schreibtisch. Vorsichtig öffnete er die Schnappschlösser. »Ich werde diesen billigen Kasten ersetzen müssen.«
Er zog die Fiedel heraus, betrachtete sie prüfend, während Duke lächelnd zuschaute, und dann brüllte er: »ICH HAB'S DOCH IMMER SCHON GEWUSST, DASS DU EIN IDIOT BIST! DIES IST SIE NICHT! WO SIND MEINE INITIALEN?«
Duke, der selbst den Ehrgeiz hatte, Schauspieler zu werden und die letzten zehn seiner fünfunddreißig Jahre der Aufgabe gewidmet hatte, als Chappys Assistent zu arbeiten, wenn er sich nicht gerade um eine Rolle bemühte oder Zeilen aus

Theaterstücken auswendig lernte, sah seinen Arbeitgeber, den er ein Jahrzehnt zuvor in einer Schauspielklasse kennengelernt hatte, stirnrunzelnd an. Chappy hatte sich heimlich dafür einschreiben müssen, da seine Mutter noch lebte; sie mißbilligte Chappys schauspielerische Ambitionen fast ebensosehr, wie sie Bettina mißbilligte. »Wovon redest du? Es ist doch kein Problem, deine Initialen in die Fiedel schnitzen zu lassen.«

»AUF DER MAGISCHEN FIEDEL, DIE ICH HABEN WOLLTE, WAREN MEINE INITIALEN BEREITS EINGESCHNITZT. DIES IST NICHT DIE RICHTIGE FIEDEL. WEM GEHÖRT SIE DENN ÜBERHAUPT?« kreischte er.

Duke starrte verständnislos vor sich hin; etwas, was er täglich viele Male tat. Er fuhr mit den Händen durch sein welliges, schulterlanges Haar und zuckte mit seinen breiten Schultern.

»Ich weiß es nicht. Ich hab mich in Malachys Haus geschlichen und Kopf und Kragen riskiert, und dann nahm ich die Fiedel, auf der er gespielt hatte. Ich hab gesehen, wie er damit spielte! Ich hab sie in den Kasten gelegt und sie mir erst jetzt wieder angeschaut!«

»Tja, dies ist nicht die Fiedel, die ich für *Anatevka* brauche!« Chappy stampfte mit dem Fuß auf und ließ sich auf einen Stuhl fallen.

»Anatevka?« wiederholte Duke. »Hast du eine Rolle in einem Stück bekommen, ohne es mir gesagt zu haben?«

»NEIN! Für das Chappy-Theater, du Schafskopf. Und ich brauche sie auch wegen Feng Shui, wenn das Theater erst einmal erbaut ist.«

»Ist das ein neues Stück?«

»NEIN! Es ist die chinesische Kunst, überall im Haus bestimmte Gegenstände zu verteilen, damit die Dinge besser laufen. Die Möbel umzustellen und dergleichen.«

»Verstehe.«

»Na, Gott sei Dank. Hast du noch eine andere Fiedel in seinem Haus gesehen?«

Duke starrte in die Ferne und zog die Nase kraus, der einzig erkennbare Hinweis darauf, daß er tief in Gedanken versunken war. »Nein. Er wohnte in einem Cottage, in dem es nur ein einziges Zimmer gab. Mein Gott, es war winzig. Es gab da nicht viele Möbel, die man hätte umstellen können. Eine andere Fiedel hab ich nicht gesehen. Hmmm«, machte er. »Hmmmm, Hmmmmm.«

»WAS HEISST HIER HMMM?«

»Ich habe auch ein Tonbandgerät gestohlen, in das er hineingesprochen hatte.«

Chappy starrte ihn an, entsetzt über das, was ihm gerade zu Ohren gekommen war. »Warum hast du das getan?«

»Meines ging kaputt, bevor ich abfuhr. Vielleicht sollten wir uns anhören, was er gesagt hat.« Als er in sein Bordcase griff, sagte Duke: »Es war wirklich unheimlich. Ich dachte, der alte Mann redete, als ich ihn vom Fenster aus beobachtete, bloß mit sich selbst. Aber als ich mich reinschlich, sah ich dies hier …« Er stellte das kleine Gerät auf den Tisch.

»LOS, MACH SCHON!« brüllte Chappy.

»Beruhig dich, Mensch, beruhig dich«, versuchte Duke ihn zu besänftigen. Er spulte das Band zurück und drückte auf PLAY. Die beiden Männer lauschten gespannt, während Malachy irgend etwas über Fiedeln und das Erzählen von Geschichten redete. Schließlich kamen sie zu dem interessanten Teil.

»ER HAT SIE VERSCHENKT!« stöhnte Chappy, mit den Fäusten auf seinen Schreibtisch hämmernd. »ABER AN WEN?«

»Spiel weiter, Brigid«, sagte Malachy.

»BRIGID?« rief Chappy. »Kümmere dich nicht um den Fluch? Was meinte er damit?«

»Hör mal«, sagte Duke und lauschte angespannt. Das Geräusch einer sich öffnenden Tür und laut pfeifenden Windes ertönte aus dem blechern klingenden Gerät. »Das war der Moment, als ich reinging«, erklärte er aufgeregt.

»Du bist ein Idiot«, sagte Chappy und kratzte sich das Gesicht. »Brigid. Brigid war der Name des Mädchens, mit dem er zusammen im Pub gespielt hat. Der Barkeeper sagte, sie würde bald ein richtiger Star sein.«

Duke seufzte. »Die Glückliche.«

»Wir müssen sie finden. Irgendwie müssen wir sie finden. Vielleicht solltest du noch mal nach Irland fliegen.«

»Im Augenblick bin ich allerdings ziemlich erschöpft«, jammerte Duke. »Und ich habe einen Koffer voll schmutziger Wäsche.«

»Gut, dann morgen.« Chappy beugte sich wütend über seinen Schreibtisch. »Vergiß es aber nicht. Es geht mir dabei um Chappys Theater am Meer, und du weißt, was das bedeutet.«

»Aber du wirst doch wohl keine Regisseure einstellen, die bei der Besetzung ihrer Stücke nicht an uns denken.«

»Natürlich nicht, du Dussel. Jetzt geh und wasch dich. Und morgen fliegst du wieder nach Shamrocksville, damit wir endlich Brigid und jene verfluchte Fiedel finden!«

In jener Nacht lag Chappy in seinem Bett unter dem großen, flauschigen Quilt, den er bis unters Kinn gezogen hatte, um sich zu trösten. Eine Hand schaute gerade so weit heraus, daß die Fernbedienung, die ständig in Reichweite lag, auf den Fernsehschirm in Großbildformat gegenüber dem King-Size-Bett gerichtet werden konnte. Das höhlenartige Boudoir war mit allem Komfort ausgestattet, der je von einem menschlichen Gehirn erdacht worden war. Kühle Brisen vom Ozean wehten durch das große Fenster herein, und wenn man sich nicht darauf verlassen konnte, daß die Natur die Temperatur im Zimmer auf angenehme 18 Grad senkte, schaltete sich eine elektronische Klimaanlage ein. Das Haus war wie ein Schloß gebaut, aber seine technische Ausstattung war eher die des Raumschiffs *Enterprise*.

Bettina war im Badezimmer, das vom Schlafzimmer fast so weit entfernt war wie ein Straßenzug vom nächsten, und beschäftigte sich mit ihrem allabendlichen Ritual, Cremes und Wässerchen aufzutragen, alles, was der Markt hergab und was in irgendeiner Weise vorgab, den Alterungsprozeß aufzuhalten. Jeden Abend zu dieser Zeit lag Chappy in seinem King-Size-Bett, hielt die Fernbedienung in der Hand, die ihm ein schwindelerregendes Machtgefühl vermittelte, und zappte von einem Kanal zum anderen. Die meisten der Bilder zogen in einem Nebel an ihm vorüber. Seine begrenzte Aufmerksamkeitsspanne konfrontierte die Produzenten von Fernsehsendungen mit einer besonderen Herausforderung. Wenn er nicht innerhalb von Sekunden gefesselt war, wie ein Kind von einem neuen Spielzeug, dann wurde das Programm auf dem Bildschirm auf der Suche nach dem nächsten Angebot weggezappt.

Heute abend fühlte er sich entschieden mißmutig. Mißmutig und ruhelos. Es wird noch Ewigkeiten dauern, bis ich einschlafe, dachte er immer wieder. Ich werde nicht zur Ruhe kommen, bevor ich diese Fiedel habe. Ich weiß, daß es so ist.

Normalerweise genoß er das angenehme Gefühl seines Brooks-Brothers-Pyjama auf der Haut und der, wie er zu sagen pflegte, »hundertzehnprozentigen« Baumwollbettwäsche. Aber jetzt war alles, woran er denken konnte, das Stück Holz aus einem toten Baum irgendwo in Irland, das jetzt als ›Fiedel der Kliffs‹ inkarniert war. Es faszinierte ihn, daß sie nicht nur Glück brachte, sondern daß zugleich auch irgendeine Art Fluch darauf lastete. Das bewirkte nur, daß er die Fiedel noch dringender in seinen Besitz bringen wollte.

Zap! »Guten Abend. In der Werwolfstunde begrüßen wir als unseren besonderen Gast …«

Zap! »… Wenn Sie alles über Ihr geheimes Potential herausfinden wollen, rufen Sie unsere Vermittlung unter 1-800-…«

Zap! »… Als ich herausfand, daß er im Haus mit Begeisterung meine Nachthemden anzog, machte ich mir zugegebenermaßen ein wenig Sorgen …«

»Wie ekelhaft«, murmelte Chappy. Aber es war der nächste Knopfdruck auf der Fernbedienung, der Chappys Leben veränderte. Zumindest vorübergehend.

»… der Sender für Countrymusic befindet sich augenblicklich in Nashville, und wir sprechen mit Brigid O'Neill, die mit ihrer mitreißenden Darbietung gerade gestern den Fiedelwettbewerb auf dem Fan Fair gewann. Brigid, erzählen Sie uns, was für ein Gefühl das ist.«

»Oh, es ist großartig, Vern. Mein Mentor in Irland hat mir seine Fiedel geschenkt. Er hatte den Fidelwettbewerb für ganz Irland gewonnen. Es ist ein sehr altes, magisches Instrument, und als ich gestern bei dem Wettbewerb auf die Bühne trat, hatte ich das Gefühl, von seiner Kraft mitgerissen zu werden. Der Legende nach wurde dieses Instrument aus einem besonderen Baum gemacht …« Als die muntere rothaarige Sängerin die Fiedel für die Kamera in die Höhe hielt, brach ein herzzerreißendes Stöhnen aus Chappy hervor.

»Ich komme sofort«, rief Bettina aus dem Badezimmer. »Es dauert jedes Jahr länger.«

Chappy sprang aus seinem Bett, als die Initialen CT auf der Fiedel ihm von dem Großbildschirm-Fernsehapparat ins Auge sprangen. Mit zitternden Fingern drückte er rasch auf den RECORD-Knopf seines ständig aufnahmebereiten Videorecorders. »Das ist sie!« murmelte er. »Das ist sie!«

»Wie wir hören, soll diese Fiedel mit einem Fluch behaftet sein, sobald sie Irland verläßt«, sagte der Interviewer zu Brigid.

»Tja, Vern, ist das nicht eine ziemlich alberne Behauptung? Ich habe gerade den Fiedelwettbewerb auf dem Fan Fair damit gewonnen. Wenn das ein Fluch ist, dann möchte ich ständig verflucht sein …«

Vern lachte. »Vermutlich haben Sie recht, Brigid.«
Als das kurze Interview, auf das er sich in seiner Aufregung kaum hatte konzentrieren können, zu Ende war, riß Chappy das Videoband aus dem Apparat und rannte wie ein Besessener aus seinem Schlafzimmer in die Diele, die etwa die Größe einer Hotellobby hatte. Fast wäre er dabei gegen einen Tisch gelaufen, der von dem Feng-Shui-Experten umgestellt worden war. Völlig kopflos stürzte er in den Flügel des Schlosses, wo Duke jetzt für die Welt nicht mehr erreichbar war. Dieser schöpfte in seinem Zimmer Kraft für die Reise nach Irland, die er allerdings nicht mehr anzutreten brauchte.

drei

In einem Speiselokal an der Straße
zwischen Branson, Missouri, und den Hamptons

Er starrte auf den kleinen Artikel in der USA Today, *in dem angekündigt wurde, daß auch Brigid O'Neill am vierten Juli an dem Schmelztiegel-Musikfestival in den Hamptons teilnehmen würde.*

Nervös schlürfte er seinen Kaffee. »Hallo, Kellnerin«, rief er mit einer Piepsstimme. »Wie wär's mit noch einer Tasse Kaffee? Diese hier ist fast leer.«

»Kein Problem«, rief sie, während sie die Rechnung addierte, die sie gerade auf den Tresen hatte legen wollen, wo ein weiterer einsamer Gast sein Frühstück zu sich genommen hatte. Ohne hinzuschauen, nahm sie die Kaffeekanne, ging zur Sitzgruppe und füllte die Kaffeetasse ihres Gastes. »Also, mein Bester, kann ich jetzt das Geschirr hier abräumen?« fragte sie.

»Ich bin noch nicht fertig«, sagte er.

Sie schaute auf den dicken, weißen Teller hinab, der wie geleckt aussah, abgesehen von der dünnsten Schicht Eigelb, die sie in ihren etwa zwanzig Jahren als Kellnerin je gesehen hatte. Er hatte das Eigelb äußerst sorgfältig mit seinem englischen Muffin aufgewischt. Sie dachte jedoch nicht weiter darüber nach. Es gab nichts, was sie in diesem Job nicht schon gesehen hatte. Vor allem in der Nachtschicht. »Noch ein Muffin?« fragte sie.

»Nein«, antwortete er und schlürfte einen Schluck Kaffee aus seiner neu gefüllten Tasse.

»Rufen Sie mich, wenn Sie mich brauchen.« Sie entfernte sich; ihre weißen Schuhe mit den Gummisohlen quietschten leise auf dem schmutzigen Fußboden.

Er starrte wieder auf die Zeitung hinab. Das Schmelztiegel-Musikfestival in den Hamptons. Schmelztiegel, mein Gott, dachte er. Zum Schmelztiegel bekommst du nur Zutritt, wenn du eine Menge Gold mitbringst, um es reinzuwerfen.

Aber Brigid O'Neill bereiste mit ihrer Fiedel die Hamptons. Das war das einzige, was wichtig war. Unmittelbar nachdem man ihn so rüde ins Gefängnis geworfen hatte, war ihr Hit: »If I'da known You Were in Jail (I wouldn'ta Felt So Bad about You Not Callin')« im Radio gesendet worden. Es war das erstemal gewesen, daß er ihn gehört hatte. Er war sicher, daß sie ihm damit eine Botschaft zukommen ließ.

Jetzt war er verliebt in sie. Wenn er nur die Chance bekäme, mit ihr allein zu sein, dann, davon war er überzeugt, würde sie sich ebenfalls in ihn verlieben. Wie in dem Film Der Scheich, *den seine Mutter sich so gern anschaute. Rudolf Valentino hatte das Mädchen entführt und sie in sein Zelt in der Wüste getragen, und sie verliebte sich in ihn. Warum konnte ihm das nicht mit Brigid passieren? Er hatte es nicht geschafft, sich ihr auf dem Fan Fair oder in Branson, wo er draußen in den Wäldern kampiert hatte, zu nähern. Aber jetzt kam sie in die Hamptons, wo er in einer Hütte abseits der Straße lebte. Sie gab ihm damit ein Zeichen! Er würde einen Weg finden, dort an sie heranzukommen!*

Es war Zeit, sich wieder auf den Weg nach Hause zu machen. Er war in dieser Woche bereits genug durch die Gegend gewandert.

vier

Freitag, 27. Juni
Los Angeles

Regan Reilly saß an dem verschrammten, hölzernen Schreibtisch in dem für ihre Zwecke völlig ausreichenden kleinen Büro im vierten Stock eines alten Gebäudes in der Hollywood Avenue in Los Angeles – dem Zuhause ihrer privaten Detektei. An der gegenüberliegenden Wand waren ramponierte Aktenordner aufgereiht, schwarz-weiße Kacheln bedeckten den Fußboden, und ein kleines Fenster gab einen etwas eingeschränkten Blick auf die Hügel Hollywoods frei.

Für Regan war dies die perfekte Zentrale – tatsächlich das einzige Büro ihres Eine-Frau-Unternehmens. Sie hatte im ganzen Land Kontaktpersonen, die sie unterstützten, wenn sie es brauchte, und ihren handlichen Computer mit all seinen Dateien, mit denen man alles, was man wollte, darüber herausfinden konnte, wer kreditwürdig war und wer wahrscheinlich zu Recht Angst hatte, um einen Kredit zu bitten.

Die Vergangenheit verdächtiger Personen zu recherchieren, ihre gegenwärtige Situation aufzudecken und vielleicht ihre Zukunft zu verändern, machte Regan großen Spaß. Ihre Eltern, Nora und Luke Reilly, waren zu der Ansicht gekommen, daß der Beruf, den ihre jetzt einunddreißigjährige Tochter gewählt hatte, zu gleichen Teilen auf ihre Natur und ihre Erziehung zurückzuführen sei. »Du wurdest mit einer Antenne für Klatsch geboren«, pflegte Nora immer zu sagen. Da Nora Kriminalromane schrieb und Luke drei Beerdigungsinstitute in Summit, New Jersey, besaß, verbrachte Regan die entscheidenden Jahre ihres Heranwachsens damit, zahllosen Gesprächen über Kriminalfälle und Todesursachen zuzuhören.

Regan schenkte sich eine zweite Tasse Kaffee aus der Thermosflasche auf ihrem Schreibtisch ein. Kürzlich hatte sie entschieden, daß es sinnvoll sei, sich beim Aufwachen eine Kanne Kaffee zu machen und den Rest zur Arbeit mitzunehmen. Der einzige Nachteil war, daß die Thermosflasche nicht den Raum mit jenem wunderbaren Duft erfüllte, der nur aus einer Kaffeekanne aufsteigt, aber der Geruch nach altem Gebäude, der ihr Büro erfüllte und dem nichts Antiseptisches anhaftete, machte Regan glücklich.

Draußen brannte die kalifornische Sonne gnadenlos herab; es war für den Monat Juni ungewöhnlich heiß. An Tagen wie diesem liebte es Regan, sich in ihrem Büro zu verkriechen und sich in ihre Arbeit zu vertiefen. Aber heute war Freitag, und Regan war eigentlich nur gekommen, um ein paar liegengebliebene Sachen aufzuarbeiten. Am Abend würde sie mit dem Nachtflug nach Newark fliegen. Ein Wagen würde sie abholen und sie zum Haus ihrer Eltern bringen, und dann würden sie am Nachmittag alle zu dem Ferienhaus in den Hamptons fahren, das Luke und Nora erst im letzten Jahr gekauft hatten. Die Hamptons, eine Reihe von Stranddörfern an der South Fork von Long Island, lagen etwa eine einstündige Autofahrt von New York City entfernt, natürlich abhängig vom Verkehr. Die South Fork, manchmal auch »Hollywood East« genannt, wurde wegen der Berühmtheiten, die sie in den Sommermonaten anzog, als eine vornehme Gegend betrachtet. Da die Spitze der South Fork achtzig Meilen in den Atlantik hineinragte, waren die Hamptons für ein fast magisches Licht bekannt, das die flache, malerische Landschaft erhellte. Menschen kamen dorthin, um zu sehen und gesehen zu werden. Sie wollten nicht nur all das genießen, was die Natur zu bieten hatte, sondern sich auch auf den Partys und den anderen Geselligkeiten amüsieren, die zwischen dem Memorial Day und dem Labor Day stattfanden.

Regan würde ihre Woche des vierten Juli damit verbringen, zwischen dem Haus ihrer Eltern in Bridgehampton und dem Gemeinschaftshaus hin- und herzupendeln, an dem ihre beste Freundin Kit, eine Versicherungsagentin aus Hartford, Connecticut, sich unerwartet als Mitmieterin beteiligt hatte. In den Gemeinschaftshäusern in den Hamptons wohnten meist Singles aus New York City, die sich entschlossen hatten, gemeinsam eine Unterkunft zu mieten. Sie waren auf der Suche nach Sonne, Spaß und jenem Traumpartner, den man vielleicht auf irgendeiner dieser Parties finden könnte, die auf dem mehr als fünfzig Meilen langen Streifen von Kleinstädten von Westhampton bis nach Montauk gefeiert wurden. Diese Partnersuche war wie ein großes Versteckspiel für Erwachsene.
Regan und Kit waren erst vor ein paar Wochen von einem Irlandurlaub zurückgekehrt. Und jetzt bin ich schon wieder auf dem Sprung, dachte Regan. Aber sie und Kit planten jedes Jahr ein gemeinsames Abenteuer, und diesmal war es Irland im Juni gewesen. Jetzt, da ihre Eltern das Haus in Bridgehampton besaßen, schien die Woche des vierten Juli eine gute Zeit zu sein, um ihren zweiten Sommerurlaub zu nehmen.
Regan trank ihren Kaffee und starrte auf die gerahmten Drucke, auf denen die Familienwappen sowohl der Familie Regan als auch der Familie Reilly dargestellt waren und die sie in jüngster Zeit ihrer zusammengewürfelten Sammlung von Wandschmuck hinzugefügt hatte. Regan hatte sie während der Busreise gekauft, bei der sie und Kit den Ring of Kerry entlanggefahren waren, eine Reise, bei der der Fahrer häufig bei den Souvenirläden angehalten hatte, die an fast jeder Biegung einer ansonsten typisch irischen Fernstraße wie Pilze aus dem Boden geschossen waren. Sie hatte die Drucke neben dem Fenster aufgehängt; Regan empfand dies als einen äußerst angemessenen Ort, da das Familienmotto der Regans lautete:

»Auf ewig die Hügel«, und unter dem Wappen der Reillys mahnte eine schwarze Schrift: »Mit Stärke und Umsicht.«
Das Telefon neben ihr klingelte und brachte sie in die Gegenwart zurück. Sie griff nach dem Hörer.
»Regan Reilly«, sagte sie mit einer liebenswürdigen Zwitscherstimme und lehnte sich leicht in ihrem orthopädisch korrekten Stuhl zurück, der sich garantiert in fast jede Richtung manövrieren ließ, so, wie es ihrer Körperhaltung entsprach. Regan dachte, daß er sie, in Anbetracht dessen, was sie dafür bezahlt hatte, eigentlich auch zum Lunch befördern sollte.
»Ah, Regan, hier ist Austin. Wie geht's?«
Regan lächelte. Es war ihr junger irischer Nachbar. Er war sechs Monate zuvor in ihrem Wohnkomplex eingezogen, war von Irland nach Los Angeles gezogen, da er eine Karriere als Komödiant anstrebte. Als er herausfand, daß Regan in Irland Urlaub machen würde, bestand er darauf, daß sie auch den Westen Irlands besuchen und an der Geburtstagsparty teilnehmen sollte, die seine Familie für seine amerikanische Cousine, »Brigid die Sängerin«, im lokalen Pub ihres kleinen Dorfes geben wollte. »Ich bin noch immer dabei, mich daran zu gewöhnen, daß ich aus Irland zurück bin, Austin. Deine Familie war so großartig. Jedenfalls wissen sie, wie man eine tolle Party organisiert. Nochmals vielen Dank.«
»Ah, sie haben sich sehr gefreut, daß du dort warst, Regan. Und das ist der Grund, warum ich anrufe.«
»Wirklich?«
Austin räusperte sich. »Du hast nichts darüber gehört, was Brigid in dieser Woche zugestoßen ist?«
»Nein«, sagte Regan rasch und sah im Geiste die wunderschöne, grünäugige, temperamentvolle Frau vor sich, deren Gesang und Fiedelspiel auf ihrer Party jedermann zum Tanzen gebracht hatte, einschließlich eines Mannes, der auf den Bartresen stieg. Regan wußte, daß Brigid nach ihrer ausgelassenen

Geburtstagsparty direkt nach Nashville zurückgekehrt war, um sich auf die Tournee zur Präsentation ihres ersten Plattenalbums vorzubereiten. Austin hatte gesagt, ihre Plattenfirma setze alle Hebel in Bewegung; nach ihrem Single-Hit erwartete man, daß das Album ein großer Erfolg würde.
Aber Austins Stimme klang besorgt.
»Tja, zuerst war sie in der letzten Woche auf dem Fan Fair.«
»Was ist denn der Fan Fair?« fragte Regan.
»Ein alljährliches, fünf Tage dauerndes Fest in Nashville. Die Sänger von Countrymusic treffen dort ihre Fans«, erklärte er hastig. »Es sind unheimlich viele Menschen dort. Es gibt Konzerte und Parties. Die Stars geben stundenlang Autogramme. Am letzen Tag findet ein großer Fiedelwettbewerb statt.« Austin schwieg einen Moment und erklärte dann voller Stolz: »Brigid hat gewonnen.«
»Das ist ja fantastisch«, sagte Regan. »Aber es überrascht mich nicht. Sie und Malachy zusammen auf ihrer Party spielen zu hören war ein unglaublich schönes Erlebnis.«
»Tja, sie hat den Wettbewerb mit Malachys berühmter Fiedel gewonnen«, informierte Austin sie.
»*Malachys* Fiedel?«
»Er beschloß, sie ihr zum fünfundzwanzigsten Geburtstag zu schenken. An dem Tag nach der Party.«
»Wow«, sagte Regan und dachte an die Gespräche auf der Party über die berühmte Fiedel. »Er hat sie ihr geschenkt?«
»Ja. Er sagte, er werde alt, und sie solle jetzt in ihren Besitz übergehen.«
»Und Brigid hat damit gewonnen. Es scheint ja wirklich eine Fiedel zu sein, die Glück bringt!«
»Tja«, erklärte Austin, »sie bringt Glück und Unglück. Einiges ist seither passiert.«
»Und was?«
»Ein Journalist in Irland, der auf der Suche nach einer Ge-

schichte war, hat ziemlichen Stunk gemacht und gesagt, die Fiedel hätte niemals das Land verlassen dürfen. Er will sie zu einer Art nationalem Schatz hochstilisieren. Er hat diese seltsame Geschichte ausgegraben, daß sie mit einem Fluch belastet sei, wenn sie Irland verließe. Aber stell dir vor, Regan: Letzten Samstag hat jemand in der Nacht in Malachys Cottage eingebrochen, während er schlief. Der Dieb hat ihm die Fiedel einfach aus dem Schoß weggestohlen; wahrscheinlich vermutete er, daß es die berühmte sei. Tatsächlich war es die, die Brigid gehört hatte. Als Malachy ihr seine Fiedel aushändigte, bestand sie darauf, sie gegen ihre eigene auszutauschen.«

»Offenbar ein Dieb, dem der Sinn für das richtige Timing fehlte.«

»In der Tat. Jetzt redet jeder daheim in Irland über die Fiedel und den Fluch, und Brigid bekommt wegen dieser Sache hier in den Staaten unglaublich viel Publicity.«

»Tja, ihr Album kommt gerade heraus. Das kann nur helfen, den Umsatz zu steigern«, bemerkte Regan nüchtern.

»Das stimmt. Die letzte Neuigkeit ist, daß sie eingeladen wurde, auf dem Schmelztiegel-Musikfestival am vierten Juli in Southampton zu spielen. Hast du davon gehört?«

»Natürlich«, antwortete Regan. »Das ist eine Wohltätigkeitsveranstaltung, die seit ein paar Jahren in einem College in den Hamptons stattfindet. Ein ziemlich wichtiges Ereignis.«

»Nun, es hat sich zufällig so ergeben. Irgendein Typ in den Hamptons hat Brigid im Fernsehen gesehen. Er ist einer der Sponsoren des Festivals und stinkreich. Er hat mit ihr Kontakt aufgenommen und sie und ihre Band eingeladen, für eine Woche heraufzukommen; sie soll in seinem Gästehaus wohnen und auf dem Festival auftreten. Er will für sämtliche Kosten aufkommen.«

»Das ist bestimmt eine tolle Chance. Das Festival findet immer großen Anklang«, sagte Regan.

»Das fand Brigid auch. Die jungen Männer in der Band sind einverstanden und bringen ihre Golfschläger mit. Es wird eine nette kleine Unterbrechung sein, bevor sie ihre Tournee antreten, die ziemlich aufreibend werden wird.«
»Brigid muß sehr glücklich sein«, bemerkte Regan.
»Ist sie auch. Aber es gibt da ein Problem. Diese Fidel zieht so viel Aufmerksamkeit auf sich, als reiste Brigid mit den Kronjuwelen.«
»Und Berühmtheit zieht immer irgendwelche verrückten Typen an.«
»Genau. Neulich abends hat sie mich angerufen und mir einen Drohbrief vorgelesen, der auf dem Fan Fair für sie hinterlassen worden war und mich ziemlich erschreckt hat. Ich sagte ihr, daß die Sache allmählich ein bißchen unheimlich würde, angesichts des Briefes und der Tatsache, daß irgend jemand Malachy die Fiedel gestohlen hat.«
»Hat das Brigid angst gemacht?« fragte Regan.
»Ja, aber nicht soviel wie uns. Sie ist viel zu aufgeregt wegen ihrer bevorstehenden Tournee, um viel darüber nachzudenken.« Er schwieg einen Moment. »Wir haben uns gefragt, ob du vielleicht Interesse hättest, dort in den Hamptons eine Woche lang ihr Bodyguard zu sein? Sie mochte dich, und ich weiß, daß du ohnehin dort hinfahren willst. Meine Familie ist ein wenig besorgt und möchte sichergehen, daß jemand auf sie aufpaßt. Brigid wollte dich nicht selbst fragen, da du eigentlich dort hinfährst, um Urlaub zu machen …«
Regan zögerte einen Moment und dachte dann daran, wieviel Spaß sie mit Brigid in der Nacht von ihrer Geburtstagsparty gehabt hatte. Das Ganze würde gewiß ein Abenteuer werden.
»Ich wollte immer ein Groupie sein, Austin. Vielleicht ist dies meine Chance.«
Austin lachte. »Danke, Regan. Das wird uns eine große Beruhigung sein.«

»Freut mich«, sagte Regan und erinnerte sich an Brigids Mutter, eine Blondine in den Fünfzigern, die vor Stolz glühte, als Brigid auf der Party sang. »Meinst du, ich sollte Brigid anrufen?«

»Ich möchte, daß du mit ihrem Manager, Roy, sprichst, um die finanzielle Seite zu regeln. Ich geb dir mal Brigids Nummer, dann kannst du sie ebenfalls anrufen. Sie fährt mit dem Tourneebus, der von Branson, Missouri, in Richtung New York unterwegs ist.«

»Was macht sie in Branson?«

»Ihre Band hat dort ein paar Nächte gespielt, sie sind für jemanden eingesprungen, der mehrere Konzerte absagen mußte. Sie meinten, sie könnten den Job einfach übernehmen, da sie ohnehin auf Tournee sind. Brigid ist ziemlich ehrgeizig. Sie ist bereit, sehr hart zu arbeiten, um diesem Album zu einem Erfolg zu verhelfen.«

»Gut für sie. Übrigens: Wo liegt denn das Haus dieses Mannes, in dem wir wohnen?«

»Ach ja. Warte mal. Ich hab's mir aufgeschrieben. Es heißt ›Chappys Anwesen‹ und ist in Southampton.«

»Chappys Anwesen!« rief Regan aus. »Das ist doch dort, wo auch Kits Haus ist. Offensichtlich gibt es dort ein Haus für das Personal, das er an ihre Gruppe vermietet. Ich würde mich ohnehin einige Zeit dort aufhalten!«

Austin lachte. »Also – die Sache ist perfekt! Ich vermute, es ist Mr. Chappy, der sie eingeladen hat. Er scheint ein wirklich guter Mensch zu sein … so großzügig … ganz anders als die meisten, die man in dieser Gegend kennenlernt.«

»Genau«, antwortete Regan. Aber irgendwo in ihrem Hinterkopf stieg eine vage Erinnerung auf, daß Kit gesagt hatte, die ganze Sache komme ihr ein bißchen komisch vor. »Mr. Chappy scheint jedenfalls ein ungewöhnlicher Mensch zu sein«, sagte sie mit Überzeugung.

fünf

Samstag, 28. Juni

Als der Tourneebus in die Long-Island-Schnellstraße einbog, schaute Brigid O'Neill aus dem Fenster und lächelte. Es war großartig, wieder in dem Bundesstaat zu sein, wo sie aufgewachsen war. Und sie fuhr in Richtung Meer, wo sie in ihrer Kindheit so manchen Sommertag verbracht hatte.

Brigids Eltern hatten in Brooklyn gewohnt und waren jeden Sommer mit ihr nach Rockaway Beach gefahren. Sie liebten es, sich von den kraftvollen Wellen an den Strand drücken zu lassen und dabei zu spüren, wie das Salzwasser über ihren Körper hinwegspülte und sie wieder ins Meer zurückzog. Und danach lachten sie über die unglaublichen Mengen an Sand, der irgendwie seinen Weg in jede kleine Falte ihrer Badeanzüge gefunden hatte. Abends gingen sie dann ins ›Playland‹, fuhren mit der Achterbahn und den Autoscootern und aßen Zuckerwatte. Meistens mußte ihr Vater am Ende eine schläfrige, von der Sonne verbrannte Brigid zurück zum Auto tragen. Bei diesen und anderen Familienausflügen pflegten Brigid und ihr Vater gemeinsam zu singen. Während sie im Auto fuhren, erfanden sie ständig irgendwelche verrückten Lieder.

Dies waren Brigids glücklichste Erinnerungen.

Manchmal kam es ihr vor, als wäre das gar nicht so lange her, und manchmal hatte sie das Gefühl, als wäre es in einem anderen Leben passiert.

Ihr Vater war gestorben, als sie dreizehn war. Ihre Mutter hatte entschieden, daß es für sie das beste sei, wenn sie den Sommer über nach Irland gingen und ihn bei ihrer Familie verbrachten. Am Ende waren sie jeden Sommer dort hingefahren, wobei sie die Reise antraten, sobald Brigids Schulferien begannen und ihre Mutter aufhörte, die dritte Klasse zu unterrichten. Das war der Grund, warum Brigid so eng mit Malachy befreundet war. Brigid seufzte. Daddy, ich wünschte, du wärest hier, um mich singen zu sehen, dachte sie wehmütig. Auf einer großen Bühne und vor einem großen Publikum – nicht bloß im Auto! Lächelnd nahm sie die Gitarre, die neben ihr lag, in die Hand und begann, eine Melodie zu klimpern. Er hatte so viel Sinn für Humor gehabt, sie war sicher, daß es ihm Spaß gemacht hätte, den Text von »If I'da known You Were in Jail« zu hören. Oder das Lied, das sie über einen ihrer alten Freunde geschrieben hatte: »I miss you, baby«, begann sie zu singen. »I miss the burned toast you served me in the morning. I miss the cheap wine your poured me at night. You had a way of blocking my vision so I couldn't tell left from right. Oh yeah, baby …«

Mein Gott, dachte Brigid, als sie die Saiten ihrer Gitarre zupfte. In den sieben Jahren, seit sie in der Musikbranche arbeitete, war sie allen möglichen Verrückten begegnet. Sie hatte sich mit unzähligen Grobianen, Intriganten und Möchtegern-Künstlern auseinandersetzen müssen, während sie doch nichts anderes wollte, als zu singen und zu spielen!

Getrieben von dem Bedürfnis, Musik zu machen, die praktisch ihr ganzer Lebensinhalt war, hatte sie überall gesungen, wo ein Mikrofon in der Nähe war. Sie hatte ihre Lieder auf Feuerwehrpicknicks gesungen, in Garagen, auf Bowlingbahnen und in jeder kleinen Pizza-und-Bier-Imbißbude im Umkreis von hundert Meilen menschlicher Zivilisation. Und jetzt standen die Leute Schlange, um Tickets für ihre Show zu kaufen!

Sie streichelte den Kasten, der auf dem Stuhl neben ihr lag. Den Kasten, in dem sich die Fiedel befand, die sie ständig bei sich trug. Ich muß ihn immer im Auge behalten, dachte sie. Nicht jeder Sänger hat das Glück, eine legendäre Fiedel zu

besitzen, die ihm hilft, Wettbewerbe zu gewinnen. Und nach dem Diebstahl in Malachys Cottage ist es offensichtlich, daß zumindest *ein* Mensch darauf aus ist, sie sich unter den Nagel zu reißen. Brigid zitterte ein wenig.
Danke, lieber Malachy, dachte sie. Seitdem sie, nach dem Wettbewerb auf dem Fan Fair, mit ihrer Fiedel im Rundfunk und im Fernsehen aufgetreten war, hatte sie einen Erfolg nach dem anderen. Die Tickets für die Tournee fanden reißenden Absatz, Radiosender spielten ihren Hit sehr viel häufiger als zuvor, und sie war zu dem Schmelztiegel-Musikfestival eingeladen worden. Publicity erzeugte immer mehr Publicity. Es war die Art von Reklame, von der jeder Unterhaltungskünstler träumt!
Aber irgendwo in ihrem tiefsten Inneren befand sich ein kleines Bündel von Nerven, das heftig zu vibrieren begann, wenn sie allzu intensiv darüber nachdachte, daß sie ein Holzstück besaß, das soviel Aufmerksamkeit auf sich zog. Und dann war da noch dieser irische Journalist, der wegen des Fluchs und der Tatsache, daß die Fiedel Irland angeblich nicht hätte verlassen dürfen, so beunruhigende Artikel schrieb. Unglücklicherweise hatte Brigid genügend irisches Blut in ihren Adern, daß sie das Gerücht von dem Fluch nicht völlig zu ignorieren vermochte.
Es wird schon nichts passieren, dachte sie, während sie auf ihrer Gitarre klimperte. Gott sei Dank kommt Regan Reilly, um mich in dieser Woche zu beschützen.

Etwas weiter östlich auf demselben Highway wachte Regan Reilly auf dem Rücksitz des Wagens ihrer Eltern auf. Sie setzte sich auf und rieb sich die Augen. »Ich vermute, ich war richtig weg«, sagte sie.
Nora Reilly, eine zierliche Blondine, drehte sich vom Vordersitz nach hinten. »Willkommen zur Ostküstenzeit, Liebling.«

Der silberhaarige, einsfünfundneunzig große Luke lächelte, den Blick beim Fahren auf die Straße gerichtet. »Ich kam vom Beerdigungsinstitut nach Hause, du wachtest von deinem Nickerchen auf, setztest dich auf den Rücksitz des Wagens und schliefst wieder ein. Also – wie ist es dir ergangen?«
Regan lachte. »Gut, Dad.«
Luke ergriff die Zeitung, die auf dem Armaturenbrett lag, und reichte sie Regan nach hinten.
»Was ist das?« fragte sie.
»Ich hab es gerade deiner Mutter gesagt. Wir bekommen im Institut die *Irish Tablet,* weil wir darin hin und wieder annoncieren.«
»Ich dachte, ihr annonciert nur im Kirchenbulletin. Wird die *Tablet* nicht in New York gedruckt?«
»Der Tod ist überall«, erklärte Luke. »Diese Zeitung hat eine großer Leserschaft in der irischen Gemeinde New Yorks. Sieh mal, was ich auf der Titelseite fand, als ich sie mir heute morgen holte!«
Regan überflog einen Artikel, in dem berichtet wurde, daß Brigid O'Neill eine wertvolle, mythische Fiedel geschenkt bekommen hatte, die ihr auf ungewöhnliche Weise bei ihrer vielversprechenden musikalischen Karriere helfen würde. Zugleich wurde jedoch auch auf die Probleme hingewiesen, mit denen Brigid konfrontiert werden könnte:

Der Legende nach wurde sie im letzten Jahrhundert aus dem Holz eines verzauberten Baumes hergestellt, den die Feen besonders liebten und der irrtümlich gefällt worden war. Die Feen waren zornig, ließen sich aber besänftigen, als das Holz des Baumes benutzt wurde, um diese Fiedel herzustellen, und sie deren Musik genießen konnten. Sie erklärten, daß sie jeden, der das Instrument an sich nähme und in ein Gebiet außerhalb der grünen Insel bringe und sie dadurch ihrer Musik beraube,

mit einem Fluch belegen würden. Ein solcher Mensch würde einen Unfall erleiden oder dem Tod ins Auge blicken.
Aber wie auch immer die Legende lauten mag, es gibt mittlerweile viele Menschen in Miss O'Neills Leben, die wütend auf sie sind. Sie wird aufgefordert, ihr irisches Erbe zu ehren und die Fiedel an einen Musiker in Irland weiterzugeben. Überflüssig zu sagen, daß sie die Fiedel wie ihren Augapfel hüten sollte.
Es gibt inzwischen mehr als nur ein paar Leute, die sie in ihren Besitz bringen möchten.

Nora runzelte die Stirn. »Ein Unfall oder dem Tod ins Auge blicken? Vielleicht sollte sie sie tatsächlich zurückgeben.«
»Mom, das ist ein Aberglaube. Wie Brigid mir am Telefon sagte, hat Malachy sie angerufen und sie gebeten, das Instrument zu behalten. Er sagte, er habe das Recht, sie zu verschenken, und sie sei durch und durch Irin, auch wenn sie nicht in Irland geboren wurde. Er möchte nur, daß sie vorsichtig ist.«
Nora seufzte. »Und das ist der Punkt, wo du auf der Bildfläche erscheinst.«
Regan nickte. »Deshalb möchte sie, daß ich in dieser Woche in ihrer Nähe bin. In Anbetracht der Gerüchte um die Fiedel und des Briefes ist es besser, wenn jemand auf Brigid aufpaßt. Im übrigen werden wir eine Menge Spaß haben.«
»Vermutlich«, sagte Nora zögernd. »Weißt du, Regan, es trifft sich eigentlich ganz gut, daß du diese Woche nicht bei uns wohnst.«
»Wieso?« fragte Regan und faltete die Zeitung wieder zusammen.
»Nun ja, vielleicht kannst du statt dessen in der nächsten Woche bei uns wohnen. Nachdem du deinen Job erledigt hast.«
»Mom, warum paßt es ganz gut, daß ich diese Woche nicht bei euch wohne?«

»Tja, du wirst wahrscheinlich nicht erraten können, wer uns für ein paar Tage besucht.«

»Mein Cousin Lou?«

»Nein.«

»Mein Cousin Pete und die Heinzelmännchen?«

»Nein.«

»Louis Washburn und ihr langweiliger Ehemann Herbert?«

»Wie hast du das erraten?«

»MOM! Sie sind die Hausgäste von ganz Amerika.«

»Aber sie sind beide so intelligent«, sagte Nora mit Nachdruck.

»Das ist dein Adjektiv für jeden, der langweilig ist.«

»Sie hat neulich abends angerufen, um einen Termin für ein Abendessen zu vereinbaren, und erwähnte, daß sie während der Ferienwoche in der Stadt bleiben würden. Sie freuen sich darauf, dich zu sehen, Regan. Louisa hat beschlossen, einen Artikel über die Hamptons zu schreiben. Sie hat im Laufe der Jahre so viel für Zeitschriften recherchiert, daß sie sich entschieden hat, es selbst einmal mit dem Schreiben zu versuchen.«

»Ich bin gern mit ihnen zusammen«, sagte Regan. »Aber nicht für eine unbegrenzt lange Zeit. Wenn sie einmal angekommen sind, dann haben sie die Tendenz, zu bleiben. Und zu bleiben und zu bleiben und zu bleiben.«

Luke schaute in den Rückspiegel und zwinkerte seiner Tochter zu.

Eine Stunde später fuhren sie von der Long Island Schnellstraße ab, nahmen die Route 111 in Richtung Route 27 und erreichten schließlich die Main Street in Southampton. Nach einer Weile entdeckten sie vor dem Hintergrund der schimmernden Wellen Chappys Anwesen.

Luke fuhr durch die Öffnung in der Hecke und durch das Tor hindurch. Auf dem parkähnlichen Gelände wurden sie von einem Schild begrüßt:

WILLKOMMEN AUF CHAPPYS ANWESEN
SIE HABEN KEINE AHNUNG, WIE ANSTRENGEND ES IST, SO ETWAS GROSSARTIGES AUF DIE BEINE ZU STELLEN

»Gut zu wissen«, sagte Regan, nachdem sie die Aufschrift auf dem Schild vorgelesen hatte.

Luke fuhr langsam weiter, während alle drei nach links schauten und den Anblick des riesigen Herrenhauses in sich aufnahmen. Es stand am Ende der langen Zufahrt auf einem Hügel mit Blick auf das Meer. Es sollte offensichtlich einem Schloß ähneln, aber es sah aus wie eines dieser Zuckergußgebäude, die man in Freizeitparks findet.

»Mein Gott, wie ... vulgär«, flüsterte Nora, während sie heftig ausatmete.

»Nicht gerade eine Hütte in einer alten Hüttenstadt«, bemerkte Luke.

»Oder ein kleines Cottage am Meer, am Meer, am schönen Meer«, sagte Regan mit einer Singsangstimme.

»Mir gefällt die Idee, ein Schloß zu bauen, aber dies sieht so neu und künstlich aus«, sagte Nora.

»Es dauert ein paar Jahrhunderte, bis Schlösser wirklich alt und bewohnt aussehen«, bemerkte Regan. »Kit hat mir erzählt, daß Chappy das Schloß vor ein paar Jahren auf dem Fundament des alten Hauses seiner Mutter gebaut hat, das er abreißen ließ, nachdem sie gestorben war.«

»Seine arme Mutter«, sagte Nora.

Regan schaute sich auf dem Grundstück um, zu dem eine kreisförmige Zufahrt vor dem Schloß gehörte, ein großer, wahrscheinlich aus einzelnen Soden zusammengesetzter Vorderrasen, der für ein Krocketspiel gedacht war, und, neben dem weitläufigen rechten Flügel des Herrenhauses, ein attraktives, verschachteltes Cottage im traditionellen Stil. Es war verwittert und mit Schindeln gedeckt und sah aus, als würde es einen

Kapitän glücklich machen. Ein Stück näher am Wasser stand ein Gebäude, das aussah, als wäre es ein Gästehaus.
»Kit sagte, sie wohne hier in diesem Cottage.«
Luke lenkte den Wagen nach rechts und brachte ihn vor der Eingangstür zum Halten. »Meinst du, ich sollte hupen?« fragte er seine Tochter.
»Nein, Dad. Bitte. Das macht man sowieso nur im Film. Und da kommt sie ja schon.«
Gekleidet in einen Überwurf, der ihren Badeanzug versteckte, das blonde Haar naß und zurückgekämmt, eilte Kit die Stufen einer umlaufenden Terrasse hinunter. »Hi, grüß euch«, rief sie.
Als Nora, Luke und Regan aus dem Wagen stiegen, erklang hinter ihnen ein Hupen, das sie alle zusammenfahren ließ.
»Ich dachte, so was macht man nur im Film«, bemerkte Luke lächelnd, wobei sich unzählige Fältchen um seine Augen herum bildeten. Sie drehten sich um und erblickten einen riesigen Bus mit Rädern in der Größe runder Picknicktische, der knirschend durch das offene Tor fuhr. Noch immer hupend zog er an ihnen vorbei den runden Zufahrtsweg hinauf und streifte dabei den Rolls Royce, der vor dem Schloß geparkt war.
Die Eingangstür des Schlosses flog auf, und ein Mann mittleren Alters kam herausgerannt.
»Willkommen, willkommen!« rief er mit schriller Stimme. Beim Anblick seines Rolls Royce blieb er abrupt stehen. Die gewaltige Beule tat seiner Begeisterung jedoch keinen Abbruch. »Machen Sie sich deswegen keine Sorgen!« rief er dem Fahrer zu. »Das ist überhaupt nicht nötig. Damit verdienen Autoreparaturwerkstätten sich ihren Lebensunterhalt.«
»Das ist Chappy, der Reißzweckenkönig«, sagte Kit. »Es heißt, er sei so glücklich, daß Brigid hier ist, daß er ständig in Gefahr ist, einen Schlaganfall zu erleiden.«
»Wenn ich einen Rolls Royce hätte und jemand würde eine

Beule reinfahren, dann würde ich auf jeden Fall einen Schlaganfall bekommen«, bemerkte Luke sarkastisch. »Sein Umsatz an Reißzwecken muß enorm sein.«
Er ist vielleicht verrückt, dachte Regan, aber wenigstens sieht es so aus, als würde Brigid hier einigermaßen ungestört wohnen können. Sie wandte sich ihrer Mutter zu. »Möchtest du den Eigentümer des Anwesens kennenlernen?«
Nora nickte. »Das möchte ich um keinen Preis der Welt versäumen.«
Während sie alle über das weitläufige Grundstück gingen, stieg Brigid aus dem Bus und wäre dem begeisterten Chappy fast in die Arme gelaufen.
»Brigid, Brigid, Brigid«, rief er. »Hunderttausendmal willkommen, wie man in Irland sagt. Ich würde lieber sagen: ›Eine Million mal willkommen.‹ Mindestens!«
Regan konnte den verdutzten Ausdruck auf Brigids Gesicht sehen, aber dann lächelte diese freundlich. »Das sind aber eine Menge Willkommensgrüße, Mr. Tinka.«
»Chappy«, unterbrach er sie, wobei seine Stimme bei jeder Silbe schriller wurde. »Ich BESTEHE darauf, daß Sie mich CHAPPY nennen.«
»Ja, okay, okay«, sagte Brigid hastig. »Also Chappy.« Sie atmete tief die würzige Luft ein. »Damals, als wir in Brooklyn wohnten, waren wir in der Nähe des Wassers. Bei Gott, ich liebe den Duft des Meeres.«
»Brooklyn!« rief Chappy aus. »Ich vergesse immer wieder, daß Sie nicht auf der grünen Insel aufgewachsen sind. Bei all dem Gerede über die Fiedel betrachte ich Sie immer als Irin.«
Regan beschloß, Brigid zu Hilfe zu kommen. »Wie wäre es mit einem weiteren Willkommensgruß?« fragte sie.
Brigid wandte sich zu ihr um. »Regan! Kit! Wie schön, euch zu sehen.« Während sie die beiden Frauen umarmte, murmelte sie: »Was ist denn bloß mit dem Typen los?«

»Äußerst gastfreundlich«, sagte Regan grinsend.
»Und so wenig nachtragend«, flüsterte Kit. »Hast du gesehen, was der Bus mit seinem Wagen gemacht hat?«
»Du großer Gott«, murmelte Brigid mit Blick auf den Rolls. »Es ist ein Wunder, daß er *uns* nicht ins Jenseits befördert hat.«
Regan schaffte es, Brigid Nora und Luke vorzustellen, bevor Chappy dazwischenfuhr. Es dauerte nur einen Augenblick, bis er erkannte, daß Nora Nora Regan Reilly war und in den Hamptons ganz oben auf der Liste der einzuladenden Gäste stand. »Oh, meine Bettina wird begeistert sein, Sie kennenzulernen«, sagte er. »Mein Gott, was für ein glücklicher Tag.« Er zeigte auf die drei jungen Frauen. »Sie kennen sich?« fragte er, wobei seine Stimme ein wenig ängstlich klang.
»Ja, klar«, sagte Brigid. »Kit wohnt in Ihrem Gemeinschaftshaus, und Regan ist eine Freundin, die bei mir wohnen wird.« Sie drehte sich um und zwinkerte Regan zu. »Wir planen, in dieser Woche ein bißchen Spaß zu haben.«
Regan hatte Brigid gewarnt, nichts darüber verlauten zu lassen, daß sie, Regan, ihr Bodyguard war. Wenn jemand dich als Hausgast einlädt, dann könnte er es als beleidigend empfinden, wenn du mit deiner eigenen Sicherheitstruppe auftauchst. Was würde ein Ratgeberbuch für gute Manieren wohl dazu sagen? Wahrscheinlich war es besser, den Mund zu halten.
»Hallo, Mr. Tinka«, sagte Kit. »Wir haben uns noch nicht kennengelernt. Dies ist mein erstes Wochenende im Haus.«
»Fein, fein, fein«, erwiderte Chappy zerstreut. Er kam Regan wie die menschliche Ausgabe einer Waschmaschine im Schleudergang vor. Seine Hände flatterten ständig in der Luft herum, und seine Blicke wanderten unablässig hin und her. »Mr. Reilly«, sagte er. »Mrs. Reilly ... beabsichtigen Sie ebenfalls, auf Chappys Anwesen zu wohnen?«
Luke fielen fast die Augen aus dem Kopf. »Nein«, sagte er

hastig. Und dann erklärte er mit ruhigerer Stimme: »Wir besitzen ein Haus in Bridgehampton.« Er wandte sich Nora zu. »Übrigens werden die Washburns dort jede Minute eintreffen. Wir sollten uns besser auf den Weg machen.«

Chappy mischte sich ein. »Kommen Sie auf jeden Fall heute abend wieder vorbei. Ich gebe eine kleine Cocktailparty. Nur eine kleine Gruppe ausgewählter Gäste. Es gibt Drinks. Drinks und Horsd'oeuvres. Ein kleines Buffet. Sie müssen unbedingt wiederkommen ...

»Das würden wir unheimlich gerne tun«, sagte Nora. »Aber wir erwarten Hausgäste.«

»Bringen Sie sie doch mit«, insistierte Chappy.

Mittlerweile waren die Mitglieder von Brigids Band aus dem Bus gestiegen. Alle drei hoben die Hand und schoben sich ihre Cowboyhüte in den Nacken, eine Geste, mit der sie Regan an Wiederholungen von »Bonanza« erinnerten. Adam, Little Joe und Hoss haben sich ihre Hüte immer auf genau dieselbe Weise in den Nacken geschoben, dachte sie. Die drei Mitglieder von Brigids Band trugen Blue jeans und Cowboystiefel und hatten den wiegenden Gang von Countrymusicsängern.

Brigid übernahm es, die Anwesenden einander vorzustellen. »Hallo Leute, ich möchte, daß ihr Teddy, Hank und Kieran kennenlernt.«

Regan hatte sich dazu erzogen, sich schon beim ersten Mal, wenn sie jemandem vorgestellt wurde, seinen Namen zu merken. Es würde leicht sein, sich an diese drei zu erinnern. Teddy war eindeutig der jüngste. Er konnte nicht älter sein als zwanzig und hatte rötlichbraunes Haar, Sommersprossen, ein Babygesicht und einen langen, mageren Körper. Die anderen beiden sahen aus, als wären sie Ende Zwanzig oder Anfang Dreißig. Hank war untersetzt und hatte lockiges, dunkelblondes Haar. Er hatte die braunen Augen eines Bassets und einen Schnauzbart. Kieran hatte dunkles Haar, funkelnde blaue

Augen und ein warmes Lächeln. Er war, so dachte Regan, das, was man in Zeitschriften für Countrymusic einen *hunk-a-billy* nannte.

»Und hier kommt Kierans Freundin, Pammy«, sagte Brigid.

»Das wundert mich nicht«, murmelte Kit in Regans Ohr.

Regan lächelte. Hatte Brigids Stimme einen Hauch weniger freundlich geklungen? fragte sie sich. Interessant. Pammy, eine zierliche Frau vom Typ Babydoll, warf ihr hüftlanges, honigfarbenes Haar zurück, während sie in die Runde schaute und jeden anlächelte. »Kieran und ich haben uns darauf gefreut, hierzusein und Sie alle kennenzulernen«, sagte sie mit einer Singsangstimme. Sie nahm seinen Arm und streichelte ihn liebevoll. »Stimmt's, Schätzchen?«

»Genau, Baby«, sagte er rasch.

Regan fand, daß er verlegen aussah.

Chappys Hände flatterten erneut hin und her. »Natürlich, natürlich. Herzlich willkommen! Herzlich willkommen ...«

Jetzt geht das Ganze wieder los, dachte Regan.

»Warum machen Sie es sich nicht bequem?« fuhr Chappy fort. »Ich werde meinen Assistenten rufen, damit er Ihnen mit Ihren Taschen hilft. Duke!« rief Chappy mit bellender Stimme.

»DUKE!«

Regan mußte sich beherrschen, ihre Finger nicht in die Ohren zu stecken. Aber das Gebell wirkte. Irgendwo von innerhalb des Hauses rief jemand: »Ich komme!«

»KOMM SOFORT HER!« rief Chappy, und dann wandte er sich rasch wieder seinen Gästen zu. »Ja ... äh ... ja ... Nachdem Sie sich alle ein bißchen entspannt oder vielleicht eine Runde geschwommen haben, sollten wir uns um achtzehn Uhr auf einen Cocktail treffen. Was halten Sie davon?«

Regan wandte sich Nora zu. »Kommst du noch mal zurück?«

»Wenn Louisa und Herbert Lust haben ...«

Regan wandte sich Chappy zu. »Sie kommen zurück.«

»Wunderbar!« rief er. »Der Beginn einer wunderbaren Woche! Herrlich!«
Als die Gruppe aufbrach, kam der Busfahrer mit schüchterner Miene hinter seinem Fahrzeug hervor.
»Dies ist Rudy«, sagte Brigid mit einem Lächeln.
Die hunderttausend Willkommensgrüße waren vergessen. Nicht einmal ein mageres ›Hallo‹ hatte Chappy für diesen Neuankömmling übrig. »Bleiben Sie hier?« fragte er von oben herab.
»Nein«, sagte Rudy mit einer Handbewegung. Er war klein und schmächtig, und sein Haar wurde allmählich grau. »Jemand kommt, um mich hier abzuholen. Ich werde Freitag abend zurückkehren, damit wir nach dem Konzert wieder weiterfahren könne. Wo soll ich den Bus parken?«
Das ist eine Suggestivfrage, dachte Regan.
»Oh, ja, ja! Seitlich neben dem Haus. Dort drüben!« Chappy zeigte in die entsprechende Richtung, während Rudy sich eine Zigarette anzündete.

Vom oberen Stockwerk aus starrte Bettina, die einen Gymnastikanzug mit Leopardenmuster trug und ihr toupiertes, gebleichtes Haar zu einem kleinen Knoten hochgebunden hatte, voller Entsetzen aus dem Fenster, während sie ihre Beuge- und Streckübungen machte. Ihr kleiner Toypudel, Tootsie, kläffte an ihren Hacken.
Dieser Tourneebus sieht verdammt schäbig aus, dachte sie mißmutig. Aber schließlich hatte Chappy auch Peace Man erlaubt, während der Sommersaison in seinem Wohnmobil auf seinem Grundstück zu kampieren.
»Wir haben jetzt unseren privaten Guru, der auf unserem Grundstück wohnt«, hatte Bettina gesagt. »Findest du das nicht ungeheuer imponierend?«
Chappy hatte ihr zögernd zugestimmt, und Bettina war froh

darüber gewesen, aber ein Tourneebus! Als nächstes, dachte Bettina, wird ein Eiskrem-Lieferwagen vor unserem Haus parken. Oder ein Imbißwagen.

Es war so schwer, die Dinge genau richtig zu machen. Sie so zu machen, wie sie gemacht werden sollten. Bei den richtigen Leuten den richtigen Eindruck zu erwecken.

Aber Bettina gab nicht auf, es zu versuchen.

Sie arbeitete hart daran, in die feine Gesellschaft integriert zu werden, aber es war nach all diesen Jahren nicht leicht, in Southampton eine neue Ehefrau zu sein. Jedenfalls war sie froh, daß sie und Chappy sich wieder gefunden hatten. Der Mann, den sie zwischendurch geheiratet hatte, war so völlig pleite, daß er sich nicht einmal ein Abendessen bei Chucky Cheese's leisten konnte. Sie hatte nicht die Absicht, diesen eingeschränkten Lebensstil bis zum Ende ihrer Tage zu ertragen.

Nach ihrer letzten Streckübung ergriff Bettina ihr XXL-T-Shirt und verließ den Raum. Tootsie folgte ihr auf den Fersen.

»Mama muß sich für unsere Party heute abend zurechtmachen«, sagte sie, auf ihren Hund hinablächelnd. Als sie an einem Portrait von Chappys Mutter vorbeikam, streckte sie ihr die Zunge heraus. »Ich hab deinen Sohn und deine Juwelen ergattert, du alte Hexe.«

sechs

Samstag, 28. Juni
Sag Harbor

Im Gewächshaus im Hintergarten seines Cottage in Sag Harbor saß der Fiedelbaumeister im Ruhestand, Ernie Enders, und beugte sich über seine Werkbank. Er war umgeben von seinen prämierten Tomaten, aber sie vermochten ihn kaum abzulenken. Dank des ständigen Drängens von Chappy Tinka hatte Ernie sein gemütliches Leben als Fiedelbaumeister im Ruhestand vorübergehend aufgegeben. Tinka war im Laufe der Jahre viele Male an Ernies Musikladen vorbeigefahren, war aber nie über dessen Schwelle getreten. Jetzt, da Ernie seine Türen ein für allemale geschlossen hatte, hatte Chappy ihn bei sich zu Hause aufgesucht und ihn dringend um seine Hilfe gebeten.

»Und natürlich will er ein Meisterstück«, knurrte Ernie. »Ein Meisterstück. Ich soll in Null Komma nichts ein Meisterstück bauen. Tzz, tzz, tzz. Gräßlich.«

Ernie schaute von der Sperrholzform mit den goldenen Seiten aus Ahornholz auf und schaute auf die vergrößerten Bilder der Modellfiedel, die er vor sich aufgestellt hatte. »Wie soll ich es schaffen, in weniger als einer Woche eine Fiedel alt aussehen zu lassen?« rief er. »Wie?«

Er schaute wieder auf das Holzstück, das vor ihm lag, und seufzte. Diese reichen Leute wollen das, was sie wollen, genau dann, wann sie es wollen, und das ist immer sofort, dachte er. Mir ist speiübel. Ich fühle mich krank, krank, krank. Ich habe, seit ich vor sieben Jahren in den Ruhestand ging, keine einzige Fiedel mehr gebaut, und jetzt verlangt man von mir, daß ich holterdipolter eine herstelle. Und er will, daß ich seine

Initialen, CT, in das Instrument schnitze, genau wie auf dem Foto.
Vorsichtig nahm er das unvollendete Holzstück in die Hand und hielt es vor die Fotos. Fotos, die jemand von einem Fernsehschirm aufgenommen hatte. Lächerlich. Wahrscheinlich sollte ich mich nicht beklagen, dachte Ernie, während er sich die Bilder anschaute. Er bezahlt mir eine Menge Geld dafür. Aber schließlich hab ich das auch verdient. Ernie verglich den Fleck auf der Fiedel mit dem auf dem Foto.
Die Tür des Gewächshauses öffnete sich, und als er sich umwandte, sah er Pearl, die Frau, mit der er seit fünfzig Jahren verheiratet war, in einem Hauskleid, das lose von ihrem mageren Körper herabhing. Sie trug ein Tablett mit Limonade und Gingerplätzchen. »Du mußt was essen, um bei Kräften zu bleiben«, sagte sie. »Wie geht es voran?«
»Langsam. Verdammt langsam. Tinka will, daß sie genauso aussieht wie die auf dem Foto. Aber wie soll ich das schaffen? Ich müßte das Original in den Händen haben und es mir ganz genau anschauen.«
»Trink das, Ernie. Es ist heiß hier drinnen.« Pearl schenkte ihm ein Glas von der Limonade ein und stellte das Tablett auf seine Werkbank. »Ernie, mach dir keine Sorgen. Du warst der Beste in der Branche. Möchtest du, daß ich dir für die Reise deine Wollsocken einpacke?«
»Ja«, sagte er. »Warum nicht?«
Da sie ihr ganzes Lebens lang in dem kleinen, charmanten Dorf Sag Harbor gelebt hatten, störte es sie im Laufe der Zeit immer mehr, daß zunehmend mehr Menschen im Sommer die Hamptons bevölkerten. Vor allem Ernie.
»Es sind zu viele, viel zu viele«, beklagte er sich bei Pearl.
In diesem Jahr hatten sie geplant, den Touristen zu entfliehen, indem sie das Städtchen für sechs Wochen verließen. Am Mittwoch wollten sie zur Hochzeit ihrer Großnichte nach

Pennsylvania reisen. Danach sollte es dann weiter in Richtung Westen gehen.
»Hör mal, in einigen Gegenden könnte es ziemlich kalt werden. Vielleicht ist es eine gute Idee, deine Wollsocken mitzunehmen. Sie sind ein bißchen dicker, und ich weiß, was für ein Gefühl es ist, wenn man kalte Füße hat. Nichts ist schlimmer als kalte Füße.« Pearl setzte sich und schaute ihn an.
»Der einzige Mensch, bei dem wir uns Sorgen machen müßten, daß er kalte Füße bekommen könnte, ist der Bräutigam«, knurrte Ernie. Er wandte sich Pearl zu. »Pearl, du weißt, daß ich nicht arbeiten kann, wenn du mich so anstarrst.«
»Ich fühle mich einsam. Ich habe niemanden, mit dem ich mich streiten kann. Ich bin es nicht mehr gewöhnt, daß du arbeitest.«
»Mit dem Geld, das ich mit dem Ding verdiene, können wir in diesem Winter eine Reise nach Florida machen.« Er wandte sich wieder der Fiedel zu.
»Zwei Reisen in einem Jahr. Du bist der letzte der großen Verschwender.« Pearl lachte und stand auf. Sie beugte sich vor, um Ernie einen Kuß auf seinen kahlen Kopf zu drücken. Erschrocken zuckte er zusammen und stieß den Krug mit Limonade um, die sich über das frisch gebeizte Holz ergoß.
»Pearl!«
»Es tut mir leid, Ernie. Ich hole sofort ein paar Papiertücher!« Ernie nahm das feuchte Holz in die Hand und schüttelte den Kopf. »Noch mehr Verzögerungen«, sagte er zu sich selbst. Mit sich selbst zu reden war eine Angewohnheit, die er seit seiner Kindheit gehabt hatte, und sie war, während er dem einsamen Beruf des Fiedelbauers nachging, nur noch schlimmer geworden. »Noch mehr Verzögerungen. Ich werde sie abziehen und neu beizen müssen.« Ach, Mist, dachte er. Ich hoffe nur, daß Chappy Tinka nicht auftaucht und mir wieder ständig im Nacken sitzt. Was für eine Nervensäge!

sieben

Als Luke und Nora in die Zufahrt ihres Hauses in Bridgehampton fuhren, sahen sie Louisa und Herbert Washburn, die auf den Stufen zur Eingangstür saßen und auf sie warteten. Louisa sprang auf, als hätte sie gerade im Lotto gewonnen. »Es war wunderbar, hier rauszufahren!« sagte sie überschwenglich. Zehn Minuten später nahmen sie beide ein Glas kühlen Chardonnay von Luke in Empfang und ließen sich auf eine Couch im hinteren »Wohnbereich« fallen, die sich an der gesamten Wand von Lukes und Noras luftigem Heim entlangzog. Kiefernholzfußböden, weiße Couches und Stühle, ein heller Eßtisch aus Holz neben dem offenen Küchenbereich und große Fenster, die den Blick auf einen weitläufigen Garten mit großer Rasenfläche freigaben, ergänzt durch einen Swimmingpool und große Bäume, die das Grundstück begrenzten – all das zusammen vermittelte einen Eindruck von schlichter Eleganz.

»Ich hab auch schon von dieser Reißzwecken-Familie gehört, mit der ihr bekannt seid, *hnnnnnn*«, sagte Louisa. Ein neuer Bekannter Louisas brauchte niemals sehr lange, um zu erkennen, daß sie viele ihrer Sätze mit einem nasalen Atemzug beendete und, wenn man nahe genug bei ihr stand, einem Griff nach dem Ellenbogen und einem Schütteln dieses Körperteils. Infolgedessen waren auf diversen Cocktailparties eine Menge Drinks verschüttet worden.

Louisa wandte sich Herbert zu, einem nichtssagenden Mann mit einem Gesichtsausdruck wie die Schweiz: immer neutral. Nach vierzig Jahren Ehe schien er Louisas Nasallaute und Griffe an den Ellenbogen nicht mehr zu bemerken. Der vage

Blick aus seinen wässerigen blauen Augen veranlaßte die Leute häufig, sich zu fragen, ob vielleicht die Lichter an waren, obwohl niemand zu Hause war. »Lambie«, sagte sie.

»Ja, Liebes.« Herbert war dünn und fast kahl; ein grauer Streifen Haar bildete ein Hufeisen von Ohr zu Ohr. Er war einen Kopf kleiner als Louisa, die man häufig dabei beobachten konnte, wie sie die winzigen Haarbüschel auf seinem Schädel liebevoll glattstrich.

»Weißt du noch? Es ist lange her. Haben wir damals nicht Hilda Tinka kennengelernt, die Mutter dieses komischen Chappy?« fragte sie. Plötzlich hatte sie das Bedürfnis, ihr eigenes Haar in Ordnung zu bringen. Jemand hatte ihr einmal gesagt, daß ihr eine Hochfrisur gut stehe; von dem Augenblick an trug sie ihr Haar ständig hochfrisiert. Jetzt bemühte sie sich, jede verirrte braune Strähne zurückzustecken, die es geschafft hatte, sich aus ihrem Knoten zu lösen. In der Zeit zwischen zwei Haarwäschen hielt sie es im wesentlichen dadurch in Ordnung, daß sie immer mehr Nadeln hineinsteckte. Am Ende konnte sie nicht mehr durch ein Röntgengerät am Flughafen gehen, ohne den Summton auszulösen. Aber sie war eine attraktive Frau mit sanften Gesichtszügen und warmen braunen Augen. »Stimmt's, Lambie?« fuhr sie fort. *»Hnnnnnn?«*

Herbert machte Kaubewegungen und blies Luft aus seinen Nasenlöchern. Sein Blick haftete starr am Couchtisch. Schließlich antwortete er nachdenklich: »Könnte sein.«

»Das dachte ich mir. *Hnnnn.*« Sie wandte sich Luke und Nora zu. »Ich werde das recherchieren müssen. Ich hab die Informationen aus all meinen Notizbüchern der letzten fünfundzwanzig Jahre in meinen Laptop eingegeben. Mein ganzes Leben ist darin gespeichert. Namen, Orte, Parties, Zahlen.«

»Die Hälfte der Leute darin sind tot«, bemerkte Herbert.

»Lambie, nicht die Hälfte!« sagte Louisa, ergriff sein knochiges Knie und rüttelte kräftig daran. »Nora, ich bin die Königin des

Internet. Dort führe ich all meine Recherchen durch. Ich werde dir diese Woche alles darüber beibringen.«

Woche, dachte Nora. Sie wagte es nicht, Luke anzuschauen. Sie hatte ihm gesagt, daß sie höchstens drei Tage bleiben würden. Als Antwort brachte sie mit leicht krächzender Stimme heraus: »Das wäre sehr interessant.«

»Die Party heute abend wird bestimmt auch interessant«, erklärte Louisa. »Ich liebe es, die Atmosphäre der Häuser anderer Leute in mich aufzunehmen.«

Was du nicht sagst, dachte Nora. »Tja, dieses Anwesen wird dich bestimmt nicht enttäuschen«, bemerkte sie höflich. »Chappy Tinka hat sich nicht nur ein Schloß gebaut, sondern er wird auch den Bereich für die Hausangestellten renovieren und ein kleines Theater für seinen persönlichen Gebrauch bauen lassen.«

Luke nahm einen Schluck von seinem Wein und runzelte die Stirn.

Louisa lachte und gestikulierte hoheitsvoll mit ihrer freien Hand. »In meinen Artikel über die Hamptons werde ich einen kleinen Abschnitt über Chappy Tinka und seine Frau einfügen müssen. Es gibt also tatsächlich jemanden, der in seinem eigenen Garten ein Theater baut! Wie weit wir doch von den Tagen entfernt sind, als die Menschen hierherkamen und nichts vorfanden als eine ruhige, bäuerliche Landschaft, wo die Leute angelten, um mal etwas Aufregendes zu erleben. Ich werde darüber schreiben, daß die Gründe, warum Menschen herkommen, sich geändert haben. Einige mögen die Hollywoodatmosphäre dort draußen, andere nicht.« Sie schwieg einen Moment und gab ein außergewöhnlich vielsagendes *Hnnnnn* von sich. »Der heutige Abend verschafft mir eine wunderbare Gelegenheit, einige Hintergrundrecherchen für meinen Artikel zu betreiben, nicht wahr, Lambie?«

»Wunderbar.«

Luke schaute auf seine Armbanduhr und wandte sich Nora zu. »Schatz, es ist schon sechzehn Uhr dreißig. Ich werd mal die restlichen Sachen aus dem Wagen holen und mich dann rasch duschen. Wenn wir zu dieser Party gehen, dann sollten wir bald aufbrechen. Um diese Tageszeit wird der Verkehr ziemlich dicht.«

»Ja, da hast du recht!« stimmte Louisa ihm mit Nachdruck zu. »Ich werde das in meinem Artikel ebenfalls erwähnen müssen. ›Traktoren ebenso wie Mercedeslimousinen‹ ...«

Nora lächelte. »Warum entspannt ihr beiden euch nicht ein bißchen, während wir unser restliches Gepäck ausladen und uns zurechtmachen?«

Louisa strich die Falten in ihrem Kaftan glatt. »Lambie und ich werden hier sitzenbleiben und diese schöne Aussicht genießen. Oh, ich kann es nicht erwarten, Regan wiederzusehen. Sie ist ein solcher Schatz. Es tut mir so leid, daß sie nicht hier bei uns wohnen wird.«

»Die Pflicht ruft sie«, sagte Nora. »Aber ich denke, sie wird bei diesem Job auch ein bißchen Spaß haben.«

»Oh, ja! Gott segne die jungen Leute! Jedenfalls würde ich mich gerne einmal ausführlich mit Brigid O'Neill unterhalten und mir gerne einmal diese Fiedel anschauen, von der ich schon so viel gehört habe!«

»Sie scheint ein reizendes Mädchen zu sein«, sagte Nora und flüchtete durch die Eingangstür zu Luke, der gegen den Wagen gelehnt dastand und sich die Schläfen massierte.

»Meinst du, sie würden es bemerken, wenn wir nie wieder hineingingen?« fragte er.

»Sie ist anfangs immer ein bißchen überdreht, wenn sie ankommt. Sie wird sich schon noch beruhigen. Hoffe ich jedenfalls.« Nora lehnte sich gegen ihren Mann, genoß den Duft seiner Haut und seiner Kleidung, während er seine Arme um sie legte. Die Straße war friedlich und ruhig, mit Ausnahme

des einen oder anderen Vogels, der seine Anwesenheit mit einem Zwitschern oder Krächzen kundtat.
»Vielleicht möchte sie sich eine Weile auf Chappys Anwesen aufhalten, um ihre Recherchen zu machen«, sagte Luke hoffnungsvoll.
»Regan wird uns umbringen«, bemerkte Nora mit einem glucksenden Lachen. »Ich frage mich nur, wen Louisa sich auf der Party heute abend vorknöpfen wird.«
»Sie wird ohne Zweifel wieder irgendeine arme Seele zum Wahnsinn treiben«, sagte Luke ironisch.
Er ahnte allerdings nicht, wie recht er hatte.

acht

»Nicht schlecht hier, was, Jungs?« rief Brigid von ihrem Platz am Küchentisch des Gästehauses aus, während die Mitglieder ihrer Band in Badehosen die Treppe herunterkamen. Bevor sie antworten konnten, klingelte das Telefon. »Das ist bestimmt mein Manager, Roy«, sagte sie und lief los, um das schnurlose Telefon zu holen, das irgendwo an der Wand der Behelfsküche angeschlossen war.

Nachdem sie ihre Sachen ausgepackt hatten, waren Regan, Brigid und Kit in der Küche zusammengekommen, um ihre Erlebnisse der letzten Zeit auszutauschen.

Chappy und Duke hatten ihnen geholfen, ihre Taschen hereinzutragen. »Ich hoffe, daß diese Zimmer Ihren Ansprüchen genügen!« hatte Chappy gerufen. »Es hat sich nie jemand beschwert! Aber wenn Ihnen etwas nicht gefällt, dann brauchen Sie es nur zu sagen, und man wird sich um alles kümmern!«

Nachdem man ihm immer wieder versichert hatte, daß dies eine außerordentlich angenehme, charmante Unterkunft sei, mit einem unglaublich schönen Ausblick auf das Meer, hatte sich Chappy zur Erleichterung aller auf sein Schloß zurückgezogen, um sich auf die Party vorzubereiten.

Im oberen Stockwerk befanden sich sechs Schlafzimmer. Regans Zimmer lag zur Straße hinaus und gegenüber von Kits Haus. Brigids Zimmer befand sich auf der anderen Seite des Flurs, und sein Fenster gab den Blick auf den Ozean frei. Die Zimmer waren in dem typischen Stil alter Strandhäuser möbliert: geblümte Teppiche, hölzerne Kommoden von Anno dazumal und wunderbare, altmodische Betten, die durchaus

von Chappys Vorfahren aus der Generation der ersten Einwanderer vererbt worden sein konnten. Die Bettüberwürfe waren aus dem weißen, mit kleinen Knötchen übersäten Material, das Regan noch in keinem Geschäft gesehen hatte und das sie ständig in irgendwelchen Ferienhäusern entdeckte, vor allem, wenn diese in der Nähe des Wassers standen.
»Was würdest du sagen – wie könnte man diesen Einrichtungsstil nennen?« hatte Regan Kit gefragt, während sie den Blick durch ihr Zimmer schweifen ließ.
»Was aus früheren Zeiten übriggeblieben ist«, hatte Kit geantwortet. »Bei uns sieht es sehr ähnlich aus. Ich muß sagen, es ist lange her, seit ich einen so altmodischen Fernsehapparat gesehen habe.«
»Das ist es, was ich an diesen kleinen Schuppen mag«, hatte Regan gesagt. »Sie führen dich zurück.«
»Ins finstere Mittelalter. Ich habe das Gefühl, als wäre unser Haus für eine Fernsehserie aus den sechziger Jahren eingerichtet und Ekel Alfred könnte jede Minute reinkommen«, hatte Kit gesagt, während sie Regans Tasche auf dem gehäkelten kleinen Teppich abstellte und die schneeweißen Vorhänge betrachtete, die in der Meeresbrise flatterten. »Jedenfalls hat das Haus diesen wunderbaren Geruch nach Meer und Strand.«
»Vielleicht Schimmel?« hatte Regan gefragt.
Sie hatten sich kaum an den Tisch gesetzt, als der Anruf von Roy kam.
Ein paar Minuten später trat Brigid wieder ins Zimmer; sie war dabei, das Gespräch zu beenden. »Ruf mich weiter mit guten Nachrichten an. Wir reden morgen wieder miteinander, Roy.« Sie schaltete den Apparat aus, legte das Telefon auf den Tisch, griff nach ihrem Sodawasser und lächelte Regan und Kit wohlwollend an.
Regan lächelte zurück. »Gute Nachrichten?«

Brigid schüttelte den Kopf. »Ich kann gar nicht glauben, wieviel passiert ist, seit ich euch beiden in Irland kennengelernt habe! Diese Sache mit der Fiedel ist unglaublich! Ein paar Typen, die hier draußen einen Radiosender für Countrymusic eingerichtet haben, möchten, daß ich in ihrer Show am Montag auftrete. Sie sind die Gastgeber des Musikfestivals.« Sie legte ihre Füße auf den Korbstuhl vor ihr und schaute hinaus auf das Meer, als wollte sie sich vergewissern, daß sie dem Atlantik so nahe war.

»Kann ich mir das nächste Mal, wenn ich eine Verabredung mit einem Mann habe, die Fiedel ausleihen?« fragte Kit.

»Nur, wenn ich als dein Bodyguard mitkomme«, antwortete Regan.

»Ich werd's auf einen Versuch ankommen lassen.«

Brigid lachte. »Es ist toll, euch beiden wiederzusehen.«

»Ich war auch froh, dich wiederzusehen«, sagte Regan. »Hättest du etwas dagegen, mir jetzt, da wir einen Augenblick Ruhe haben, den Brief zu zeigen, über den Austin gesprochen hat?«

Brigids Gesicht wurde ernst. »Er macht sich ständig Sorgen. Ich hab ihn ihm neulich abend am Telefon vorgelesen, und er wurde schrecklich nervös und rief meine Mutter an. Ich bin froh, daß du hier bist, Regan, aber so bedrohlich fand ich den Brief nun auch wieder nicht. Ich weiß, daß eine Menge Leute, die im Licht der Öffentlichkeit stehen, bösartige Briefe bekommen.«

»Ich verstehe«, sagte Regan. »Aber nach dem Diebstahl in Malachys Cottage müssen wir ganz besonders vorsichtig sein. Also – kann ich ihn mal sehen?«

Brigid schwang ihre Beine von dem Stuhl herunter. »Warum nicht? Dies ist die Stunde der Wahrheit.«

»Übrigens«, sagte Regan, als Brigid aufstand, »wo ist die Fiedel?«

»Unter meinem Bett.« Sie zog eine Augenbraue hoch. »Niemand würde auf die Idee kommen, dort nachzuschauen.«
Das Nette daran, in einer Privatunterkunft wie dieser zu wohnen, dachte Regan, ist, daß man sich keine Sorgen zu machen braucht, wenn man die Fiedel in seinem Zimmer zurückläßt, und daß man sie nicht überallhin mitzuschleppen braucht.
»Im übrigen«, sagte Brigid, »fragte Chappy, ob ich die Fiedel heute abend mitbringen und ein paar Lieder spielen könnte.«
»Ist es dir unangenehm?« fragte Regan, da sie wußte, daß viele Künstler es nicht mögen, wenn sie bei einer Einladung zu einer privaten Party gebeten werden, eine Kostprobe ihrer Kunst zu geben.
»Überhaupt nicht. Ich werde auch die Jungs fragen, ob sie Lust haben zu spielen. So, jetzt hole ich den Brief.«
Ein paar Minuten später kehrte sie zurück; in einer Hand hielt sie einen weißen Umschlag und in der anderen trug sie einen schweren Plastikbeutel. Sie schüttete den Inhalt des Plastikbeutels auf den Tisch, in dem sich Briefe und Postkarten und kleine Geschenke befanden, die die Leute während des Fan Fair für sie abgegeben hatten.
»Wow«, sagte Kit beeindruckt. »Die sind alle für dich?«
Brigid nickte glücklich. »Wenn ich mir vorstelle, daß ich noch im letzten Jahr in den schlimmsten Bruchbuden der Gegend vor leeren Stühlen gespielt habe. Während der Busfahrt habe ich jeden einzelnen dieser Briefe gelesen. Sie sind alle ziemlich nett und normal, mit Ausnahme von diesem hier.« Sie reichte Regan den weißen Umschlag.
Regan nahm ihn entgegen und zog ein einzelnes Blatt schlichtes, weißes Papier heraus. Die zornigen schwarzen Lettern ließen sie erschaudern. Jemand hatte eindeutig versucht, seine Handschrift zu verstellen. Sie las den Brief laut vor:

Liebe Brigid,
Du hast etwas genommen, das Dir nicht gehört. Und ich möchte Dich nicht noch einmal dieses Lied über das Gefängnis singen hören. Wenn Du meine Warnung nicht beachtest, dann muß ich weitere Schritte unternehmen.

»Nett, was?« sagte Brigid.
Regan seufzte. »Also, jemand hat diesen Brief letzte Woche beim Fan Fair zurückgelassen?«
Brigid nickte.
»Der Fluch, der auf der Fiedel lastet, wird nicht erwähnt, aber der Briefschreiber scheint davon zu wissen«, bemerkte Regan.
»Was ist das mit dem Fluch?« fragte Kit.
Brigid verdrehte die Augen. »Nichts als leeres Gerede. In Irland hat der Aberglaube Tradition.« Sie erklärte Kit die Zusammenhänge und schloß mit einem halbem Lächeln: »Die Feen lieben Musik, weißt du, und sie mögen es nicht, wenn man sie ihnen entzieht. Sie verlassen Irland nie, deshalb darf die Fiedel es anscheinend auch nicht tun. Andernfalls erleidest du einen Unfall oder siehst dem Tod ins Auge.« Sie zwang sich zum Lachen. »Nach meiner Meinung ist das Schlimmste an dem Brief, daß der, der ihn geschrieben hat, nicht will, daß ich meinen Hit spiele!«
Regan faltete den Zettel zusammen und legte ihn in den Umschlag zurück. »Es macht dir doch nichts aus, wenn ich ihn behalte?« fragte sie Brigid.
»Ich will ihn nicht«, sagte Brigid.
»Es gibt eine Menge Verrückte, die solche Briefe schreiben«, bemerkte Regan. »Aber die meisten von ihnen sind Feiglinge, die Angst hätten, wirklich etwas zu unternehmen.«
»Genau«, erwiderte Brigid. »Ich habe Freunde, die Alben besungen haben und haßerfüllte Briefe bekommen. Aber es ist ihnen nichts passiert.«

»Vollkommen richtig«, stimmte Regan ihr zu. Sie hielt den Brief in der Hand, und der Gedanke an den Diebstahl der Fiedel und den Fluch, der angeblich auf ihr lastete, bedrückte sie. Ein Unfall oder dem Tod begegnen. Nicht, solange ich etwas dagegen tun kann, dachte sie.

neun

Er fuhr immer weiter in Richtung seiner Hütte, wobei er die ganze Zeit Radio hörte und an Brigid dachte. Er hatte Spaß daran, zu der Musik zu singen. Immer, wenn die Nachrichten kamen, schaltete er auf einen anderen Sender um.

Also würde Brigid am Wochenende des vierten Juli in den Hamptons sein. Als er ein Kind war, hatte er diesen Feiertag gemocht. Das war mittlerweile anders. Er war seit Jahren nicht mehr zu einem Picknick eingeladen worden. Und er hatte Angst vor Feuerwerkskörpern. Seitdem der Besitzer dieses Hühnerstalls versucht hatte, ihn zu erschießen, mochte er überhaupt keine lauten Geräusche.

Jetzt würde er noch eine weitere Chance haben, ihr näherzukommen. Auf dem Fan Fair war es unmöglich gewesen. In Branson war es unmöglich gewesen.

In den Hamptons würde er es endlich schaffen.

10 zehn

Brad Petroni und Chuck Dumbrell liebten seit der Zeit, als sie Kinder gewesen und in benachbarten Häusern in Hicksville, Long Island, aufgewachsen waren, die Countrymusic. Ihr Lieblingsspiel war gewesen, sich als Cowboys zu verkleiden, und anstatt sich ein normales Baumhaus zu bauen wie die meisten Jungen, hatten sie ein Häuschen zusammengenagelt, das sie Dumboni's Saloon nannten und dessen Namen sie über die provisorischen Schwingtüren malten. Da keiner der beiden Jungen Zugang zu Pferden hatte, mußten als Ersatz häufig die Familienhunde einspringen, die von durstigen Cowboys an dem Pfosten vor ihrem Saloon angebunden wurden.

An Sommerabenden legten sie häufig einen Kreis aus dicken Steinen und saßen um ein Lagerfeuer herum, wobei sie sich vorstellten, sie wären Roy Rogers.

Als ihre Freunde angefangen hatten, Rockmusik zu hören, hatten sie sich ihre Kopfhörer aufgesetzt und Radiosendern gelauscht, die Gene Autry, Johnny Cash und Patsy Cline spielten. Mittlerweile hatten sie Garth Brooks, Clint Black, Dwight Yoakum, Reba McEntire, Mary Chapin Carpenter und den sensationellen Teenager LeAnn Rimes kennengelernt. Ihr Traum war immer gewesen, einen Countrymusicsender im Bereich New York aufzubauen, was allerdings nicht leicht sein würde.

Aber sie gaben den Traum nie auf.

Jetzt, da sie beide fünfunddreißig und geschieden waren, einsame Cowboys, wie sie sich selbst nannten, hatten sie ihre wenigen Ersparnisse zusammengelegt, sich ein paar Kredite besorgt und eine kleine, heruntergekommene Sendestation in Southampton gekauft. Sie waren am Wochenende des Memorial Day auf Sender gegangen, aber ihr größter Ehrgeiz war nicht nur, als die geschätzten Gastgeber des Schmelztiegel-Musikfestivals am vierten Juli namentlich genannt zu werden, sondern auch die Senderechte zu erwerben. Die Leute würden in ihren Autos zu Parties fahren und zu Hause Radio hören. Jeder wußte von dem Festival: Vielleicht würden sie ihren Apparat auf den Sender einstellen, der das Festival übertrug, und die Skala dann auf 113 stehen lassen.

Eine ihrer Aufgaben im Leben war es, den Menschen alles über Countrymusic zu erzählen. Die andere war es, sich damit ihren Lebensunterhalt zu verdienen.

An sieben Morgen in der Woche waren sie gemeinsam auf Sendung, und manchmal auch abends.

Wenn sie nicht auf Sendung waren, verbrachten sie ihre Zeit damit, sich Konzepte für Wettbewerbe und Verkaufsförderung auszudenken. Alles, was die Leute dazu brachte, ihnen zuzuhören. In letzter Zeit hatten sie darüber diskutiert, wie sie sich in irgendeiner Weise in das Musikfestival einbringen könnten. Im Augenblick saßen sie schweigend an ihren Schreibtischen und arbeiteten den liegengebliebenen Papierkram auf.

Chuck kratzte sich am Kopf und schob seine Omabrille auf seiner spitzen Nase hoch. Während er auf der Suche nach irgend etwas, das ihn auf eine Idee für eine Live-Diskussion bringen könnte, Zeitungen durchgeblättert hatte, war er auf den Artikel in der *Irish Tablet* über Brigid O'Neill und ihre Fiedel gestoßen. Und da ein Großteil der Countrymusic seine Wurzeln in den Rhythmen und Melodien der Musik hatte, die irische Immigranten über das Meer mitgebracht hatten, hatte Chuck die *Tablet* abonniert. Es ist eine Zeitung, in der wir annoncieren sollten, dachte er. Heutzutage hat jeder den Wunsch, wieder zu seinen Wurzeln zurückzukehren. Leute, die

die *Tablet* lesen, sollten darüber informiert werden, in welcher Weise die Musik ihrer Vorfahren die heutige Countrymusic beeinflußt hat. »Wir dürfen nichts unversucht lassen, Partner«, sagte er häufig zu Brad.

Während Chuck den Artikel las, zupfte er an seinem rötlichblonden Haar, das er zu dem obligatorischen Pferdeschwanz zusammengebunden hatte. Er war ein großer, schlaksiger Typ, der irgendwie immer den Eindruck machte, als hätte er seit einigen Tagen seinen Schnauzbart nicht rasiert. Ein Zahnstocher, dessen Ende mit blauer Folie dekoriert war, hing ihm aus dem Mund. Langsam schaute er von der Zeitung auf. »Weißt du was?« fragte er.

»Nein«, antwortete Brad geistesabwesend. Er war damit beschäftigt, auf seinem Schreibtisch Papiere zu ordnen. Er war ein kleiner, dunkelhaariger Mann mit weichen Gesichtszügen und wilden Augenbrauen, getrieben von dem Bedürfnis, die Rechnungen zu bezahlen.

Er wollte nie wieder in seinem Leben für jemand anderen arbeiten.

»Ich merke, daß mir ein paar Ideen kommen. Es ist Zeit für ein Brainstorming.«

»Schieß los.«

»Ich glaube, ich weiß, wie wir Werbung für das Schmelztiegel-Festival machen können … In diesem Artikel hier geht es um Brigid O'Neill und diese Fiedel, auf der sie spielt. Sie kommt nächste Woche zu uns in die Show.«

»Montag«, sagte Brad. Er schlug mit der Handfläche auf einen Hefter, und die drei Papiere, die er aufeinandergelegt hatte, waren jetzt ein offizielles Dokument. »Das hätten wir!« sagte er mit Befriedigung.

»Der Fiedelbauer hat die Initialen CT hineingeschnitzt. Warum veranstalten wir keinen Wettbewerb, in dem es darum geht, wer die beste Erklärung für die Initialen findet? Und dann

verschenken wir VIP-Tickets für das Konzert als Preis für die kreativste Antwort. Und ein Exemplar von Brigids neuem Album, das sie bei dem Konzert persönlich signieren kann.«
Brad schaute seinen Partner mit rückhaltloser Bewunderung an. Er hielt eine imaginäre Pistole in die Luft und drückte ab. »Das war ein gutes Brainstorming, Chef. Und was meinst du, mit was für Ideen die Leute kommen werden?«
Chuck streichelte seine Stoppeln. »So weit sind meine Überlegungen noch nicht gediehen. Aber der Topf dampft auf dem Lagerfeuer. Die Fiedel soll, wenn sie Irland verläßt, angeblich verflucht sein. Ich vermute, Brigid O'Neill schert sich nicht darum. Hoffentlich hat sie damit recht. Warum reden wir in der Show nicht über diesen und andere irische Aberglauben?«
»Glaubst du, es würde ihr etwas ausmachen?«
»Nein. Das Ganze ist wahnsinnig spannend. Wir werden alle dazu bringen, daß sie über die Initialen und den Fluch reden. Und über sämtliche anderen guten Geschichten über Flüche, die wir ausgraben können.«
»Welche anderen berühmten Flüche gibt es? Abgesehen vom Hope Diamond?« fragte Brad, womit er sich auf den Diamanten bezog, der seinen Besitzern ständig Unglück zu bringen schien. Einige von ihnen, wie Marie Antoinette, waren sogar geköpft worden.
Chuck lehnte sich in seinem Stuhl zurück und kaute an seinem Zahnstocher, um seine Denkfähigkeit zu unterstützen. »Lavagestein in Hawaii. Wenn du davon etwas mit nach Hause bringst, dann werden die Götter ziemlich ärgerlich. Es bringt Unglück.«
Brad begann, sich mehr und mehr für den Gedanken zu erwärmen. »Das ist gut«, sagte er, wobei sein faßförmiger Brustkorb sich hob und senkte und seine gebirgigen Augenbrauen sich zusammen- und wieder auseinanderzogen. Er schaute auf den Kalender, der an der Wand hing. »Das Konzert

ist am Freitag. Am besten verkünden wir den Gewinner des Wettbewerbs am Donnerstag.« Er schwieg einen Moment. »Dies ist unsere große Chance, in den Sattel zu kommen, meinst du nicht auch, Partner?« fragte er.
»Du sagst es, Cowboy. Es ist unsere Chance, mal was wirklich Tolles auf die Beine zu stellen.«
Bei diesen Worten klingelte das Telefon. Chuck nahm den Anruf entgegen. Brad konnte nicht erkennen, worum es bei dem Gespräch ging, da er immer nur »ja«, »nein« und »einverstanden« hörte.
Als Chuck auflegte, schrie er: »Yippee!«
»Was ist, Partner?« fragte Brad.
»Weil wir die geschätzten Gastgeber des Schmelztiegel-Musikfestivals sind, haben wir gerade eine Einladung erhalten, rüberzufahren und heute abend mit Miss Brigid O'Neill auf Chappys Anwesen zu Abend zu essen.«
Sie beugten sich vor und schlugen über den Tisch hinweg die Handflächen ihrer rechten Hände gegeneinander.

elf

Geh nach unten und hilf ihnen!« rief Chappy, während er mit beiden Fäusten gegen Dukes geschlossene Tür trommelte. Er trug weiße Hosen, einen blauen Blazer und weiße Schuhe aus Antilopenleder. Die Gäste würden jeden Augenblick eintreffen, und er war außer sich vor Aufregung.

Die Tür öffnete sich. Vor ihm stand Duke mit einer Dose Haarspray in der Hand. Er warf einen Blick auf Chappys zerzaustes Haar. »Willst du 'n bißchen?« fragte er.

»NEIN! Gehen wir!«

»Okay, okay.« Duke warf einen letzten Blick in seinen Ganzfigurspiegel, stellte die Dose Haarspray ab, nahm eine Flasche Eau de Cologne und besprühte sich reichlich damit. »Willst du 'n bißchen?« fragte er noch einmal.

»NEIN! NEIN, besten Dank! Es ist unglaublich, wie lange es dauert, bis du endlich fertig bist! Komm, laß uns gehen!«

Duke, der saubere enge Khakihosen und ein frisch gewaschenes, blauweiß gestreiftes Hemd trug, hatte noch vor einer Stunde im Fitneßraum trainiert. Er hatte Gewichte gehoben, ein feststehendes Boot gerudert und Streckübungen gemacht. Jetzt schloß er seine Schlafzimmertür hinter sich. »Kommen irgendwelche Besetzungschefs?«

»Warum fragst du mich das?«

»Aber du hast doch gesagt …«

»VERGISS, was ich gesagt habe. Bei dieser Party geht es darum, daß wir Brigid dazu bringen, uns zu vertrauen. Damit wir ihr nahekommen können. Damit wir am Ende der Woche die Fiedel austauschen können. Das ist das einzige, woran ich im

Augenblick denke.« Chappy blieb mitten im Flur stehen und zeigte mit dem Finger auf Duke. »Hast du verstanden?«
Duke salutierte. »Verstanden!«
»Dann komm endlich«, sagte Chappy, als er vor Duke die große Treppe hinunter und dann durch die Empfangshalle in die monströse Küche ging, wo Bettina, gekleidet in einen goldenen Overall und Schuhe mit Pfennigabsätzen, die Hilfskraft wegen der Horsd'oeuvres nervte.
»Ich hab dir doch gesagt, daß ich auf gesundes Essen Wert lege«, fauchte Bettina Constance an, die damit beschäftigt war, Schweinefleisch in Blätterteig vorzubereiten. Zwei Männer, die die übliche Kellneruniform für Parties in den Hamptons trugen – schwarze Hosen und weiße Hemden –, kämpften an dem vierzig Quadratmeter großen Küchentisch mit einer Teigtasche.
Constance kniff ihre kleinen runden Augen zusammen. »Diese Schweine sind Mr. Tinkas Lieblingstiere.«
»Hast du sie nach Peace Mans Rezept zubereitet?«
»Die Zutaten *dafür* kann man nur im Regenwald finden«, erwiderte Constance. »Und ich hatte keine Zeit, einen Flug zu buchen.«
Chappy räusperte sich. Auf das Stichwort hin begann Duke zu husten.
»Hallo, hallo«, sagte Chappy in singendem Tonfall. »Wie läuft's hier?«
Bettina wandte sich zu ihm um; sie zwang sich, ihm liebevoll zuzulächeln. »Hi, Poppy. Constance hat dir deine Schweine in Blätterteig gemacht. Ich dachte nur gerade, daß einige von den anderen Gästen vielleicht ein paar gesündere Gerichte vorziehen.«
»Oh« – Chappy wedelte mit der Hand in der Luft herum –, »dann stell doch einfach ein paar Weizenkeime hin. Und schrapp ein paar Möhren. Dann sind sie glücklich. Constance,

haben wir auf der Holzterrasse auch einen mexikanischen Tisch aufgebaut, mit Tortillas und Tabascosauce?«
Constance, die damit beschäftigt war, ein Stück Teig um ein Miniaturwürstchen zu wickeln, schaute von ihrer Arbeit auf und lächelte. Sie trug ein gestärktes graues Kleid, das an die Hausangestellten erinnerte, die man manchmal in einer ›XY-ungelöst‹-Sendung sieht. Chappy machte es Spaß, tagsüber Westernkleidung zu tragen, aber wenn sie Gäste hatten, kleidete er sich eher konservativ. »Ja, Sir. Und das ist auch der Tisch, wo wir nach dem Abendessen die Eiskrem, die Schokoladenstreusel und verschiedene Garnierungen hinstellen werden.«
»Oh, gut!« sagte Duke.
Es klingelte an der Tür. Aber eigentlich klang es wie ein Gong.
»Hört, hört!« rief Chappy. Er schlug auf Dukes Hand, die sich an einem Tablett Pilzquiche zu schaffen machte, und rannte aus der Küche.
An der Eingangstür, die die Größe einer riesigen Wandfläche hatte, sammelte er sich und öffnete sie. Vor ihm stand Peace Man in einem Kleidungsstück, das aussah wie ein grauer Pyjama. Um den Hals trug er eine Glasperlenkette.
»Sei gegrüßt!« sagte Peace Man feierlich.
Chappy wandte sich ab. »Bettina!« schrie er. Er trat ein paar Schritte zurück. »Kommen Sie herein«, sagte er widerwillig.
»Ist Peace Man der erste Gast?« fragte Peace Man.
Chappy sah ihn an. »Das ist nicht überraschend. Sie mußten nur die Strecke von Ihrem Wohnmobil neben dem Haus bis hierher zurücklegen.«
»Peace Man ist dort sehr glücklich. Die Ionen der Ozeanluft wirken beruhigend. Nur zwei Probleme. Eines ist: Du hast nicht genügend Bäume. Peace Man macht es Freude, jeden Tag einen anderen Baum zu umarmen. Nummer zwei ist, daß dieser große Bus mir das Sonnenlicht wegnimmt.«

Chappy war drauf und dran, ihm an den Hals zu springen und ihn zu erwürgen, als Bettina in die Eingangshalle trat.
»Schwester«, sagte Peace Man, den Kopf senkend.
»Peace Man«, sagte Bettina mit einem kleinen Knicks. »Willkommen in unserem bescheidenen Heim. Kann ich dir einen Drink holen?«
»Scotch on the rocks.«
»Scotch on the rocks. Schon unterwegs.«
»Mit Zitrone.«
»Mit Zitrone. Kommt sofort.«
Gemeinsam schlenderten sie durch das Foyer zu der Holzterrasse, wo eine Bar aufgebaut worden war. »Peace Man, ich hatte noch einige deiner Anhängerinnen eingeladen, aber da dieses Fest erst in letzter Minute geplant wurde, hatten sie bereits Einladungen zu anderen wichtigen Parties und dergleichen angenommen«, hörte man Bettina sagen.
»Peace Man versteht. Werden sie morgen bei der Sonder-Erleuchtungssitzung dabeisein?«
»Die würden sie um keinen Preis der Welt versäumen wollen.«

Chappy hatte das Bedürfnis, sich zu übergeben, aber glücklicherweise wurde er durch den Anblick der Architektin des Theaters, Claudia Snookfuss, und ihres Freundes. Ned Alingham, des Feng-Shui-Experten, abgelenkt, die aus ihrem brandneuen Range Rover stiegen, den sie von den Früchten ihrer gemeinsamen Arbeit gekauft hatten. Claudia zeichnete die Pläne für die Häuser oder was für Gebäude auch immer die Leute zu bauen beabsichtigten, und Ned sagte ihr, wo solche Dinge wie Geländer plaziert werden sollten. »Laß sie nie vor dem Haus verlaufen«, sagte er immer zu ihr. »Sonst fließt die Energie dort ab, wo die Tür sich öffnet.«
Es war Neds Pech, daß eine Menge Leute die Lehren des Feng Shui nicht akzeptierten und ihn oder seine Honorare bei der

Arbeit nicht dabeihaben wollten. Claudia war diejenige, die an den Aufträgen arbeitete.

Gemeinsam kamen sie die Stufen herauf. Claudia, mit ihrer kleinen Knopfnase und ihrem glatten, kinnlangen Haar, das von einem rosafarbenen Stirnband zurückgehalten wurde, sah aus, als könnte nichts in ihrem Leben jemals in Unordnung geraten. Sie trug, passend zu ihrem rosa Rock und ihrem grünen Oberteil, ein Paar rosa und grün gestreifter Segeltuchschuhe. Ned, mittelgroß, mit perfekt gescheiteltem Haar und einer eulenartigen Brille, strahlte eine gewisse nervöse Intensität aus. Sein Gesichtsausdruck war der eines Kindes, das in der nächsten Minute in Tränen ausbrechen wird. Sein unablässiges Streben nach Harmonie in seiner Umgebung erstreckte sich offensichtlich nicht auf das, was er in seinen Kleiderschrank hängte. Er trug Bermudashorts aus blauem Jeansstoff, ein leuchtend buntes, schillerndes geblümtes Hemd, weiße Socken und Sandalen. Um seinen Hals hing eine Kamera.

»Wie geht's, wie steht's?« fragte Chappy, als sie hereinkamen. Er klopfte auf Neds Kamera. »Wie ich sehe, wollen Sie ein paar Fotos schießen?«

»Tja, ich habe beschlossen, im Eigenverlag einen Selbsthilfe-Bildband über Feng-Shui herauszugeben. Wenn Sie nichts dagegen haben, würde ich gern ein paar vorläufige Bilder von der Arbeit aufnehmen, die ich hier gemacht habe.«

»Tja, dann nehmen Sie mal auf! Tun Sie sich keinen Zwang an! Und wie geht es Ihnen, Miss Claudia?«

»Groooß-artig«, antwortete sie und lächelte ihr kleines Lächeln. Nicht zu breit, aber freundlich, so, wie ihre Mutter es ihr eingeschärft hatte.

»Wie steht's mit Ihren Plänen fürs Theater?«

»Sie sind fertig, schon seit Monaten!« sagte sie. »Wir sind schon ganz wild darauf, mit der Planierraupe über das Gelände zu fahren, wenn Sie im September ihre Mieter losgeworden sind.

Aber wir müssen miteinander reden. Die Sitze werden mehr kosten, als wir dachten.«

»Mehr Geld für die Sitze?« rief Chappy aus. »Na ja, solange sie bequem sind.«

»Oh, sie sind es«, versicherte Claudia ihm.

»Und sie werden in Richtung Westen stehen«, fügte Ned hinzu. »Eine bessere Position für Unterhaltung und Entspannung.«

»Oh, gut«, sagte Chappy, fühlte sich aber dennoch ein wenig gereizt. Je länger es dauert, mit dem Bau dieses Theaters zu beginnen, dachte er, desto mehr scheint es zu kosten. Mein Gott, mittlerweile brauche ich diese Fiedel dringend. Das Reißzweckenvermögen der Tinkas war leider nicht unerschöpflich, auch wenn ihm das natürlich am liebsten gewesen wäre. Das Schloß hatte schon genug davon verschlungen. Chappy schlug Ned auf den Rücken seines schillernden Hemdes und schob die beiden jungen Leute vor sich her. »Holen Sie sich einen Drink. Ja, ja, es kommen noch mehr Gäste ...«

Regan, Kit und Brigid hatten bereits eine Weile lang am Tisch beisammen gesessen, als sie sich bewußt wurden, daß es schon spät war. Als Kit wieder zu ihrem Haus zurückging und Brigid sich auf den Weg zur Dusche machte, zog Regan ihren Badeanzug an und machte noch rasch einen Spaziergang durch Chappys parkähnlichen Garten, um zu überprüfen, wie sicher er war. Wer hier einbrechen will, hat ein leichtes Spiel, dachte sie.

Sie merkte, daß sie ein wenig müde wurde – offenbar die Nachwirkungen ihrer Flugreise, die die ganze Nacht über angedauert hatte. Deshalb nahm sie ein kurzes Bad im Meer, in der Hoffnung, daß das kalte Wasser sie wieder munter machen würde. Ich muß bei dem Fest heute abend wach sein, dachte sie. Man weiß nie, was passiert.

Sofort spürte sie die belebende Wirkung des kalten Salzwassers. Sie eilte zurück zum Gästehaus, das jetzt einsam und verlassen wirkte. Die Spätnachmittagssonne tauchte den Allzweckraum, der den Blick auf das Meer freigab, in ein sanftes, friedliches Licht. Es war die Tageszeit, zu der die Leute ihre Sonnenfalten verglichen.

Jetzt ist bestimmt jeder in seinem Zimmer und macht sich fertig, dachte Regan. Sie ging zur anderen Seite des Raumes, um sich etwas Ungewöhnliches genauer anzuschauen, das ihr schon vorher aufgefallen war. In der Wand war etwas, das wie eine Tür aussah, aber sie hatte keinen Griff. Wie seltsam, dachte sie. Ob sie in den Keller hinunterführt? Sie ließ ihren Blick rasch über das Erdgeschoß schweifen. Es gab keine andere Tür, die in den Keller führen könnte.

Sie ging wieder nach draußen und beugte sich über den Schacht eines der winzigen Kellerfenster. Dann rieb sie mit der Faust den Schmutz von der Fensterscheibe und spähte hinein. Soweit sie sehen konnte, handelte es sich um das typische graue Kellergeschoß aus Schlackensteinen. Es war leer. Der Fußboden war nackt. Ich vermute, das ist der Grund, warum sie keine Tür brauchen, dachte sie.

Regan stand auf, zuckte mit den Schultern und ging zurück ins Haus. Sie duschte und zog sich ein kurzes, ärmelloses schwarzes Kleid und Sandalen an. Gott sei Dank, daß es die Farbe Schwarz gibt, dachte sie. Man kann sie überall tragen und braucht sich nicht den Kopf zu zerbrechen, ob man richtig gekleidet ist. Sie legte den Gürtel an, der ihre 38er Pistole festhielt. Sie hatte sich eine Erlaubnis besorgt, ihre Pistole mit nach New York nehmen zu können. Das kunstseidene Pistolenhalfter mit Klettverschlüssen war die perfekte Vorrichtung, um eine Pistole am Körper zu tragen, ohne daß die Leute es merkten. Jedenfalls sehe ich damit nicht wie eine Idiotin aus, dachte sie.

Als Regan aus ihrem Zimmer kam, stand Brigid mit Pammy, die einen Rock in der Hand hielt, im Flur.

»Es tut mir schrecklich leid, daß ich deinen Rock versengt habe«, sagte Pammy zu ihr. »Das Bügeleisen ist so alt.«

»Mach dir deswegen keine Gedanken«, erwiderte Brigid. »Es war sehr lieb von dir, mir überhaupt anzubieten, ihn zu bügeln. Ich hab noch einen anderen, den ich anziehen kann.«

»Ich fühle mich schrecklich«, insistierte Pammy.

»Es ist schon in Ordnung. Wirklich«, sagte Brigid.

Ein paar Minuten später versammelten sich alle im Erdgeschoß. Brigid war jetzt zum Ausgehen bereit, gekleidet in einen wadenlangen, fließenden Rock, ein weißes, kurzärmeliges Hemd und eine Weste. Mit dem Fiedelkasten in der Hand entsprach sie genau dem Bild einer hinreißenden Musikerin, die bereit ist, die Menschen mit ihren Liedern zu bezaubern. Teddy, Hank und Kieran hatten ihre schwarzen Jeans angezogen; die Kästen mit ihren Gitarren, ihrer Mandoline und ihrem Banjo lagen auf dem Fußboden neben der Tür. Pammy, in einem engen Kleid mit rückenfreiem Oberteil, überprüfte ihr Make-up im Spiegel einer Puderdose. Kit klopfte an die Tür. Eine Gruppe von acht Personen aus ihrem Haus wartete in der Zufahrt.

»Sie wollen dich unbedingt kennenlernen, Brigid«, sagte sie.

Man stellte sich gegenseitig vor, und dann gingen alle hinüber zu Chappy.

»Willkommen! Willkommen! Willkommen!« rief er und konnte kaum abwarten, bis die Gruppe zur Tür hereingekommen war, um Brigid voller Begeisterung zu begrüßen. »Hunderttausendundeinmal willkommen.« Er lachte glucksend.

»Ich glaube, er ist wild entschlossen, es hunderttausendundeinmal zu sagen«, flüsterte Regan Kit zu.

»Brigid, ich hoffe, es macht Ihnen nichts aus«, sagte Chappy. »Ich habe ein paar Leute von der Presse eingeladen, die Sie kennenlernen möchten. Die beiden jungen Männer vom Sender für Countrymusic sind hier, und ein paar Reporter von den

Lokalzeitungen.« Mit einem deutlich hörbaren Flüstern fügte er hinzu: »Es ist eine hervorragende Werbung für das Festival.«
»Das ist schön«, antwortete Brigid lächelnd. »Mein Manager hat mich bereits für die Radioshow gebucht.«
»Ja, ich weiß. Die beiden haben Ihren Auftritt schon angekündigt. Und da sie die Gastgeber des Festivals sind, dachte ich, ich sollte sie einladen. Wie ich sehe, haben Sie Ihre Fiedel mitgebracht! Wie wunderbar!«
Nach den vielen Ankündigungen in den Zeitungen und im Radio wird jedermann wissen, wo er Brigid finden kann, dachte Regan.
»Hallo, hallo, ihr Leute«, rief Chappy. »Kommt herein, los, kommt alle herein.«
Jemand rief Regan von hinten etwas zu, während sie sich zentimeterweise durch die Tür voranschob. »Regan! Oh, Regan!« Sie drehte sich um und erblickte Louisa, strahlend schön in einem rotweiß geblümten Kaftan, mit einer passenden Blume im Haar. Sie sprang aus dem Wagen, den Luke noch nicht ganz zum Stehen gebracht hatte.
Los geht's, dachte Regan, und antwortete herzlich: »Louisa, wie schön, dich zu sehen.«
»*Hnnnnnn.* Dich auch«, erwiderte Louisa, stürzte auf Regan zu und umschlang sie mit beiden Armen. »Es ist wunderbar, hierzusein. Herbert! Komm und sag Regan ›Guten Tag‹.«

Fünfzehn Minuten später hatten sich alle mit einem Drink in der Hand draußen auf der Holzterrasse versammelt. Chappy hatte seine Gäste dort zusammengetrommelt, um einen Toast auszubringen. Brad Petroni und Chuck Dumbrell, die Besitzer des Radiosenders, hatten sich sofort auf Brigid gestürzt, während Louisa jedermann erzählte, daß sie einen Artikel über die Hamptons zu schreiben gedenke. Regan, die aus dem Augenwinkel heraus Brigid beobachtete, die an dem Geländer lehnte,

beobachtete amüsiert die gruppendynamischen Prozesse, die sich entwickeln, wenn Leute zusammenkommen, um eine Party zu feiern. Neben ihr lag der Fiedelkasten.
Einer der jungen Männer aus Kits Sommerhaus, Garrett, hatte bereits versucht, ihr Aktien zu verkaufen. Eines der Mädchen, Angela, in einem engen Hemd, das ihre kurvenreiche Figur zur Geltung brachte, hing an der Bar herum und flirtete mit Duke, während er die Drinks zubereitete.
Kit ging zu Regan hinüber und stellte sich neben sie. »Hast du den Typ mit dem rasierten Schädel und dem grauen Pyjama gesehen?«
Regan lachte. »Ich habe ihn noch nicht kennengelernt, aber ich hörte, wie jemand sagte, er sei Bettinas privater Guru.«
»Könntet ihr mir bitte alle mal zuhören?« rief Chappy. »Danke … danke.«
Die Menge wurde still, und jeder wandte sich zu Chappy um, der den einen Arm um Brigid, den anderen um Bettina gelegt hatte.
Das ist ja eine tolle diamantene Halskette, die Bettina da vorführt, dachte Regan. Und der Edelstein an ihrem Finger könnte es, was seine Größe angeht, mit einigen der Muscheln am Strand aufnehmen.
»Willkommen auf Chappys Anwesen. Meine Frau Bettina und ich fühlen uns sehr geehrt, in dieser Woche Brigid O'Neill und ihre Band bei uns zu Gast zu haben. Und wir fühlen uns gleichermaßen geehrt, daß auch Nora Regan Reilly und ihr Mann Luke bei uns zu Gast sind.«
Nora erhob ihr Glas und lächelte.
»*Hnnnn*«, ertönte es von irgendwo aus der Menge.
»Wir freuen uns sehr«, sagte Bettina mit einem breiten Lächeln. »Chappy und ich freuen uns ganz außerordentlich, Sie alle an diesem Abend bei uns begrüßen zu dürfen.«
Klingt, als hätte sie ihre Sätze vorher geübt, dachte Regan.

Chappy küßte sie auf die Wange und fuhr fort. »Ich möchte auch alle anderen Anwesenden heute abend herzlich willkommen heißen. Ich hoffe, Sie werden sich gut verstehen.« Er schwieg einen Moment, ein Schweigen, das sehr inhaltsschwer wirkte, dachte Regan, so wie bei allen Rednern, bevor sie etwas sagen, was sie für bedeutungsvoll halten. Chappy enttäuschte sie nicht. »... ich war immer an Musik interessiert, vor allem an Countrymusic, und ich könnte mir keine bessere Möglichkeit vorstellen, dem Schmelztiegel-Festival ein besonderes Glanzlicht aufzusetzen, als Brigid, eine Tochter Irlands, dazu einzuladen.«

Er wartete. Die Leute bemühten sich, mit ihren Drinks in der Hand zu applaudieren. »Wie Sie vielleicht wissen, lasse ich auf diesem Grundstück ein Theater bauen, das im nächsten Sommer fertig sein wird. Ich habe die Absicht, meinen Teil zur Pflege der schönen Künste in den Hamptons beizutragen, indem ich Theaterstücke auf die Bühne bringe, die meine Gäste an Sommerabenden genießen werden. Aber im Augenblick möchte ich Sie vor allem herzlich bitten, sich zu amüsieren. Essen Sie, trinken Sie, und seien Sie fröhlich!«

»Hnnn«, grunzte Louisa anerkennend. Sie war ein paar Meter von Regan entfernt und wandte sich Peace Man zu, der direkt neben ihr stand.

»Ich bin Louisa Washburn. Ich habe Ihren Namen nicht verstanden«, sagte sie zu ihm.

»Peace Man.«

»Ich wünsche auch Ihnen Frieden. Und Sie heißen ...?«

»Peace Man. Das ist ein Name.«

»Wie interessant«, sagte Louisa. »Und was machen Sie?«

»Peace Man öffnet anderen die Tür zum inneren Frieden.«

»Mmmh.« Louisa nahm rasch einen Schluck von ihrem tropischen Getränk und tastete nach der Blume in ihrem Haar. »Ich überprüfe Tatsachen und mache Recherchen«, sagte sie, während sie begann, in den 42,5 cm großen Radius seiner Intimsphäre einzudringen. »Fakten, Fakten, Fakten. Ich schreibe einen Artikel über die Hamptons, und ich würde liebend gern ein Interview mit Ihnen machen.«

Regan beobachtete, wie Chappy Brigid von einer Gruppe zur anderen begleitete. Sie wandte sich Kit zu. »Die Leute aus deinem Haus scheinen nett zu sein. Obwohl Garrett mich natürlich schon nach meinem Aktiendepot gefragt hat.«

»Ja, ich weiß«, sagte Kit. »Ich habe ihm gesagt, was meine Investitionen angeht, so könne er sich die Mühe sparen.« Sie schauten beide zu der Gruppe am Fenster hinüber, wo der große, schlaksige, braunhaarige Garrett stand. Er trug khakifarbene Hosen, ein kurzärmeliges Lacoste-Hemd und Slipper ohne Socken und hielt ein Glas Wodka und Tonic in der Hand. Er war in eine Diskussion mit den Männern vom Radiosender vertieft, die in ihren Blue jeans, Cowboystiefeln und glitzernden Hemden einen deutlichen Kontrast zu seiner Erscheinung bildeten.

»Komm, laß uns zu ihnen hinübergehen«, sagte Regan.

Als sie die Gruppe begrüßten, tauchte Louisa hinter ihnen auf. »So viele gut aussehende junge Männer auf dieser Party! Und wer sind Sie?« Als sie herausfand, daß Brad und Chuck Besitzer der Radiostation waren, geriet sie wie üblich in helle Aufregung. »Ich kenne den Sender! Niemand hat ihm jemals zu einem Erfolg verhelfen können. Aber ich bin sicher, daß Sie beide es schaffen werden. Es ist ein sehr hartes Geschäft. Meine Aufgabe ist es, Recherchen durchzuführen und Fakten zu überprüfen, deshalb weiß ich, wie viele Radiosender scheitern …«

»Recherchen?« unterbrach Chuck sie. »Vielleicht können Sie uns weiterhelfen?«

»Mit Vergnügen«, sagte Louisa strahlend.

Regan und Kit zogen sich an die Bar zurück, wo die vollbusige

Angela sich in Positur gestellt hatte. Sie hatte ihr gesträhntes, blondes Haar zu einer Hochfrisur gekämmt, aus der gerade genug Strähnen herunterhingen, um sexy auszusehen. »Schauspieler zu sein ist bestimmt wahnsinnig interessant«, sagte sie, als sie sich hinüberbeugte, um mit Duke zu reden. »Einmal wurde ich gebeten, nackt zu posieren, aber ich dachte, meine Großmutter würde Zustände kriegen.«

Kit flüsterte Regan ins Ohr: »Sie ist entschlossen, sich in diesem Sommer einen Ehemann zu angeln.«

Duke sah sie an. »Was wollen Sie trinken?«

»Weißwein«, antworteten beide.

Er scheint liebenswürdig zu sein, dachte Regan. Aber meint er es tatsächlich ernst mit der Schauspielerei? fragte sie sich. Mit seinem muskulösen Körper und seinem blonden Haar sah er aus, als könnte er eine Rolle in einer Neuverfilmung von *Verdammt in alle Ewigkeit* spielen.

Sie nahmen ihre Gläser und folgten Chappy und Brigid ins Haus, wo einige der anderen Gäste sich bereits versammelt hatten. Diese Art, Bodyguard zu spielen – jemanden zu beobachten, ohne daß es auffiel, und ihm zugleich seine Freiheit zu lassen –, war nicht leicht. Und dies sollte für Regan eine Woche der Entspannung sein.

Luke tauchte hinter einer Ecke auf.

»Hi, Dad. Wo ist Mom?«

»Sie macht mit Bettina einen Rundgang durchs Haus. Ich hab schrecklichen Hunger. Ich hoffe, wir bekommen bald was zu essen.«

Regan nickte. »Das hoffe ich auch. Louisa ist damit beschäftigt, sämtliche Gäste auf dieser Party zu interviewen. Ah, da kommt sie.«

»Es ist eine wunderbare Party. Ich amüsiere mich prächtig«, erklärte Louisa, während sie sich zu ihnen gesellte und einen

Eiswürfel zerkaute. »Hallo«, sagte sie zu einem Paar, das mit leeren Gläsern an ihnen vorbeiging. »Und wer sind Sie?«
»Claudia, und dies ist mein Freund Ned«, antwortete Claudia selbstbewußt.
»Woher kennen Sie die Tinkas?« fragte Louisa fröhlich.
»Ich bin die Architektin des Theaters, das er bauen will, und Ned hilft mir, die Objekte richtig zu plazieren. Er praktiziert Feng Shui.«
»Ah, ja! Ich habe Artikel darüber gelesen. Ich beschäftige mich damit, Fakten zu überprüfen und mache Recherchen, und ich würde Sie liebend gern für meinen Artikel interviewen.« Sie ging langsam mit ihnen nach draußen in Richtung Bar.
»Das Buffet ist eröffnet«, brüllte Chappy, der Brigids Hand umklammert hielt. »Nehmen Sie sich einen Teller und bedienen Sie sich. Brigid, Sie müssen sich zu mir setzen. Wir haben einen Sondertisch ...«
Brigid warf Regan einen Blick zu, verdrehte die Augen und lächelte. Sie ist so gutmütig, dachte Regan. Chappy bringt sie mit seiner Freundlichkeit noch um.
Regan, Kit und Luke füllten ihre Teller mit Hühnchen, Reis und Salat und setzten sich in den Wohnraum, dessen Decke einer Kathedrale ähnelte und den man für Hochzeitsempfänge hätte vermieten können, dachte Regan. Runde Tische für sechs Personen waren mit weißen Tischdecken gedeckt, und übergroße imitierte bunte Reißzwecken in der Größe riesiger Pilze dienten als Tafelaufsätze.
Innerhalb weniger Minuten stieß Nora mit ihrem Teller zu ihnen, Herbert tauchte, ein Stück Treibholz hinter sich herschleifend, wieder auf, und Louisa betrat mit zwei reichlich gefüllten Tellern den Raum. »Lambie, da bist du ja!« rief sie.
Während sie aßen, erzählte Louisa ihnen von all den interessanten Leute, die sie auf der Party kennengelernt hatte. »Ich nehme mir immer vor, auf jeder Party, die ich besuche, so viele

Menschen wie möglich kennenzulernen. Und in diesem Fall habe ich, glaube ich, schon jetzt alle kennengelernt, und dabei fangen wir gerade erst mit dem Abendessen an. Lambie, ist das genug Hühnchen für dich?«

Herbert kaute mit vollen Backen. Er nickte.

Regan ließ ihren Blick über den Rest der Tische schweifen. Sie bemerkte, daß Bettina mit Garrett und Peace Man und Duke und Angela zusammensaß. Brigid saß mit Chappy und den beiden Männern von der Radiostation und zwei Journalisten von den Lokalzeitungen am »Medien«-Tisch. Alle, die an dem Tisch saßen, hörten höflich und aufmerksam zu, während Chappys Hände wie zwei Vögel durch die Luft flatterten. Er erzählt offensichtlich gerade eine seiner Geschichten, dachte Regan.

Als alle Gäste ihre Mahlzeit beendet zu haben schienen, entschuldigte sich Regan und ging zu Brigid hinüber.

»Setzen Sie sich, setzen Sie sich, setzen Sie sich, Regan«, sagte Chappy zu ihr. »Brigid hat uns gerade von der Fiedel erzählt ...«

Ein weiterer Stuhl wurde sofort von einem der Kellner herbeigeschafft, und Regan zwängte sich neben Chappy an den Tisch.

»... Sie wissen, daß mein Theater im nächsten Sommer eröffnet wird?« fragte er Regan.

»Ja«, antwortete sie, wobei sie bemerkte, daß die beiden Reporter, die ihre Notizblöcke hervorgeholt hatten und ihre Stifte parat hielten, mit dem Schreiben aufhörten, sobald Chappy zu sprechen begann.

»Brigid, fürchten Sie sich vor dem Fluch, der auf der Fiedel lastet?« fragte eine elegante Dame in den Siebzigern, die die Klatschreporterin der *Southampton Sun* war, mit wohlklingender Stimme. Sie saß kerzengerade da und sah aus wie eine Dame der alten Schule.

Brigid lachte. »Nein, überhaupt nicht.«
»Aber einem Unfall oder dem Tod entgegenzusehen ist ein ziemlich beängstigender Aberglaube«, sagte der junge, unerfahrene Reporter der *Hamptons News* voller Begeisterung.
Er sieht aus, als wollte er die Sache so richtig hochspielen, dachte Regan.
»So sind die Iren«, antwortete Brigid und sah Regan an, als ermüde sie das Ganze allmählich. »Wir waren schon immer ziemlich abergläubisch.«
Brad Petroni, wie immer darauf bedacht, Werbung für seinen Radiosender zu machen, schaltete sich ein. »Brigid hat sich einverstanden erklärt, am Montag mit uns darüber zu reden. Wir werden uns über Flüche, verschiedene Aberglauben und die Fiedel unterhalten. Nicht wahr, Brigid?«
»Ja, genau.« Sie lächelte ein wenig mühsam.

Später, nach dem Abendessen, versammelten sich die Gäste mit ihren Eisbechern mit Früchten im Wohnzimmer, wo ein drei Quadratmeter großes Porträt von Alvin Conrad Tinka, dem Begründer des Tinka-Reißzwecken-Vermögens, in der Nähe des Porträts seiner geliebten Frau, Agneta, aufgehängt war. Zwischen ihnen hing das Babybild ihres einzigen Enkelkindes, Chappy, der die Betrachter mit seinen rosigen Wangen und Ringellöckchen strahlend anlächelte.
Chappy saß in einem thronähnlichen Stuhl direkt unter dem Gemälde, das vor über fünfzig Jahren von ihm gemacht worden war. Bettina saß zu seinen Füßen.
Regan, die im hinteren Bereich des Raumes neben einer der Türen Platz genommen hatte, von wo aus sie ein Auge auf die Menschenmenge haben konnte, fand, daß er nicht glücklicher hätte aussehen können.
»Lassen Sie uns mal die Fiedel sehen!« drängte er Brigid. »Bitte spielen Sie uns etwas auf der Fiedel vor.«

»Okay«, antwortete Brigid. »Ich werde auf meiner Fiedel ein Lied spielen, und danach möchte ich, daß meine Band mich begleitet.« Regan beobachtete sie. Brigid nahm die Fiedel ehrfürchtig in die Hand, balancierte sie auf ihrer Schulter, schloß für einen kurzen Moment die Augen und begann dann zu spielen. Temperamentvolle Musik erfüllte den Raum, und Regan sah, wie Brigids Augen funkelten und ihr Körper sich im Rhythmus der Musik bewegte. Ihre Erschöpfung schien von der Musik wie weggeblasen.

Sie liebt, was sie tut, dachte Regan. Es macht sie glücklich. Als wäre das Musizieren alles, was im Leben zählt.

Nach dem ersten Lied sagte Brigid: »Kommt, Jungs, ich möchte, daß ihr mich begleitet.«

»Spiel deinen Hit«, drängte Brad sie.

»Kommt sofort«, antwortete Brigid mit einem glucksenden Lachen.

Kieran stand neben ihr, und Teddy und Hank nahmen ihre Plätze im Hintergrund ein, während sie mit großer Begeisterung das Lied sang, das sie berühmt gemacht hatte. »If I'da known You Were in Jail«, begann sie. Brigids Stimme klang so rein und jung und frisch. Die jungen Männer unterstrichen die Darbietung mit ihrem Gesang, wobei Kieran ein paar Zeilen solo schmetterte, als er den Part des unglücklichen Gefängnisinsassen sang, der ihr seine unsterbliche Liebe gestand.

Sie sind wirklich gut, dachte Regan. Sie werden es schaffen. Im selben Augenblick wurde sie sich bewußt, daß sie irgend etwas störte. Sie schaute sich um und bemerkte, daß Herbert alle paar Sekunden nervös zur Tür blickte.

Louisa war nicht da.

Sie war die ganze Zeit, in der musiziert wurde, nicht dagewesen.

Sie würde das hier keinesfalls verpassen wollen, dachte Regan besorgt. Sie verließ den Raum und eilte den Flur hinunter zu

den beiden Gästebadezimmern. Beide Türen standen offen. Sie waren leer.
Während sie den Flur immer weiter hinunterrannte, warf sie einen Blick in den Wohnraum, wo die Kellner die Tische zusammenklappten.
Keine Spur von Louisa.
Vielleicht ist sie in den Garten gegangen, dachte Regan verzweifelt. Vielleicht mußte sie ein wenig Luft schnappen.
Sie rannte durch das Eßzimmer und steckte ihren Kopf in die Türöffnung zur Küche, wo die Haushälterin am anderen Ende des Raumes Geschirr spülte. Da sie keine Zeit damit vergeuden wollte, Fragen zu stellen, rannte Regan hinaus auf die Holzterrasse, wo das Eis langsam in den Behältern schmolz.
»Louisa?« rief sie in die Dunkelheit hinein.
Das einzige Geräusch, das sie hörte, war das Donnern der Wellen, die sich am Strand brachen.
O Gott, dachte sie. Die Drinks, die Louisa getrunken hatte, waren ziemlich stark gewesen.
Sie lief, zwei Stufen auf einmal nehmend, die Treppe hinunter auf das Wasser zu und schlug dann die entgegengesetzte Richtung ein. Louisa würde bestimmt nicht in die Nähe des Ozeans gehen, dachte Regan. Ich werde mal am Pool nachschauen. Vielleicht wollte sie ein wenig draußen sitzen.
Regans Sandalen wurden von dem Sand immer schwerer. Sie schleuderte sie weg und rannte zu der Seite des Hauses, wo sich der Pool befand. Alles schien ruhig und friedlich zu sein, aber als sie die Stufen hinaufrannte, sah sie zu ihrem Entsetzen Louisa in ihrem rotweißen Kaftan mit dem Gesicht nach unten im Pool treiben.
»LOUISA!« schrie Regan aus Leibeskräften. Sie öffnete ihr Pistolenhalfter, ließ es auf den Boden fallen und sprang ins Wasser.

12 zwölf

Als er sah, daß sie von jemandem gerettet wurde, drehte er sich um und rannte davon.

Nachdem er wieder in den Hamptons angekommen war und seine spätnachmittägliche Mahlzeit zu sich genommen hatte – »pochierte Eier auf Toast, ohne diese klebrige Sauce Hollandaise, Miss, eine Portion Pommes frites und eine Cola« –, war er hierhergefahren und hatte seinen Wagen am Ende der Straße geparkt, die zu Chappys Anwesen führte. Er hatte gewußt, daß Brigid dort war, und er mußte unbedingt in ihrer Nähe sein. Er kam noch nicht an sie heran, aber die bloße Tatsache, daß er sich in derselben Gegend aufhielt wie sie, war sehr aufregend. Was hatte seine Mutter zu ihm gesagt, als er begonnen hatte, sich in Filmstars zu verlieben?

Sie hatte gesagt: »Jetzt komm mal wieder auf den Teppich.«

Das hatte ihn sehr verletzt. Seine Mutter war diejenige, die romantische alte Filme liebte. Vor allem Der Scheich. *Er hatte keinen Vater, an den er sich wenden konnte. Der hatte sich vor so langer Zeit aus dem Staub gemacht, daß er sich noch nicht einmal an ihn erinnern konnte. Brigid hatte ihren Vater ebenfalls verloren. Das hatte er irgendwo gelesen. Also hatten sie etwas gemeinsam und könnten darüber reden, wenn sie endlich zusammen waren. Wenn er nur die Chance hätte, Brigid zu entführen, dann würde sie sich ebenfalls in ihn verlieben. Dessen war er sich sicher.*

In jener Nacht, die er im Gefängnis verbracht hatte, hatte er ihren Hit gehört und war sicher, daß sie ihm damit eine

Botschaft übermitteln wollte. Über das Radio. Nur ihm ganz allein. Er wollte nicht, daß sie das Lied für jemand anderen sang.
Nachdem er seinen Wagen geparkt hatte, war er an den Strand vor Chappys Anwesen gegangen. Er hatte sich einen Eindruck verschaffen wollen, wie es dort aussah. Da die Menschen draußen waren und am Strand spazierengingen, hatte er sich unauffällig unter sie mischen können, aber er hatte trotzdem darauf geachtet, sich weit genug von ihnen fernzuhalten, daß er nicht bemerkt wurde.
Er entschied, daß es am besten wäre, ständig in Bewegung zu bleiben, deshalb schlenderte er an mehreren der großen Häuser vorbei, kehrte dann um und kam zurück. Das war der Augenblick, in dem er sah, daß zwei junge Männer und eine Frau ein Buffet mit Essen und eine Bar auf der Holzterrasse von Chappys Schloß aufbauten. Er beschloß, sein Glück zu versuchen. Als der Strand leer war, schlüpfte er unter die Terrasse und versteckte sich dort.
Sie wollten eine Party feiern! Das war perfekt!
Als die vielen Gäste eingetroffen waren, konnte er hören, wie sie lachten und redeten. Brigid stand direkt über seinem Kopf! Er hörte, wie sie Fragen über ihre Musik beantwortete. Sie würde am Montag auf dem Sender für Countrymusic zu hören sein. Sie freute sich auf das Konzert. Sie wohnte im Gästehaus neben dem Swimmingpool.
Dann gingen alle ins Haus, um zu essen. Er fühlte sich so schrecklich einsam. Aber er mußte das Beste daraus machen. Der Sand unter der Terrasse fühlte sich allmählich feucht an. Aber er wollte seinen Platz nicht verlassen. Er rutschte hin und her, um in eine bequemere Position zu kommen, und wartete. Er konnte hören, wie die Kellner über ihm hin- und hergingen. Er pellte das hartgekochte Ei, das er in seiner Tasche hatte, und aß es.

Dann kamen alle wieder nach draußen, um Eiskrem zu essen. Irgendein Tolpatsch stieß eine Schale Schokoladenstreusel um, und einige davon fielen durch die Ritzen im Holz. Es gelang ihm, ein paar in seiner Handfläche aufzufangen. Langsam leckte er sie mit seiner Zunge auf.
Er konnte hören, wie sie darüber redeten, wieder ins Haus zurückzukehren, um sich Brigids Spiel anzuhören. Es ist Zeit, sich das Haus anzuschauen, in dem Brigid wohnt, dachte er. Es war mittlerweile dunkel, und er konnte sich unbemerkt dort hinüberschleichen. Nachdem alle wieder ins Haus zurückgekehrt waren, wartete er noch eine Weile und kroch dann unter der Terrasse hervor, wobei er versuchte, den Sand abzuschütteln, der sich in seinem braunen, kurzgeschnittenen Haar verfangen hatte. Wie lästig.
Er schlich am Pool vorbei, beschleunigte dann seine Schritte und lief hastig zum Gästehaus hinüber, wo seine Brigid wohnte.
Das war der Augenblick, in dem er die Geräusche hörte – irgend jemand, der aus dem großen Haus kam, zum Pool hinunterging und dabei ein seltsames Schnaufen von sich gab. Er drückte sich an die Wand des Cottage, damit man ihn nicht sehen konnte. Als er einen Platz gefunden hatte, von wo aus er einen guten Überblick hatte, ohne daß man ihn bemerkte, konnte er eine Frau sehen, die sich neben dem Sprungbrett über den Pool beugte.
Als sie mit einem lauten Platschen hineinfiel, war er sicher, daß er, obwohl der Bereich nur schwach beleuchtet war, eine Gestalt gesehen hatte, die hastig davonlief.
Jemand hatte sie hineingestoßen! Er wußte nicht, was er tun sollte. Dann kam jemand aus dem Haus und rief einen Namen, entdeckte die Frau im Pool, stieß einen Schrei aus und sprang mit einem Kopfsprung hinein.
Dort, wo er stand, konnte man ihn unmöglich finden. Niemand

konnte also denken, daß er derjenige gewesen war, der sie hineingestoßen hatte.
Menschen kamen aus dem Haus gerannt. Er drehte sich um und lief davon. Was war denn überhaupt dort los? War Brigid in Gefahr?
Brigid, ich komme wieder, dachte er. Ich komme wieder.

13 dreizehn

Sonntag, 29 Juni

Regan wachte früh auf. Wegen all der Aufregungen hatte sie sehr unruhig geschlafen. Sie rollte sich auf die Seite und starrte auf das Fenster, dessen Jalousie leicht hin- und herwehte.

Was für eine Nacht, dachte sie. Ein so angenehmer Abend, der damit endete, daß Louisa fast ertrunken wäre.

Regan seufzte und ließ die Ereignisse der vorigen Nacht noch einmal Revue passieren. Sie hatte Louisa zum flachen Ende des Pools geschleppt; die beiden jungen Männer vom Radiosender waren hineingesprungen und hatten dabei geholfen, Louisa hinauszuheben. Was war es, das sie gerufen hatten? fragte sich Regan. Irgend etwas wie: »Hier kommt die Rettung«, und dann: »Weg da, diese Lady braucht ein bißchen Luft.« Tja, das war gewiß die größte Untertreibung des Abends, dachte Regan. Aber sie waren wirklich hilfsbereit gewesen, und ihre Cowboystiefel waren wahrscheinlich ruiniert.

Die größte Überraschung war Pammy. Bevor Regan aus dem Pool steigen und es selbst tun konnte, hatte Pammy Louisa auf den Bauch gerollt, ihren Kopf zur Seite gedreht, sich auf sie gesetzt und damit begonnen, mit Pumpbewegungen ihren Rücken zu bearbeiten. Während sie sich Louisas annahm, rhythmisch auf ihre Rippen hämmerte, bis Louisa Wasser auszuspucken begann, war ihre gesamte mädchenhafte Niedlichkeit verflogen. Herbert war vor Erleichterung außer sich, und sämtliche Gäste brachen in Jubelrufe aus.

»Mit sechzehn war ich Rettungsschwimmerin«, sagte Pammy zu Regan. »Es war offensichtlich, daß sie nicht lange im Wasser gelegen haben konnte.«

Ich war auch Rettungsschwimmerin, hatte Regan sagen wollen, aber sie sparte sich die Mühe. Sie erinnerte sich amüsiert an den Augenblick, als Pammy wieder in ihre übliche Rolle geschlüpft war. Die Reporter hatten Fotos geschossen. Pammy war aufgestanden; ihr rückenfreies Kleid war feucht und zerknittert. »Ich sehe bestimmt schrecklich aus«, hatte sie mit einem selbstzufriedenen Lächeln gesagt. Kieran hatte sie mit einem Gesichtsausdruck angesehen, den Regan noch immer nicht ganz interpretieren konnte. Eine Mischung aus Stolz und Wehmut, dachte sie.
Natürlich hatte Regan verdutzt danebengestanden und ausgesehen wie eine ertrunkene Ratte.
Es gab irgend etwas an diesem ganzen Vorfall, das Regan nicht verstand. Wie konnte Louisa einfach in den Pool gefallen sein? War sonst noch irgend etwas passiert?
Sie stand auf und reckte sich. Aus dem Koffer auf dem Fußboden zog sie einen Badeanzug. Ich würde gerne kopfüber in den Pool springen und richtig wach werden, dachte sie. Sie spürte das Bedürfnis, wieder zur Unfallstelle zurückzukehren. Es war zehn Minuten nach neun. Sie und Brigid würden um elf Uhr zum Brunch zum Haus ihrer Eltern hinüberfahren. Gestern abend hatte Regan ihre Mutter gefragt, ob sie heute vorbeikommen könnten. In dem Augenblick war ihr bewußt geworden, daß sie Louisa befragen wollte.
Regan ging nach unten, wo das Haus noch völlig ruhig war. Es scheint, daß alle noch schlafen, dachte sie. Sie blieb vor dem Kühlschrank stehen, schenkte sich ein Glas von dem Orangensaft ein, den Chappy dort hineingestellt hatte, und trank es dankbar in drei tiefen Zügen aus.
Der Tag war hell und sonnig. Der Ozean lag blau und glitzernd vor ihr, und Schiffe waren als kleine Punkte am Horizont erkennbar. Am Pool entdeckte sie Duke in seiner Badehose, der dabei war, mit einer Kelle das Wasser zu säubern.

»Hi, Regan!« rief er.

»Hi«, sagte sie und warf ihr Handtuch auf einen Stuhl. Das Wasser im Pool sah ruhig und friedlich aus. Es ist unglaublich, daß genau dieser Ort vor weniger als zwölf Stunden Schauplatz eines solchen Chaos war, dachte sie. »Sie sind schon früh bei der Arbeit«, sagte sie zu Duke.

»Oh, ja. Es gehört zu meinen Pflichten, den Pool sauber zu halten. Chappy möchte sichergehen, daß das Wasser für Sie alle frisch und rein ist.« Er lachte. »Gestern, als wir aufräumten, bekam Bettina einen schrecklichen Wutanfall. Ich hatte versehentlich den Griff der Kelle in eine Dose mit weißer Farbe getaucht.«

Regan bemerkte das Schild, das an der Tür der Umkleidekabine hing: FRISCH GESTRICHEN. Sie erinnerte sich daran, daß Kit gesagt hatte, alle wären während der Vorbereitungen für Brigids Ankunft eilig hin- und hergelaufen.

Regan lächelte. »So was passiert.«

»Tja. So was passiert mir nur leider ziemlich häufig«, antwortete er gutmütig. »Wissen Sie was? Letzte Nacht waren Sie eine richtige Heldin, Regan. Chappy sprach davon, wieviel Glück Louisa hatte, daß Sie losgingen, um nach ihr zu suchen. Er sagte, Sie müßten eine unheimlich gute Intuition haben.«

»Vielen Dank«, antwortete Regan ruhig. »Sagen Sie, stimmt es, daß Sie Schauspieler sind?«

»Ich arbeite seit fünfzehn Jahren daran. Mein großer Durchbruch ist bis jetzt noch nicht gekommen, aber er steht nahe bevor«, sagte er mit einem breiten Lächeln. Er zog die Kelle aus dem Wasser. »Die hätten wir. Jedenfalls bis Chappy die nächste Zitronenscheibe in den Pool wirft.« Er lehnte den langen Haltegriff der Kelle vorsichtig gegen einen Tisch in der Nähe des Pools und betrachtete die dünne Schicht weißer Farbe an seinen Händen. »Der Griff ist vermutlich noch klebrig«,

sagte er halb zu sich selbst. »Ich werd mal sehen, ob Terpentin da ist, um dies hier zu reinigen. Bis später.«
»Ja, bis später«, sagte Regan und sah ihm nach, als er kopfschüttelnd davonging. Ein paar Augenblicke lang blieb sie ruhig sitzen und genoß den frühmorgendlichen Frieden. Die Szene der letzten Nacht war ihr noch immer frisch im Gedächtnis. Jemand hatte 911 angerufen. Innerhalb von Minuten war die Polizei mit heulenden Sirenen und blinkenden Lichtern eingetroffen. Mittlerweile hatte Louisa sich aufgesetzt und sich geweigert, ins Krankenhaus gebracht zu werden.
»Es würde Lambie viel zu sehr aufregen«, sagte sie mit schwerer Zunge.
Deshalb brachte das Hausmädchen Louisa einen Bademantel, den sie für den Weg nach Hause anzog. Nora begleitete sie; in der Hand hielt sie eine Plastiktüte mit Louisas Kaftan.
Regan ging zum Sprungbrett hinüber und schaute es sich genau an. Sie hatte gestern abend nur wenig aus Louisa herausbekommen können: Sie war aus dem Haus gegangen, um ein wenig frische Luft zu schnappen, und hatte dann, verwirrt und fasziniert zugleich, die Note gesehen, die auf den Boden des Pools gemalt war. Sie beugte sich über das Becken, um sie sich genauer anzuschauen, verlor das Gleichgewicht und fiel hinein, wobei sie sich seitlich am Sprungbrett den Kopf stieß.
Die ganze Sache kam Regan ziemlich seltsam vor. Selbst wenn Louisa das Gleichgewicht verloren hatte – warum hatte sie sich dann so heftig am Sprungbrett gestoßen?
Regan sprang mit einem Kopfsprung in den Pool und genoß erneut die belebende Wirkung des kalten Wassers. Zwei Nächte, in denen ich schlecht geschlafen habe, dachte sie. Ich sollte ständig einen Pool oder einen Ozean in der Nähe haben, damit ich hineinspringen kann, wenn ich müde bin.
Sie schwamm mehrere Bahnen und stieg dann wieder hin-

aus. Es war Zeit, sich eine Tasse Kaffee zu besorgen und nachzuschauen, wie es der geschwätzigsten Patientin der Welt ging.

»Regan, in dem harten, erbarmungslosen Morgenlicht schäme ich mich schrecklich«, rief Louisa Regan von der Couch aus zu, als Nora Regan, Brigid und Kit zum hinteren Teil des Hauses führte. Louisa lag mit einem Waschlappen auf dem Gesicht ausgestreckt auf dem Polster. Ihr rotweißer Kaftan, der ihr Unglück gebracht hatte, war durch einen blaugrün gemusterten ersetzt worden.

Herbert saß am anderen Ende der Couch und massierte schweigend Louisas Füße.

»Kein Grund, sich zu schämen«, sagte Regan, als sie sanft den Waschlappen von Louisas Gesicht hob. »Du hast dir da aber eine ganz schöne Beule geholt. Das Sprungbrett scheint dir ja regelrecht entgegengesprungen zu sein.«

»So kommt es mir auch vor, Regan.« Louisa bemühte sich aufzustehen.

»Nicht aufstehen«, warnte Regan sie, während sie eine Tasse Kaffee von ihrer Mutter entgegennahm. Luke war in der Küche und kümmerte sich um den Brunch, die einzige Mahlzeit, die er gern zubereitete. Blaubeerpfannkuchen waren seine Spezialität.

»Ich bin so gut wie neu. Ich habe gestern abend wahrscheinlich mehr getrunken, als mir bewußt war. Regan, wenn du nicht ...« Louisa ergriff Regans Hand. »Lambie und ich danken dir, daß du mir das Leben gerettet hast. Stimmt's, Lambie?«

Herbert bearbeitete gedankenverloren den kleinen Zeh an Louisas rechtem Fuß. Er schaute auf. »Ja, genau. Danke, Regan.«

›Heile, heile Segen, drei Tage Regen ...‹, dachte Regan.

»Er hat letzte Nacht kaum geschlafen«, sagte Louisa fast stolz,

da Herberts Schlaflosigkeit ihr das Gefühl gab, eine Frau zu sein, die geliebt wird. *»Hnnnnn.«*
Es geht ihr zweifellos besser, entschied Regan.
»Die Kellner haben ständig Wein nachgeschenkt. Und ich hatte ein paar von diesen tropischen Drinks, weil mich das immer an die Zeiten erinnert, wenn Lambie und ich auf den Karibischen Inseln Urlaub machen. Lambie schnorchelt so gern.« Sie schaute ihren Mann liebevoll an, der sich jetzt so intensiv auf den großen Zeh ihres linken Fußes konzentrierte, als wäre er genauso faszinierend wie ein exotischer Tropenfisch. *»Hnnnnnn.«*
Wenn jemand *das* mit meinen Füßen machen würde, dachte Regan, dann würde ich wahrscheinlich auch ziemlich seltsame Laute von mir geben.
»Jedenfalls«, fuhr Louisa fort, »war ich so sehr damit beschäftigt, mich mit den Gästen zu unterhalten, daß ich nicht bemerkte, wieviel ich getrunken hatte. Und als sich alle im Salon versammelten, spürte ich, daß ich unbedingt rausgehen mußte, um ein wenig frische Luft zu schnappen.« Sie wandte sich Brigid zu, die neben Kit auf der anderen Couch saß. »Brigid, ich bin so enttäuscht, daß ich nicht dazu kam, mir Ihr Spiel auf dieser sagenhaften Fiedel anzuhören.«
»Das ist schon in Ordnung, Louisa. Ich werde in dieser Woche noch einmal spielen«, erwiderte Brigid und trank einen Schluck von ihrem Kaffee. Sie trug khakifarbene Shorts und ein blaues, kurzärmeliges Hemd. Ihr langes, rotes Haar ergoß sich wie ein Wasserfall über ihre Schultern. »Obwohl ich nicht sicher bin, ob ich es wirklich tun sollte«, fügte sie lachend hinzu. »Jedesmal, wenn ich auf meiner Fiedel spiele, scheint irgend etwas Aufregendes, gut oder schlecht, zu passieren.«
»Der Fluch!« rief Louisa. »Ich bin informiert. Die beiden jungen Männer vom Radiosender baten mich, ihnen Material über Aberglauben und Verwünschungen für Ihre Show morgen zu

beschaffen. Glauben Sie, daß sie auch darüber reden, daß ich fast ertrunken wäre?« fragte sie hoffnungsvoll.
»Ich hab keine Ahnung«, antwortete Brigid.
»Irgend etwas sagt mir, daß sie es tun werden«, bemerkte Regan. »Vor allem, weil sie diejenigen waren, die dich aus dem Wasser gehoben haben.«
»Soviel Kraft«, seufzte Louisa. »Und was ist mit der jungen Frau, die meinen Rücken bearbeitete?«
»Pammy«, sagte Brigid.
»Ich muß ihr einen Dankesbrief schreiben. Und Kieran ist ihr Freund?«
»Ja«, sagte Brigid hastig.
»Er sieht so verdammt gut aus! Und die anderen beiden jungen Männer sind wirklich reizend. Wo sind sie denn heute?«
»Sie sind Golf spielen gegangen«, antwortete Brigid.
»Golf. Alle Männer lieben Golf. Und ich hab gehört, daß heutzutage mehr Frauen auf dem Golfplatz sind ...«
»Ein idealer Ort, um Männer kennenzulernen«, sagte Kit. »Allerdings habe ich Angst, mich dorthin zu wagen, bevor ich nicht sicher bin, daß ich einen Golfschläger schwingen kann, ohne den Ball zu verfehlen.«
Nora rief aus der Küche, wo sie Früchte für den Obstsalat kleinschnitt: »Ich liege Regan und Kit ständig in den Ohren, daß sie einen Golfkurs machen sollen.«
Regan lachte. »Sie sehen, Louisa, meine Mutter hört nicht auf, uns Vorschläge zu machen, wo wir Männer kennenlernen können.«
»Meine Mutter wollte unbedingt, daß ich eine Pilgerreise nach Lourdes mache«, sagte Kit. »Es ist schon eine schlimme Sache, wenn deine eigene Mutter glaubt, es bedürfe eines Wunders, damit du einen Mann abbekommst.«
Louisa lachte. »Nora!« rief sie, aber dann stöhnte sie: »Oh, mein Kopf!« und legte sich den Waschlappen wieder über das

Gesicht. »Die beiden jungen Frauen werden jemanden kennenlernen, wenn sie es am wenigsten erwarten! Lambie und ich lernten uns bei einem *Blind date* kennen, das seine Tante Phyllis und meine Tante Gretchen arrangiert hatten. Wenn ich mir vorstelle, daß ich gar nicht hingehen wollte! Kit, was ist mit den Männern, die in Ihrem Haus wohnen? Dieser Garrett schien mir interessant zu sein. Ich habe mich mit ihm über den Aktienmarkt unterhalten.«

»Das ist alles, worüber er reden will«, sagte Kit. »Was man mit all dem überflüssigen Geld machen soll, das ich nicht habe.«

»Schade. Jedenfalls bin ich sicher, daß Sie in diesem Sommer alle möglichen Männer kennenlernen werden, Kit.«

»Ich denke, das haben wir schon getan«, sagte Regan. »Louisa«, begann sie zögernd, »jetzt, da du dich ein wenig besser fühlst, dachte ich, daß ich dich einmal danach fragen könnte. Als du zum Pool hinausgingst und dich darüberbeugtest – wie kam es, daß du dir da den Kopf am Sprungbrett gestoßen hast?«

»Ich weiß es nicht. Es ist wirklich seltsam, Regan. Ich muß zugeben, daß mir ein wenig schwindlig wurde, als ich dachte, ich sähe etwas auf dem Boden des Pools. Ich ging zum Beckenrand und beugte mich hinüber, und dann hatte ich fast das Gefühl, als hätte mich jemand geschubst. Aber das ist doch völlig absurd, oder?«

»Nicht unbedingt«, erwiderte Regan. Vielleicht ist es überhaupt nicht absurd, dachte sie.

»Ich erinnere mich vage, mit dem Kopf gegen das Sprungbrett gestoßen zu sein, aber mehr weiß ich nicht.«

»Tja«, sagte Regan, »jedenfalls solltest du darauf achten, daß du dich heute nicht allzusehr anstrengst.«

»Oh, Regan, das wäre wirklich unmöglich! Nachdem wir an dem wundervollen Brunch deines Vaters teilgenommen haben ...« sagte Louisa und drehte den Kopf, um in Richtung der Küche zu schauen.

Luke, der eine Kochschürze trug, die Regan ihm geschenkt hatte, hob seinen Schneebesen und winkte ihnen zu.

»... muß ich ein paar Recherchen machen. Ich werde meinen Laptop anschließen und mich ins Internet einklicken.«

Regan stellte ihre Tasse auf den Couchtisch. »Es könnte interessant sein zu sehen, was du darin über Brigid finden kannst.«

Brigid winkte ab und lachte. »Wie ich gehört habe, sind ein paar Zeitungsartikel über mich darin. Es gibt auch ein paar Chatrooms für Countrymusic, wo die Leute über alles reden, was in der Branche los ist.«

»Ich werd mich mal einklicken«, erklärte Louisa. »Und natürlich werde ich Sie wissen lassen, was ich gefunden habe.«

»Nur wenn es etwas Gutes ist«, sagte Brigid lachend.

»Ich bin sicher, daß es nur Gutes ist«, erklärte Louisa. »Sie sind eine so reizende junge Frau. Haben Sie einen Freund?«

»Nein«, sagte Brigid.

»Sie haben noch reichlich Zeit, reichlich Zeit«, zwitscherte Louisa. »Bettina hat mich zu der Sitzung mit Peace Man heute nachmittag auf Chappys Anwesen eingeladen. Ich möchte das um keinen Preis der Welt versäumen. Werdet ihr auch hingehen?«

»Ja«, sagte Regan. »Bettina wollte unbedingt, daß Brigid dabei ist.«

»Wunderbar. Ich werde dort sein, um mir Peace Mans Botschaft für meinen Artikel zu notieren.«

»Das Essen ist fertig«, rief Luke, während er ein dampfendes Tablett mit Pfannkuchen ins Eßzimmer trug.

»Ich komme sofort wieder«, sagte Regan. Sie eilte den Flur hinunter zum Badezimmer. Louisas mittlerweile berühmter rotweißer Kaftan hing an einem Bügel über der Badewanne und wirkte verloren und kraftlos wie der letzte Artikel auf einem Verkaufsregal. Es schien, als würde er gleich herunterrutschen und zu einem traurigen Häufchen zusammenfallen.

Regan starrte auf das Kleidungsstück, das Louisas letztes hätte sein können, und langte dann hinüber, um es glattzustreichen. Nachdem sie die Schulterpartie auf dem Bügel geglättet hatte, wanderten ihre Finger an den Seiten des Kaftans herunter. Sie betrachtete prüfend das Muster. Ein glänzender weißer Fleck fiel ihr ins Auge, ein Fleck, der nicht mit den weißen Wirbeln des Stoffmusters harmonierte. Er war kreisrund. Regan berührte ihn; er fühlte sich klebrig an. Sie drehte ihre Hand und sah, daß weiße Farbe an ihren Fingern klebte.
Ihr Blick wanderte zurück zu dem Kleidungsstück. Es hatte auf dem Rücken weiße Farbflecken. Gerade heute morgen hatte sie mit Duke über weiße Farbe gesprochen. Der Fleck war klein; er hatte ungefähr denselben Radius wie der Stiel der Kelle, die er benutzt hatte, um den Pool zu säubern. Regans Herz schlug ein wenig schneller. Irgend etwas an der Sache kam ihr seltsam vor. War es möglich – oder sogar wahrscheinlich –, daß jemand Louisa mit dem klebrigen Stiel der Kelle ins Wasser gestoßen hatte?
Aber warum?
Es war völlig ausgeschlossen, daß Louisa die Kelle zufällig gestreift hatte, so daß deren Stiel ihr Kreuz berührte. Das ist verrückt, dachte Regan. Wenn die Kelle diesen Farbfleck verursacht hat, dann muß jemand sie ihr vorsätzlich in den Rücken gedrückt haben.
»Ich hatte fast das Gefühl, als hätte mich jemand geschubst«, hatte Louisa vor nicht mehr als fünf Minuten gesagt.
Regan sah im Geiste eine beschwipste Louisa, die sich über den Pool beugte, um die Note anzuschauen … und dann trat irgend jemand, die Kelle in der Hand, hinter sie … und versetzte ihr damit einen Stoß.
Was soll ich tun? fragte sich Regan. Sie mußte wieder an den Frühstückstisch zurück. Ich sollte Louisa nichts davon erzählen. Und auch sonst niemandem.

Sie mußte über diese Sache nachdenken, herausfinden, wer es gewesen sein könnte. Wer würde Louisa umbringen wollen? Louisa hatte keinen der Partygäste vorher gekannt. Alles, was sie getan hatte, war, allen Leuten zu erzählen, daß sie einen Artikel über die Hamptons schrieb. Hatte irgendeiner der Partygäste den Wunsch, sie daran zu hindern? Oder könnte der Verbrecher jemand gewesen sein, der vom Strand heraufgekommen war? Es war nicht allzu schwer, sich Zugang zu dem Grundstück zu verschaffen.

Oder hatte der Stoß eigentlich Brigid gegolten?

O mein Gott, dachte Regan. Könnte dies in irgendeiner Weise mit dem Brief in Zusammenhang stehen, den Brigid erhalten hatte? Oder mit der Fiedel?

Es gibt nicht viel, was ich wegen des Farbflecks auf dem Rücken des Kaftans tun kann. Ich kann die Leute, die auf der Party waren, nicht danach fragen.

Aber ich werde meine Augen offenhalten. Damit sowohl Louisa als auch Brigid nicht in Gefahr geraten.

Sie eilte zurück an den Frühstückstisch. Mittlerweile war ihr allerdings der Appetit vergangen.

vierzehn

Endlich!« rief Chappy, als Duke, ein Tablett mit Kaffee, Saft und Donuts in den Händen, Chappys Arbeitszimmer betrat. Am Sonntagmorgen fuhr Duke regelmäßig hinaus zu Dunkin' Donuts und holte ihnen ihr Lieblingsgebäck, und dann diskutierten sie die Projekte, mit denen sie gerade beschäftigt waren. Dies war ein Ritual, das sie beide genossen.

Zu dieser Zeit saß Bettina gewöhnlich an ihrem Heimtrainer im Fitneßraum und machte ihren neunundneunzigsten Sit-up. Sie hatte versucht, auch Chappy dazu zu überreden, aber er hatte absolut kein Interesse daran. »Generationen von Tinkas haben bis ins hohe Alter gelebt, ohne jemals einen Fuß in eine Turnhalle gesetzt zu haben«, pflegte er ihr zu entgegnen. »Und ein Spiel, das gut läuft, sollte man weiterspielen.«

In diesem Augenblick biß er herzhaft in einen Schokoladendonut.

Duke nahm sich einen Krapfen und begann zu kauen. Gewöhnlich sprachen sie erst, wenn jeder von ihnen ein ganzes Stück Gebäck verspeist hatte.

»Gott sei Dank, daß unser Gast gestern abend nicht abgekratzt ist«, sagte Chappy schließlich, während er seinen Mund mit einer Papierserviette abtupfte.

»O Mann, das wäre wirklich übel gewesen«, stimmte Duke ihm zu. Er nahm einen Schluck aus seiner Safttüte. »Sie war sternhagelvoll.«

»Diese Drinks, die du gemixt hast, waren zu stark!« Chappy wandte sich um, um durch das Fenster das Panorama des Atlantiks zu bewundern. Es machte ihm immer wieder Freude, schwimmen zu gehen; sein privater Strand gab ihm das Gefühl, als gehörte ihm der ganze Ozean. Ein Lächeln erhellte sein Gesicht, und seine Augen leuchteten, als er seine geheimsten Gedanken aussprach. »Die *Hamptons News* wird die Story wahrscheinlich morgen veröffentlichen. Ich bin sicher, es wird ein toller Bericht über die Party, in dem sie erwähnen, daß die berühmte Brigid O'Neill und die berühmte Nora Regan Reilly an dem Dinner auf Chappys Anwesen teilgenommen haben!«

Duke schob die Unterlippe vor und schaute seinen Boss verwirrt an. »Aber sie haben massenhaft Fotos von dieser Lady gemacht, als sie Wasser ausspuckte. Was ist, wenn sie die veröffentlichen?«

»Sie lebte, du Idiot!« Chappy warf seine dünne Serviette auf den Tisch. »Ende gut, alles gut. Das ist alles, was zählt. Ja, in der Tat. Morgen wird man überall in den Hamptons von Chappys Theater am Meer lesen. Es ist gut, wenn man ein bißchen die Werbetrommel rührt und jedermann, ob es ihm nun gefällt oder nicht, davon in Kenntnis setzt« – er klopfte, während er jedes einzelne Wort aussprach, mit seinen Knöcheln auf den Tisch – »daß Chaplain Wickham Tinka eine wichtige Rolle in dieser Stadt spielt.«

»Stimmt.«

Chappy seufzte. »Hast du den Pool saubergemacht?«

Duke nickte. »Regan Reilly war heute morgen dort draußen. Ich vergaß, es dir zu erzählen«, sagte er, während er sich die Finger ableckte. »Übrigens habe ich gestern abend gehört, daß sie Privatdetektivin ist.«

»WAS?« fragte Chappy entsetzt. Seine Stimme senkte sich zu einem wütenden Flüstern. »Privatdetektivin?«

»Ja«, sagte Duke. »Angela hat es mir erzählt.«

»Das hat mir gerade noch gefehlt!« Chappy verdrehte die Augen.

»Sie will mir meinen Text abhören. Wie ich dir bereits sagte, habe ich beschlossen, in diesem Sommer Shakespeare auswendig zu lernen.«

Gott helfe uns, dachte Chappy. »Dies ist nicht der richtige Zeitpunkt, um dir Gedanken über deine Karriere zu machen. Wir müssen uns im Moment auf die Fiedel konzentrieren, danach hast du vielleicht eine Chance, eine Laufbahn als Schauspieler einzuschlagen. Woher weiß Angela, daß Regan Reilly Privatdetektivin ist?«

»Sie sagte, sie habe es in einem Artikel über Regans Mutter, die Schriftstellerin, gelesen.«

»Das fehlt mir gerade noch!« rief Chappy. »Ich hoffe, sie wird uns keine Schwierigkeiten machen, wenn wir die Fiedeln austauschen. Es ist nicht fair!«

Duke schenkte ihm noch eine Tasse Kaffee ein.

Chappy fügte zwei Teelöffel Zucker hinzu und rührte energisch um. »Meine Nerven! Meine Nerven! Bis wir endlich im Besitz dieser Fiedel sein werden, bin ich ein Wrack. Warte mal ...« Er schwieg einen Moment, nahm einen Schluck Kaffee und stellte seine Tasse ab. »Du weißt, welcher Tag heute ist, oder?«

»Sonntag.«

»Nein. Blödmann. Es ist der erste Tag, an dem wir uns ungestört die Fiedel anschauen können.«

»Gehen wir runter in den Tunnel?«

»Natürlich. Wohin sonst? Wir können schließlich nicht durch die Eingangstür reingehen. Außerdem ist es ein Trockenkurs für Plan A, die Fiedel zu klauen.«

»Wenn Plan A darin besteht, sich durch den Keller in das Gästehaus zu schleichen, worin besteht dann Plan B?«

Chappy rieb sich die Hände. »Ich habe bereits alles ausgearbeitet. Brigid sagte mir, daß sie sich am Nachmittag des Festivals ein wenig ausruhen und dann früh zum College rübergehen wolle. Direkt nach dem Konzert steigen sie in diesen verfluchten Bus und sind ein für allemal weg, deshalb müssen wir uns das Ding schnappen, bevor sie wegfährt. Ich werde sie bitten, vor dem Konzert ein letztes Mal hier im Haus auf der Fiedel zu spielen. Das heißt, wenn sie dann nicht bereits in unserem Besitz ist. Und danach fahren wir Brigid im Rolls Royce zum College. Wir legen die Fiedel in den Kofferraum, und während ich mich mit Brigid im Wagen unterhalte, kannst du die Instrumente austauschen.«

»Klingt ganz schön schwierig.«

»Ach, halt die Klappe. Nachdem wir heute morgen durch den Tunnel ins Gästehaus gegangen sind, werden wir bei unserem Freund, dem Fiedelbauer, vorbeischauen.«

»Er möchte nicht gestört werden.«

»Das ist mir egal. Wir müssen ihm ein bißchen Dampf machen.«

»Aber er sagte, er wolle nicht ...«

»IST MIR EGAL, WAS ER SAGT!« Chappy schwieg einen Moment und versuchte, sich zu beruhigen. Er zog eine Polaroidkamera aus seiner Schreibtischschublade. »Ich dachte, wir machen ein paar Fotos von der Fiedel, damit wir sie unserem Freund, dem Fiedelbauer vorbeibringen können. Das ist ein guter Vorwand, um bei ihm hereinzuschauen. Also ... du sagtest, sie sind alle ausgegangen?« Duke saugte den Rest Papayasaft aus dem Karton und wischte sich mit dem Handrücken den Mund ab. »Ja. Die jungen Männer und Pammy sind heute morgen mit ihren Golfschlägern losgezogen. Als ich eben zurückkam, fuhren Brigid und Regan und Kit mit dem Wagen davon. Sie waren auf dem Weg zum Haus von Regans Eltern, wo sie zum Brunch eingeladen sind.«

Chappy verzog das Gesicht. »Man hat uns nicht eingeladen?«

»Anscheinend nicht.«

»Ganz schön undankbar.«

Duke zerdrückte den Karton in seiner Hand. »Komm, holen wir unsere Helme.«

Chappy drehte sich auf seinem Stuhl herum und klopfte gegen

das Bücherbord, das aber eigentlich gar keines war. Es öffnete sich mit einer Drehbewegung und gab den Blick auf ein Regal frei. Darauf lagen zwei orangefarbene Bergarbeiterhelme, an denen Spezialscheinwerfer angebracht waren. Chappy sprang auf. Sie setzten sich ihre Helme auf den Kopf, verschwanden hinter dem Bücherschrank und stiegen die geheime Treppe hinunter in die verborgenen Eingeweide von Chappys Schloß.

Als der modrige, feuchte Geruch ihnen entgegenschlug, wurde Chappy immer aufgeregter. Der Anblick der grauen Wände mit den Spinnweben in den Ecken und der dicken dunklen Rohre, die an der Decke hingen, verstärkte das Gefühl, daß dies verbotenes Territorium war.

Sie gingen einen Gang hinunter, vorbei an einem Weinkeller und an Chappys Kinderkarre und all dem anderen unentbehrlichen Müll, den man in Kellern aufbewahrt, und wandten sich nach rechts. In einer kleinen, dunklen Ecke, die jetzt durch ihre Helme erhellt wurde, blieben sie stehen.

Chappy wandte sich Duke zu. »Na, mach schon.«

Duke bückte sich und zog einen Stein aus einem Haufen, der plötzlich in sich zusammenfiel. Eine Tür wurde sichtbar. Duke drückte dagegen und öffnete sie. Dahinter lag ein geheimer Raum. Die beiden Männer bückten sich und schlossen die Tür hinter sich, nachdem sie drinnen waren.

»Da wären wir«, sagte Chappy und zog an der Schnur, um die einsame Glühbirne anzuschalten, die von der Decke herunterhing. »Der Herrensalon der Familie Tinka, ein Raum, der in der schwierigen Zeit der Prohibition eingerichtet wurde. Grandpa Tinka eröffnete diese kleine Flüsterkneipe, damit seine Kumpel auf ein paar Schlucke rüberkommen konnten, ohne sich Sorgen machen zu müssen, daß sie verhaftet wurden. Grandpa war ein schlauer Schwarzhändler, der sein Schnellboot nach Rum Row, drei Meilen von der Küste entfernt, zu schicken pflegte. Rum Row befand sich außerhalb des Bereichs bundesstaatlicher Rechtsprechung, und man versorgte sich dort mit Alkohol von den Booten, die von den Karibischen Inseln heraufkamen. Danach brachte sein Schnellboot seine Beute rasch an die Küste zurück, wobei es ständig vor Gangstern und der Küstenwache auf der Hut sein mußte. Aber Grandpa hatte sein Boot so gebaut, daß es schneller war als das der Küstenwache. O ja«, erinnerte sich Chappy mit einer Träne im Auge: »Ich werde nie das erste Mal vergessen, als mein Vater mich hier herunterbrachte. Ich war dreizehn ...«

Hinter ihm verdrehte Duke die Augen. Er hatte sich diese Geschichte während der letzten zehn Jahre jedesmal anhören müssen, wenn sie in diesen Kellerraum gegangen waren.

»Und noch lange nach der Prohibition«, fuhr Chappy fort, »war dies ein ganz besonderer Raum für die Männer der Familie Tinka. Er war unsere Zufluchtsstätte. Grandpa und Papa und ich kamen häufig hier herunter, saßen beieinander und unterhielten uns, und Grandpa und Papa rauchten dabei ihre Zigarren. Das ist der Grund, warum ich, als ich das Haus abreißen ließ, dafür sorgte, daß der Grundriß nicht verändert wurde. Ich wollte diesen Raum behalten!«

Er setzte sich in einen thronähnlichen Sessel und schaute sich lächelnd um. Kisten und Kästen voller Trödel standen überall auf dem Fußboden. Girlie-Zeitschriften, deren Ausgaben bis zu Grandpas Zeiten zurückreichten, lagen aufeinandergestapelt in der Ecke. In einer anderen Ecke lehnte die Fiedel, die Duke dem alten Malachy gestohlen hatte. »Wenn ich mir vorstelle, daß all dies hier den schrecklichen Hurrikan von 1938 überlebte. Ich finde es wunderbar, mich hier aufzuhalten!«

Was für ein schrecklich düsteres Loch, dachte Duke. Aber er wußte, daß er besser den Mund hielt, wenn es um diesen historischen Raum ging. Er setzte sich auf den zweiten Stuhl

und schlug die Beine übereinander. Eigentlich hätte ich tausend Sachen zu erledigen, dachte er.
Nachdem sie sich hingesetzt hatten, wußten sie meist nicht, was sie mit sich anfangen sollten. Aber sie blieben nie sehr lange. Das bloße Wissen, daß es diesen Raum gab, machte Chappy glücklich. Heute hatten sie hier eine Aufgabe zu erfüllen, aber Chappy setzte sich jedesmal eine Weile lang schweigend hin, um seinem Großvater, dem Rumhändler, seine Reverenz zu erweisen.
Sie saßen ruhig auf ihren Stühlen und lauschten den entfernten Geräuschen im Erdgeschoß.
Schließlich stand Chappy auf. »Los, gehen wir nach oben.«
»Okay, Boß.«
Sie gingen durch eine weitere Geheimtür, die sich zu einem Tunnel hin öffnete, der geradewegs zum Erdgeschoß des Gästehauses führte. Dieser Tunnel war auch der Bereich, wo während der vierzehn Jahre der Prohibition, die 1920 begann, der Alkohol gelagert wurde. Da gegen die Prohibitionsgesetze so schamlos verstoßen wurde, lautete der Text eines beliebten Schlagers aus jener Zeit: »Everybody Wants a Key to My Cellar.« Was Grandpa Tinka betraf, so war das gewiß zutreffend. Er hatte diesen langen Tunnel nicht nur bauen lassen, damit darin die Flaschen, deren Einfuhr verboten war, die er sich jedoch immer irgendwie zu beschaffen vermochte, aufbewahrt werden konnten, sondern auch als einen geheimen Gang für seine Saufkumpanen, durch den sie vom Gästehaus zur Flüsterkneipe gelangen konnten. Er wollte auf keinen Fall, daß sie vom Haupthaus aus dorthin gingen. Nicht nur, daß er Angst davor hatte, daß das Haupthaus sorgfältiger von der Polizei beobachtet wurde, sondern er wollte auch nicht, daß seine Frau Agneta sich mit Leuten abgeben mußte, die in den Nachtstunden betrunken aus dem Keller stolperten.
Der Tunnel war dunkel und feucht. Er roch nach Erde, und

gelegentlich erschreckte Chappy sich beim Anblick eines Käfers oder eines kleinen Tieres so sehr, daß er einen schrillen Schrei ausstieß. Jetzt gingen er und Duke im Gänsemarsch durch den unterirdischen Gang, der zu einer Ecke des Kellergeschosses unter Brigids Gästehaus führte. Eine weitere Geheimtür war eingebaut worden, damit dieser Durchgang von dem flüchtigen Beobachter, der sich zufällig in dem Keller aufhielt, nicht bemerkt werden konnte.

Es hat keinen Sinn, den Leuten von dem Keller zu erzählen und darüber, daß Großvater Tinka ein Gesetzesbrecher war, dachte Chappy häufig. Chappys Mutter hatte es vorgezogen, Großvater Tinkas ungewöhnliche Geschichte in zivilisierter Gesellschaft nicht zu erwähnen.

An der Tür im Erdgeschoß des Gästehauses, die sich zum Keller hin öffnete, fehlte der Griff. Chappy hatte es so gewollt. Sie konnte nur von der anderen Seite her geöffnet werden, von jemandem, der auf der Kellertreppe stand. Da niemals irgendein Gast einen Grund hatte, in den Keller hinabzusteigen, hatte Chappy dafür gesorgt, daß der Keller für seine Gäste unzugänglich war.

»Also, hier wären wir«, sagte Duke, und strich sein Haar zurück.

Sie öffneten die Tür und traten hinaus auf den Zementfußboden.

»Psst«, befahl Chappy.

»Aber es ist niemand da.«

»Man kann nie wissen«, sagte Chappy streng.

Schweigend schlichen sie die Stufen hinauf und blieben an der Tür stehen, um zu lauschen. Sie hörten nichts außer dem Donnern der Brandung und dem Krächzen der Vögel, die über das Haus hinwegflogen.

»Hast du die Kamera?« fragte Chappy.

Duke nickte feierlich.

Chappy, der am ganzen Körper zitterte, öffnete langsam die

Tür und schaute sich um. Niemand war zu sehen. Eine leichte Brise wehte durch das Fenster herein. Auf dem Tisch lagen Papiere. Sonnenlicht erhellte den Raum, und im Haus war es völlig ruhig. Er wandte sich Duke zu. »Komm mit.«
Die Tür hinter sich weit offen, damit sie nicht eingeschlossen wurden, durchquerten sie beide das Zimmer im Erdgeschoß und stolperten die Treppe zu Brigids Zimmer hinauf. Die Tür war geschlossen. Chappy blieb einen Moment lang stehen und lauschte, dann öffnete er sie. Brigids Haarbürste und Cremetöpfchen und Parfümflaschen waren auf der Frisierkommode aufgereiht. Ihre Koffer lagen aufeinandergestapelt in der Ecke. Das Bett war gemacht.
»Was für ein angenehmer Gast«, murmelte Chappy, als er sich bückte, um unter dem Bett nachzuschauen. »Aha!« rief er. »Aha!«
Er zog den Fiedelkasten hervor und legte ihn auf die Bettdecke. »Der Kasten ist ein wenig besser als der andere«, sagte er zu Duke, der erwartungsvoll neben ihm stand. Als Chappy den Kasten öffnete, wären ihm fast die Beine weggesackt.
Der Anblick der Buchstaben CT war mehr, als er ertragen konnte.
»Chappy Tinka!« rief er. »Chappy Tinka.« Seine Augen wurden feucht, als er die Fiedel liebevoll hochnahm und in seinen Armen wiegte. Der Fiedelbogen lag im Kasten. »Zu schade, daß wir sie nicht gleich mitnehmen können! Was meinst du, Duke? Soll ich ein bißchen spielen?«
Duke trat von einem Fuß auf den anderen. »Ich denke, wir sollten lieber nur die Fotos machen. Sie kommen vielleicht bald zurück.«
»Du hast recht. Mein Gott, du hast ja recht.« Chappy legte die Fiedel wieder auf den weißen Bettüberwurf, und Duke begann mit den Aufnahmen. Sie drehten die Fiedel um und knipsten. Sie hielten sie waagerecht in die Luft und knipsten. Nachdem

Duke die gesamte Filmrolle verknipst hatte, hielt Chappy die Fiedel noch einmal hoch, als wäre sie ein neugeborenes Baby. »Meine, sie gehört mir«, sagte er. »Sie wird unserem Theater Glück bringen, ich weiß es ganz genau.«
Er legte sie in den Kasten zurück und hatte ihn gerade unter das Bett geschoben, als sie durch das offene Flurfenster das knirschende Geräusch von Reifen hörten, die die Zufahrt heraufrollten.
Ein Schrei des Entsetzens löste sich aus Chappys Kehle. »Los, beweg dich!« rief er dem ebenso entsetzen Duke zu, der wie erstarrt neben ihm stand. »Beweg dich!«
Zusammen hasteten sie die Treppe hinunter; Duke hielt die Fotos in der Hand. Sie konnten hören, wie die Türen des roten Kombis zugeschlagen wurden und die jungen Männer sich gegenseitig wegen irgendwelcher Golfbälle aufzogen, die im Wald oder in einem Teich gelandet waren.
»Beeil dich!« flüsterte Chappy Duke zu, als sie durch das Zimmer im Erdgeschoß liefen. Ein Windstoß fuhr herein, und die Tür zum Keller wäre beinahe zugefallen. Duke machte einen Satz und konnte sie gerade noch rechtzeitig festhalten. Draußen konnte man hören, wie Kieran sagte: »Teddy, als dein Ball den Baum traf ...« Dann blieb er stehen, um den Schlag vorzuführen, während die anderen lachten.
»Na ja«, erwiderte Teddy, »wenigstens habe ich mit meinen Schlägen keine Fische umgebracht.«
Man konnte hören, wie Pammy kicherte. »Ich war überrascht, daß ihr das Spiel schon nach neun Löchern beendet habt.«
Chappy rannte durch die Kellertür und die Treppe hinunter. Er drehte sich um und schaute nach oben. »Mach sie zu!« knurrte er. Duke packte den Griff, schloß die Tür hinter sich und sprang in zwei Sätzen die Stufen hinunter.
Oben schloß Kieran die Tür zum Gästehaus auf, und Pammy und die Golfer traten in ein Zimmer, das scheinbar völlig

ungestört geblieben war. Chappy steuerte geradewegs auf den Eingang zum Tunnel zu.

»Willst du nicht stehenbleiben und dir anhören, was sie sagen?« flüsterte Duke.

»NEIN! Dafür ist später noch reichlich Zeit. Wir müssen diese Fotos sofort zum Fiedelmacher bringen! LOS GEHT'S!«

fünfzehn

Ballyford, Irland

Malachy liebte Spätsommernachmittage. Er liebte das sanfte Licht der Sonne und die friedliche, weiche Wärme der Luft. Die Sonntage waren am ruhigsten. Wenn er vor seinem Cottage saß und auf die hügelige Landschaft hinausschaute, war er glücklich.

Aber als er an diesem Sonntag auf seiner Bank saß, fühlte er sich ein wenig verstört. Es war mehr als eine Woche her, seit jemand bei ihm eingebrochen war und ihm Brigids Fiedel aus dem Schoß gestohlen hatte. Und jetzt redete alle Welt von dem Fluch und daß die Fiedel Irland nicht hätte verlassen dürfen. Er machte sich wegen Brigid Sorgen.

Sie hatte ihn so aufgeregt angerufen, als sie den Fiedelwettbewerb gewonnen hatte. Jetzt war sie weit weg in den Hamptons, um auf einem Festival zu spielen, und danach ging sie auf Tournee. Eigentlich dürfte es keine Probleme geben, beruhigte er sich.

Er ging in sein Cottage und schaute um sich.

»Ein bißchen unordentlich«, sagte er laut. »Ich sollte wirklich aufräumen.« Er begann, die Papierstapel zu ordnen, aber spürte plötzlich das Bedürfnis nach menschlicher Gesellschaft. Er besaß noch nicht einmal eine Fiedel, die ihn hätte aufmuntern können. Ich muß mir eine neue besorgen, dachte er.

Am besten fahre ich in die Stadt, esse einen Happen und trinke ein Glas Bier, beschloß er.

Er schob sein Fahrrad zur Tür hinaus und radelte in die Stadt, wobei er auf dem Weg an zahlreichen Schafen und Kühen vorbeikam. Sie schauten alle gelangweilt, aber seltsam zufrieden aus. Malachy liebte es, kräftig in die Pedale zu treten und die Straßen entlangzusausen. Der Fahrtwind in seinem Gesicht und die weiche Wärme des Sommerabends gaben ihm das Gefühl, lebendig zu sein.

Er stellte sein Rad vor dem einzigen Pub ab und ging, in Gedanken bei Brigids Geburtstagsparty, hinein. War das wirklich erst vor ein paar Wochen gewesen?

An der Bar hörte man Stimmengewirr. Ein Fernsehapparat in der Ecke zeigte ein Sportereignis.

»Malachy, was kann ich dir bringen?« fragte Eamonn, der Barkeeper. »Das Übliche?«

»Das Übliche«, bestätigte Malachy.

»Du siehst ein bißchen traurig aus, mein Guter«, bemerkte Eamonn, als er das Guinness-Bier vor ihn hinstellte.

Malachy zuckte mit den Schultern. »Ich fühle mich vermutlich ein bißchen allein, nach all der Aufregung mit der Party und so weiter.« Er trank von der schaumigen Flüssigkeit. »Daß man mir Brigids Fiedel gestohlen hat, hat mich auch nicht gerade aufgemuntert.«

Die Tür zur Bar schwang auf, und herein kam Finbar, der Journalist, der als erster einen giftigen Artikel über Malachy und die verschenkte Fiedel geschrieben hatte.

Malachy warf einen Blick auf Eamonn. »Als wenn ich nicht schon genug Probleme hätte.«

Finbar saß am Ende der Bar, drei Hocker von Malachy entfernt. Er war ein drahtiger, angespannter kleiner Mann mit glattem braunem Haar, das er mit Pomade an den Kopf geklatscht hatte. Sein unscheinbares Gesicht war gerötet. Er war in den Vierzigern, und bis jetzt hatte das Leben noch nicht viele Abenteuer für ihn bereitgehalten. Viele hatten den Eindruck, daß er sich an den Menschen für Ungerechtigkeiten rächte, die man ihm als Kind angetan hatte. Wie auch immer – wenn er mit lautem Hallo die Bar betrat, schauten die Leute in die andere Richtung.

»Hey, Sheerin«, rief er. »Werden Sie sich Ihre Fiedel jetzt, da die andere gestohlen wurde, von Brigid O'Neill zurückholen?«
»Das geht Sie gar nichts an«, sagte Malachy.
»Nun, das sollten Sie aber tun. Diese Fiedel gehört nach Irland. Sie gehört den Fiedelchampions in ganz Irland. Sie gehört den Menschen in diesem Land.«
»Seit wann sind Sie der selbsternannte Vorsitzende des Schutzkomitees?« fragte Malachy barsch.
»Hey, Barkeeper, ich hätte gern einen Drink«, rief Finbar. Er zeigte auf Malachys Bier. »Dasselbe.«
Eamonn nickte und füllte ein Glas.
»Was ich dazu sage, spielt keine Rolle«, fuhr Finbar fort. »Sie hätten sich daran erinnern sollen, daß auf der Fiedel, als sie Irland verließ, ein Fluch lastete. Möchten Sie es auf dem Gewissen haben, wenn Brigid O'Neill einen Unfall hat oder vom Tod bedroht wird?«
Malachy stand angewidert auf und bezahlte sein Bier. »Danke, Eamonn. Ich glaube, jetzt gehe ich besser.« Er schlenderte an Finbar vorbei, ohne ihn anzusehen, ging zur Tür hinaus und stieg auf sein Fahrrad.
Der Zauber des süßen Sommerabends war für ihn verflogen. Er machte sich erneut Sorgen über Brigid und die Fiedel.

16 sechzehn

Im ›All-Day-All-Night‹-Speiselokal in Southampton herrschte lebhafter Betrieb. Es war Sonntagnachmittag, und die übliche Schlange erstreckte sich vor die Tür. Drinnen herrschte ein ziemlicher Lärm: Musik spielte, Teller klapperten, die Klimaanlage summte und Kellnerinnen riefen den Köchen Bestellungen zu. Alle paar Sekunden wurden Teller auf den Tresen geknallt, auf die verschiedene Speisen gehäuft waren.

»Ich nehme ›Arme Ritter mit Wurst‹ und Kaffee.« Chuck klappte die Speisekarte zu und reichte sie der Kellnerin mit einem Lächeln.

»Und ich«, fügte Brad hinzu, »ich nehme Ihr ›Western-Omelett‹ mit Pommes frites, Kaffee und einem großen Glas Apfelsaft.«

»Schon unterwegs«, sagte Lotty, ein begeisterter Fan ihres Countrymusicsenders. Sie begrüßte sie immer mit einem: »Alles klar, Jungs?«

»Tja, vermutlich sollten wir uns jeder ein ›Helden-Sandwich‹ bestellen, was, Partner?« sagte Chuck, als Lotty davonging.

»Da hast du recht«, erwiderte Brad grinsend. »Gestern nacht bin ich nach Hause gegangen und habe geschlafen wie ein Baby«, erzählte er. »Sind deine Stiefel schon trocken?«

»No, Sir. Sie sind in einem erbärmlichen Zustand. Aber es war für einen guten Zweck.«

Ein einsamer Mann setzte sich auf einen Stuhl an den Tisch neben ihnen.

»Ja, das war es wirklich. Ich habe, als ich in den Pool sprang, nicht einen Moment lang an meine Stiefel gedacht«, sagte Brad stolz. »Wenn Brigid O'Neill morgen in unserer Show auftritt, gibt es eine Menge Gesprächsstoff.«

»Bestimmt, Partner. Auf jeden Fall.«

Lotty kam vorbei und goß Kaffee in ihre Tassen. Sie reichte dem einsamen Gast eine Speisekarte, und als er durch ein Nicken seine Zustimmung signalisierte, schenkte sie ihm ebenfalls Kaffee ein. »Ich komme sofort zurück, um Ihre Bestellung entgegenzunehmen«, sagte sie.

Brad und Chuck aßen eilig ihre Mahlzeiten. Sie wollten so schnell wie möglich zur Radiostation, und sich auf ihren großen Tag am Montag vorbereiten. Nachdem sie gegangen waren, kam Lotty mit dem Rührei für den Mann am Nachbartisch aus der Küche.

»Guten Appetit«, sagte sie fröhlich.

»Miss«, erwiderte er, sein Rührei musternd, »ich hab zufällig gehört, was die beiden da drüben redeten.« Er zeigte auf den leeren Tisch. »Sie besitzen einen Radiosender?«

»Ja, er ist neu in der Stadt«, antwortete Lotty, während sie das schmutzige Geschirr der beiden abräumte. »Country 113. Die Sache läuft sehr gut an. Morgen wird diese neue Sängerin, Brigid O'Neill, in ihrer Show auftreten. Sie kommt im Augenblick ganz groß raus.« Mit diesen Worten verschwand Lotty um die Ecke und ging durch die Schwingtüren in die Küche.

Ich weiß, dachte er wütend. Es ärgerte ihn, Leute über Brigid O'Neill reden zu hören. Sie gehörte ihm, nicht ihnen.

Die beiden Cowboys waren gestern abend auf der Party, dachte er. *Sie redeten, als gehörte Brigid ihnen ganz allein. Jemand auf der Party hatte vor, Brigid ein Leid anzutun, ich weiß es ganz genau. Ich muß mit ihr persönlich Kontakt aufnehmen und ihr zeigen, daß ich der einzige bin, der sie beschützen kann. Koste es, was es wolle, ich muß es tun,* dachte er, während sein Blick zu seinem Rührei zurückkehrte und er zu essen begann.

17 siebzehn

Bettina wischte sich mit dem weißen Handtuch, das ihr um den Hals hing, den Schweiß von der Stirn.
»Ich bin heute mit Ihrer Arbeit vollauf zufrieden«, sagte der Trainer, ein gebräunter, sexy Mann in den Dreißigern, zu ihr. »Ihre Muskeln sind in Topform.«
»Das Gefühl hatte ich auch«, erwiderte Bettina und klopfte auf ihren Bauch. »Das ist meine Problemzone, glaube ich.«
Er nickte feierlich. »Ich hatte früher auch so eine Wampe.«
Bettina blinzelte und schaute auf ihren Bauch hinab. »Finden Sie, daß ich eine Wampe habe?« fragte sie mit einem nervösen Lachen.
Der Trainer, der aussah wie eine Statue in Strumpfhosen, seufzte. In dem Tonfall eines Reporters, der über den Tod eines großen politischen Führers berichtet, sagte er: »Sagen wir mal, Ihr prozentualer Anteil an Fett in diesem Bereich ist oberhalb der Grenze der Akzeptabilität.«
Bettina nahm die Bemerkung so würdevoll auf, wie sie es in der Charmeschule gelernt hatte. Dennoch ärgerte sie sich. Die Endorphine, die ihr Gehirn seit der Gymnastik ausgeschüttet hatte, schienen plötzlich zu versiegen. »Okay. Bis morgen dann«, sagte sie und machte die Tür hinter ihm zu.
Stirnrunzelnd ging sie in die Küche und hielt nach jemandem Ausschau, an dem sie ihren Ärger auslassen konnte. Auf dem Tisch lag eine leere Tüte mit Dunkin' Donuts. Ach ja, stimmt, Constance hat heute frei, dachte sie. Nicht, daß es sie gestört hätte. Bettina mochte es nie, wenn allzuviel Personal um sie herum war, es sei denn, die Betreffenden kümmerten sich um

ihren Körper, wie ihr Trainer oder ihre Masseuse oder ihr Friseur, oder um ihre Seele, wie Peace Man. Eine Putztruppe kam zweimal in der Woche vorbei, um Staub zu wischen und zu saugen und die Fußböden zu reinigen. In dem Augenblick, in dem der Lieferwagen der Reinigungsfirma vorfuhr, pflegte Bettina das Haus zu verlassen, um einkaufen zu gehen.

Wo zum Teufel ist Chappy? fragte sie sich.

»CHAAAAAAPPPPPPY«, rief sie.

Schweigen.

»CHAAAAAAAAAAAAPPPPPPPPPPY«, rief sie noch einmal.

Krallen klickten auf dem hölzernen Fußboden unten im Flur und wurden immer lauter, als die kleine Hündin Tootsie in den Raum schoß, ein kleines, weißes Fellknäuel, das im Kreis herumhüpfte und mit dem Schwanz wedelte. Sie sah sehr glücklich aus, als stünde sie unter dem Einfluß ihrer ganz persönlichen Endorphinausschüttung von einer Gymnastikstunde für Hunde.

Bettina bückte sich, um ihren kleinen Schatz hochzuheben. Sie streichelte den Nacken ihres Hündchens. »Ich hab ›Chappy‹ gerufen, nicht ›Tootsie‹, meine Süße. Du bist doch meine Toot-sie. Tootsie Tootsie Tootsie.« Sie vergrub ihr Gesicht in Tootsies Nacken. »Findet Tootsie auch, daß Mama eine Wampe hat?« fragte Bettina.

Tootsie leckte ihr das Gesicht. »JIP. JIP. JIP JIP JIP«, antwortete die kleine Hündin.

Bettina bückte sich und setzte sie wieder auf den Fußboden.

»CHAAAAAPPPPYYY.«

Sie ging den langen Flur hinunter zu seinem Büro. Die Doppeltüren waren geschlossen. Sie klopfte energisch an. Als keine Antwort kam, drehte sie den Türknauf und ging hinein. Ein Tablet mit Kaffeetassen und Donuts stand verlassen auf seinem Schreibtisch.

Bettina ging zum Bücherschrank und klopfte dagegen. Die

Türen schwangen auf. Die Helme auf dem kleinen Regal dahinter waren verschwunden.
»Die Flüsterkneipe«, sagte sie leise. Er muß zusammen mit Duke in dieser staubigen alten Flüsterkneipe sein, dachte sie. Ihr gefiel der Raum überhaupt nicht. Tja, wenigstens brauche ich nicht zusammen mit seiner Mutter und Großmutter hier oben zu sitzen, wie in den alten Tagen, als die drei männlichen Tinkas dort hinabstiegen. Seine Großmutter redete über nichts anderes als über den Picknickclub, den sie 1910 gegründet hatte, und wie lustig die Ausflüge immer gewesen waren. Bettina hatte sich dabei zu Tode gelangweilt.
Sie zuckte mit den Achseln. Sie schloß den Bücherschrank, verließ den Raum, den ihr Mann benutzte, um über Möglichkeiten nachzudenken, wie er ihr gemeinsames Geld verschwenden konnte, und sprang mit kraftvollen Sätzen die Stufen zu ihrem Zimmer im zweiten Stock hinauf. Tootsie hüpfte ihr fröhlich hinterher. Die Lady, die fast ertrunken wäre, nimmt heute nachmittag an der Sitzung mit Peace Man teil, dachte Bettina. Sie hatte angekündigt, daß sie sie und Chappy irgendwann in dieser Woche interviewen wollte. Sie wollte darüber schreiben, was für ein reizendes Paar Chappy und Bettina waren und auf welche Weise sie die Kultur in Southampton zu bereichern gedachten.
Ob Chappys Mutter sich dabei wohl im Grabe herumdrehen würde? überlegte Bettina. Mich und Chappy als das perfekte Paar von Southampton zu beschreiben! Bettina lachte bei dieser Vorstellung laut auf. In ihrem Badezimmer stellte sie die aus mehreren Düsen bestehende Dusche an, welche aus sechs verschiedenen Richtungen Wasser verspritzten.
Ich werd's dir schon noch zeigen, Mutter Tinka, dachte sie gutgelaunt.

achtzehn

Claudia und Ned lagen nebeneinander in ihrer Hängematte hinter ihrem Haus in Southampton. Diese zeigte allerdings nicht in die Richtung, die nach Neds Meinung für Glück und Wohlstand am günstigsten war, aber wenn das der Fall gewesen wäre, dann hätte die Sonne ihnen direkt in die Augen geschienen. Sie kuschelten sich aneinander und lasen gemeinsam die Sonntagszeitungen.

Ned, der nichts als eine alte Badehose trug, starrte auf das Foto des geschmackvoll eingerichteten Wohnzimmers eines Filmstars. Es war im Zeitschriftenteil veröffentlicht.

»Er wird in diesem Haus niemals glücklich sein«, knurrte er. »Wie sollte das auch möglich sein? Schau nur, wohin er die Couch gestellt hat!«

Claudia, die einen rosafarbenen Badeanzug mit grünen Knöpfen und ein passendes rosagrünes Stirnband trug, schaute auf die Zeitungsseite. »Setz ihn auf die Liste der Leute, denen du ein Exemplar deines Buches schickst, wenn es herauskommt.«

»Bis dahin wird er in seinem Haus so viel Pech gehabt haben, daß er umgezogen ist.« Ned blätterte angewidert die Seite um. »Solange die Leute hier in der Gegend nicht verstanden haben, wie wichtig Feng Shui ist, werde ich nicht in der Lage sein, mir damit meinen Lebensunterhalt zu verdienen.«

Claudia nahm ihre Sonnenbrille ab und schaute ihrem Liebsten in die Augen. »Die Feng-Shui-Bewegung wächst«, sagte sie. »Es braucht eben seine Zeit.«

»Ja, vermutlich, mein Schatz«, antwortete er und nahm ihre

Hand. »Es ist nur so, daß die Frau, die in den Pool gefallen ist, versucht hat, mich wegen Feng Shui bloßzustellen.«
»Und wieso?« fragte Claudia sanft. Sie wußte, daß Neds Ego sehr verletzlich war. Er haßte es, von ihr abhängig zu sein, was die Vermittlung von Jobs anging. In letzter Zeit hatte er sich leidenschaftlich mit der Kunst des Wässerns von Pflanzen beschäftigt, und niemand hatte Interesse daran gezeigt.
»Sie sagte, manchmal gäbe es nur einen einzigen guten Platz, wo man einen Stuhl oder eine Couch oder ein Bett hinstellen könne. Und ob, wenn das der Fall sei, der Betreffende, zu einem Leben im Unglück verdammt sei?« Neds Augen füllten sich mit Tränen. »Ich mußte ihr antworten: Ja, genauso ist es. Und was machte sie? Sie lachte.«
Claudia streichelte seinen Arm. »Es gehört Mut dazu, ein Pionier zu sein, Schätzchen. Bist du sicher, daß sie dich ausgelacht hat?«
»Sie hat einen ganz komischen Laut von sich gegeben – fast wie ein Esel. Es klang wie *hnnnn.*«
Das Telefon in ihrer Küche klingelte.
»Ich geh schon ran«, sagte Claudia. »Ich hätte das Mobiltelefon mitbringen sollen.«
Als Claudia aus der Hängematte stieg, hielt Ned sich fest, um nicht die Balance zu verlieren. Er sah ihr nach, als sie im Haus verschwand. Deprimiert schloß er die Augen.
»Ja!« hörte er sie schließlich rufen, auf eine Art, die ihr ganz und gar nicht ähnlich sah. Dann kam sie durch die Fliegengittertür in den Garten gerannt, die mit einem Knall hinter ihr zufiel. »Kurz vor dem Morgengrauen ist es immer am dunkelsten!« rief sie.
»Was meinst du damit?« fragte Ned, dessen Interesse erwacht war.
»Da war einer der jungen Männer von dem Radiosender für Countrymusic am Apparat. Sie haben morgen eine Sendung

mit Brigid O'Neill, und sie werden über Aberglauben und Flüche und diesen ganzen New-Age-Kram reden. Sie möchten, daß du auch daran teilnimmst und über Feng Shui sprichst!« Mit diesen Worten sprang sie mit einem Satz in die Hängematte, direkt auf seinen Bauch.

»Baby!« rief Ned. Er streckte seine Arme zum Himmel empor und legte sie dann um Claudias Taille. Als sie den Kopf hob, um ihn zu küssen, fragte er ängstlich: »Weißt du, wie hoch ihre Einschaltquoten sind?«

19 neunzehn

Während Duke und Chappy in dem verbeulten Rolls Royce zum Haus des ahnungslosen Ernie Enders gondelten, genossen sie die warme Nachmittagssonne in den Hamptons.

Sie kreuzten die vielbefahrene Route 27 und fuhren auf Nebenstraßen nach Sag Harbor, das etwa zwanzig Autominuten entfernt lag. Wie üblich herrschte dichter Verkehr, aber Chappy genoß es, in seinem Rolls gesehen zu werden, selbst wenn es sich dabei nur um die Person in dem Wagen neben ihm handelte, die in demselben Verkehrsstau steckte.

Sie fuhren an Antiquitätenläden, Restaurants und einem offenen Feld vorbei, wo ein Traktor eine Wagenladung Wassermelonen hinter sich herzog. Ein alter Friedhof, ein Gartenzentrum und kleine Backsteinhäuser mit Blumenkästen und Hecken trugen dazu bei, daß die Landschaft friedlich und malerisch wirkte.

Sie überholten Jogger und Radfahrer, die sich ein wenig Bewegung verschaffen und frische, saubere Luft einatmen wollten.

Und natürlich fuhren sie auch an Anwesen vorbei, die mehrere Millionen Doller gekostet hatten.

»Ach ja«, sagte Chappy versonnen, wobei die Erinnerung an die Fiedel sich mit angenehmen Bildern aus seiner Kindheit vermischte. Träumerisch fuhr er fort:

»Southampton ist die Stadt, in die ich gehöre. Das ist wahr. Ich habe meine Sommer hier verbracht, seit ich ein Kind war … jene Tage, als ich mit meinem Eimer und meiner Schaufel auf dem Anwesen der Tinkas am Strand spielte. Mama und Papa und Grandma und Grandpa. Grandpa trug seinen obligatorischen Strohhut und ein Monokel. Es war herrlich. Das ist der Grund, warum ich das Haus abreißen und das Schloß errichten lassen mußte, als Mama vor ein paar Jahren starb. Die Erinnerungen in dem Haus waren zu schmerzlich, und ich fühlte mich so schrecklich allein.«

»Ich meine, du hättest gesagt, das Haus sei zu klein.«

»Ja, das auch«, gab Chappy gereizt zu. »Und ich wollte unbedingt etwas anderes ausprobieren. Ich weiß noch immer nicht, warum die Leute in der Stadt wegen dem Schloß ein solches Theater gemacht haben.«

»Weil es so groß ist«, bemerkte Duke, während er sich zur Seite drehte, um einen Wasserskiläufer zu beobachten, der über die Oberfläche eines Wasserlaufes glitt. »Und das andere Haus war von einem berühmten Architekten erbaut worden. Du hast sogar gesagt, es sei das einzige Haus in der Gegend gewesen, das den Hurrikan von 1938 überlebt hat.

»Na und?« sagte Chappy und zog die Nase kraus. »Wenn das Theater erst fertig ist und ein großer Erfolg wird, dann werden sie mir verzeihen. Ich werde dafür sorgen, daß es eine kulturelle Bereicherung ist. Sie wissen es nur noch nicht. Bettina wird begeistert sein, wenn wir schließlich auf der A-Liste für Gäste stehen, die zu den tollen Parties eingeladen werden.«

»Wo wird die Liste denn eigentlich aufbewahrt?« fragte Duke in seiner praktischen Art.

»Es ist keine Liste, die irgend jemand aufbewahrt, du Trottel! Sondern es geht darum, daß die Leute dich dabeihaben wollen. Alles hier draußen hat sich so sehr verändert. Angesichts der vielen Filmstars und Berühmtheiten ist es schwer, sich einen Namen zu machen« – Chappy schlug mit seiner rechten Faust in seine linke Handfläche –, »aber wenn diese Fiedel mit meinen Initialen unter der Bühne liegt, dann wird sich dein und mein Leben entscheidend verändern.« Er schwieg einen

Moment. »Ich kann noch immer nicht verstehen, warum die Menschen von Reißzwecken nicht beeindruckt sind.«

»Zu schade, daß die kleinen Post-it-Zettelchen euch mittlerweile das Geschäft verderben.«

»ACH, HALT DIE KLAPPE!«

Chappy konnte Duke noch so sehr anschreien – dieser blieb ungerührt. »So, da wären wir«, sagte er, als sie eine gewundene Straße hinunterfuhren und vor einem gepflegten kleinen Haus mit einem Briefkasten anhielten, auf dem der Name ENDERS stand.

Drinnen saßen Ernie und Pearl bei einem Mittagsimbiß. Pearl hatte für sich und ihren Mann einen hübschen Teller mit kaltem Aufschnitt und Kartoffelsalat bereitgestellt. Vor ihnen auf dem Tisch lag eine Straßenkarte, und sie diskutierten zum x-ten Mal, welche Route sie für ihre Reise quer durch das Land nehmen sollten. Das einzige, was sie sicher wußten, war, daß sie zuerst zu der großen Hochzeit nach Gettysburg, Pennsylvania, reisen wollten, die an diesem Samstag stattfand. Danach war alles möglich.

Pearl hatte eine Menge Artikel über ältere Paare gelesen, die, als sie endlich Zeit hatten, wandern zu gehen, das ganze Land erkundeten, aber Ernie hatte die Grenze gezogen, als sie ein Wohnmobil hatte kaufen wollen.

»Wir werden es nicht häufig genug benutzen, Pearl. Ich würde gern in mein eigenes Haus zurückkehren. Diese Reise ist eine ganz tolle, einmalige Sache.«

»Ja, vermutlich«, hatte Pearl gesagt.

Als es an der Tür klingelte, war Ernie gerade dabei, sich eine weitere Portion Kartoffelsalat auf den Teller zu häufen. »Erwarten wir jemanden?« fragte er.

Pearl zog eine Grimasse. »Nee.« Sie stand von ihrem Stuhl auf. »Ich geh schon hin.«

»Kommt rein, kommen Sie rein ...«, sagte Pearl einen Augen-

blick später. »Wir waren gerade dabei, einen Happen zu essen. Ernie muß dafür sorgen, daß er bei Kräften bleibt, wißt ihr ...«
Ernie stieß verärgert seinen Stuhl zurück und stand auf. Hier kommt Mr. Großmaul und sein Lakai, dachte er.
»Ernie«, sagte Chappy mit gezwungener Freundlichkeit. »Wir dachten nur ...«
Ernie machte sich gar nicht erst die Mühe zuzuhören, sondern schlurfte zum Gewächshaus und winkte Chappy und Duke, ihm zu folgen.
»Also«, fragte er, »was ist eure Entschuldigung dafür, daß ihr jetzt hier seid?«
Die Fiedel auf der Werkbank war ganz offensichtlich noch immer nicht fertig.
»Wir haben Bilder dabei!« sagte Chappy und reichte Ernie voller Stolz seine Polaroidfotos. Chappy warf einen Blick auf die Fiedel und bemühte sich krampfhaft, zu verbergen, wie besorgt er war.
Ernie musterte die Fotos mit zusammengekniffenen Augen. »Haben Sie die aufgenommen?«
»Ja«, antwortete Chappy.
»Warum haben Sie mir die Fiedel dann nicht gebracht? Es wäre besser, wenn ich sie sehen, betasten, riechen könnte. Dann fiele es mir leichter, die beiden einander völlig ähnlich zu machen!«
»Aber, aber, aber«, begann Chappy, »sie gehört jemand anderem, jemandem, der sie braucht. Dies soll eine große Überraschung sein ...« Als er erneut einen Blick auf die Fiedel auf der Werkbank warf, war seine Bestürzung an seinem Gesicht abzulesen. Dieses Exemplar sah ganz und gar nicht wie die CT-Fiedel aus. Brigid würde den Unterschied sofort erkennen. »Im übrigen schaut diese noch immer neu aus, während die echte Fiedel alt ist.«
»Geben Sie mir Zeit!« verlangte Ernie. »Sie geben mir einen Eilauftrag, und dann lassen Sie mich nicht in Ruhe! Hier« – er

nahm die Fiedel in die Hand – »nehmen Sie sie, und scheren Sie sich zum Teufel!«
»Bitte!« bettelte Chappy. »Bitte! Ich bezahl Ihnen das Doppelte. Ich brauche die zweite Fiedel wirklich!«
»Das Doppelte?« fragte Ernie überrascht.
»Das Doppelte«, versprach Chappy kleinlaut.
»Ich ruf Sie an, wenn ich fertig bin.«
»Danke, danke«, sagte Chappy, während er Duke, der schweigend daneben gestanden hatte, zur Tür hinausschubste.
Sie gingen eilig an Pearl vorbei, die bald erfahren würde, daß sie und ihr Mann in diesem Winter nun zwei Reisen nach Florida planen konnten.
Als sie bei ihrem Wagen angekommen waren, sprangen Chappy und Duke hinein und knallten die Türen zu. Duke ließ den Motor an und lenkte den Rolls die Straße hinunter.
»Das war aber ein teurer Besuch«, bemerkte Duke.
»Halt die Klappe und fahr!« befahl Chappy.

zwanzig

In dem Türmchen von Chappys und Bettinas Schloß versammelte sich die Gruppe für Peace Mans Erleuchtungssitzung. Bettina war der Ansicht, daß vier Uhr nachmittags die perfekte Zeit für diese besondere Art der Therapie sei. Nach einem Tag, den man mit Schwimmen, Tennis oder Golf verbracht hatte, konnte jeder kommen und sich ein wenig um die spirituelle Seite des Lebens kümmern, bevor die Aktivitäten des Abends begannen. Diese Aktivitäten konnten alles mögliche beinhalten – ein Abendessen an einem guten Tisch in einem Restaurant, das gerade »in« war, die Teilnahme an einer interessanten Dinnerparty oder ganz einfach einen Kinobesuch. Jetzt, um vier Uhr nachmittags, waren die Seelen bereit zu einer Erweckung, die dazu beitragen würde, den harten Kern während der wichtigen Stunden der gesellschaftlichen Ereignisse in den Hamptons bei Laune zu halten.

Auch Louisa war gekommen; sie trug einen pastellfarbenen Jogginganzug. Herbert hatte sie zu Chappys Anwesen gefahren und war dann wieder fortgegangen, um einen Spaziergang am Strand zu machen; er hatte versprochen, in einer Stunde zurück zu sein. Regan saß im Schneidersitz zwischen Brigid und Kit auf dem Boden. Die drei Frauen waren während der letzten Stunden am Strand gewesen. Als es Zeit war, die spirituelle Nahrung zu sich zu nehmen, hatten sie sich Shorts und T-Shirts über ihre Badeanzüge gezogen und waren in den Versammlungsraum geeilt.

Angela saß hinter ihnen. Sie war eine Weile in ihrem Bikini am Strand herumstolziert und hatte dann beschlossen, ebenfalls an der Sitzung teilzunehmen. Ich wette, sie hofft, dort Duke zu treffen, dachte Regan. Bei der Party letzte Nacht schien sie ständig an seiner Seite zu sein. Aber der einzige Mann in dem Raum, abgesehen von Peace Man, war Garrett. Heute trug Peace Man Shorts und ein ärmelloses Hemd. Bei seiner Garderobe, dachte Regan, müssen die Kosten für die chemische Reinigung ziemlich niedrig sein. Und mit seinem rasierten Schädel braucht er sich wegen eines teuren Haarschnitts keine Sorgen zu machen. Aber wenn er so wenig Geld ausgeben will oder kann – wo wird er dann wohl im kommenden September wohnen? Wird er sich in sein Wohnmobil setzen und in Richtung Westen fahren? Sie konnte sich nicht vorstellen, daß Peace Man sein Fahrzeug vor Chappys und Bettinas Apartment in der Park Avenue in New York parkte.

Garrett, den Regan zunächst als einen typischen übereifrigen Wall-Street-Broker eingeschätzt hatte, saß auf dem Fußboden neben Bettina. Regan war überrascht, daß er an einer solchen Sitzung interessiert war. Aber er schien bemüht zu sein, eine Antenne für die spirituelle Seite des Lebens zu entwickeln. Seine Augen waren geschlossen, und seine Hände lagen mit den Handflächen nach oben auf seinen Knien. Vielleicht ist das ein Versuch, Schwingungen aufzufangen, durch die er Börsentips bekommt, dachte Regan.

Sie schaute zu Peace Man empor. Er weiß wahrscheinlich noch nicht einmal, was eine Börse ist, dachte Regan. Garrett und Peace Man waren zwei völlig verschiedene Menschentypen, und dennoch hatten beide etwas gemeinsam, das sie nicht genau identifizieren konnte.

»Peace Man ist bereit für eure Seelen«, erklärte Peace Man. »Zunächst müssen wir alle Anspannung aus unserem Körper entlassen. Wir sind blockiert durch negative Spannungen, die durch schlechtes Essen, schlechte Gedanken, Streß verursacht werden …«

Und Fiedeln, auf denen ein Fluch lastet, dachte Regan. Menschen, die andere Menschen in den Pool schubsen, wenn diese betrunken sind. Drohbriefe.

»... deshalb stehen wir jetzt alle auf und schreien AAAH!«

Diejenigen Mitglieder der Gruppe, die schon zuvor an diesen Sitzungen teilgenommen hatten, sprangen eifrig auf.

Regan, Kit und Brigid warfen einander Blicke zu und erhoben sich vorsichtig.

»AAAAAAH!« begann die Gruppe zu rufen.

»AAAAHHHHHH!« schrie Peace Man wild.

Ich dachte, er nennt sich *Peace* Man, sinnierte Regan.

»HNNNNNN!« machte Louisa.

Peace Man fing an, die Arme wie Flügel auf und ab zu bewegen und machte den Gruppenmitgliedern ein Zeichen, es ihm gleichzutun. Bald trippelten alle im Kreis herum und sahen aus wie ein Haufen durchgedrehter Hühner.

»AAHHHHHH! AAAAHHHH! AAAHHHH!«

Warum fühle ich mich dadurch kein bißchen besser? dachte Regan.

Glücklicherweise dauerte das Gebrüll nicht allzu lange. Peace Man forderte die Teilnehmer der Gruppe auf, sich wieder hinzusetzen und Streckübungen zu machen, während er ihnen etwas über das Universum und die Herrschaft des Geistes über die Materie erzählte.

»Materie spielt keine Rolle«, sagte er feierlich, während er seinen Körper zu der Form einer Brezel verbog, wobei ein Fuß über seinem Ohr hing.

Ob er wohl dafür übt, ein Verrenkungskünstler zu werden? fragte sich Regan.

Danach ging Peace Man zu jedem einzelnen Teilnehmer und befahl ihm, ihm die Zunge herauszustrecken. »Peace Man beurteilt die Persönlichkeit anhand der Zunge und der Hände«, sagte er. »Es gibt viele verschiedene Arten von Zungen, viele verschiedene Arten von Händen. Nächste Woche wird Peace Man euch dies erläutern. Und jetzt legt ihr euch alle auf den Boden.«

Die Gruppenmitglieder legten sich schweigend auf ihre Matten; sie lauschten dem Geräusch der donnernden Brandung. Dies erinnerte Regan an die Zeit des Mittagsschlafs im Kindergarten. So wie damals überkam sie ein Gefühl der Ruhelosigkeit. Zehn Minuten später verkündete der selbsternannte Guru: »Peace Man wird euch nächste Woche wieder hier empfangen, aber von jetzt an tritt Peace Man in eine siebentägige Phase des Fastens und des Schweigens ein. Peace Man wird eine Menge frisch gepreßten Fruchtsaft trinken.«

In der Woche des vierten Juli? dachte Regan. Ißt er am vierten Juli keinen Maiskolben? Dieser Mann entspricht nicht dem Klischee des typischen Nordamerikaners. Was für ein Mensch ist er eigentlich?

Peace Man drehte sich um, um den Stecker seiner Lavalampe aus der Dose zu ziehen.

»Aber Peace Man«, rief Louisa ihm zu, »ich wollte Sie doch für meinen Artikel interviewen.«

Peace Man schüttelte den Kopf und verließ den Raum.

Louisa ging zu Regan hinüber; an ihrem Gesicht war abzulesen, wie frustriert sie war. »Sieben Tage Schweigen. Ich würde verrückt werden. Vielleicht kann ich ein telefonisches Interview mit ihm machen, wenn seine Stimmbänder wieder funktionieren.«

Brigid und Kit standen auf. Brigid strich ihr T-Shirt glatt, lachte und sagte: »Ich vermute, er wird kein Ticket für das Konzert brauchen.«

»Das ist vielleicht ganz gut so«, erwiderte Regan. »Er könnte, während du gerade eines deiner Lieder singst, plötzlich auf die Idee kommen, sich von seinen Spannungen zu befreien.«

»Wißt ihr was?« sagte Louisa. »Er fasziniert mich jetzt sogar noch mehr als zuvor. Was ist sein richtiger Name und woher kommt er?«

Bettina kam auf sie zu. »Ich hoffe, es hat Ihnen gefallen«, sagte sie ängstlich.

»Oh, ja«, erwiderten alle mit gekünsteltem Nachdruck.

»Wo in aller Welt haben Sie Peace Man kennengelernt?« fragte Louisa.

Bettina lächelte.

»Chappy und ich geben jedes Jahr in New York eine große Weihnachtsparty. Im letzten Jahr habe ich zu Duke gesagt, er solle seine Schauspielklasse einladen. Peace Man hatte sich gerade dafür eingeschrieben.«

»Peace Man war in einer Schauspielklasse?« fragte Regan ungläubig.

»Er sagte, er wolle für kurze Zeit daran teilnehmen, um herauszufinden, wie es wäre, eine andere Person zu sein. Auf diese Weise könne er uns alle besser verstehen«, erklärte Bettina, die erneut über das ganze Gesicht strahlte. »War das nicht eine gute Idee?«

Jetzt wird mir alles klar, dachte Regan.

einundzwanzig

Montag, 30. Juni

Um sieben Uhr fünfundvierzig verließen Regan und Brigid in Kits Wagen Chappys Anwesen und fuhren hinaus auf die Straßen von Southampton. Sie waren auf dem Weg zum Radiosender. Die Luft war frisch und rein; man spürte sie auf der Haut wie kühle Tautropfen. Die Vögel zwitscherten, und es waren noch nicht allzu viele Autos auf der Straße.

»Was für ein Tag!« rief Brigid aus. »Ich sollte häufiger am frühen Morgen aufstehen.«

»Immer, wenn ich zufällig frühmorgens auf den Beinen bin, und das passiert nicht allzu häufig, merke ich, wie gut mir das tut«, stimmte Regan ihr zu.

Zehn Minuten später fuhren sie auf den winzigen, kiesbedeckten Parkplatz, der zum Gebäude des Radiosenders Country 113 gehörte.

In dem etwas schäbigen Eingangsbereich war eine Rezeptionistin mit einer offensichtlichen Schwäche für dicken, schwarzen Lidstrich damit beschäftigt, ihr Frühstück aus einer braunen Papiertüte herauszuzerren. »Kann ich Ihnen helfen?« fragte sie, während sie intensiv ihren Blaubeermuffin betrachtete.

»Brigid O'Neill ist hier, um ihr Interview zu geben«, sagte Regan forsch.

»Ach ja, genau. Ich hatte es vergessen. Heute ist schließlich Montag.« Sie musterte Brigid, die ihren Fiedelkasten in der Hand hielt. »Ihr Song gefällt mir.«

»Danke.«

»Gehen Sie durch die Tür und dann nach links. Sie sind am Ende des Flurs.«

Ein Werbespot für ein lokales Restaurant war über die Lautsprecher der Radiostation zu hören, während Brigid und Regan von einem Angestellten, der sie im Foyer abgeholt hatte, in das Studio geführt wurden. Chuck und Brad saßen in einem Raum, in dessen Mitte sich etwas befand, das wie eine Kommandostation mit vier Sitzen aussah. Beide trugen Cowboyhüte und schienen mit dem Sichten des Materials beschäftigt zu sein.

Ein großes Panoramafenster gab den Blick auf einen Kontrollraum frei, in dem der Toningenieur saß.

»Hallo, Jungs!« rief Brigid energisch.

Beide schauten rasch auf. »Halloooo!« riefen sie einstimmig.

Begeisterte Begrüßungen wurden ausgetauscht, und Regan konnte erkennen, daß Brigid sich bemühte, sich in die »Gleich-kommt-mein-Auftritt-Stimmung« zu versetzen. Sie geriet dadurch in einen Zustand, der, wie sie von ihrer Mutter wußte, einen Eindruck von Leichtigkeit vermittelte, aber tatsächlich einer Menge Energie bedurfte.

Nachdem Brigid sich hingesetzt hatte, begab sich Regan in den Kontrollraum und ließ sich dort auf einer Couch nieder. Ein stämmiger, bärtiger Ingenieur, der mit einer Schalttafel voller Griffe und Knöpfe beschäftigt war, nickte Regan ein flüchtiges ›Hallo‹ zu.

Plötzlich öffnete sich die Tür, und Louisa tauchte auf. »Ich war gerade in der Damentoilette«, flüsterte sie mit funkelnden Augen. »Ich bin schon seit über einer Stunde hier. Ich habe ihnen alle meine Recherchen übergeben, und ich habe auch meinen Laptop mitgebracht, falls ich irgend etwas nachsehen muß, während ihre Show läuft. Es gibt da ein paar interessante Flüche, über die man reden kann. Hast du schon die Zeitung gesehen?«

»Nein«, sagte Regan. »Warum?«

»Hnnn.« Louisa griff in ihre Reisetasche und zog die *Hamptons*

News heraus. Sie legte sie auf den Couchtisch, der vor Regan stand.

Regan schaute auf die Titelseite. Zwei Fotos, die auf der Party am Samstagabend aufgenommen worden waren, waren vergrößert und nebeneinander veröffentlicht worden. Eines zeigte Brigid, die in Chappys Wohnzimmer auf ihrer Fiedel spielte. Kieran stand lächelnd hinter ihr; in der Hand hielt er seine Gitarre. Daneben war ein Schnappschuß von Louisa abgedruckt, die bäuchlings neben dem Pool lag, während Pammy ihre lebensrettenden Maßnahmen durchführte. Die Überschrift über den Bildern lautete: »Lastet auf dieser Fiedel tatsächlich ein Fluch?«

»O mein Gott«, murmelte Regan. Der Artikel begann: »Während Brigid O'Neill auf ihrer legendären Fiedel spielte, die ihr von einem von Irlands berühmtesten Geschichtenerzählern/Fiedelspielern geschenkt worden war, wäre einer der weiblichen Gäste fast im Swimmingpool von Chappy und Bettina Tinka in Southampton ertrunken …«

Louisa beugte sich über ihre Schulter. »Mein Bild war noch nie in der Zeitung«, sagte sie aufgeregt.

»Tja, diesmal hast du's jedenfalls geschafft«, erwiderte Regan, während sie sich die Fotos anschaute. »Es waren aber doch zwei Reporter auf der Party. Was ist mit der anderen Zeitung?«

Louisa ließ sich neben Regan in einen Sessel fallen. »Sie erscheint wöchentlich. Sie kommt erst am Freitag heraus.«

Regan fand, daß Louisa fit und munter aussah. Sie trug weiße lange Hosen und eine korallenfarbene, kurzärmelige Bluse. Sie hatte eine goldene Halskette, ein Armband und Ohrringe angelegt und sah sehr professionell aus. Wenn man sich vorstellte … »Wie bist du heute hier hergekommen, Louisa?« fragte Regan.

»Ich habe darauf bestanden, den Wagen selbst zu fahren. Ich fühle mich großartig.«

Regan lächelte sie an. »Gut.«
»Okay, da sind wir wieder!« erklärte Chuck, während die Musik der letzten Werbesendung verklang. »Und hier bei und ist Brigid O'Neill, die in diesen Tagen ein gaaanz, ganz heißer Tip in der Countrymusic-Szene ist. Ihre Single ›If I'da known You Were in Jail (I Wouldn'ta Felt so Bad about You Not Callin')‹ war in den letzten Monaten unter den fünf ersten auf der Hitliste für Countrymusic und ist mittlerweile sogar auf Platz eins vorgerückt. Ich liebe diesen Titel.«
»Danke«, sagte Brigid.
»Das ist es, was mir an der Countrymusic so gefällt – die Texte sind wunderbar ... Auf jeden Fall kommt Brigids erstes Album, dessen Titel *Brigid* lautet und das ich hier vor mir liegen habe, in diesen Tagen in die Musikläden, sowohl als CD wie auch als Kassette. Brigid O'Neill hält sich augenblicklich in den Hamptons auf, um am Freitagabend beim Schmelztiegel-Musikfestival aufzutreten. Sind Sie aufgeregt, Brigid?«
»Ja, schrecklich«, erwiderte Brigid. »Ich freue mich darauf, vor einer New Yorker Zuhörerschaft zu spielen.«
»Das ist das beste Publikum«, versicherte ihr Brad.
»Ja, gewiß, ich bin selbst aus New York«, sagte Brigid.
»Wir auch«, erklärte Chuck. »Und wir möchten, daß mehr Menschen in diesen Teilen des Landes Countrymusic hören. Mögen Sie Country 113?«
Brigid lachte. »Ich liebe den Sender.«
»Wir auch«, warf Brad ein. »Also, Brigid, haben Sie heute schon die *Hamptons News* gelesen?«
»Nein, ich bin erst vor einer Stunde aufgestanden.«
»Tja, liebe Hörerinnen und Hörer«, begann Brad, »wir haben am Samstagabend in den Hamptons an einer Dinnerparty teilgenommen, und Brigid spielte auf ihrer berühmten Fiedel, von der Sie vielleicht schon gehört haben ... Übrigens können Sie unsere Zentrale anrufen und uns Ihre Vermutungen mit-

teilen, wofür die Initialen, die in die Seite der Fiedel geschnitzt wurden, stehen ... Wir werden Ihnen später noch mehr darüber erzählen ...« Er reichte Brigid die Zeitung, während er erzählte, wie die Fiedel zuerst in Brigids Hände gelangt war, daß die Feen die Fiedel verflucht hatten, weil diese aus Irland weggebracht worden war, und wie Louisa Washburn in den Pool gefallen war. »Also – was denken Sie über die magischen Kräfte der Fiedel, Brigid?«

»Ich glaube, auf der Fiedel liegt ein Segen, nicht ein Fluch. Ein guter Freund hat sie mir geschenkt, ich habe den Fan-Fair-Fiedelwettbewerb damit gewonnen, und ich werde sie immer wertschätzen. Ich glaube, unsere Freundin Louisa ist deshalb in den Swimmingpool gefallen, weil sie sich darüber beugte, um sich die Note, die auf den Boden gemalt ist, anzuschauen. Die Sache hat nichts mit irgendwelchen blödsinnigen Verwünschungen zu tun.«

»Okay, Leute, wir sind in ein paar Minuten wieder da, um über die Fiedel zu reden, die Brigid dabei hat und auf der sie, wie sie uns versprochen hat, für uns spielen wird. Und wir warten auf Ihre Anrufe, um zu hören, was Sie über die Fiedel zu sagen haben. Bleiben Sie dran.«

Louisa saß neben Regan und schien sich im Glanz ihres Unglücks zu sonnen, das um ein Haar eingetreten wäre.

Am anderen Ende der Stadt waren Duke und Chappy früh aufgestanden, damit sie sich die Sendung anhören konnten.

»Sollte man nicht annehmen, daß sie erwähnen, wo die Party stattfand?« rief Chappy. »Ich hab sie, verdammt noch mal, hervorragend bewirtet.«

Duke zuckte die Achseln.

»Geh raus und laß den Wagen an. Ich möchte mir diese Zeitung kaufen!«

In seiner kleinen Hütte saß er lauschend im Wohnzimmer, bereit, zum Telefonhörer zu greifen und die Radiostation anzurufen. Manchmal liebte er Brigid, und manchmal wurde er so wütend auf sie, daß ihm übel wurde und er Kopfschmerzen bekam. Er hatte sich bis zu dem Augenblick, als der Song erwähnt wurde, gut gefühlt. Warum ließ sie es zu, daß sie darüber redeten? Es war sein und Brigids Song!
Wenigstens konnte sie ihn nicht im Radio singen. Es klang nicht so, als wäre diese Typ, der ein paar Zeilen davon mit ihr zusammen sang, dort bei ihr. Und das war auch gut so.
Er legte sich auf sein unordentliches Bett zurück und wartete auf das Ende der Werbespots.

»Wir sind wieder da, Leute«, verkündete Chuck. »Also, Brigid, was halten Sie von Flüchen und Aberglauben?«
»Tja, es heißt, daß wir Iren ziemlich abergläubisch sind. Aber ich hab das nie besonders ernstgenommen.«
Brad nahm die Blätter in die Hand, auf denen Louisa das Ergebnis ihrer Recherchen ausgedruckt hatte. »Jene Feen, die vor Hunderten von Jahren in Irland lebten, waren ein zähes Völkchen. Wir wissen bereits, daß sie verdammt wütend waren wegen des Baumes, der gefällt wurde, um aus seinem Holz die Fiedel zu bauen, die Sie da bei sich haben, aber wußten Sie, daß jene Feen hervorragende Musiker zu entführen pflegten, damit sie sie bei ihren Festen unterhielten? Und wenn der menschliche Gast ein einziges Mal von ihren üppigen Speisen kostete, dann schaffte er es nicht, wieder in seine weltliche Existenz zurückzufinden. Also sind Sie sich wahrscheinlich darüber im klaren, was das bedeutet, ja? Bevor Sie Ihr Zuhause verlassen, um irgendwo aufzutreten, müssen Sie erst mal ordentlich essen.«
Brigid lachte.
»Ich hab hier noch ein paar weitere Informationen«, sagte Brad.

»Pferde pflegten kräftig zu niesen, um sich vor den Feen zu schützen ... Hmmm ... Warum niest du, Partner?«
Chuck kratzte sich an der Nase. »Staub.«
»Gute Antwort. Und die Freitage sind die Tage für schwere Stürme, deshalb hassen es die Leute, an diesem Tag auf See zu gehen. Aber jetzt hören Sie sich das mal an, Brigid. Wenn man, bevor man in See sticht, eine rothaarige Frau trifft, bedeutet das definitiv ein Unglück. Fischer pflegen umzukehren, wenn sie auf ihrem Weg zum Boot eine erblicken.«
Brigid beugte sich mit einem teuflischen Grinsen über das Mikrofon. »Uns Rothaarigen gibt man für alles die Schuld. Ein Aberglaube, den ich immer lustig fand, lautet: Wenn du dir beim Zubettgehen einen kleinen Beutel mit Ton um den Hals bindest, dann wird dir dein zukünftiger Ehepartner in einem Traum erscheinen.«
Chuck warf Brad einen Blick zu. »Das solltest du auch mal versuchen.«
»Ich fürchte, ich würde einen Alptraum haben, in dem meine Ex-Ehefrau die Hauptrolle spielt.«
»Ich glaube allerdings«, fuhr Brigid mit einem glucksenden Lachen fort, »daß die Leute solche abergläubischen Geschichten erfanden, um mit ihren Sehnsüchten und ihren Ängsten besser fertig zu werden. Das Leben ist so unberechenbar, und sie hatten dadurch die Möglichkeit, den Versuch zu machen, ein wenig Ordnung hineinzubringen.«
»Hey, ich glaube, wir haben hier ein paar Anrufer in der Leitung, Brigid«, sagte Chuck. Er drückte auf einen Knopf. »Hallo.«
»Brigid?« Es klang wie die Stimme eines Teenagers.
»Ja.«
»Hi, Brigid. Mein Name ist Tiffany, und ich möchte dir nur sagen, daß ich deine Stimme liiiebe ...«
»Danke, Tiffany«, sagte Brigid sanft.

»… und du solltest jene Fiedel behalten. Dein Freund hat sie dir geschenkt, und es ging dabei alles mit rechten Dingen zu. Hör auf niemanden, der dir etwas anderes erzählt. Es ärgert mich wirklich, wenn die Leute versuchen, dich herumzukommandieren.«

»Danke«, sagte Brigid. »Ich weiß deinen Ratschlag zu schätzen.«

»Danke, daß du uns angerufen hast, Tiffany«, fügte Chuck hinzu, während er auf einen anderen Knopf drückte. »Hallo, hallo.« Sie konnten das Echo der Verzögerung im Radio des Anrufers hören. »Schalten Sie bitte Ihr Radio aus«, bat Chuck den Anrufer.

»Hallo, ich bin hier«, begann eine Frau, deren Stimme älter klang. »Ich heiße Marjie, und, Brigid, ich möchte dir nur sagen, daß meine Eltern von Irland hier rübergekommen sind. Mein Vater spielte Fiedel, und das ist der Grund, warum ich Countrymusic so sehr liebe.«

»Freut mich zu hören«, sagte Brigid.

»Ich komme zum Konzert am nächsten Freitag. Mein Mann und ich möchten früh da sein, damit wir uns mit unseren Strandstühlen einen guten Platz ergattern können.«

»Das ist eine gute Idee«, sagte Brigid.

»Was ich an der Countrymusic so mag, ist, daß sie echte Gefühle ausdrückt – du weißt schon, was ich meine. Jedenfalls ist das nicht dieser schreckliche Lärm, den man auf den anderen Sendern hört.«

»Das haben Sie richtig erfaßt«, sagte Brad.

»Kannst du uns ein bißchen über dein Album erzählen?« fragte Marjie. »Ich werd's mir kaufen, aber was ist mit den anderen Songs, die darauf sind?«

»Einer meiner Lieblingssongs heißt: ›I've Got a Place to Live But Without You I Feel Homeless‹.«

»Oh. Sehr gut.« Die Frau schnalzte anerkennend mit der Zunge.

»Tja, ich versuche, herauszufinden, wofür das CT auf deiner Fiedel stehen mag. Ich hab dafür sogar die Landkarte von Irland hervorgeholt. Wenn ich eine gute Idee habe, dann gebe ich sie dir durch. Mein Mann und ich, wir beide würden dich schrecklich gern persönlich kennenlernen.«
»Danke«, sagte Brigid freundlich.
»Okay«, unterbrach Brad sie. »Wir müssen jetzt noch mal eine Pause machen. Wir sind gleeeich wieder da.« Er hob den Arm und wackelte mit dem Finger; ein Zeichen für den Toningenieur, die Werbespots einzuspielen.
Die Tür des Kontrollraums öffnete sich, und Regan wandte sich um. Dort stand, mit einem breiten Lächeln im Gesicht, Ned Alingham. Er trug buntkarierte Shorts, Turnschuhe und ein kurzärmeliges Oxford-button-down-Hemd, an dessen Tasche ein Stift hing. Unter den Arm hatte er sich eine Aktenmappe geklemmt. Sein Lächeln verschwand, als er Louisa erblickte.
»Hallo«, sagte Regan.
»Hallo, guten Tag, guten Tag«, antwortete er.
»Hier, setzen Sie sich«, bot Regan ihm an und zog einen Stuhl heran, der neben ihr stand.
»Hnnn«, sagte Louisa lächelnd. »Hallo.«
Ned sah sie mißtrauisch an und setzte sich. Er preßte die Mappe dicht an seinen Körper, als hinge sein Leben davon ab.
»Sind Sie auch in der Show?« fragte Regan.
»Ich komme ein bißchen später«, sagte er. »Brad und Chuck möchten, daß ich über Feng Shui rede und darüber, wie es einem im Leben Glück bringt. Es hat meiner Großmutter Glück gebracht. Sie praktizierte Feng Shui, ohne es zu wissen, und fing dadurch einen Dieb.«
»Wie ist denn das passiert?« fragte Regan.
»Sie vermietete ein paar Zimmer in ihrem Haus, um sich zusätzlich ein bißchen Geld zu verdienen. Eines Abends stellte

sie die Möbel um und rückte einen kleinen Tisch mit einer Lampe auf den Treppenabsatz. Ein Mieter versuchte, sich mitten in der Nacht davonzustehlen, ohne zu bezahlen. In seine Reisetasche hatte er ihr gesamtes Silberbesteck gepackt. Und wissen Sie was? Er stolperte über die Schnur der Lampe und fiel die Treppe hinunter. Das weckte meine Großmutter auf. Sie zwang ihn, seine Miete zu bezahlen, und rief einen Krankenwagen. Er hatte sich das Bein gebrochen.« Ned lächelte. »Granny war wirklich eine tolle Frau.«

»Sie erwischte ihn deshalb, weil sie einen Tisch verrückt hatte«, sagte Regan.

Ned nickte. »Wie Sie sehen, liegt Feng Shui mir im Blut. Meine Großmutter hat ständig die Möbel ihrer Untermieter umgestellt. Und als ich dann über Feng Shui als eine seriöse Form künstlerischen Ausdrucks las, wußte ich, daß es meine Berufung war.«

Louisa gestikulierte wild mit den Armen. »Ich finde das ganze Thema unglaublich faszinierend.«

Ned kniff die Augen zusammen. »Tatsächlich?« fragte er.

»Natürlich.«

»Ich hatte nicht den Eindruck, daß Sie das neulich abends so gesehen haben.«

»Nun ja, sehen wir den Tatsachen ins Auge«, sagte Louisa. »Ich bin noch immer der Meinung, daß es einige Zimmer gibt, wo, Feng Shui oder nicht Feng Shui, die Kommode nur an eine ganz bestimmte Wand paßt. *Hnnn.*«

»Ein wahrer Feng-Shui-Experte würde eine Lösung finden«, erwiderte er mit einer leichten Ungeduld in seiner Stimme.

»Indem er zum Beispiel die Kommode in zwei Hälften zersägt?« fragte Louisa scherzhaft.

»Wenn es nötig ist«, erwiderte Ned mit Nachdruck.

Regan schlug die Beine übereinander. Sie wollte unbedingt das Thema wechseln. »Ich habe gehört, Sie arbeiten an dem Theater auf Chappys Anwesen«, sagte sie, um ihm ein Stichwort zu geben.

Ned verdrehte die Augen. »Es sollte mittlerweile längst fertig sein. Ich muß sagen, ich war enttäuscht, denn durch das Theater hätte ich im Laufe des Sommers vielleicht ein paar Aufträge reinholen können.«

Er entspannte sich rasch und redete mit jener leisen, vertraulichen Stimme, die man in Künstlerzimmern hört, bevor die Wartenden im Fernsehen oder Radio interviewt werden. Regan hatte das häufig beobachtet, wenn sie ihre Mutter begleitet hatte. Es entsteht dabei ein Gefühl der spontanen Verbundenheit, das ein wenig Sicherheit vermittelt, während man darauf wartet, daß man an die Reihe kommt.

»Warum dauert es so lange, bis das Theater fertig ist?« fragte Regan.

»Chappys Frau hatte die Wohnungen für das Personal den Sommer über an diesen Garrett vermietet. Chappy wußte nichts davon. Vor ein paar Monaten wollten wir mit den Arbeiten beginnen, damit das Theater in diesem Sommer fertig ist, aber jetzt müssen wir bis nach dem Labor Day warten.«

Regan hob die Augenbrauen. »Er wußte nicht, daß sie die Wohnungen vermietet hatte?«

»Anscheinend nicht. Sie dachte, wir würden mit dem Bau des Theaters erst im Herbst beginnen.«

»Hatte er die Wohnungen vorher schon mal vermietet?«

Neds Augen traten hinter seiner Brille aus ihren Höhlen. »Nein! Das hat er nie gemacht. Die beiden haben erst im letzten September wieder geheiratet. Vielleicht wollte sie das Geld von den Mieteinnahmen. Nicht, daß sie es wirklich brauchen würden. Jedenfalls hat uns das Ganze ein wenig zurückgeworfen.«

»Sagten Sie, sie hätten *wieder* geheiratet?« fragte Regan.

Ned lachte aufgeregt. »Ja, sie haben vor mehr als zwanzig

Jahren geheiratet, aber die Ehe hielt nicht lange. Vor ein paar Jahren rief sie ihn an, nachdem sie gehört hatte, daß seine Mutter gestorben war. Vermutlich haben sie mittlerweile gefunden, was sie beim ersten Mal vermißten.«
»Hat einer von beiden in der Zwischenzeit jemand anderen geheiratet?« fragte Regan.
»Chappy nicht. Bettina hat zwischendurch einmal geheiratet, soviel ich weiß.«
Louisa, die aufmerksam zugehört hatte, während ihre Blicke zwischen den beiden hin- und herschweiften, rutschte ungeduldig auf ihrem Stuhl hin und her. »Ich werde die beiden für einen Artikel interviewen, den ich gerade über die Hamptons schreibe. Und ich möchte einen Abschnitt über Sie und Claudia einfügen.«
Ned betrachtete sie mit einem zufriedenen kleinen Lächeln im Gesicht. »Ich bin sicher, daß wir das arrangieren können.«
Plötzlich ertönte durch die Lautsprecher ein fröhlicher mehrstimmiger Gesang. »W-H-C-MMM. Hamptons Countrymusic.«
»Und hier sind wir wieder«, verkündete Brad. »Heute morgen ist hier eine Menge los – oder eigentlich die ganze Woche über. Brigid O'Neill ist bei uns, und sie sagte uns in der Pause, daß sie sehr gern am Donnerstagmorgen zurückkommen würde, um den Namen des Gewinners des Wettbewerbs bekanntzugeben. Wer findet die originellste Erklärung für die Initialen CT, die seitlich in ihre Fiedel geschnitzt sind? In ein paar Minuten wird sie für uns auf dieser Fiedel spielen.«
»Ich kann es nicht erwarten, mir anzuhören, was die Leute sich ausdenken«, bemerkte Brigid leichthin.
»Ich auch nicht. Und hier ist noch ein weitere Anrufer«, verkündete Brad. »Hallo, wie heißen Sie?«
»Solche Informationen gebe ich nicht preis«, sagte eine piepsende, mürrische männliche Stimme.
»Jeder Mensch hat ein Recht auf seine Privatsphäre«, antwor-

tete Brad gutmütig, während er in Richtung der anderen die Augen verdrehte. »Was würden Sie Brigid O'Neill heute gern mitteilen?«

»Ich möchte Brigid sagen, daß sie die Fiedel so schnell wie möglich loswerden soll.«

»Loswerden?« sagte Brad mißtrauisch.

»LOSWERDEN!«

»Warum?«

»Weil sie ihr *tatsächlich* Unglück bringt. Ich habe gesehen, was neulich abend auf der Party passiert ist. Jemand hat die Lady in den Pool gestoßen!«

Louisa, die neben Regan saß, atmete scharf ein.

»Gestoßen?« fragte Brigid.

»Ich war dort. Ich hab's gesehen. Sie brauchen es mir nicht zu glauben, aber SIE WURDE GESTOSSEN! Und weiß du was, Brigid? Vielleicht warst du gemeint? Du mußt vorsichtig sein!!!«

O mein Gott, dachte Regan. Das ist nicht bloß ein harmloser Verrückter.

Brigid blieb ruhig. »Also haben Sie gesehen, was geschah?«

»JA!« Die piepsende Stimme wurde immer gereizter. »Brigid, ich verspreche dir, zu deinem Konzert zu kommen. Dann können wir beiden die verdammte Fiedel gemeinsam in den Ozean werfen.«

Brigid seufzte. »Tja, ich würde die Fiedel aber eigentlich gern behalten.«

»Aber ich will nicht, daß du sie behältst. Ich muß dich vor dem Unglück schützen, das sie dir bringen wird. UND HÖR AUF, ANDEREN LEUTEN DEN SONG ÜBER DAS GEFÄNGNIS VORZUSINGEN! DAS IST UNSER SONG!« Er knallte den Hörer auf.

Oje, dachte Regan. Es klingt so, als hätte es unseren Brieffreund nach Southampton verschlagen.

zweiundzwanzig

»Brigid, du mußt ja halb verhungert sein«, sagte Regan, als sie die Radiostation verließen.

Louisa war kurz vorher vom Parkplatz hinuntergefahren.

Das Interview hatte ein paar Stunden gedauert. Nachdem zahlreiche Leute angerufen hatten, hatte Brigid auf ihrer Fiedel gespielt. Danach meldete sich eine sehr alte Frau, die die Fiedel für einhunderttausend Dollar kaufen wollte. Als Brigid ›nein‹ sagte, ging sie mit dem Preis immer weiter in die Höhe. Bei einer halben Million Dollar gab die Anruferin, die die Fiedel für ihren Mann hatte kaufen wollen, schließlich resigniert und entnervt auf.

»Es scheint, daß du auf jene Fiedel wie auf deinen Augapfel aufpassen mußt«, hatte Brad beim Abschied zu Brigid gesagt.

»Ich versuche herauszufinden, wo man sie zu Hause am besten aufbewahren sollte«, sagte Ned, während er sich am Kopf kratzte.

»In einem Tresor«, antwortete Regan.

Als sie jetzt den Wagen aufschloß, schaute Brigid zu ihr hinüber. »Ja, ich bin tatsächlich ein bißchen hungrig.«

»Was würdest du gern essen?« fragte Regan.

»Nach einem solchen Interview am liebsten was Herzhaftes.« Brigid lachte. »Beispielsweise Rühreier mit Speck in einem Schnellrestaurant.«

»Ich weiß, wohin wir gehen können«, sagte Regan und ließ den Wagen an. »Das All-Day-All-Night-Restaurant in Southampton. Das ist genau das richtige.«

»Zwei?« fragte die Kellnerin hastig, die, als Regan und Brigid hereinkamen, kaum in ihre Richtung schaute.
»Ja«, sagte Regan.
Auf dem Namensschild der Kellnerin stand LOTTY. Sie nahm zwei Speisekarten vom Tresen. »Raucherbereich oder nicht?«
»Nichtraucherbereich«, antwortete Brigid, und die beiden jungen Frauen folgten ihr.
Plötzlich drehte Lotty sich um; ihr Gesichtsausdruck zeigte, daß sie Brigid erkannt hatte. Sie warf einen Blick auf den Fiedelkasten und starrte dann Brigid ins Gesicht. »Sie sind Brigid O'Neill, nicht wahr?«
»Ja«, antwortete Brigid lächelnd.
»Ich hab heute morgen in der Küche Ihre Musik gehört. Brad und Chuck sind hier Stammgäste. Ich liebe Ihre Musik.« Sie führte die beiden jungen Frauen zu einer Sitzgruppe in einer Ecke.
»Danke.« Während sie Platz nahm, signalisierte Brigid mit einem Lächeln, daß sie sich über das Lob freute. Regan setzte sich ihr gegenüber.
Lotty legte die Hand auf ihre Hüfte. »Ich liebe Countrymusic. Die Texte gehen mir direkt unter die Haut. If I'da known you were in jail«, begann Lotty leise zu singen, »I wouldn'ta felt so baaad about you not callin'« ... Sie lachte und hielt die Hand vor den Mund. »Oh, entschuldigen Sie. Ich finde das Lied einfach hinreißend.«

An einem der schmalen Tische, nicht weiter als einen Meter achtzig entfernt, wäre er fast an einem Bissen von seinem englischen Muffin erstickt, als er sie erblickte. Er hatte gerade angefangen, sein weichgekochtes Ei zu löffeln, als sie hereinkamen. Das Ei war genau richtig, und er hatte ein kleines Flöckchen Butter darauf verteilt und die richtige Menge Salz und Pfeffer darübergestreut.

Ein Löffel mit Ei, gefolgt von einem Bissen Muffin, kauen und dann schlucken – genauso liebte er es, diese kleine, aber feine Mahlzeit zu sich zu nehmen. Und jetzt war er zu nervös, um einen Schluck von seinem duftenden heißen Kaffee zu nehmen!
Da, direkt vor ihm, saß Brigid. Nicht einmal zwei Meter von ihm entfernt. Die restlichen Tische in diesem Bereich waren leer. Innerhalb von Sekunden könnte er bei ihr sein, sie berühren.
Er schwitzte. Sein Magen schmerzte. Er wollte mit ihr reden, aber hier konnte er es nicht tun. Sie könnte seine Stimme von dem Anruf heute morgen erkennen.
Wer war die junge Frau, die da bei ihr saß?
Warum sang die Kellnerin das Lied, das nur ihm und Brigid gehörte? Er fühlte, wie er immer wütender wurde.
Ich muß hier raus, dachte er. Sie können unmöglich wissen, daß ich es war, der angerufen hat.
Mein Gott, wie hübsch sie ist!
Wie sie miteinander lachen und schwatzen! Tränen tragen ihm in die Augen, und er fühlte sich wie ein dummes kleines Kind. Er liebte sie so sehr. Er mußte mit ihr allein sein, damit sie die Chance hätte, sich in ihn zu verlieben. Genau wie in Der Scheich.
Er mußte irgendwie an sie herankommen. Aber wie? Er würde es schon herausfinden.
Seit er an diesem Morgen aufgestanden war, war der Tag schlecht gelaufen. Warum nur fühlte er sich wieder so verwirrt?

»Ich bin so schrecklich gespannt auf das Konzert am Freitagabend«, sagte Lotty, als sie mit einer dampfenden Kanne in der Hand zurückkam. »Kaffee?«
Regan und Brigid nickten.
»Ich bin sofort zurück.«

Regan sah zu, wie Lotty sich umdrehte und zu einem jungen Mann mit einem verrückten Haarschnitt ging, der allein vor seinem Essen saß.

»Alles in Ordnung?« fragte sie.

Er nickte, nahm seine Serviette, um sich den Mund abzuwischen, und machte mit seiner rechten Hand eine Geste, die bedeutete, daß sie die Rechnung bringen solle.

»Sie wollen schon so schnell wieder gehen?«

Er nickte noch einmal.

Lotty hatte ihre Stimme zu einem Flüstern gesenkt, aber Regan konnte trotzdem verstehen, was sie sagte. »Sie haben doch gestern nach der Radiostation für Countrymusic gefragt. Die Frau da drüben, das ist Brigid O'Neill. Sie war heute morgen auf dem Sender zu hören.«

Er blickte zu ihnen hinüber, aber als er sah, daß Brigid und Regan ihn anschauten, wandte er sich rasch ab.

»Es ist ihm peinlich«, sagte Regan.

Als er ging, winkte Brigid ihm zu. »Ein lieber Kerl.«

So elegant wie möglich stellte Lotty ihre Teller mit gebratenen Eiern, knusprigem Schinken und Vollweizentoast auf den Tisch.

»Zwei Cholesterinbomben«, scherzte Brigid.

»Sie sagen es«, erwiderte Lotty fröhlich und sah sich um. Alle Tische in dem Bereich waren mittlerweile leer. Sie zeigte mit ihrem Daumen hinter sich. »Der junge Mann, der eben an dem Tisch dort drüben saß – er ist in den letzten Tagen dreimal hergekommen. Egal, ob zum Frühstück, zum Mittag- oder zum Abendessen – er bestellt immer Eier.« Sie lachte. »Ich weiß nicht, warum er es heute so eilig hatte, hier wieder rauszukommen. Er hat nicht zu Ende gegessen, und normalerweise leckt er immer seinen Teller sauber.«

»Vielleicht hat er von Eiern die Nase voll«, vermutete Brigid.

»Oder vielleicht hat ihn jemand mit den Resultaten seines

Cholesterintests erschreckt«, bemerkte Regan, während sie sich einen Bissen von dem wundervoll duftenden gebratenen Speck in den Mund schob.

»Tja, zumindest gehört er zu den ruhigen Vertretern, so daß ich mir keine Beschwerden anzuhören brauchte! Aber jetzt lassen Sie es sich schmecken!« sagte Lotty und ging rasch davon, um das schmutzige Geschirr von einem Tisch abzuräumen.

23 dreiundzwanzig

Arnold Baker war seit mittlerweile zehn Jahren Präsident des Welth College. Er war gerade siebenundfünfzig geworden, ein ergrauender Mann mit militärischer Körperhaltung, und genoß sein Leben in den Hamptons. Seine Frau war bei verschiedenen Spendensammelaktionen in der Stadt aktiv, seine beiden Kinder waren erwachsen und lebten in New York, und er besaß ein weißes, mit Schindeln bedecktes Haus an einem See, das genau auf seine Bedürfnisse zugeschnitten war. Es war voll mit seinen Büchern, Pfeifen und Tweedjacketts.

Das einzige, was ihm ein Dorn im Auge war, war Chappy Tinka. Er ist ein klassisches Beispiel für jemanden, den seine Erbschaft ruiniert hatte, dachte Arnold häufig. Er würde in seinem ganzen Leben nie wieder einen Finger krümmen müssen und hatte auch vorher nie einen gekrümmt. Arnold wußte, daß Chappy, seitdem er in den Zwanzigern war, im Familienunternehmen gearbeitet hatte, wenn man überhaupt von arbeiten sprechen konnte. Als seine Mutter vor ein paar Jahren gestorben war, war ihm das gesamte Vermögen der Familie Tinka in den Schoß gefallen. Er war ein Einzelkind, und sein Vater war ebenfalls ein Einzelkind gewesen, was natürlich bedeutete, daß Chappy Alleinerbe war. Arnold wußte, daß es ein paar entfernte Cousins und Cousinen gab, die den Namen Tinka trugen, aber es war ihr Pech, daß sie nicht die Nachkommen von Alvin Conrad Tinka, dem Gründer der Tinka-Reißzweckenfabrik, waren.

Und was macht Chappy Tinka in dem Moment, als er vom eisernen Klammergriff seiner Mutter befreit ist und das ganze

Geld erbt? Er dreht durch! Baut ein schreckliches Monstrum von einem Haus und ruiniert allen Häusern, die unmittelbar am Ozean stehen, die Aussicht auf die Landschaft. Und jetzt plante er, die Unterkünfte für die Hausangestellten abreißen zu lassen und auf seinem Grundstück ein Theater zu errichten. Wirklich schockierend! Das schlimmste war, daß niemand ihn daran hindern konnte. Das Grundstück war schon seit so langer Zeit im Besitz der Familie, daß man ihm keine Vorschriften machen konnte, und die Bebauungsgesetze galten für ihn nicht.

Arnold wußte, daß die Nachbarn befürchteten, daß Chappy, sollten seine Bemühungen in Richtung Schauspielkunst scheitern, das Theater in ein Kinozentrum verwandeln könnte, in dem acht Filme gleichzeitig gezeigt wurden. Am Ende würde es in der ganzen Gegend nach Popcorn riechen!

Nicht, daß Chappy nicht großzügig wäre, dachte Arnold, als er sich an den antiken Schreibtisch in seinem Büro im Welth College setzte und hinausschaute auf die hügelige Landschaft des saftiggrünen Campus. Tinka hatte dem College Spenden zukommen lassen, obwohl er kein ehemaliger Student war, und er war einer der großen Sponsoren des Schmelztiegel-Festivals. Es war nur so, daß es seit dem Moment, als Chappy ihn angerufen und darauf bestanden hatte, daß Brigid O'Neill am Festival teilnehme, Schwierigkeiten gegeben hatte.

Brigid O'Neill war eine wunderbare Sängerin und eine außerordentliche Bereicherung für das Programm, aber Arnold hatte ein wenig manövrieren müssen, was die Reihenfolge der Darbietungen des Abends betraf, und das hatte Probleme verursacht.

Darla Wells war nicht glücklich. Tatsächlich, dachte Arnold traurig, war sie regelrecht ausgeflippt, wie seine Studenten zu sagen pflegten. In der letzten Woche, als Brigid O'Neill sich einverstanden erklärt hatte, an dem Festival teilzunehmen, war Arnold die unangenehme Aufgabe zugefallen, Darla zu informieren, daß die jüngere, temperamentvolle Brigid ebenfalls kommen würde und daß Darla ein paar ihrer Songs würde streichen müssen, damit Brigid mehr Zeit für ihre Darbietungen hatte. Die anderen drei Bands, deren Mitglieder allesamt männlich und landesweit bekannt waren, hatten sich mit den Änderungen einverstanden erklärt.

Bei Darla war es anders. Sie mochte zwar talentiert sein, aber mit fünfunddreißig wartete sie noch immer auf ihren großen Durchbruch in der Musikbranche. Bis jetzt hatte sie, in der Hoffnung, entdeckt zu werden, in kleinen, abgelegenen Orten in den Hamptons auf ihrer Gitarre herumgeklimpert. Aber sie hatte nur wenig Erfolg damit gehabt. Deshalb war ihr Mann auf die großartige Idee gekommen, dem Welth College eine erhebliche Summe zu spenden – aber nur, wenn Darla auf dem Festival auftreten durfte. Darla vermutete, daß unter den Zuhörern eine Menge Talentsucher sein würden, und vielleicht würde sie endlich entdeckt werden.

Tja, dachte Arnold, sie scheint auf jeden Fall den Killerinstinkt zu besitzen, den man braucht, um im Musikgeschäft Erfolg zu haben. Jedenfalls reagierte sie entsprechend, als ich ihr die Neuigkeiten überbrachte.

Darla wußte, daß beim Schmelztiegel-Festival die schöne, charismatische Brigid O'Neill im Mittelpunkt stehen würde.

Darla würde bei dem Festival die einzige lokale Sängerin sein. Es war vor ein paar Jahren ins Leben gerufen worden, wurde jetzt im großen Stil gefeiert und fand sogar landesweit in den Medien Beachtung. Arnold war stolz darauf und hatte sich immer heimlich dazu gratuliert. Es war seine Idee gewesen, im Sommer, als sich scheinbar die ganze Welt in den Hamptons aufhielt, ein Benefizkonzert auf dem Rasen des College stattfinden zu lassen. Du brauchst nur eine gute Sache zu finden, für die die Typen aus Hollywood sich gern engagieren, wie die

Sumpfgebiete oder dergleichen, und zu erklären, daß die Einnahmen des Abends dafür verwandt würden. Füg dem Ganzen noch ein bißchen Publicity hinzu, rühr um – und was kommt dabei heraus?

Eines der aufregendsten gesellschaftlichen Ereignisse des Sommers.

Warum riskierte er, in Anbetracht der Großzügigkeit von Darlas Mann, ihren Zorn? Weil Chappy Tinka *mehr* Geld für das College spendete als Mr. Wells.

Arnold Baker hatte große Mühe, die verschiedenen Interessen unter einen Hut zu bringen. Der Versuch, beide Familien zufriedenzustellen, war eine unmögliche Aufgabe.

Jetzt standen lange Artikel über Brigid in der Zeitung, und sie trat im Radio auf. Er hatte an diesem Morgen einen Teil ihres Interviews im Radio gehört.

Seine Sekretärin rief ihn an.

»Ja, Dot«, sagte er.

»Ich habe hier ein Paket für Brigid O'Neill.«

»Bringen Sie es rein.«

Die glänzende Holztür öffnete sich, und Dot trat herein. Sie arbeitete seit ewigen Zeiten für Arnold im College, und man hätte keine loyalere Sekretärin finden können. Sie war fünfzig, ein wenig rundlich um die Taille und hatte einen Sinn fürs Praktische. Das Adjektiv, das einem sofort zu ihr einfiel, war: vernünftig. Studenten, die vor Präsident Bakers Büro warteten, um mit ihm zu reden, fühlten sich von ihrer mütterlichen Ausstrahlung immer getröstet; sie hatte selbst vier Kinder großgezogen. Ihr Mann war Elektriker, und die beiden kannten sich, seit Dots Familie nach Sag Harbor gezogen war, als Dot noch eine Schülerin der sechsten Klasse war.

Sie hielt einen kleinen, in braunes Papier eingewickelten Karton in der Hand. Darauf stand mit schwarzen Buchstaben Brigid O'Neills Name und WELTH COLLEGE.

Dot stellte das Paket auf den Schreibtisch ihres Chefs. Es gab ein seltsames Geräusch, als würden Maiskörner darin herumrasseln. »Wer auch immer es geschickt hat, kann nicht buchstabieren, aber er liegt dennoch nicht ganz falsch, eh?«
Arnold hob eine Augenbraue und schaute zu ihr empor. »Es steht keine Adresse darauf.«
»Es ist nicht mit der Post gekommen. Anscheinend stand es übers Wochenende vor der Tür. Einer der Wachmänner hat es mir gerade gebracht. Er meint, es sei wahrscheinlich von demselben verrückten Gärtner zurückgelassen worden, der auch das Konzert im letzten Jahr besuchte. Er hinterlegte für alle Sänger und Sängerinnen Kartons mit Gemüsesamen.«
»Danke«, sagte Arnold. »Ich denke, ich werde zur Mittagszeit mal zu Tinka rüberfahren. Ich würde Brigid O'Neill gern in der Stadt willkommen heißen, und gestern abend stand ich nicht auf der Gästeliste.«
»Haben Sie schon in die Zeitung geschaut?« fragte Dot und schob die Brille auf ihrer Nase zurück.
Arnold nickte.
»Ich hoffe, das Festival wird so aufregend wie Mr. Tinkas Party«, sagte Dot trocken.
Ich nicht, dachte Arnold. Das hoffe ich wirklich nicht.

vierundzwanzig

Bettina saß in einem Clubsessel auf der Terrasse vor dem ehelichen Schlafzimmer und starrte auf den Ozean hinaus. Tootsie lag an ihrem chirurgisch verschönten rechten Busen in ihren Armen und bemühte sich, den Hals und das rechte Ohr ihres Frauchens zu lecken. Der Versuch war für Tootsie ein wenig frustrierend; es schien, als würde sie es niemals bis zum anderen Ohr schaffen. Ständig war ihr ein Mobiltelefon im Wege.

Die *Hamptons News* lag auf Bettinas Schoß.

Chappy hatte ihr ein Exemplar gebracht und war dann wieder in die Stadt gefahren, um weiß der Teufel was zu erledigen. Er verhält sich in letzter Zeit schrecklich neurotisch, dachte sie. Sogar noch neurotischer als gewöhnlich. Und zwar, seitdem wir aus Irland zurückgekommen sind.

Bettina kratzte sich am Bein und gab Tootsie einen kleinen Kuß. Während ihr Blick prüfend über ihre Zehen glitt, machte sie sich im Kopf eine Notiz, die Fußpflegerin kommen zu lassen. Dann schaute sie auf das Foto der Wasser spuckenden Louisa Washburn hinter und lächelte. Hilda Tinka dreht sich jetzt bestimmt im Grabe herum, dachte sie.

Es gibt in diesen Tagen eine Menge Dinge, die sie dazu bringen, sich im Grab herumzudrehen, sinnierte Bettina fröhlich. Hilda hatte sich immer als eine Art vornehmes Luxusgeschöpf betrachtet. Wenn sie nicht gerade Canasta spielte oder zu einem Polospiel ging, war sie damit beschäftigt, Chappy zu maßregeln. Und Bettina – jedenfalls solange Bettina es in ihrer ersten Ehe mit Chappy ausgehalten hatte. Was allerdings nicht

besonders lange gewesen war. Diesmal werde ich bleiben bis zum bitteren Ende, dachte Bettina boshaft. Sie starrte wütend auf das Bild und brach in lautes Lachen aus.
Ein solches Foto, aufgenommen auf Hilda Tinkas Anwesen, wäre in ihren Augen ein Skandal gewesen! Hilda hatte damals mit so großer Sorgfalt all diese steifen Familienfotos arrangiert, auf denen alle in ihren Sonntagskleidern posierten. Einmal hatte sie Bettina sogar aufgefordert, beiseite zu treten, damit sie nicht mit aufs Bild kam.
»Mutter, ich bin jetzt verheiratet!« hatte Chappy gebrüllt.
Aber Hilda hatte sich durchgesetzt und ein Foto von Chappy ohne seine Ehefrau, aber im Kreise seiner Eltern und Großeltern machen lassen.
Bettina saß in ihrem Sessel und wackelte mit den Füßen. Hoffentlich hält Peace Man in dieser Woche Sitzungen ab, dachte sie. Sie fühlte sich dabei immer so entspannt.
Warum in aller Welt verhielt sich Chappy in letzter Zeit so neurotisch?
Er konnte unmöglich unglücklich mit ihr sein. Schließlich war ihr Verhalten seit fast einem Jahr wirklich einwandfrei.
Ich werde ihn ein bißchen genauer beobachten, entschied sie.

25 fünfundzwanzig

Die Leute sind anscheinend der Meinung, wenn man reich ist, könnte man alles haben, dachte Darla Wells wütend. Aber das stimmt einfach nicht!

Die braunhaarige, rehäugige Sängerin mit dem niedlichen kleinen Körper saß in dem für besondere Kunden reservierten Stuhl ihres Coiffeurs in seinem exklusivem Salon, Wendell's, in East Hampton und las die *Hamptons News*. Aber eigentlich starrte sie auf das Foto ihrer Erzfeindin, Brigid O'Neill. Die Frau, um derentwillen Darla gezwungen war, die Anzahl an Liedern, die sie auf dem Konzert singen würde, zu reduzieren.

Wendell tauchte aus dem hinteren Lagerraum auf, wo zahllose Flaschen mit Färbe- und Lösungsmitteln und Wasserstoffsuperoxyd und Haarfestiger aufgereiht standen und nur darauf warteten, ihre wunderbare Wirkung auf den Köpfen von allen, die bereit waren, eine Menge Geld auf den Tisch zu legen, zu entfalten.

Gekleidet in schwarze Hosen und ein schwarzes, kragenloses Hemd und mit einem stereotyp bekümmerten Gesichtsausdruck näherte sich Wendell feierlich dem Stuhl und legte seine Hände auf Darlas Schädeldecke.

»Und was soll heute gemacht werden, Darling?« fragte er.

Darla warf einen Blick auf das Spiegelbild seines gebräunten Gesichts mit den schweren Lidern und den Hängebacken, das von einem Schopf dunkler, welliger Haare gekrönt war. Er war in den Fünfzigern, und in der Stadt war man sich einig, daß gefärbte Haare bei einem Mann seines Alters kaum natürlicher aussehen konnten.

»Helle Strähnchen«, antwortete Darla schroff. »Wie üblich.« Wendell nickte kaum wahrnehmbar und schaute dann auf die Zeitung in Darlas Schoß hinab.

»Aaaah. Brigid O'Neill ist wunderbar«, sagte er. »Sie hat wirklich phaaantastisches Haar. Was würde ich nicht dafür geben, wenn *sie* in diesem Stuhl säße.« Mit dieser Bemerkung verschwand er im hinteren Raum.

Durch Darlas Kopf, der in den nächsten Stunden mit hellen Strähnchen geschmückt werden würde, kreisten wütende Gedanken. Ich *hasse* sie, dachte sie. Ich *hasse* sie wie die Pest.

Zwei Stunden später verließ Darla den Salon. Sie riß die Tür ihres Sportwagens, Marke Mercedes-Benz, auf, griff hinein und nahm Brigids CD vom Beifahrersitz. Sie schleuderte sie auf den Boden und zertrampelte sie mit ihren Pfennigabsätzen.

»Da kannst du mal sehen, was ich von deinem Gesang halte«, murmelte sie.

26 sechsundzwanzig

Nach dem Frühstück hielten Regan und Brigid den Wagen im Zentrum von Southampton an, um ein paar Dinge zu erledigen. Um elf Uhr dreißig trafen sie wieder auf Chappys Anwesen ein.

Ein verbeulter grauer Sedan wartete auf der Straße vor Chappys Schloß und fuhr dann hinter ihnen auf die Zufahrtsstraße.

Als Regan und Brigid ausstiegen, sprangen zwei Jungen von siebzehn oder achtzehn aus dem schäbigen alten Auto. Sie trugen Sonnenbrillen, Baseballkappen, College-T-Shirts und sehr weite Shorts und lächelten und winkten ihnen zu.

»Brigid O'Neill«, rief einer von beiden freundlich, während er auf die Frauen zueilte. Er war lang und knochig und trug eine Zahnklammer. In den Armen hielt er ein Tonbandgerät und ein Notizbuch. An seiner Schulter hing ein kleiner Rucksack. »Ich kann es gar nicht glauben, daß Sie es sind.«

Der Fahrer, untersetzt und gebräunt, schloß die Tür und blieb schüchtern neben dem Auto stehen.

»Hallo«, sagte Brigid lächelnd.

»Kann ich Ihnen helfen?« fragte Regan sofort.

»Ich hoffe es«, sagte der Lange. »Mein Name ist Phil, und dies ist mein Freund Nick. Wir gehen hier auf die High School, und ich arbeite für die Schülerzeitung. Wir haben heute morgen Brigid im Radio gehört, und ich dachte, wir sollten die Gelegenheit nutzen, um herzukommen und zu fragen, ob sie uns ein kurzes Interview gibt.« Er grinste die beiden Frauen an; seine Zahnklammer blitzte in der Sonne, und seine Nase glänzte. »Ich verspreche Ihnen, daß es nicht lange dauern wird. Es wäre toll, wenn wir ein Interview mit Brigid O'Neill bekämen, das wir in unserer Zeitung veröffentlichen können, wenn die Schule wieder anfängt. Alle meine Freunde kommen zu Ihrem Konzert.«

Regan schaute zu Brigid hinüber.

»Ich hab nichts dagegen«, sagte Brigid.

Regan schaute wieder zu Phil. Er schien so jung und so eifrig zu sein. »Hast du einen Ausweis?« fragte sie.

»Was?« fragte er und machte ein verlegenes Gesicht. »Ich hab noch nicht mal einen Führerschein.«

Brigid berührte Regans Arm. »Das ist schon in Ordnung«, sagte sie. »Es wird nicht lange dauern.« Sie machte den beiden jungen Männern ein Zeichen, ihr zu folgen. »Gehen wir doch rein.«

Im Gästehaus war es kühl, und auf dem Tisch lag ein Zettel, auf dem stand, daß die anderen Golf spielen gegangen waren.

»Wir können das Interview hier machen«, sagte Brigid. Sie setzte sich auf die Couch; der Fiedelkasten lag neben ihr.

Phil ließ sich dicht neben Brigid nieder. Nick nahm auf einem Stuhl in der Nähe Platz.

»Regan«, sagte Brigid, »der Schinkenspeck hat mich schrecklich durstig gemacht. Würde es dir was ausmachen, mir ein Glas Wasser zu holen?«

»Nein, überhaupt nicht.« Regan kehrte ihr den Rücken zu und ging zum Kühlschrank hinüber. Ich hoffe, sie bringen es rasch hinter sich, dachte sie, als sie in den Schrank griff, um die Flasche mit Eiswasser herauszuholen. *Wie* rasch die beiden es hinter sich zu bringen gedachten, wußte sie in diesem Augenblick noch nicht.

»Was hast du denn mit dem Seil da vor?« fragte Brigid plötzlich.

Die Furcht in ihrer Stimme war unverkennbar.

»Wir müssen Sie beide fesseln«, platzte Phil heraus. »Wir werden Ihnen nicht weh tun. Wir wollen bloß die Fiedel haben.«
O Gott, dachte Regan. Was diese beiden jungen Burschen betraf, so hatte sie von Anfang an kein gutes Gefühl gehabt, und sie wußte, daß sie besser ihrer Intuition entsprechend gehandelt hätte. Es war Zeit, den beiden das Handwerk zu legen. Sie griff nach ihrer Pistole, zog sie aus dem Halfter und drehte sich blitzschnell um. Als Phil begann, Brigid zu fesseln, machte Nick ein paar Schritte in Richtung Regan. »Stehenbleiben«, zischte sie.
Der Ausdruck auf Nicks Gesicht war unbezahlbar. »Das war seine Idee!« rief er und zeigte auf Phil. »Er dachte, wir könnten die Lady ausfindig machen, die in der Radiostation angerufen hat und die Fiedel kaufen wollte. Oder wir könnten sonst jemanden finden, der Lust hat, sie zu kaufen.«
»Halt den Mund, Nick«, schrie Phil und ließ das Seil fallen.
»Ich hätte wissen sollen, daß ihr irgendwelche Hintergedanken hattet, als ihr beim Hereinkommen nicht eure Sonnenbrillen abnahmt. Dachtet ihr wirklich, daß ihr mit so was durchkommen würdet?« fragte Regan.
»Wir wollten Ihnen nicht weh tun«, protestierte Phil.
»Also, dann mal los, fesselt uns«, sagte Regan sarkastisch. »Und hoffentlich, ohne uns einzuschnüren. Brigid, warum stehst du nicht auf, damit diese beiden jungen Herren sich nebeneinander auf die Couch setzen können, bis die Polizei eintrifft?« Sie zeigte mit ihrer Pistole auf das Sofa. »Nick, setz dich.«
In seinem Eifer, ihr zu gehorchen, wäre er fast über seine eigenen Füße gestolpert.
»Ich rufe 911 an«, sagte Brigid hörbar erleichtert. Sie stand auf. »Ihr beiden scheint in eurem Leben auf die falsche Spur geraten zu sein.«
»Uns gefällt Ihre Musik aber wirklich sehr, Brigid«, jammerte Phil. Es klang wie ein Versuch, Abbitte zu leisten.

»Dann hättet ihr nicht versuchen sollen, meine Fiedel zu klauen. Ich brauche sie für meine Songs.«
Regan schüttelte den Kopf. »Jungs, ich vermute, ihr arbeitet überhaupt nicht für die Schülerzeitung hier in den Hamptons, was?«
Sie murmelten beide, daß das tatsächlich nicht der Fall sei.
»Irgend etwas sagt mir, daß ihr noch nicht einmal hier in der Gegend zu Hause seid. Wer wäre so dumm, eine solche Sache einzufädeln, wenn er in der Nähe wohnt? Ich hab natürlich bemerkt, daß euer Wagen ein New Yorker Nummernschild hat.«
»Es ist ein Mietwagen«, stöhnte Nick. »Wir kommen aus Nebraska und sind auf Urlaub hier.«

27 siebenundzwanzig

Sirenen heulten durch die Seeluft, als zwei Polizeiwagen zum zweitenmal in achtundvierzig Stunden auf Chappys Anwesen fuhren.

Chappy und Duke waren auf dem Rückweg von einem Ausflug zu Saks, wo Männerbadehosen zu reduzierten Preisen angeboten wurden. Da Chappy es liebte, sich jeden Morgen und jeden Nachmittag für zwei Minuten in die Fluten des Ozeans zu stürzen, was übrigens sein einziges Zugeständnis an sportliche Betätigung war, sammelte er Badehosen, so wie Peace Man Kristalle sammelte.

Chappy hatte sich außerdem widerwillig einverstanden erklärt, mit Duke zur Autowaschanlage zu fahren.

»Also gut«, hatte er gesagt. »Solange wir draußen bleiben. Aber ich weiß nicht, wofür ich dich eigentlich bezahle!«

Jetzt, da sie um die Ecke bogen und die Polizeiwagen erblickten, schrie Chappy: »Was ist denn da los?«

Duke zuckte die Achseln. »Ich weiß es nicht.«

»Los, fahr, beeil dich!«

Duke trat auf das Gaspedal, und der Rolls Royce glitt auf das parkähnliche Gelände. Duke fuhr an den Polizeiwagen vorbei, die kreuz und quer vor dem Gästehaus geparkt waren – Lichter blitzten auf, Türen standen offen, Radios plärrten –, und fuhr dann mit dem Wagen die kreisförmige Zufahrt entlang.

»WAS MACHST DU DENN EIGENTLICH?« kreischte Chappy.

»Nachdem die Beule im Wagen war, hast du mir gesagt, ich solle ihn nicht direkt vor dem Schloß parken.«

»HALT AN, VERDAMMT NOCH MAL!«

Duke stieg auf die Bremse, und der Rolls Royce blieb mit einem Ruck stehen. Chappy war gerade dabei, seinen Sicherheitsgurt zu lösen, als Duke begann, den Wagen ein Stück zurückzusetzen.

»STOP!« brüllte Chappy, während er nach vorn geworfen wurde. »Laß mich raus!«

Chappy fummelte an der Tür herum, sprang aus dem Wagen und lief in Richtung des Gästehauses, während Bettina, Tootsie in den Armen, vom Schwimmbecken in dieselbe Richtung rannte.

»Ich bin hier!« rief er. »Ich bin hier.«

»O Chappy«, sagte Bettina atemlos. Sie ergriff seine Hand, und sie liefen gemeinsam zur Tür des Gästehauses.

Drinnen waren zwei Polizeibeamte damit beschäftigt, den Eindringlingen Handschellen anzulegen. Ein dritter verhörte Regan und Brigid.

»Was ist passiert?« fragte Chappy. »Es ist hoffentlich niemand verletzt?«

Brigid antwortete. »Es gab ein bißchen Aufregung. Es scheint, daß die beiden da« – sie zeigte auf die beiden Kriminellen mit den Kindergesichtern, die jetzt zum Streifenwagen geführt wurden – »Räuber und Gendarm mit meiner Fiedel spielen wollten.«

Chappy fielen fast die Augen aus dem Kopf. »Was?«

»Das ist uns aber schrecklich peinlich«, jammerte Bettina. Sie hielt noch immer Chappys Hand mit festem Griff umklammert. Tootsie bellte, um ihre Zustimmung zu signalisieren.

»Ich hatte großes Glück, daß ich Regan dabeihatte«, sagte Brigid.

Regan zuckte mit den Achseln. »Ich bin bloß froh, daß nichts Schlimmes passiert ist. Ich hätte den beiden nicht vertrauen sollen. Ich bin nur so häufig mit meiner Mutter zusammen, wenn die Schulkinder sie beim Signieren ihrer Bücher interviewen wollen. Wir denken uns nie etwas dabei. Gewöhnlich sind die Kinder sehr lieb und schüchtern. Genau wie die beiden da.«

»Wer sind sie?« fragte Chappy hastig.

Der junge Polizist mit den sandfarbenen Haaren seufzte. »Zwei Jungen, die nicht besonders intelligent sind. Sie haben gehört, wie eine Frau heute morgen im Radio sehr viel Geld für die Fiedel geboten hat, und dachten, wenn sie sie in ihren Besitz brächten, dann könnten sie sie der Frau geben und auf die Schnelle eine Menge Dollars verdienen. Miss O'Neill und ihre Fiedel waren in letzter Zeit häufig in den Nachrichten. Leider hat der Wert der Fiedel für die zwielichtigen Typen dieser Welt eine äußerst anziehende Wirkung.«

Chappy schnalzte mißbilligend mit der Zunge und nickte. »Wie gräßlich.«

»Gräßlich«, wiederholte Bettina. »Gräßlich.«

»Nanu, was ist denn hier los?«

Regan drehte sich um. Kieran stand in der Türöffnung und schaute Brigid besorgt an. Regan sah, daß Hank, Teddy und Pammy hinter ihm standen.

Der Polizeibeamte erklärte ihm rasch, was geschehen war. »Verrückte Kids«, beendete er seine Rede.

Kieran ging rasch zu Brigid hinüber und legte seine Arme um sie. »Als ich die Polizeiwagen sah, hab ich mich schrecklich geängstigt. Ist alles in Ordnung mit dir?«

Brigid nickte, lächelte und legte ihren Kopf gegen seine Brust. Regan konnte sehen, daß die Chemie zwischen beiden auf wunderbare Weise stimmte.

Kieran streckte den Arm aus und ergriff Regans Hand. »Danke, Regan«, sagte er schlicht.

»Das ist schließlich der Grund, warum ich hier bin.«

»Was ist los?« fragte Pammy, als sie den Raum betrat. An ihrem Gesicht war abzulesen, daß sie keineswegs begeistert war.

Kieran ließ die Arme sinken und wandte sich ihr zu. »Es ist jetzt alles in Ordnung. Kein Problem mehr.«
Das stimmt leider nicht, dachte Regan. Es scheint, als würden die Probleme gerade erst anfangen.
Brigid erklärte Pammy rasch, was geschehen war.
»Schaut mal, wer sonst noch hier ist«, sagte Chappy.
Arnold Baker, der tadellos gekleidete Präsident des Welth College, stand in der Türöffnung. Er hielt das kleine braune Paket in der Hand, das an Brigid O'Neill adressiert war.
Der Polizeibeamte tippte an seinen Helm. »Tag, Sir.«
Chappy stellte Baker den anderen Anwesenden vor.
»Ich bin nur hergekommen, um Sie in unserer Stadt zu begrüßen«, sagte Arnold, »und Ihnen ein Paket zu bringen, das man im College für Sie hinterlassen hat. Aber wie ich sehe, habe ich mir dafür den falschen Zeitpunkt ausgesucht.«
»Nein, überhaupt nicht«, erwiderte Brigid freundlich. »Es ist schön, Sie kennenzulernen. Ich freue mich auf das Konzert.«
Arnold schüttelte ihr die Hand und überreichte Brigid den Karton.
»Wollen Sie es nicht sofort öffnen?« fragte Bettina. »Ich kann es nie erwarten, die Geschenke zu öffnen, die Chappy mir mitbringt.«
»Einen Moment«, sagte Regan. »In Anbetracht dessen, was gerade passiert ist, frage ich mich, ob in dem Paket nicht vielleicht etwas Gefährliches sein könnte.«
»Meine Sekretärin meinte, es klinge wie Gemüsesamen«, bemerkte Arnold Baker. »Die hat jemand beim Konzert im letzten Jahr für die Musiker hinterlegt.«
»Lassen Sie mich mal schauen«, sagte der Polizist. Er nahm das Paket von Brigid entgegen. Es rasselte in seinen Händen. »Es klingt wie Maiskörner, die hin- und herrollen.« Er riß den Klebestreifen von dem dünnen, braunen Papier ab, die Verpackung glitt zu Boden, und ein weißer Karton mit einem

Deckel wurde sichtbar. »Es sieht aus, als wollte es sich selbst auswickeln«, bemerkte er.

»Ich bin wahnsinnig gespannt, was darin ist«, verkündete Bettina mit ihrer lauten Stimme.

»Tja, dem Geräusch nach zu urteilen ist es auf jeden Fall keine Bombe«, sagte der Polizist. Er drehte sich um, hob den Deckel der Schachtel ab und zog eine Stoffpuppe mit langem, roten Haar und grünen Augen heraus. Der Kopf der Puppe war fast ganz vom Körper abgetrennt. Auf ihrem weißen Lätzchen stand mit schwarzen Lettern das Wort BRIGID.

Ein vielstimmiges, entsetztes Keuchen wurde hörbar.

»Wie ich sehe, ist hier noch eine Nachricht«, sagte der Polizist und zog ein Stück Papier aus dem Karton.

»Wie lautet sie?« fragte Brigid.

Ein gequälter Ausdruck zeigte sich auf dem Gesicht des Gesetzeshüters. »Sie lautet: ›Das könntest du sein‹.«

»Widerlich«, rief Chappy. »Ich finde, das ist widerlich.«

»Brigid, wir sind so glücklich, daß Sie unser Gast sind«, versicherte ihr Bettina. »Wir möchten nicht, daß Sie glauben, dies wäre typisch für die Art, wie die Leute sich hier benehmen. Es ist wahr, daß die Menschen in dieser Gegend manchmal ziemlich boshaft sein können, aber dies ist gräßlich. Gräßlich, gräßlich.«

Innerhalb weniger Minuten zwei erschreckende Vorfälle, dachte Regan. Ob ein dritter da wohl noch lange auf sich warten läßt?

Brigid lächelte matt. »Dies bedeutet vermutlich, daß ich es im Showbusineß bis an die Spitze geschafft habe. Jemand scheint mich ständig zu beobachten.«

Der Polizeibeamte rückte seinen Helm zurecht. »Miss O'Neill, haben Sie irgendeine Idee, wer Ihnen das geschickt haben könnte?«

Brigid schaute ihn verwirrt an. »Nein, keine Ahnung.«

Regan wandte sich dem Beamten zu. »Während der Radioshow heute morgen hat irgendein seltsamer Typ angerufen. Und jemand hat beim Fan Fair in Nashville einen Drohbrief hinterlassen, als Brigid dort auftrat ...« Regan erklärte mit wenigen Worten, was der Fan Fair war. »Da der Brief dort nur hinterlegt worden war, trug er keinen Poststempel. Dieser Karton hier wurde auch nicht per Post geschickt ...«
»Was bedeutet, daß der Verfolger oder die Verfolger, die die Nachricht geschrieben haben, ständig in Miss O'Neills Nähe waren«, schloß der Beamte. »Wer auch immer beim Radiosender angerufen hat, muß sich hier in der Gegend aufhalten.«
»Genau«, sagte Regan. »Und Sie haben jetzt die beiden, die vor ein paar Minuten hier waren ... und den Vorfall, als Louisa neulich abend in den Pool gestoßen wurde ...« Sie wandte sich Chappy und Bettina zu. »Ich meine, wir sollten ein paar Wachmänner holen, damit sie auf Chappys Anwesen patroullieren, bis Brigid wieder wegfährt.«
»Waaaas?« sagte Bettina.
»Ach je«, jammerte Chappy. »Ach je, ach je. Ich weiß nicht, ob das wirklich nötig ist. Was meinen Sie?«
Brigid setzte sich gerade auf. »Regan, nein. So möchte ich nicht leben, und dies soll eigentlich für alle ein Urlaub sein. Du bist bei mir, dieses Haus ist voller Menschen, ebenso wie Kits Haus. Bettina und Chappy wohnen nur ein paar Schritte von uns entfernt.«
»Wir werden alle auf sie aufpassen«, sagte Kieran mit fester Stimme.
»Genau«, erklärte Pammy.
Hank und Teddy signalisierten ihre Zustimmung durch ein Nicken.
Brigid zeigte auf den Karton. »Wer auch immer das getan hat, will mir wahrscheinlich nicht wirklich ein Leid antun. Und jener Brief vom Fan Fair wurde von jemandem in Nashville

zurückgelassen. Der Typ im Radio klang, als sei er ein bißchen verrückt, als er behauptete, daß Louisa geschubst worden sei.«

Aber ich bin der Ansicht, daß sie tatsächlich geschubst wurde, dachte Regan und sah im Geist den weißen Farbflecken auf dem Rücken von Louisas Überwurf.

»Was ist mit den Jungen, die heute hier reingeplatzt sind?« fragte Pammy, während sie ihr Haar hinter das Ohr zurückschob. »Das ist wirklich unheimlich.«

»Sie wollten mich nicht umbringen, sie wollten bloß die Fiedel. Von jetzt an muß ich vorsichtiger sein, von wem ich mich interviewen lasse, was, Regan?« sagte Brigid scherzend.

Regan nickte. »Wir dürfen nicht jeden, der hier auftaucht, reinlassen. Alle Interviews müssen vorher genehmigt werden.« Und ich werde meinen Eltern die Fiedel bringen, damit sie sie aufbewahren, dachte sie.

»Außer ein paar Telefoninterviews steht nur noch eine Sache in meinem Terminkalender: Ich muß am Donnerstag noch mal zur Radiostation. Ich muß unbedingt meinen Manager, Roy, anrufen …«

Arnold hatte still danebengestanden und alles beobachtet. Er trat einen Schritt vor. »Brigid, es tut mir so leid.«

»Hören Sie, es ist nicht Ihre Schuld. Ich kann es nicht erwarten, am Freitagabend auf meiner Fiedel zu spielen.«

»Gut! Denn als ein Repräsentant des College und des Schmelztiegel-Festivals bedaure ich diese ganze Angelegenheit. Ich kann Ihnen versichern, daß wir uns sehr auf Ihre Anwesenheit beim Festival freuen und daß diese ganz wesentlich zum Erfolg des Abends beitragen wird. So, jetzt habe ich genug geredet und werde mich wieder an die Arbeit machen.«

Brigid schüttelte ihm noch einmal die Hand. »Danke, daß Sie vorbeigekommen sind.«

»Ja, o ja«, murmelte Chappy.

»Sir«, sagte Regan, als Arnold sich anschickte, das Zimmer zu

verlassen, »ich würde mich gerne einen Moment mit Ihnen unterhalten, bevor Sie gehen.« Sie folgte ihm nach draußen und verabredete mit ihm, daß sie am Nachmittag beim College vorbeikommen würde. Sie wollte mit dem Wachmann reden, der das Paket gefunden hatte. Vielleicht hatte er etwas gesehen.
»Ich werde den ganzen Tag über dort sein«, sagte Arnold zu ihr.
Regan blickte ihm nach, als er rückwärts aus der Parklücke fuhr. Sie konnte die Zufahrt sehen: zwei Polizeiwagen mit blinkenden Lichtern, der zwanzig Jahre alte Kombiwagen, den Chappy der Band geliehen hatte und der hinter den beiden Polizeiwagen stand, und Chappys eingebeulter Rolls und der Tourneebus und Peace Mans Wohnmobil, die auf der anderen Seite des Schlosses parkten.
Wo ist Peace Man? fragte sich Regan. Hat er während dieser ganzen Ereignisse meditiert? Hat er vor, die sieben Tage des Schweigens in seinem Wohnmobil zu verbringen?
Ich muß ihn beobachten, dachte sie, während ihr Blick über Chappys Anwesen schweifte. Der Bereich um den Pool herum, wo, davon war sie überzeugt, Louisa neulich abend ins Wasser geschubst worden war, wirkte ruhig und friedlich.
Nicht nur, daß auf der Fiedel ein Fluch lastet, dachte Regan, ich glaube, auf Chappys Anwesen treiben auch ein paar Gespenster ihr Unwesen. Sie atmete die würzige Ozeanluft tief ein. Ein quälender Druck lastete auf ihrer Brust, ein Gefühl, das, dessen war Regan sich sicher, erst verschwinden würde, wenn Brigid die Hamptons unbeschadet verlassen hatte.
Noch vier Tage bis zum Konzert, dachte sie. Wenn man sich vorstellt, daß dies für Brigid eigentlich eine Woche der Erholung sein sollte.
Sie ging zurück ins Haus und sprach noch einmal mit den Polizisten. Sie waren einverstanden, daß sie die Puppe für ihre Ermittlungen behielt.

»Bis Miss O'Neill Anzeige erstattet, kann sie damit machen, was sie will«, sagte der Beamte. »Wir werden den Brief behalten, falls wir ihn auf Fingerabdrücke hin untersuchen müssen.«

»Danke«, erwiderte Regan. In ihrem Kopf kreiste ständig die Frage: Wer würde eine solche Puppe zurücklassen? Ich hoffe nur, daß mein Besuch im Welth College heute nachmittag ein wenig Licht in die Sache bringt, überlegte sie. Vielleicht erfahre ich etwas, das mir weiterhilft.

ACHTUNDZWANZIG

Pearl, ich kann nicht glauben, daß ich das verdammte Ding tatsächlich fertig gekriegt habe.« Ernie saß am Küchentisch und trank eine Tasse Kaffee. Er hatte eben erst sein Frühstück gegessen, obwohl es bereits nach zwölf Uhr mittags war. Nachdem Chappy Tinka gestern sein Haus verlassen hatte, hatte Ernie bis vier Uhr nachts ununterbrochen gearbeitet, um die Fiedel zu Ende zu bauen.

»Das hast du wirklich gut gemacht, Ernie«, sagte sie, während sie im Zuge ihrer Reisevorbereitungen den Kühlschrank leerte. Sie öffnete ein Glas Mayonnaise und schnupperte daran. Nachdem sie mit gerümpfter Nase entschieden hatte, daß die Mayonnaise nach ihrer Rückkehr nicht mehr gut sein würde, warf sie das Glas in den Mülleimer, der neben ihr stand. Es landete mit einem dumpfen »Plopp«.

»Gut oder nicht gut. Ich hab mein Bestes getan.«

»Wie auch immer, ich bin stolz auf dich.« Ein altes Stück Käse landete, ebenfalls mit einem »Plopp«, im Mülleimer.

»Hast du vor, sämtliche Lebensmittel wegzuwerfen?« fragte Ernie.

»Nur was stinken oder schlecht werden könnte, bevor wir zurückkommen.«

Ernie stand auf. Jetzt, da seine Aufgabe erfüllt war, fühlte er sich zufrieden, aber ruhelos. Er hatte eine Woche lang Tag und Nacht an dieser Fiedel gearbeitet. Anstatt erschöpft und müde zu sein, war er innerlich angespannt. Er hatte das Bedürfnis, aus seinem Häuschen rauszukommen, etwas Neues zu sehen, etwas zu unternehmen. Er hatte sich nur eine Woche lang in seiner Werkstatt eingesperrt, aber der Druck, den Chappy Tinka auf ihn ausgeübt hatte, hatte bewirkt, daß ihm die Woche wie eine Ewigkeit erschien. »Haben wir alles gepackt?« fragte er Pearl.

»Ich war tagelang damit beschäftigt, unsere Sachen ein- und wieder auszupacken. Es gibt noch ein paar Dinge, die in die Koffer gelegt werden müssen ... und vielleicht ein paar andere, die herausgenommen werden sollten.«

Ernie starrte aus dem Fenster auf das Gewächshaus. »Pearl, ich möchte weg von hier. Laß uns einfach schon heute abreisen«, sagte er plötzlich.

Pearl schaute von der Gemüseschublade auf, in der sie eine Limone entdeckt hatte, die mittlerweile verfault war und nach der sie in der letzten Woche, als ihre Nachbarin Bea auf einen Cocktail vorbeigekommen war, gesucht hatte. Ihr blieb der Mund offenstehen. »Was?«

»Du hast gehört, was ich gesagt habe.«

»Aber ...«

»Kein Aber«, erwiderte er und ging zu seiner Frau hinüber. Zärtlich tätschelte er die weiche Haut in ihrem Gesicht.

Pearl lächelte. »Massierst du meine Falten?«

»Ich liebe deine Falten. Und ich habe dich die ganze Woche über vernachlässigt. Warum werfen wir nicht unsere Taschen in den Wagen und fahren nach New York?«

Pearls Augen weiteten sich. »New York?«

»Ja, New York. Wir nehmen uns ein Zimmer im Plaza, gehen zum Abendessen aus, machen uns ein paar schöne Tage, besuchen vielleicht eine der Shows und reisen dann nach Pennsylvania.«

»Ist auch wirklich alles in Ordnung mit dir, Ernie?« fragte Pat mißtrauisch. Plötzlich bekam sie schreckliche Angst, und ihre Stimme wurde, während sie sprach, immer lauter. »Hat der Arzt gesagt, daß bei deinem Checkup irgend etwas nicht in Ordnung war, und du hast es mir vorenthalten? War dieser Husten, den du hattest, am Ende doch …«

»Hör auf, Pearl«, unterbrach Ernie sie. »Nein! Kann ich nicht einfach mal was Nettes tun?«

»Es ist ein wenig ungewöhnlich, das ist alles.«

»Danke verbindlichst.«

Pearl lachte. »Ich würde liebend gern nach New York fahren. Aber, Ernie, die Stadt ist so schrecklich teuer! Wir haben doch ein festes Budget für die Reise.«

»Vergiß das Budget«, sagte Ernie. »Dies ist etwas Besonderes. Tinka bezahlt mir das Doppelte, erinnerst du dich? Wir müssen ein bißchen leben.« Er beugte sich zu ihr herunter und gab ihr einen Kuß. »Warum sollte ich schuften wie ein Sklave, wenn ich das Geld nicht genießen kann?«

»O Ernie! Dies ist so aufregend!« Pearl spitzte die Lippen und küßte ihn zurück. »Seit 1965 haben wir nichts derart Spontanes mehr gemacht!«

»Und was war das damals, 1965?«

»Wir sind zur Weltausstellung in Queens gefahren, ohne es vorher geplant zu haben.«

»Ja, stimmt.«

Pearl sah um sich, als wollte sie entscheiden, was sie als nächstes tun würde. »Ich werde unsere Nachbarin Bea anrufen und ihr sagen, daß wir heute abreisen …« Plötzlich kam ihr ein Gedanke. »Ernie, was ist mit der Fiedel? Wollte Tinka nicht gegen Ende der Woche kommen, um sie abzuholen?«

»Wir werden ihn überraschen und sie, wenn wir unsere Reise antreten, bei ihm abgeben.«

»Weißt du, wo er wohnt?«

»Seine Adresse stand auf dem Scheck.«

»Er bekommt seine Fiedel früher als verabredet und außerdem noch persönlich ins Haus geliefert!« sagte Pearl fröhlich. »Mensch, da wird er aber überrascht sein!«

neunundzwanzig

»Ich kann es gar nicht glauben, daß ich all diese aufregenden Ereignisse verpaßt habe«, stöhnte Kit, als Brigid und Regan ihr in allen Einzelheiten erzählten, was passiert war. Sie saßen alle drei in niedrigen Liegestühlen am Strand; Brigid und Regan hatten ihre nassen Badeanzüge an. Nach allem, was passiert war, hatte Brigid das Bedürfnis gehabt, eine Runde im Meer zu schwimmen.

»Ich will, daß das Wasser alles von mir abwäscht, Regan«, hatte sie gesagt. »Ich muß einen klaren Kopf bekommen.«

Pammy und die jungen Männer waren oben im Gästehaus und machten Sandwiches für den Lunch.

Kit war mit Angela losgezogen, um Lebensmittel einzukaufen. Als sie zurückkam und an die Tür des Gästehauses klopfte, hatte Pammy ihr erzählt, was passiert war, und auf Brigid und Regan gezeigt, die sich im Wasser tummelten.

Kit war zu ihnen hinuntergelaufen und hatte ihnen zugerufen, sie sollten rauskommen und ihr alles erzählen. »Typisch für mich, daß ich gerade im Supermarkt bin, wenn so was passiert. Wäre ich hier gewesen ...«

»Kit!« sagte Regan. »Wir hatten großes Glück, daß die Sache nicht ernster war.«

»Ja, vermutlich«, murrte Kit, während sie mit den Zehen im Sand spielte. »Was die Sache mit der Puppe angeht – das kommt mir wirklich unglaublich vor.«

Die drei Frauen – eine blonde Versicherungsvertreterin, eine brünette Privatdetektivin und eine rothaarige Countrysängerin – saßen ein paar Augenblicke schweigend da und starrten hinaus auf das Wasser, wobei sie für Gott und die Welt so aussahen wie drei Freundinnen, die in den Hamptons einen sonnigen Tag am Strand genossen. Aber höchstwahrscheinlich gab es unter den Frauen, die die vielen Meilen entlang der Küste in kleinen Gruppen beisammensaßen, nur wenige Gespräche, die auch nur vage dem ähnelten, worüber diese drei sich unterhielten.

»Brigid«, sagte Regan, das Schweigen brechend, »was die Fiedel angeht ... ich möchte sichergehen, daß nichts mit ihr passiert. Was würdest du dazu sagen, wenn ich sie ins Haus meiner Eltern brächte und sie während der nächsten paar Tage dort ließe?«

Einen Augenblick lang schaute Brigid verdutzt drein.

»Nur, wenn du es willst«, betonte Regan und schaute zum Gästehaus hinauf. »Aber wir haben hier kein Alarmsystem, das wir anstellen könnten, wenn wir weggehen. Und wir laufen häufig zum Strand hinunter, so daß die Türen nicht immer verschlossen sind. Jemand könnte sich leicht in unser Haus schleichen.«

Brigid spähte hinauf zu dem Häuschen, in dem sie wohnten. Es wirkte friedlich, hübsch und elegant mit seinen weißen Mauern und schwarzen Fensterläden, und von seinem Platz oberhalb des Strandes aus leuchtete es vor dem Hintergrund eines strahlend blauen Himmels im Sonnenlicht. Ein hübsches kleines Häuschen wie auf einer Urlaubspostkarte, das nur ein paar Stunden zuvor Schauplatz eines Gott sei Dank fehlgeschlagenen kriminellen Aktes gewesen war.

»Wie wär's denn, wenn wir Chappy bitten würden, sie aufzubewahren?« fragte Kit. »In den vielen Zimmern in seinem Haus muß doch auch irgendwo ein Safe sein, oder irgendeine Stelle, wo man sie verstecken kann.«

Regan schüttelte den Kopf. »Dort gehen ständig so viele Leute aus und ein. Ich würde sie lieber von hier wegbringen. Du kannst sicher sein, daß sich die Nachricht über das, was passiert ist, in Windeseile in der ganzen Stadt verbreiten wird. Möglicherweise kommt jemand dadurch noch auf dumme Gedanken.«

»Okay, Regan«, sagte Brigid schließlich. »Es wird vermutlich eine Erleichterung sein, sich ein paar Tage lang keine Sorgen mehr darüber machen zu müssen. Wer auch immer es war, der sagte, daß Besitztümer von einem Besitz ergreifen – er hatte offenbar recht.«

Regan nickte. »Ich vermute, daß wir dadurch ein paar Tage Ruhe haben werden. Ich werde sie am Donnerstag oder Freitag vor dem Konzert vom Haus meiner Eltern wieder abholen. Wenn du die Hamptons verläßt, hat sich die ganze Aufregung möglicherweise wieder gelegt.«

»Ich hoffe, du hast recht«, sagte Brigid. »Aber du bist dir doch darüber im klaren, nicht wahr, daß jemand auf der anderen Seite dieses Ozeans versuchte, Malachy das zu stehlen, was er für genau diese Fiedel hielt?«

»Ja«, sagte Regan.

»Und daß der Dieb einfach in Malachys Haus eindrang, während er schlief, und sie ihm aus dem Schoß nahm?«

»Ich weiß.«

»Dann solltest du sie lieber auf der Stelle zu deinen Eltern bringen!«

Kit stand auf. »Wie wär's, wenn wir heute bei mir zu Abend essen? Angela und ich haben sämtliche Zutaten für Pasta gekauft.«

»Ich liebe Pasta«, sagte Brigid. »Das klingt großartig!«

»Du kochst?« fragte Regan Kit mit gespielter Ungläubigkeit.

»Na ja, Angela ist an der Reihe«, gab Kit zu. »Ich bin, was das Kochen angeht, nicht gerade ein Naturtalent, aber ich kann Anweisungen folgen.«

»Und wer kommt?« fragte Regan.

»Auf jeden Fall Angela und Garrett. Wir werden sehen, wer sonst noch da ist. Einige von den anderen mußten wieder in die Stadt zurück, um zu arbeiten, und kommen am Donnerstag wieder her, um das Wochenende hier zu verbringen. Glaubst du, daß die Jungs von der Band und Pammy auch gerne kommen würden?«

Brigid stand auf. »Wir können sie ja fragen.«

»Brigid«, sagte Regan, »ich möchte rasch zum College rüberfahren, wegen der Puppe, und dann die Fiedel bei meiner Mutter vorbeibringen. Aber ich möchte dich keinesfalls hier alleinlassen.«

»Regan, es gibt keinen Grund, sich Sorgen zu machen«, erwiderte Brigid mit Überzeugung. »Die anderen sind ja auch hier. Ich würde gern ein wenig lesen. Und ich sollte meine Mutter anrufen ... ich möchte nicht, daß sie diese Sache von irgend jemand anderem erfährt. Sie ist in Irland, aber schlechte Nachrichten verbreiten sich immer rasch.«

Brigid sah im Geiste Brigids Mutter Eileen vor sich. »Ist es nicht unglaublich, daß das mein Kind ist?« hatte sie die Leute, die um sie herumstanden, lachend gefragt, nachdem Brigid auf der Party ihren Hit gesungen hatte. Ihr Gesicht glühte vor Stolz.

»Ich bin sicher, daß es leichter für sie sein wird, wenn sie es von dir hört«, sagte Regan. »Es ist dann weniger beängstigend. Fang das Gespräch an mit: ›Mom, alles läuft prima, aber ...‹«

»... aber jemand hat mir eine geköpfte Puppe geschickt, die aussieht wie ich. Und ein anderer Verrückter hat mich in der Radiostation angerufen. Davon abgesehen laufen die Dinge hervorragend.«

»Ich lasse dich besser allein«, entschied Regan.

»Fahr einfach los! Die Jungs von der Band sind oben im Haus. Alle haben ein Auge auf mich.«

»Schließ dich in deinem Zimmer ein«, schlug Regan vor. »Ich meine es ernst!«
»Okay, okay!«
»Okay.« Regan nickte. »Kit, kann ich mir noch mal deinen Wagen leihen?«
»Angela hat ihn genommen. Sie sagte, sie wolle eine Freundin besuchen.«
Regan runzelte die Stirn.
»Regan«, schlug Brigid vor, »nimm doch den Kombi. Chappy sagte, wir könnten ihn alle benutzen.«
»Bist du sicher?«
»Ja, nimm ihn.«
»Okay. Kit, soll ich etwas für heute abend mitbringen?«
»Direkt um die Ecke gibt es einen Gemüsestand. Wir wollten dort anhalten, aber es waren schrecklich viele Leute dort. Wenn du ein paar Erdbeeren holen könntest …«
Regans Augen leuchteten. »Kit, erzähl mir nicht, daß du deinen berühmten Erdbeeren-Shortcake machst.«
»Das ist durchaus möglich«, sagte Kit und klappte ihren Stuhl zusammen.
»Brigid, ich kann dir versprechen«, erklärte Regan mit einem Lächeln, »daß du heute abend etwas ganz Besonderes zu essen bekommst.«

dreißig

Ich kann nicht glauben, daß sie tatsächlich gewollt hat, daß hier auf unserem Grundstück ein Wachmann herumläuft«, sagte Bettina zum fünfundzwanzigsten Mal, seit sie und Chappy wieder in ihr Haus zurückgekehrt waren.

»Ich weiß, Schatz, ich weiß«, erwiderte Chappy. Sie saßen im Eßzimmer und aßen zu Mittag. »Mutter würde sagen: Es ist so unzivilisiert.«

Constance hatte ihnen eine Mahlzeit serviert, die aus Hühnchenteilen bestand, die von der Party am Samstagabend übriggeblieben waren. Sie hatte das Hühnerfleisch zerschnitten und auf Toastecken gelegt. Chappy trank Sodawasser. Bettina trank einen speziellen Kräutertee, den Peace Man ihr empfohlen hatte. Er sollte eine beruhigende Wirkung auf das Gemüt haben.

»Peace Man würde all jene Vorkommnisse als das Wirken negativer Kräfte in unserem Leben betrachten«, erklärte Bettina.

»Ich glaube, Regan Reilly hat sich, was Vorsichtsmaßnahmen betrifft, einfach geirrt«, sagte Chappy. Er nahm einen Schluck von seinem Sodawasser und spürte, wie die Bläschen ihn in der Nase kitzelten.

Die Tür des Eßzimmers schwang auf. Constance erschien, gekleidet in einen Overall und mit einem Tuch um den Hals. Sie hatte denselben gelangweilten Gesichtsausdruck, den sie seit dem ersten Tag, als sie auf Chappys Anwesen arbeitete, zur Schau getragen hatte. Das war zu der Zeit gewesen, als das Schloß endlich bewohnbar war.

»Ned Alingham, der Feng-Shui-Experte, ist am Telefon, Mr. Tinka«, sagte sie.
»Gut, gut, ist ja schon gut!« rief Chappy mit jener resignierten Stimme, die vielbeschäftigte Menschen benutzen, wenn sie gestört werden. »Gib mir das schnurlose.«
»Ist ja schon gut«, sagte Constance, kehrte den beiden den Rücken zu und schob sich durch die Tür, die in Richtung der Küche aufschwang. Einen Moment später kehrte sie zurück und reichte ihrem Arbeitgeber das Telefon.
»Chappy Tinka«, sagte Chappy, während er das Telefon an sein Ohr hielt. »Hmm ... Sie haben bereits davon gehört? ... Wo? ... Oh, mein Gott ... Sie wollen was? Ich bin gerade beim Mittagessen. Ich kann im Augenblick nicht darüber nachdenken. Auf Wiedersehen!« Gereizt drückte Chappy auf den OFF-Knopf am Telefon.
»Er geht mir auf die Nerven«, erklärte Bettina und biß in eine Selleriestange. »Was wollte er denn?«
»Er hat von dem versuchten Raubüberfall gehört.«
»Woher?«
»Auf dieser Radiostation für Countrymusic. Der Sender muß da unten im Hauptquartier der Polizei eine Abhörvorrichtung eingebaut haben.«
»Ach, du liebe Güte.« Bettina beugte sich hinunter und fütterte Tootsie mit einem Stück Hühnerfleisch. »Weshalb hat er denn angerufen?«
»Ned sagte, er sei noch nie hier im Gästehaus gewesen, und vielleicht stünden die Möbel unglücklich. Er wolle sich die Sache mal anschauen.«
Bettina stöhnte und seufzte.
Chappy sah sie an. »Aber ich dachte, du glaubst an Feng Shui.«
»Das tue ich ja auch. Aber das heißt nicht, daß ich diesen Ned Alingham mögen muß.«
Es klingelte an der Tür. »Das ist hier ja das reinste Irrenhaus!«

rief Chappy. »Ob ich wohl jemals eine Minute Ruhe haben werde?«

Bettina zuckte mit den Achseln.

Chappy warf seine Serviette auf den Tisch und sagte seufzend: »Ich geh schon!«

Er durchschritt energisch das Wohnzimmer und blieb an der Eingangstür stehen, wo er, bevor er sie öffnete, seine Erscheinung im Flurspiegel überprüfte. Er war überrascht, als er Regan Reilly sah.

»Regan, hallo, hallo«, rief er.

»Ich hoffe, ich störe Sie nicht«, erwiderte sie.

»Nein, überhaupt nicht. Kommen Sie rein.«

»Nur für einen Augenblick«, sagte Regan.

»Bettina!« rief Chappy. »Schau mal, wer gekommen ist! Regan Reilly!« sagte er mit einer Stimme, als spräche er den Namen einer alten Freundin aus, die sie seit Jahren nicht gesehen hatten.

»Hi!« rief Bettina.

Chappy führte Regan ins Eßzimmer.

»Ich möchte es kurz machen«, sagte Regan. Mein Gott, ist das ein langer Tisch, dachte sie. Bettina an dem einen Ende und Chappy am anderen. Es muß schwierig sein, sich das Salz zu reichen. »Wie Sie mittlerweile wissen, bin ich Privatdetektivin.«

»Ja … ja«, murmelte Chappy. »Ich hörte, wie Sie es erwähnten, als Sie mit der Polizei sprachen.«

Bettina nickte und setzte sich den Hund auf den Schoß. »Hmmm.«

Plötzlich schwang die Tür zur Küche erneut auf, und diesmal erschien Duke. »Chappy«, sagte er und blieb dann abrupt stehen. »Hi, Regan.«

»Hi, Duke.«

»Was willst du?« fragte Chappy.

Duke zog ein paar Münzen und eine Quittung aus seiner Tasche. »Chappy, ich wollte dir nur die Quittung für die Autowäsche geben.« Er wandte sich Regan zu, während er einen grünen Coupon neben Chappys Teller legte. »Wenn man vier Coupons gesammelt hat, dann bekommt man die fünfte Autowäsche umsonst.«

»DANKE«, knurrte Chappy.

»Gern geschehen«, erwiderte Duke mit einem breiten Lächeln. »Vor ein paar Wochen war Chappy schrecklich wütend auf mich, weil ich die Quittung verloren hatte«, sagte er zu Regan.

»RAUS MIT DIR!« befahl Chappy.

Duke hob die Hände. »Kein Problem. Danke. Nett, Sie gesehen zu haben, Regan.« Er drehte sich um und stieß die Schwingtür zur Küche auf, wo man für einen kurzen Moment Constance erblicken konnte, die mit einer Fliegenklatsche hinter einem Insekt herjagte.

»Es tut uns leid, daß Sie unterbrochen wurden«, sagte Bettina.

»Kein Grund. Ich wollte Ihnen nur mitteilen, daß ich den Kombi nehmen wollte, um ein paar Dinge zu erledigen. Als ich nachschauen wollte, ob der Kfz-Schein und die Versicherungskarten da waren, war die Tür des Handschuhfachs verschlossen. Ich fragte die Jungs von der Band, ob sie den Schlüssel hätten, aber sie verneinten. Sie gaben zu, daß sie sich keine Gedanken darüber gemacht hatten, als sie den Wagen fuhren. Deshalb … wissen Sie, wo die Papiere sind?«

»Oje, oje«, rief Chappy. Mit dem Handschuhfach ist es eine komische Sache. Wenn man es nicht verschließt, dann geht es von selbst auf. Und zwar ständig! Man ist dadurch andauernd abgelenkt. Niemand hier fährt den Wagen besonders häufig. Er stammt noch aus den alten Zeiten, als Papa damit losfuhr, um nach Muscheln zu graben und zu angeln und dergleichen und … oje. Ich komme sofort zurück. Der Schlüssel muß in meinem Arbeitszimmer sein.«

Er lief in heller Aufregung den Flur hinunter.
»Und – amüsieren Sie sich ein bißchen?«
»Oh, ja«, sagte Regan, »obwohl wir auf die Eindringlinge hätten verzichten können.«
»Ja, ich weiß, was Sie meinen.« Bettina streichelte den Hund, der jetzt ihren Teller ableckte. »Chappy und ich haben vor allem den Wunsch, daß unsere Gäste glücklich sind, und es macht uns schrecklich traurig, wenn etwas Unangenehmes passiert.«
»Hmm«, machte Regan. Mensch, diese Frau ist nicht gerade besonders helle im Kopf, dachte sie. Wenn etwas Unangenehmes passiert? Das ist wohl reichlich milde ausgedrückt.
»Da haben wir ihn!« rief Chappy begeistert, während er mit langen Schritten den Flur herunterkam. »Hier ist der Schlüssel. Ich gehe mit Ihnen nach draußen und probiere aus, ob er noch paßt.«
Regan verabschiedete sich von Bettina und folgte Chappy zur Tür hinaus. Der rote Kombi stand direkt vor dem Eingang. Sie schloß ihn für Chappy auf.
»Sie schließen die Türen ab, wenn der Wagen direkt vor unserem Haus steht?« sagte Chappy scherzend.
Ja, vor allem hier, wollte Regan erwidern. »Die Macht der Gewohnheit, vermutlich«, antwortete sie. Sie wollte ihm nicht sagen, daß unter einer Wolldecke auf dem Boden vor dem Rücksitz die Fiedel und die Puppe lagen.
Chappy öffnete rasch die Tür zum Beifahrersitz, beugte sich hinüber und steckte den Schlüssel in das Schloß des klapprigen Handschuhfachs. »Voilà«, rief er begeistert, als er den Schlüssel wieder herauszog und die unverschlossene Klappe mit einem dumpfen Geräusch herunterfiel. Er durchwühlte raschelnd einige Straßenkarten von Long Island und fand dann den Kfz-Schein und die Versicherungskarte.
»Jetzt können Sie unbesorgt losfahren«, erklärte er stolz.

Regan warf rasch einen Blick ins Auto, um sich zu vergewissern, daß sich unter der Wolldecke auf dem Boden hinter dem Fahrersitz noch immer die Fiedel und die Puppe abzeichneten. »Danke, Chappy«, sagte sie. »Ich weiß das sehr zu schätzen.«

»Kein Problem.« Er stieg lächelnd aus und reichte Regan den Schlüssel.

Plötzlich konnte man einen Wagen hören, der in die Zufahrt einbog. Sie drehten sich beide um und sahen ein großes, altmodisches, blaßblaues viertüriges Auto, das langsam durch das Anwesen fuhr, als wäre der Fahrer nicht sicher, wohin er eigentlich wollte.

»Wer ist das?« murmelte Chappy.

Regan war schlagartig in Alarmbereitschaft. Nach dem, was gerade geschehen war, gab es nichts, was sie von vornherein als harmlos betrachtete. Sie stand neben Chappy und konnte fast die Schweißperlen spüren, die sich auf seiner Stirn sammelten.

»O mein Gott!« sagte Chappy.

»Was?« fragte Regan rasch.

»Nichts«, erwiderte er. »Sie sollten jetzt besser losfahren.«

»Ist alles in Ordnung?« fragte Regan.

»Ja, natürlich.« Chappy führte sie um den Wagen herum zur Tür des Fahrersitzes. »Es ist jemand, der früher hier gearbeitet hat«, flüsterte er Regan zu. »Er kommt gelegentlich vorbei, und dann vergißt er, wieder wegzufahren. Wenn ich Sie wäre, dann würde ich so schnell wie möglich abhauen! Ich wünschte, *ich* könnte die Flucht ergreifen!«

Regan lächelte und zwinkerte ihm zu.

Sie stieg ein und steckte den Schlüssel ins Zündschloß. Der Wagen stotterte ein paarmal, bevor er ansprang. Im Rückspiegel konnte sie einen älteren Mann und eine ältere Frau sehen, die aus dem blauen Auto ausstiegen. Als Regan losfuhr, hörte sie, wie der Mann sagte: »Mr. Tinka, sie ist fertig! Ich hab sie endlich fertiggekriegt, und sie sieht genauso aus wie …« Regan zuckte mit den Schultern und fuhr langsam die Zufahrt hinunter. Sie wollte so schnell wie möglich zum Welth College gelangen, um mit dem Wachmann zu sprechen.

31 einunddreißig

Jemand hatte versucht, Brigid ein Leid anzutun! Er wußte, daß das passieren würde!

In seinem kleinen, dunklen Zimmer mit dem fadenscheinigen Bettüberwurf saß er an dem winzigen Schreibtisch und starrte auf das Blatt Papier, das vor ihm lag.

»Liebe Brigid«, begann der Brief. »Ich liebe dich.«

Er vermochte nicht weiterzuschreiben. Er war so schrecklich zerstreut und verärgert. Nach dem, was beim Frühstück passiert war, war er hierher zurückgekommen, um sich zu beruhigen.

Er starrte auf das ungemachte Bett mit den groben weißen Bettüchern, die völlig verknittert und unordentlich aussahen. Er hatte versucht, sich noch einmal hinzulegen, aber er war nicht zur Ruhe gekommen, obwohl er sich, nachdem er die ganze Nacht über aufgeblieben war, schrecklich müde fühlte. Die ganze Zeit hatte er darauf gewartet, ihre Stimme im Radio zu hören. Er hatte das Radio noch einmal angestellt und gehört, wie die beiden jungen Männer über diese unheimliche Sache redeten, die ihr zugestoßen war!

Er mußte sie jetzt retten! Er mußte sie wegbringen. Sie hatte gewiß selbst den Wunsch, daß er es täte. Heute morgen hatte sie ihn angelächelt und gewinkt. Vielleicht liebt sie mich jetzt schon, dachte er. Ich wünschte, ich hätte mich mit ihr unterhalten können.

Er schlug mit der Faust auf den Tisch. Als ich in der Radiostation anrief, hätte ich meine Stimme verstellen sollen, dachte er wütend.

Ich werde kommen und dich holen, Brigid. Ich bin noch nicht einmal wütend auf dich, weil du dich mit anderen Leuten über unser Lied unterhalten hast. Wenn wir nur zusammensein können. Das Lied war es, das mich zuerst auf dich aufmerksam gemacht hat!
Er rieb sich die Augen. Sein Kopf hämmerte, wie es immer der Fall war, wenn ihn diese Verwirrung überkam.
Ich werde bald dort sein, Brigid. Ich werde dich holen und in meinen Armen halten und dich totdrücken.
Ich kann nicht viel länger warten.

zweiunddreißig

Regan fuhr die lange Zufahrt zum Welth College hinauf, vorbei an der hügeligen, grünen Rasenfläche, wo das Konzert am Freitagabend stattfinden würde. Sie parkte den Wagen auf dem fast leeren Parkplatz hinter dem Verwaltungsgebäude aus Backsteinen.

Der Campus wirkte so ruhig wie eine Schule, die während der Sommerferien geschlossen ist.

Aber am Freitagabend geht's hier rund, dachte Regan. Musik und Klappstühle und jubelnde Fans. *Und wer sonst noch?*

Regan ging in Arnold Bakers Büro und wurde von seiner Assistentin begrüßt, einer liebenswürdigen Frau, die sich als ›Dot‹ vorstellte. Durch die einen Spaltbreit geöffnete Tür konnte sie Arnolds Stimme hören, die verärgert und beschwichtigend klang.

»Darla, ich werde versuchen, dir bei dem Konzert mehr Zeit zu geben … ich weiß, daß es nicht fair zu sein scheint, aber wir müssen Brigid O'Neill auch ein bißchen Zeit einräumen … doch, ich glaube, du bist eine wunderbare Sängerin … laß mich mal schauen, was ich tun kann …«

»Kann ich Ihnen eine Tasse Kaffee bringen?« fragte Dot Regan. Regan bekam das Gefühl, daß die Assistentin versuchte, sie abzulenken. Sie zögerte.

»Ich habe gerade eine frische Kanne aufgebrüht«, sagte Dot munter.

»Ja, sehr gern«, erwiderte Regan. Sie wollte vermeiden, daß Arnold Baker dachte, sie hätte sich auf einen längeren Besuch eingerichtet.

Dot hob lauschend den Kopf. »Ich glaube, er telefoniert nicht mehr. Kommen Sie, ich bringe Sie rein.«
Sie führte Regan in ein imposantes Büro mit Eichenholztäfelung, Bücherborden und bodenlangen, zurückgebundenen rot-blauen Vorhängen. Gerahmte Diplome hingen an den Wänden, zusammen mit Fotos von Arnold mit Doktorhut und Talar, der neben verschiedenen Würdenträgern posierte.
Er stand auf und schüttelte Regan die Hand. Entschuldigend sagte er: »Ich bekomme so viele Anrufe ... es gibt bis Freitagabend noch so viel zu tun.«
»Das kann ich mir vorstellen«, erwiderte Regan und nahm in einem seiner roten Ledersessel Platz. Sie legte den Fiedelkasten und den Karton mit der Puppe vor sich auf den Fußboden. Sie hatte die Fiedel unter keinen Umständen auf einem Parkplatz im Auto lassen wollen.
»Sie hatten also auf Chappys Anwesen ein paar aufregende Tage«, bemerkte Arnold.
Regan nickte und hob den Karton auf. »Wir wohnen noch immer dort. Es ist alles so beunruhigend.« Sie zuckte mit den Schultern. »Ich weiß, daß es nur eine vage Vermutung ist, aber ich dachte, wenn ich mit diesem Wachmann rede, könnte ich vielleicht etwas erfahren, was mir in dieser Sache weiterhelfen kann.« Sie hielt die Schachtel hoch.
Arnold nickte. »Ich hab das Sicherheitsbüro angerufen und den Mann gebeten, rüberzukommen – ah, es sieht so aus, als wäre er schon hier.«
Regan drehte sich um und sah einen Mann etwa Mitte Zwanzig mit olivfarbener Haut und dunklen Haaren. Er trug die blaue Uniform eines Wachmannes und stand vor dem Büro an Dots Schreibtisch.
»Kommen Sie bitte herein«, forderte Arnold ihn auf.
Der Wachmann betrat schüchtern das Büro; er stellte sich Regan als Earl Barkley vor.

Arnold machte ihm ein Zeichen, sich auf den Stuhl gegenüber von Regan zu setzen.
»Wie Sie wissen«, begann Regan, »war der Inhalt dieses Kartons, den Sie gefunden haben, ziemlich beunruhigend.«
Earl stieß einen leisen Pfiff aus. »Mensch, war ich überrascht, als ich herausfand, was es war. Ich hätte nie vermutet, daß es eine zerschnittene Stoffpuppe wäre. Die Füllung der Puppe rasselte im Karton herum. Zunächst dachte ich, daß es Samenkörner sein könnten.« Er rutschte unruhig auf seinem Stuhl hin und her. »Wie die, die jemand im letzten Jahr zurückgelassen hat.«
»Ich hab davon gehört«, sagte Regan. »Also, Sie haben diesen Karton gestern, an einem Sonntag, gefunden?« fragte sie.
»Genau.«
»Wissen Sie, um welche Uhrzeit das war?«
»Warten Sie mal.« Earl kniff ein Auge zusammen und lehnte sich in seinem Stuhl zurück. »Ich würde sagen, es war zur Zeit des Mittagessens. Ja. Zur Mittagessenszeit.«
»Wann ist für Sie Mittagessenszeit?« fragte Regan.
»Ungefähr zwölf Uhr.« Er lächelte. »Ich erinnere mich daran, daß ich hungrig war, als ich durch das Gelände fuhr und verschiedene Dinge überprüfte. Danach aß ich zu Mittag.«
»Und wo haben Sie den Karton gefunden?«
»An der Hintertür dieses Gebäudes. Er lag da einfach.«
»Und die Türen waren alle verschlossen?« fragte Regan.
»Ja. Auf dem Parkplatz stand kein einziges Auto. Es war Sonntagmorgen. Alles war ruhig. Augenblicklich sind Ferien, deshalb ist hier nicht viel los.«
Regan seufzte. »Waren Sie an jenem Morgen schon vorher einmal dort vorbeigefahren?«
Earl nickte. »Ich mache hier mehrmals täglich eine Runde.«
»Also kamen Sie auch am College vorbei?«
Earl nickte.

»Wie oft?«
»Einmal.«
»Und wissen Sie, wann das war?« hakte Regan nach.
Earl kniff erneut ein Auge zusammen. »Neun Uhr.«
»Sind Sie sicher?«
»Ja. Es war meine erste Runde an jenem Tag.« Er beschrieb mit dem Zeigefinger einen Kreis. »Ich drehe meine Runden immer zur selben Zeit, und durch dieses Gelände fahre ich immer mit einem Pappbecher Kaffee in der Hand.«
»Und Sie haben den Karton zu dem Zeitpunkt nicht bemerkt?«
»Er war noch nicht da«, sagte er mit fester Stimme. »Ich hätte ihn gesehen.«
Regan schaute zu Arnold hinüber, der aufmerksam zugehört hatte. »Wer also auch immer ihn hier zurückgelassen hat, hat ihn am Sonntagmorgen zwischen neun und zwölf Uhr vor die Tür gestellt«, fuhr sie fort.
Arnolds Gesicht sah ernst aus. Er schob den Kopf langsam vor und zurück.
»Wo sind Sie, wenn Sie hier nicht durch die Gegend kutschieren?« fragte Regan.
»Im Sicherheitsbüro, um Papierkram zu erledigen. An Tagen wie diesem ist gewöhnlich nicht viel zu tun. Es gibt keine Tickets für falsches Parken zu verteilen …«
»Also haben Sie …haben Sie hier in der Gegend keine Autos gesehen?«
»Nein.«
»Und gestern morgen war auch sonst niemand auf dem Campus?«
Earl setzte sich auf und dachte über die Frage nach. »Ein junger Mann war dort morgens auf dem Tennisplatz.«
Regan beugte sich vor. »Tatsächlich?«
»Er war allein und schlug den Ball gegen die Rückwand.«
»Kannten Sie ihn?«

Earl schüttelte den Kopf. »Nein. Ich fuhr am Tenniscourt vorbei, und er winkte mir zu.«
»Muß man nicht einen Collegeausweis vorzeigen, um die Tennisplätze benutzen zu können?«
Earl sah sie mit naivem Gesichtsausdruck an. Er warf Arnold einen Blick zu. »Normalerweise ja. Aber es war niemand anders da, der darauf wartete, den Platz zu benutzen, und er schien ein netter junger Mann zu sein, deshalb machte ich mir nicht die Mühe, es zu überprüfen.«
Regan atmete rasch ein. »Wann haben Sie ihn gesehen? Um neun oder um zwölf?«
»Um zwölf. Es war definitiv zwölf Uhr. Ich entsinne mich noch genau, weil es heiß wurde und er ziemlich verschwitzt aussah.«
»Aber Sie könnten ihn nicht identifizieren?«
»Nun ja, ich könnte es schon, wenn ich ihn wiedersähe, aber ich weiß nicht, wer es war. Er war ungefähr einsachtzig und hatte braunes Haar.«
Das erleichtert die Suche erheblich, dachte Regan.
»Sah er aus, als könnte er ein Student am College sein?«
»Ja. Er sah ziemlich intelligent aus.«
Regan stöhnte innerlich auf. »Ich meine sein Alter«, sagte sie. »Sah er aus, als wäre er siebzehn, achtzehn, neunzehn oder Anfang Zwanzig?«
»Ich würde sagen, er sah aus wie Anfang Zwanzig. Als hätte er vielleicht schon seinen Abschluß gemacht.«
Regan wandte sich Arnold zu. »Ich glaube nicht, daß es der Tennisspieler ist, der den Karton abgestellt hat. Gewöhnlich treibt sich jemand, der ein derartiges kleines Geschenk deponiert hat, danach nicht noch lange in der Gegend herum. Aber er hat möglicherweise etwas gesehen, was hilfreich sein könnte.«
Sie wandte sich wieder Earl zu. »Wie gut kann man die Tennisplätze von der Hintertür dort aus sehen?«

»Sie sind ziemlich weit unten, deshalb hat man keinen besonders guten Überblick. Zuerst habe ich gar nicht bemerkt, daß er da war, weil er allein auf dem Platz ganz hinten spielte. Aber als ich an den Courts vorbeifuhr, konnte ich ihn sehen.«
»Aber er konnte hier hinaufschauen.«
»Ja. Dieses Gebäude steht auf einem Hügel, und von den Tennisplätzen aus braucht man nur nach oben zu schauen.«
»Er hatte keinen Wagen dabei?«
»Ich habe keinen gesehen. Häufig joggen die Leute mit einem Schläger in der einen und einer Dose Bälle in der anderen Hand hierher und joggen dann wieder nach Hause.«
Regan legte den Karton mit der Puppe auf die Ecke von Arnolds Schreibtisch. Sie schrieb ihre Telefonnummer auf Chappys Anwesen auf einen Zettel und gab ihn dem Wachmann. »Wenn er zurückkommt, um Tennis zu spielen – könnten Sie mich dann bitte sofort anrufen? Lassen Sie ihn nicht wieder weggehen, ohne sich wenigstens seinen Namen aufzuschreiben.«
Earl nickte. »Natürlich«, sagte er. Er zog seine Brieftasche hervor und legte das Blatt Papier hinein. »Ich werde im Sicherheitsbüro einen Zettel für die anderen aufhängen, damit sie ebenfalls die Augen offenhalten.«
»Danke«, erwiderte Regan.
»Entschuldigen Sie, Miss, aber ich bin schrecklich neugierig. Könnte ich mal sehen, wie die Puppe aussieht?«
»Natürlich.« Regan zog das Papier von der weißen Schachtel und hob vorsichtig die fast geköpfte Stoffpuppe mit dem langen roten Haar und dem weißen Lätzchen, auf dem BRIGID stand, aus dem Karton. Kleine weiße Kügelchen lagen jetzt dicht an dicht auf dem Boden der Schachtel. Der Kopf der Puppe hing zu einer Seite herab.
»Das ist ja gemein«, sagte Earl. »Wer auch immer das getan haben mag, ist ein gemeiner Mensch.«
»Ich fürchte, er ist mehr als gemein«, sagte Regan.

»Eeentschuldigung«, murmelte Dot, als sie mit Regans Kaffeebecher in der Hand ins Zimmer trat. »Diese Kaffeemaschine wird immer langsamer ... O Gott!« Ein Keuchen entfuhr ihr, als sie die zerschnittene Puppe erblickte.
»Ich weiß, Dot. Es ist sehr beunruhigend«, sagte Arnold leise.
»Nein. Sie verstehen mich nicht. Die Puppe ist von meiner Freundin Cindy!«
»Was?« fragte Regan rasch.
»Sie stellt sie her.«
»Sie stellt sie her?« wiederholte Regan.
»Ja.« Dot sprach aufgeregt. »Vor ein paar Monaten hat sie, nur so zum Spaß, eine Puppe für ihre Enkeltochter gemacht. Das Kind liebte die Puppe, und ebenso ihre Freundinnen, weil sie so gerne Fangen damit spielen ...«
»Klar«, sagte Regan und nickte, als könnte sie dadurch Dot zum Weiterreden ermutigen.
»Deshalb hat Cindy einen ganzen Haufen solcher Puppen gemacht, und sie sehen alle gleich aus.« Dot starrte auf das Spielzeug. »Ihre Enkelin hat rotes Haar ... sie wird schrecklich traurig sein, daß eine dieser Puppen für so etwas so Gemeines benutzt wurde.«
»Wo verkauft sie sie?« fragte Regan.
»Sie hat gerade erst mit dem Verkauf angefangen. Gestern hat sie einen Tisch auf dem Kunstgewerbemarkt in Water Mill aufgestellt. Als ich gestern abend mit ihr sprach, hatte sie alle Puppen verkauft.«
»Und wie viele waren das?« fragte Regan.
»Hundert.«
Ach, du meine Güte, dachte Regan. »Hundert?« wiederholte sie.
Dot nickte. »Sie sagte, sie seien weggegangen wie arme Semmeln. Eine Kundin nach der anderen. Ich sage Ihnen, die Kinder lieben diese Puppen. Sie sind ein perfektes kleines

Geschenk. Nicht zu teuer. Sie hat sich damit ein schönes Taschengeld für ihre Reise verdient.«

»Ihre Reise?« wiederholte Regan. Bitte nur das nicht, dachte sie.

»Sie und ihr Mann sind heute mit ihrem Segelboot in See gestochen.«

»Wohin sind sie gefahren?«

»Die Reiseziele sind unbekannt«, antwortete Dot voller Bewunderung. »Sie sind in Sag Harbor ausgelaufen und wollten in Richtung Norden an der Küste entlangfahren. Ihr Mann hatte einen Anfall von Fernweh. Er sagte, er wolle sehen, in welche Richtung der Wind sie treiben würde.«

Wunderbar, dachte Regan, einfach wunderbar. »Und wann sind sie wieder zurück?«

»In etwa einem Monat.«

»Wissen Sie, ob sie jemanden hatte, der ihr bei dem Kunstgewerbemarkt gestern geholfen hat?«

»Oh, ja«, antwortete Dot munter. »Sie hatte jemanden.«

»Wen?« fragte Regan eifrig.

»Ihren Mann.«

Regan war über die Antwort nicht gerade begeistert. »Gibt es eine Möglichkeit, mit ihr Kontakt aufzunehmen?« fragte sie.

»Eigentlich nicht. Sie wollten zumindest ein paar Tage lang auf See sein und dann, wenn sie in einen Hafen einliefen, bei ihrer Tochter anrufen. Wann auch immer das sein mag.«

Obwohl sie wußte, daß die Sache hoffnungslos war, schrieb Regan Dot ihre Telefonnummer auf, damit sie sie Cindys Tochter gab. »Bitten Sie sie, mich anzurufen, wenn Sie so freundlich sein würde. Vielleicht ruft Cindy früher an als vermutet.«

Als Regan davonfuhr, konnte sie an nichts anderes mehr denken als an die drei Leute, mit denen sie im Augenblick am liebsten reden wollte. Ein Paar, das mit seinem Boot irgendwo auf See war, und eine bestimmte, einsachtzig große, braunhaarige männliche Person, die Tennis spielt. Sie konnte sich nicht entscheiden, wer von den dreien schwieriger aufzuspüren sein würde.

dreiunddreißig

Duke und Chappy eilten durch das Kellergeschoß, fummelten an der Tür ihres Verstecks herum und schlossen sie fest hinter sich zu.

»Duke! Duke! Wir haben sie! Schau dir doch bloß mal diese Fiedel an! Schau sie dir doch bloß mal an!« rief Chappy. Seine Stimme überschlug sich, und sein Herz klopfte wild.

»Setz dich, Mann«, drängte Duke seinen Boß, dessen Brustkorb sich sichtbar hob und senkte, während sie beide die kühle, feuchte, modrige Luft im Herrensalon der Familie Tinka einatmeten.

Chappy hatte die Kopie der CT-Fiedel ins Haus geschmuggelt, mit Erleichterung festgestellt, daß Bettina verschwunden war, und dann in aller Eile Duke ausfindig gemacht. Jetzt, da sie sich in den Tiefen des Gebäudes der Familie Tinka aufhielten, hatten sie die Gelegenheit, sich ihre Beute in aller Ruhe anzuschauen.

Zitternd deutete Chappy auf die Fiedel und sank zurück auf seinen Stuhl. »Schau sie dir an!«

Duke beugte sich vor, wobei das Licht, das von seinem Helm ausging, auf die Initialen CT hinunterschien. »Wow«, sagte er, »sie sieht ziemlich gut aus.«

»ZIEMLICH gut?« entgegnete Chappy. »ZIEMLICH gut? Sie seiht großartig aus! Sie sieht alt aus! Sie sieht genau wie das Original aus!« Er strich zärtlich über die Fiedel, wobei seine Finger auf den eingeschnitzten Initialen haften blieben. »Chappy Tinka«, sagte er leise.

Duke saß auf dem zweiten Stuhl gegenüber von Chappy. Er

sah die Fiedel, die er Malachy in Irland gestohlen hatte, ging zu ihr hinüber und brachte sie zu seinem Stuhl. »Jetzt haben wir zwei zusätzliche Fiedeln«, sagte er.
»Aber DIESE – Chappy zeigte auf das Instrument, das er in der Hand hielt – »diese hier ist die wichtige. Brigid wird nie den Unterschied bemerken. Jetzt können wir sie austauschen.«
Duke rückte den Helm auf seinem Kopf zurecht. »Jetzt brauchen wir nicht in dem dicken Verkehr dort rüberzufahren und sie zu holen.«
»Als Enders mit seiner Frau vorfuhr, wäre ich fast ohnmächtig geworden. Regan Reilly stand direkt neben mir!«
»Sie stand wo?«
»Direkt neben mir. Wobei mir einfällt: Sorg bloß dafür, daß der Schlüssel zum Handschuhfach immer am Schlüsselring des Kombis hängt, du Trottel. Es war deine Schuld, daß Regan sich dort aufhielt.«
»Aber ich habe den Wagen seit Ewigkeiten ...«
»Schon gut, schon gut.« Chappy winkte ab und drückte die Fiedel fester an seine Brust. »Gerade hatte ich es geschafft, Regan Reilly loszuwerden, und dann fangen Enders und seine Frau an, Andeutungen zu machen, daß sie sich unbedingt mal das Schloß anschauen möchten. Wenn irgend jemand diese Fiedel gesehen hätte ...«
Duke nickte. »Also – welcher von beiden soll jetzt umgesetzt werden, Plan A oder Plan B?«
Chappys Stirn zog sich in tiefe Falten. Er saß nachdenklich im trüben Dämmerlicht; seine Füße in den Turnschuhen tappten rhythmisch auf den Zementfußboden.
»Plan A!« rief er. »Ich glaube, wir sollten die Sache so bald wie möglich hinter uns bringen. Schließlich sind heute die beiden Diebe hier eingedrungen, und wäre Regan Reilly nicht gewesen, dann hätten sie sich mit meiner Fiedel aus dem Staub gemacht.«

»Wir sollten ihr dafür danken.«
»Solange sie uns nicht in die Quere kommt, wenn WIR sie stehlen.«
»Das ist wahr.«
Chappy stand auf. »Ich glaube, die Mitglieder der Band halten sich jetzt drüben in ihrem Haus auf, oder?«
Duke nickte. »Ich war draußen am Pool und habe mich mit Angela unterhalten. Sie sind alle dort.«
»Also ist es im Augenblick nicht möglich.« Chappy wurde plötzlich unruhig. »Aber es muß bald erledigt werden. Geh zu ihnen rüber und versuch herauszufinden, was ihre Pläne für heute abend sind. Hoffentlich gehen sie aus, so daß wir die Fiedeln austauschen können.« Chappy warf noch einen letzten, langen Blick auf die Fiedel, bevor sie wieder in die Welt oberhalb des Kellers zurückkehrten. »Sei nett zu Brigid«, sagte er. »Sie wird dich so lieben, als wärest du die echte.« Lachend wandte er sich Duke zu. »Jetzt so schnell wie möglich raus hier, damit du dich wieder an die Arbeit machen kannst.«
Duke salutierte.
»LOS, BEWEG DICH!«

vierunddreißig

Regan fuhr zum Haus ihrer Eltern; sie hielt den Blick auf die Straße gerichtet und nahm ihre Umgebung kaum wahr. In Gedanken beschäftigte sie sich immer wieder mit den Vorfällen der letzten Tage. Sie drehte den Kopf zur Seite und warf einen Blick auf den Fiedelkasten neben ihr. »Vielleicht bist du verflucht«, murmelte sie.

Ich bin froh, daß Brigid mir erlaubt hat, diese Fiedel für ein paar Tage aus dem Wege zu schaffen, dachte sie. Aber wenn jemand glaubt, sie befände sich noch immer irgendwo auf Chappys Anwesen, dann wird ihn das nicht daran hindern, den Versuch zu machen, sie sich zu beschaffen. Regan umklammerte das Lenkrad. Wie lange wird Brigid sich noch mit all diesen scheußlichen Dingen abfinden müssen? Wird sich die Lage beruhigen, wenn sie auf Tournee geht?

Welcher Bewohner der Hamptons würde sie mit dieser Puppe erschrecken wollen? Nach dem zu schließen, was sie von dem Telefongespräch Arnold Bakers mitgehört hatte, gab es mindestens eine verärgerte Sängerin, die nicht begeistert darüber war, daß Brigid an dem Festival teilnahm.

Regan bog in die Straße zu ihren Eltern ein und fuhr in dem großen alten Kombi auf das Haus zu. Ich fühle mich wie am Steuerrad eines riesigen roten Bootes, dachte sie. Ein Boot mit einem kaputten Handschuhfach und einem Sitz, den man nur unter großen Schwierigkeiten nach vorn ziehen kann. Wenigstens muß ich diese Kiste nicht an der Straße parken.

Sie fuhr mit Chappys Straßenkreuzer die Zufahrt zum Haus ihrer Eltern hinauf, stellte den Motor aus und seufzte. Es war

Zeit, die beiden über das, was seit diesem Morgen passiert war, zu informieren. Wenn sie es nicht schon gehört hatten. Sie nahm den Fiedelkasten vom Sitz. »Komm, schauen wir mal, daß wir ein gutes Versteck für dich finden.«
Den Fiedelkasten in der einen Hand und den Karton mit der Puppe in der anderen betrat Regan das Haus.
»Na, wer kommt denn da?« rief Louisa aus dem Wohnzimmer. »Hallo, Regan. Lange her, daß ich dich gesehen habe. Was hast du denn da in der Hand? Einen Fiedelkasten? Erzähl mir nicht, daß du nur hergekommen bist, um uns was vorzuspielen! *Hnnnnnn.*«
Regan lächelte, als sie ins Zimmer trat. Louisa saß in einem blauen Kaftan, auf dessen Stoff kleine, orangefarbene Goldfische mit offenen Mäulern herumschwammen, auf der Couch. Ihre Füße lagen auf dem Couchtisch, der Computer war auf ihrem Schoß. Regan konnte durchs Fenster sehen, daß Nora, Luke und Herbert gerade aus dem Pool stiegen.
»Ich glaube, ich müßte dafür erst mal ein paar Unterrichtsstunden nehmen.« Regan legte den Fiedelkasten auf den Boden. »Du siehst ziemlich beschäftigt aus.«
Louisa saß inmitten von Papieren, und die Schnur zum Telefon steckte im hinteren Teil ihres Computers. Ich hoffe, niemand erwartet irgendwelche Anrufe, dachte Regan.
»Ich hab den ganzen Nachmittag mit meinem Laptop auf dem Schoß hier gesessen, wobei ich natürlich der Meinung war, daß das der perfekte Platz für das Gerät sei, aber jetzt brennen meine Oberschenkel!« Louisa streckte ihre Hand aus, aber glücklicherweise war Regans Ellenbogen zu weit entfernt, als daß sie ihn hätte packen und schütteln können.
»Das bedeutet sicher, daß du zu hart arbeitest. Vielleicht solltest du ein Kissen zwischen deinen Schoß und den Computer legen.«
»Oh, Regan! Du klingst wie meine Großmutter! Als ich noch

ein Teenager war, sagte sie immer, wenn ihr in einer Gruppe ausgeht, dann nimm ein Kissen mit, falls du im Auto auf dem Schoß eines Jungen sitzen mußt. *Hnnnnnnn.*«

Regan lachte. »Das hat sie zu dir gesagt?«

»O ja! Das war eine ganz andere Zeit!«

»Ja, das hab ich gehört.«

»Regan, ich hab für meinen Artikel über die Hamptons recherchiert. Und vor kurzem habe ich mit diesem Chappy telefoniert. Ich wollte eine Verabredung für ein Interview mit ihm und Bettina in den nächsten Tagen treffen, aber jetzt möchte er bis nach dem Konzert warten, wenn Brigid wieder fort ist und die Aufregung sich gelegt hat. Neulich abends sagte er, er würde sich jederzeit gern interviewen lassen, und Bettina war deswegen schrecklich aufgeregt. Aber heute war er ziemlich kurz angebunden. Er klang zerstreut.«

Regan dachte an Chappys Reaktion, als der Wagen mit seinem früheren Angestellten heute vorgefahren war. Er schien es eilig zu haben, mich von dort zu verscheuchen, dachte sie. Und er möchte nicht, daß ein Wachmann auf seinem Anwesen ist. Führt er irgend etwas im Schilde? Oder ist er bloß ein reicher Exzentriker, der sich schrecklich aufregt, wenn der Coupon von der Autowäsche verlorengegangen ist?

»Tja, Louisa, da drüben sind ein paar aufregende Dinge passiert; ich werd dir gleich davon erzählen.«

»So aufregend wie mein Sturz in den Swimmingpool?«

»Ich würde sagen ja, Louisa.«

»Oje! Ich möchte wirklich gern alles darüber hören!«

Regan schaute nach draußen. »Ich möchte, daß alle dabei sind. Ich bin sicher, daß die anderen es auch erfahren möchten.«

»Natürlich, Regan. Es ist fast halb fünf. Zeit, daß sich alle hier auf einen Drink versammeln.«

»Ich kann nicht lange bleiben«, sagte Regan, als sie zu den Schiebetüren hinüberging.

»Oh, Regan, eines muß ich dir unbedingt erzählen! Ich hab über Brigid und ihre Band im Internet recherchiert. Ich hab dort Fotos von ihnen gefunden und Artikel über sie und Fanpost.«

Regan wandte sich rasch wieder zu Louisa um. »Irgend etwas Interessantes?«

»Nun, alle Welt scheint Brigid zu lieben …«

»Das ist gut.«

»Ich hab die Informationen allerdings nur überflogen. Wenn ich auf irgend etwas Wichtiges stoße, lasse ich es dich wissen.«

»Bitte, tu das, und druck es aus.«

Ein paar Minuten später saßen alle mit ihrem Drink in der Hand am Pool. Während Regan der Chlorgeruch in die Nasenlöcher stieg, erzählte sie die Geschichte von dem gescheiterten Fiedeldiebstahl.

»O mein Gott, Regan«, sagte Nora. Sie trug einen weißen Überwurf über ihrem Badeanzug, eine große, runde Sonnenbrille und einen Strohhut. »Natürlich kannst du die Fiedel hierlassen. Wir werden sie in unserem Zimmer im Safe aufbewahren.«

»In unserem Zimmer?« murmelte Luke und strich mit der Hand über seine nasse Schädeldecke. Um seinen Hals hing ein Handtuch. »Vielleicht sollten wir sie neben die Eingangstür stellen.«

Regan sah ihren Vater an. »Dad«, murrte sie.

Er lächelte sie an. »Ich werde sie direkt zwischen deiner Mutter und mir ins Bett legen.«

»Wie das Kissen meiner Großmutter!« rief Louisa.

Lambie errötete und sah auf seinen Drink.

Nora lächelte verständnisvoll. Sie wandte sich Regan zu. »Schatz, wir werden sie in den Safe in unserem Einbauschrank legen. Ich vermute, daß sie da reinpaßt. Wir brauchen eigentlich nie den ganzen Platz.«

»Danke, Mom«, sagte Regan. »Ich bin froh, daß der frühere Besitzer dieses Hauses eine Menge Wertsachen zu verschließen hatte. Der andere unangenehme Vorfall dieses Tages«, fuhr sie fort, »war, daß man in einem Paket diese Puppe fand.« Sie hielt die Puppe hoch und erklärte, woher sie kam. »Wie ihr sehen könnt, gab es einiges, das nicht so glattlief. Das ist der Grund, warum ich die Fiedel gerne hier aufbewahren möchte. Dann habe ich zumindest eine Sorge weniger.«

Nora stellte ihren Drink ab. »Wer die Puppe zerschnitten hat, muß wirklich krank sein.«

»Ich weiß«, erwiderte Regan ruhig.

»Gibt es etwas, was wir tun können?« fragte Nora. Regan sah in das besorgte Gesicht ihrer Mutter. »Paßt auf die Fiedel auf. Das ist alles«, sagte sie. »Brigid will sich in den nächsten paar Tagen im Hintergrund halten.« Sie stellte ihr Glas mit Sodawasser auf den Tisch neben dem Pool. »Aber ich muß gleich weiter.«

Nora und Luke begleiteten sie zum Auto.

»Schöne Räder«, sagte Luke. »Wo hast du dieses Wrack ausgegraben?«

»Es gehört Chappy«, antwortete Regan. »Ich habe nicht zu fragen gewagt, ob ich mir den Rolls leihen könne.«

Luke zwinkerte ihr zu. »Wer möchte schon einen Rolls Royce mit einer Beule fahren?«

Regan lächelte. »Ich nicht.«

Als Nora Regan zum Abschied küßte, drängte sie sie: »Regan, sei bitte vorsichtig. Ich mache mir Sorgen um dich und Brigid.«

»Es ist alles in Ordnung, Mom«, beruhigte sie Regan. »Uns wird nichts passieren.«

Als Regan die unbefestigte Straße hinunterfuhr, versuchte sie, auch sich selbst diese Antwort zu suggerieren. Uns wird nichts passieren, dachte sie. Uns wird ganz bestimmt nichts passieren. Oder?

fünfunddreißig

Am Obststand an der Route 27A, nicht weit entfernt von Chappys Haus, nahm Regan einen Korb und begann ihn mit mehreren Kartons Erdbeeren zu füllen, die zwischen den Himbeeren, Pfirsichen, Pflaumen, Blaubeeren und Wassermelonen steckten. Das leuchtend bunte Arrangement von Früchten duftete süß und regte den Appetit an. Der Geruch der Erdbeeren war so stark, daß Regan sie fast schmecken konnte. Sie nahm sich eine und biß hinein.

Hier wird man aber ganz schön hungrig, dachte sie, während ihre Geschmacksknospen das Aroma der frischen Früchte genossen. Und zwar auf richtige, gesunde Nahrung. Salatköpfe und dicke Tomaten dekorierten den kleinen Stand. Paprika und Möhren und Sellerie lagen aufgereiht da und warteten darauf, gekauft zu werden.

»Ist das alles, Miss?« fragte der etwa fünfzigjährige Mann, während er die Erdbeeren in eine Einkaufstüte steckte. Er hatte eine ledrige Haut, einen Schnauzbart und gebräunte Hände, die aussahen, als hätten sie selbst all die Früchte und das Gemüse geerntet.

Regan nickte. Als sie ihre Brieftasche aus ihrer Handtasche zog, ertönte ein lautes Hupen. Sie drehte sich um und sah Peace Man, der auf der anderen Seite der Straße auf einem Fahrrad fuhr.

Beim Klang der Hupe schwankte er heftig und verlor die Balance. Das Fahrrad kippte um, und er fiel ins Gebüsch. Was als nächstes geschah, hätte Regan niemals vermutet.

Er sprang auf und brüllte dem vorbeifahrenden Wagen hinterher: »PASS DOCH AUF, WO DU HINFÄHRST, DU IDIOT! ICH WAR DIR KEIN BISSCHEN IM WEGE!«

Regan stand wie erstarrt da. Was ist mit seiner Schweigewoche? fragte sie sich. Ich kann verstehen, daß man sich über so was ärgert, aber schließlich ist dies Peace Man höchstpersönlich.

»Miss?« Der Besitzer des Obst- und Gemüsestandes bemühte sich, ihre Aufmerksamkeit zu bekommen. Und das Geld für die Erdbeeren.

Regan blinzelte und drehte sich wieder zu ihm um. »Entschuldigung«, sagte sie. »Ich habe mich so erschrocken.«

Er zuckte mit den Schultern und nahm ihr Geld entgegen. »Ich wäre auch wütend gewesen. Das Auto hätte ihn verletzen können.«

Als Regan sich noch einmal umdrehte, fuhr Peace Man auf seinem Fahrrad weiter die Straße hinunter. Mag sein, daß er provoziert wurde, dachte sie, aber das ist keine Reaktion, die ich von einem spirituellen Guru erwartet hätte, der angekündigt hat, er würde die ganze Woche über kein Wort sagen.

»Ihr Wechselgeld?«

Regan streckte die Hand aus und warf dann das Geld in ihr Portemonnaie. Als sie wieder in den Kombi stieg, entschied sie, sich ein wenig auf Chappys Anwesen umzuschauen. Sie wollte, während Peace Man nicht daheim war, unauffällig einen Blick in sein Wohnmobil werfen.

Wer ist dieser Mann? fragte sie sich.

36 sechsunddreißig

Zurück auf Chappys Anwesen, fand Regan alles ruhig und friedlich vor. Niemand hielt sich am Pool oder auf dem Grundstück auf. Wahrscheinlich sind alle drinnen und machen sich fürs Abendessen zurecht, dachte sie. Ich werde die Zeit nutzen, um mir Peace Mans Wohnmobil anzuschauen.
Sie parkte den Wagen, schloß die Tür zu, da sich ihre Handtasche, die Erdbeeren und die Puppe darin befanden, und ging quer über die Zufahrt zur anderen Seite des Schlosses. Das Wohnmobil stand neben dem Tourneebus; Regan ging zwischen den beiden Fahrzeugen entlang und drückte dann auf den Türgriff von Peace Mans Wohnmobil.
Es war abgeschlossen.
Verdammt, dachte sie.
Da sie von niemandem erwischt werden wollte, ging sie rasch hinunter zum Strand. Sie schlenkerte ihre Schuhe weg und trat an den Rand des Wassers. Es war angenehm, die Zehen von der kühlen, salzigen Flüssigkeit umspülen zu lassen. Sie drehte sich um und schaute zu Chappys Schloß empor, das in einiger Entfernung vor dem Himmel aufragte.
Aber leider kann man hier nicht das Gefühl haben, sicher zu sein, dachte sie. Nicht nach all dem, was geschehen ist. Jeder, der sich Brigid nähern wollte, konnte ungestört vom Strand aus Chappys Anwesen erreichen.
Aber was dann? überlegte Regan. Wo könnte sich ein Eindringling verstecken?
Die Holzterrasse, wo sie ihre Drinks zu sich genommen und ihre Früchte-Eisbecher gelöffelt hatten, fiel ihr ins Auge.

Regan ertappte sich dabei, daß sie auf die Terrasse zusteuerte. Sie hatte das Bedürfnis, sich das, was darunterlag, anzuschauen. Die Terrasse wurde von einer Reihe dicker Baumstämme gestützt, aber zwischen ihnen war genügend Abstand, daß sich jemand hindurchzwängen konnte.

Regan kauerte nieder und kroch darunter.

Hier ist genügend Platz, dachte sie, während ihre Augen sich an das veränderte Licht gewöhnten. Es war dort dunkel und kühl, und der Sand fühlte sich feucht an. Sie sah sich um. Ist das ein Vogel, der da zwitschert? fragte sie sich. Dies war ein hervorragender Platz, um Gespräche mitzuhören. Man konnte sich hier unten verstecken, fühlte sich geborgen und wurde von niemandem gesehen.

Sie starrte auf den Sand hinab. Was mag denn das sein? dachte sie und kniff die Augen zusammen. In dem feuchten Sand war der Abdruck eines Körpers erkennbar, ähnlich der Kuhle, die ein Kopf auf einem Kissen zurückläßt.

Jemand muß hier gewesen sein, dachte sie. Aber wann? Und wer war das? Das Gespenst des Chappy-Anwesens?

Sie bewegte sich näher zu der Stelle, wo der Sandboden eingedrückt war, und untersuchte sie. Plötzlich blieb ihr Blick an etwas haften. Direkt neben dem Abdruck lag ein kleines Häufchen ... Regan streckte die Hand aus und hob die weißen Brösel auf. Sie hielt ihre Hand ins Licht und sah, daß es die zerbrochene weiße Schale eines Eis war.

Wo kommt *die* denn her? fragte sie sich. Auf der Party gestern abend hatte es überhaupt keine Eier gegeben. Wer wohl auf die Idee gekommen war, unter der Terrasse ein Ei zu pellen?

Regan runzelte die Stirn. Gerade heute, im Restaurant, haben wir über Eier gesprochen, erinnerte sie sich ... Cholesterinbomben ... dieser seltsame Typ, der Countrymusic liebte und so verrückt nach Eiern war. Plötzlich spürte Regan, wie ihr Magen sich verkrampfte.

Könnte er …?

O Gott, dachte Regan, während ihr Magen noch heftiger zu schmerzen begann. War Brigid in diesem Augenblick allein? Ich muß unbedingt zu ihr! dachte sie.

Regan verließ eilig ihren Platz unter der Holzterrasse, rannte den Sandstrand entlang, vorbei am Schwimmbecken und hinüber zum Gästehaus. Verzweifelt stieß sie die Tür auf. Der Raum wirkte auf unheimliche Weise leer und verlassen. Wo waren sie alle hingegangen?

»BRIGID«, rief sie. »BRIGID!« Zwei Stufen auf einmal nehmend rannte sie zum zweiten Stock hinauf.

Brigids Tür war geschlossen. Regan klopfte heftig dagegen. Als sie nicht sofort eine Antwort erhielt, stieß sie sie auf. Brigid lag mit dem Rücken zur Tür bewegungslos auf dem Bett.

»BRIGID!« kreischte Regan.

Langsam wälzte Brigid sich herum; ihre Augen waren noch trübe vom Schlaf. »Regan, was ist denn los?«

Grenzenlos erleichtert lehnte Regan ihren Kopf gegen den Türrahmen. »Es geht dir also gut?«

»Ja. Ich bin eingeschlafen. Mir war gar nicht bewußt, wie müde ich war.«

Regan ging zum Fußende des Bettes und stand heftig atmend vor ihr.

»Was ist denn, Regan?«

Regan streckte ihre Hand aus. »Diese Eierschalen lagen unter der Holzterrasse von Chappys Haus. Sie erinnerten mich an diesen komischen Typen im Restaurant. Es tut mir leid, ich dachte nur …« Regan schluckte und rang nach Atem.

Brigid lächelte. »Regan, es ist alles in Ordnung mit mir. Aber ich glaube, heute haben wir beide ein Recht, schreckhaft zu sein.«

Regan nickte. »Ich hatte plötzlich das Gefühl, daß du wieder in Gefahr seist.«

»Mir geht es wirklich gut.«
»Wo sind die anderen?« fragte Regan.
»Machen gerade ihr Mittagsschläfchen«, antwortete Brigid.
Brigid setzte sich auf und sah auf die Uhr. »Oh, es ist schon spät. Wir sollten uns lieber für Kits Einladung zum Abendessen zurechtmachen, oder wir kommen wirklich in Schwierigkeiten!«
Regan lachte und schüttelte den Kopf, während sie nachdenklich aus dem Zimmer ging. »Wenn Kit kocht, kommen wir so oder so in Schwierigkeiten.«

Ein Stück weiter den Flur hinunter, im hinteren Teil des dunklen Einbauschranks, kauerte er schwer atmend und schwitzend. Er war so nahe daran gewesen, mit Brigid allein zu sein! Er hatte das Haus beobachtet und Brigid an diesem Nachmittag am Strand gesehen. Dann hatte er gesehen, wie ihre Freundin im Kombi davonfuhr. Und die anderen hatten das Haus zu verschiedenen Zeiten verlassen, um an den Strand hinunterzugehen.
Er war ins Gästehaus geschlüpft, um mit Brigid zu reden, weil er es einfach tun mußte. Er konnte sein Bedürfnis nicht länger unterdrücken. Er mußte das Risiko eingehen.
Und plötzlich war Brigids Freundin hereingeplatzt und hatte ihm die Chance vermasselt. Er hatte sich Hals über Kopf im Einbauschrank versteckt und gehört, wie ihre Freundin sagte, er sei ein komischer Typ! Am liebsten würde er sie sich schnappen und ein ernstes Wörtchen mit ihr reden.
Und was mache ich jetzt? fragte er sich. Er lächelte in der Dunkelheit. Für den Augenblick werde ich es genießen, Brigid zuzuhören. Sie ist direkt vor dieser Tür.

37 siebenunddreißig

Ballyford, Irland

Ich komme sofort zu dir runter, Liebes«, sagte Malachy. Er hängte das altmodische Telefon an die Wand in seiner Küche und setzte sich an den Tisch. Plötzlich fühlte er sich in seinem Cottage nicht mehr so wohl und geborgen wie sonst. Nicht nach der Nachricht, die er von Eileen O'Neill gehört hatte, daß Brigid heute gerade noch mit einem blauen Auge davongekommen war.

Er sah auf das Essen auf seinem Teller hinab; sein Hunger war verflogen. Die Kartoffeln und das Gemüse, die noch vor ein paar Augenblicken so köstlich geduftet hatten, interessierten ihn nicht mehr.

Vielleicht hätte ich ihr die Fiedel doch nicht schenken sollen, dachte er. Sie hat den Wettbewerb damit gewonnen, aber jetzt gibt es nur Probleme.

Warum mußte dieser Trottel Finbar bloß einen solchen Mist schreiben?

Malachys Augen füllten sich mit Tränen. Ich hatte eine so gute Zeit mit meiner Fiedel. Sie hat mir so viel Glück gebracht. Und genau das hatte ich mir auch für Brigid gewünscht.

Er erinnerte sich an die Zeit, als sie noch ein Teenager war und ihn in seinem Cottage besuchte, um mit ihm Fiedel zu spielen. »Laß uns üben«, sagte sie zu ihm. »Wenn wir später auf sämtlichen Festen in der Stadt auftreten wollen, dann müssen wir bereit sein.«

O Brigid, dachte er. Ich mache mir Sorgen um dich, und ich möchte dich wieder spielen hören.

Malachy stand auf. Er nahm seine Jacke von der Wand und

verließ das Cottage, um zum Haus von Brigids Tante zu radeln, wo ihre Mutter Eileen den Sommer über wohnte.
Das Leben ist zu kurz, dachte er. Ich werde die beiden fragen, was sie davon halten, wenn ich ein Flugzeug nehme und Brigid bei ihrem Konzert in den Hamptons überrasche.
Plötzlich ertappte er sich dabei, daß er, während er auf seinem Fahrrad durch die Dunkelheit radelte, leise vor sich hinpfiff.

achtunddreißig

Ich bin fertig«, verkündete Brigid, als sie das Zimmer von Regan auf der anderen Seite des Flurs betrat. »Ein Nickerchen, eine kalte Dusche und frische Kleidung können die Stimmung auf wunderbare Weise heben.«

»Oh, ich weiß«, sagte Regan. Sie hatte ebenfalls geduscht und sich weiße Jeans und einen kurzärmeligen schwarzen Baumwollpullover angezogen. Brigid trug Blue jeans mit einem rostfarbenen Gürtel und einer weißen Bluse, die sie in die Jeans gesteckt hatte. Ihr rotes Haar fiel in Kaskaden über ihre Schultern.

Brigid setzte sich auf das Bett, während Regan einen letzten, prüfenden Blick auf ihr Spiegelbild warf. Sie zog sich mit ihrem Lippenstift die Lippen nach und fuhr ein letztes Mal mit dem Kamm durch ihr dunkles Haar.

»Fertig«, sagte Regan. »Kommen die anderen auch?«

Brigid schüttelte den Kopf. Die beiden Frauen verließen das Zimmer und gingen die Treppe hinunter. »Hank, Teddy und Pammy sind vom Strand zurückgekommen, als du unter der Dusche warst. Kieran lag in seinem Zimmer und schlief. Hank und Teddy sind danach in die Stadt gefahren. Sie treffen sich mit ein paar von Hanks alten Freunden. Kieran und Pammy sind ausgegangen, um irgendwo zu essen, und hinterher wollen sie sich einen Film anschauen.« Brigid schwieg einen Augenblick. »Ich glaube, sie hat ihm unmißverständlich klargemacht, daß sie ein wenig Zeit mit ihm allein verbringen wollte.«

»Ist Liebe nicht etwas Großartiges?« scherzte Regan. Sie gingen zur Tür hinaus, und Regan schloß sie hinter sich ab. Es war früher Abend. Der Himmel war purpurfarben und rot gestreift, das Wasser wirkte ruhig und friedlich, und es wehte eine sanfte Brise. Irgendwo spielt jemand einen Zapfenstreich, dachte Regan. »Wie lange sind Pammy und Kieran eigentlich schon ein Paar?« fragte sie Brigid, während sie zu Kits Cottage hinüberschlenderten.

»Ungefähr eineinhalb Jahre.«

»So lange?« sagte Regan.

»Ja. Kieran ist vor ungefähr einem Jahr zu unserer Band gestoßen, und schon damals war er mit ihr zusammen.«

»Oh. Wo haben sie sich kennengelernt?«

»Sie ist Krankenschwester. Kieran hatte in der Nähe von Nashville einen Autounfall. Sein Auto wurde zu Schrott gefahren, und er wurde ziemlich schlimm an der Hand verletzt. Sie kam kurz nachdem es passiert war mit ihrem Wagen vorbei und hielt an, um sich um ihn zu kümmern. Danach hat sie niemals aufgehört, sich um ihn zu kümmern.«

»Wirklich?« sagte Regan.

»Ja. Anscheinend war er ziemlich deprimiert. Er glaubte nicht, daß er jemals wieder in der Lage sein würde, Gitarre zu spielen. Sie zwang ihn, eine Beschäftigungstherapie und eine Physiotherapie zu machen. Noch heute fordert sie ihn ständig auf, einen Gummiball zu drücken, den sie immer in ihrer Handtasche trägt. Sie hat ihn, während seine Hand langsam heilte, unheimlich aufgebaut. Er meint, es sei ihr Verdienst, daß er heute wieder gesund ist.«

»Sie wirkt tatsächlich wie ein Mensch, der die Dinge in die Hand nimmt.«

»Das ist sie auch. Sie war sogar diejenige, die herausfand, daß wir jemanden für die Band suchen. Sie hat den Termin gemacht, damit er uns vorspielte!«

»Also ist die Beziehung ziemlich eng«, bemerkte Regan. »Weißt

du, es gab im Laufe der Zeit so einige junge Männer, denen ich das Leben gerettet habe, aber das hat nie zu einer Romanze geführt.«
»Vielleicht das nächste Mal«, sagte Brigid grinsend.
Regan lachte. »Aber keiner von ihnen sah wie Kieran aus; soviel steht jedenfalls fest.«
Sie gingen die Stufen zum Cottage hinauf, traten auf die umlaufende Veranda und öffneten die Fliegengittertür.
»Hallo!« rief Regan.
»Kommt rein!« forderte Kit sie auf. Sie kam, eine Schürze über ihren Jeans, aus der Küche. »Willkommen in Chappys Außenabort.«
»Oh, Kit«, erwiderte Brigid lachend. »Hier sieht's aber doch gar nicht so übel aus.«
»Überhaupt nicht«, bestätigte Kit. »Das Nette daran ist, daß es mich dazu bringt, mein eigenes Apartment richtig wertzuschätzen, wenn ich nach Hause komme. Sagt mal, wie wär's mit einem Glas Wein?«
»Nach dem Tag glaube ich, daß wir beide eins gebrauchen können. Nicht wahr, Regan?«
»Du sagst es.«
Sie folgten Kit in die Küche. Der Duft von Sauce marinara und Knoblauch lag in der Luft. Der Herd sah aus, als seien im Krieg von 1812 eine Menge Mahlzeiten darauf gekocht worden. Das Spülbecken war groß und tief, mit einer Trennwand in der Mitte.
»Ich glaube, dieses Spülbecken war früher die Badewanne«, sagte Kit. »Rotwein?«
Sie nickten beide. Kit füllte die Gläser, reichte sie ihnen und stieß mit Brigid und Regan an. »Cheers«, sagte sie.
Sie tranken alle einen Schluck Wein. »Wo sind die anderen?« fragte Regan.
»Angela macht sich zurecht. Garrett sollte jede Minute zurück

sein. Wir sind heute abend leider nur eine kleine Gruppe. Bis Donnerstag wird es hier wieder voll sein, aber …«

»Das klingt gut«, sagte Brigid. »Es wird nett sein, sich einfach ein bißchen zu entspannen.«

»Laßt uns auf die Veranda gehen«, schlug Kit vor. »Wir können uns den Sonnenuntergang anschauen.«

»Ich *liebe* das«, bestätigte Brigid, als sie sich auf die Stufen setzten. Ich würde gern für meine zwei neuen Freundinnen einen Trinkspruch ausbringen.«

»Hört! Hört!« sagte Regan, und alle drei stießen erneut an. »Auf daß wir noch viele Abenteuer miteinander teilen, nur keines, daß so aufregend ist wie das von heute nachmittag.«

»Darauf trinke ich«, stimmte Brigid ihr lachend zu.

»Ich würde auch gerne einen Trinkspruch ausbringen«, sagte Kit. »Auf das Schmelztiegel-Festival. Daß es richtig aufregend wird.«

»Auf jeden Fall«, sagte Brigid augenrollend. »Sonst komme ich in große Schwierigkeiten.«

Große Schwierigkeiten – genau davor fürchte ich mich, dachte Regan.

neununddreißig

Wir müssen uns beeilen«, rief Chappy. »Wir müssen irgendwie reinkommen, solange es draußen noch hell ist. Es ist zu gefährlich, eine Taschenlampe zu benutzen.«

Duke schaute verdutzt drein. »Aber wir haben doch die Scheinwerfer auf unseren Helmen.«

»Aber wenn das Haus dunkel ist«, knurrte Chappy, »und jemand *draußen* sieht drinnen ein Licht aufscheinen, dann weiß er, daß da irgend etwas los ist.«

»Ahhhh«, sagte Duke, verständnisvoll mit dem Kopf nickend.

»Du mit deinem blöden ›Ahhhh‹.«

Sie hatten sich vor ein paar Minuten in Chappys Arbeitszimmer getroffen, nachdem Duke beobachtet hatte, daß Regan und Brigid auf dem Weg zu Kits Haus waren. Chappy saß an seinem Schreibtisch; vor ihm lag ein Klemmbrett. Der Plan mußte bald ausgeführt werden, nicht nur, weil die Dunkelheit hereinbrach, sondern auch, weil er und Bettina zu einer Dinnerparty im Haus einer der Frauen eingeladen waren, die an Peace Mans Sitzungen teilnahmen.

Aber Chappy paßte das nicht. Alles, woran er denken konnte, war die echte CT-Fiedel. Wenn sie die Sache heute abend erledigten, dann würde er bestimmt keine Lust mehr haben, noch auszugehen. Es juckte ihn in den Fingern, auf der Fiedel zu spielen.

Er nahm den Montblanc-Füllfederhalter, auf dem sein Name eingraviert war. Vor sich hatte er ein Blatt Papier mit den Namen aller Personen, die im Gästehaus wohnten.

»Brigid und diese Schnüfflerin Regan.«

»Kannst du abhaken«, sagte Duke. »Sie haben das Grundstück verlassen.«

»Kieran und seine Freundin Pammy.«

»Kannst du abhaken. Sie sind mit dem Kombi losgefahren, um sich den Sonnenuntergang anzuschauen und dann irgendwo zu Abend zu essen.«

»Hank und Teddy.«

»Abhaken. Ich hab sie auf meinem Weg in die Stadt mitgenommen. Sie wollten dort Freunde treffen, um zu feiern. Sie haben mich eingeladen, mich zu ihnen zu gesellen, aber ich sagte nein.«

Chappy schaute auf. »Gut für dich!«

»Angela hatte mich auch zu ihrer Dinnerparty eingeladen, aber ich sagte ihr, ich könne nicht kommen, weil ich zu arbeiten hätte.«

»Mensch, du scheinst wahnsinnig beliebt zu sein«, sagte Chappy mit einem Anflug von Neid. Er legte mit einem Blick auf seinen in goldenen Lettern geschriebenen Namen den Füllfederhalter nieder und ließ dann das Klemmbrett in seine Schreibtischschublade fallen. »Unsere Gäste sind also alle ausgeflogen, und Bettina ist mit ihrer Masseuse im Obergeschoß.« Er betrachtete prüfend seine Uhr und dann Duke. »Bist du bereit, in die Schlacht zu ziehen?«

»Aye, aye, Sir.«

Chappy wirbelte herum und schlug gegen das Bücherbord. Innerhalb von Minuten waren sie im Keller und durchquerten Grandpas Flüsterkneipe, ohne sich auch nur ein einziges Mal umzuschauen. Duke schnappte sich die Fiedel, die Ernies Werkbank erst vor so kurzer Zeit verlassen hatte.

Wie zwei fleißige Minenarbeiter arbeiteten sie sich durch den Tunnel hindurch.

»Es ist hier wirklich ziemlich feucht«, bemerkte Duke.

»Halt die Klappe.«

Als sie den Keller des Gästehauses betraten, fuhr Chappy sich nervös mit den Fingern durch das Haar. »Es dauert nicht mehr lange«, murmelte er.
»Es dauert nicht mehr lange, bis wir die Fiedel in den Händen halten, die uns Glück bringen wird«, stimmte Duke ihm aufgeregt zu. »Vielleicht wird sich endlich ein Agent für mich interessieren.« Seine Stimme hallte in dem leeren, feuchtkalten Keller wider. »Vielleicht brauche ich nicht einmal bis zum nächsten Sommer zu warten, um eine Rolle in einem Schauspiel zu bekommen.«
»Psssst!« Chappy hielt sich einen Finger an die Lippen. »Wir müssen vorsichtig sein.«
Mit äußerster Vorsicht öffneten sie die Tür am Ende der Stufen. Wie erwartet war die Luft rein.

Oben im Einbauschrank überkam ihn ein Gefühl der Ruhelosigkeit. Er hatte lange genug gewartet. Er war sicher, daß sie fort waren.
Es war so angenehm gewesen, zu hören, wie Brigid hin- und herlief, ihrer Stimme zu lauschen, wenn sie mit dieser schrecklichen Nervensäge sprach, die ihre Freundin war. Brigids Stimme klang so nett. Er konnte sogar das Parfüm riechen, mit dem sie sich besprühte. Es roch so gut.
Ich kann nicht ewig hier drinnen bleiben. Ich bin hungrig, und ich muß zur Toilette. Ich muß versuchen, mich ihr ein andermal zu nähern, wenn sie allein ist.
Ängstlich darauf bedacht, sich an der schrägen Decke nicht den Kopf zu stoßen, befreite er seine Füße aus einem Gewirr von Kleidungsstücken und zog sich hoch.

Chappy und Duke liefen stumm durch den kleinen Flur. Durch die offenen Fenster konnte man die Wellen hören, die sich am Strand brachen. Möwen kreischten über ihren Köpfen; sie

hatten kein Interesse an den Eindringlingen in dem Haus unter ihnen.
Sie erreichten die Treppe. Chappy unterdrückte mühsam ein nervöses Kichern. Wie zwei Katzen krochen sie eine Stufe nach der anderen empor; Chappy grinste siegesgewiß.
Sie waren schon fast oben angelangt, als sie das Knarren einer Tür hörten, die sich unten im Eingangsraum öffnete.
Ein Adrenalinstoß überschwemmte Chappys Körper. Er erstarrte vor Entsetzen. Kann das der Wind sein? dachte er verzweifelt.
Duke war wenige Zentimeter hinter ihm.
Chappy wartete.
Innerhalb von Sekunden fiel die Tür wieder zu. Chappy fühlte sich ein wenig erleichtert. Es war bestimmt nur der Wind gewesen! Aber dann hörte er, wie sich jemand räusperte, und knirschende Schritte in der Diele!
Chappys Körper signalisierte ihm verschiedene biologische Bedürfnisse. Tapfer kämpfte er die Galle, die in seiner Kehle aufstieg, nieder, drehte sich um und versetzte Duke einen Stoß. Ein winziger Schrei entfuhr ihm. Mit der Stimme einer kranken Maus piepste er: »Los, beweg dich!«
In Null Komma nichts waren sie wieder im Keller, rannten durch den Tunnel und hielten nur für den Bruchteil einer Sekunde an, um die Fiedel vorsichtig auf einen Stuhl im Herrensalon zu legen. Erst als sie sich in dem schützenden Bereich von Chappys Arbeitszimmer befanden und das Bücherbord wieder an seinem Platz war, blieben sie stehen.
Keuchend riß Chappy sein Klemmbrett aus der Schreibtischschublade. »WER WAR DAS?« fragte er Duke. »DU HAST DOCH GESAGT, ALLE HÄTTEN DAS HAUS VERLASSEN!«
Duke, rotgesichtig und schwitzend, ließ sich auf seinen Stuhl fallen. »Ich weiß es nicht, Mann. Ich schwöre dir, daß ich sie alle weggehen sah.«

Chappy legte seinen Kopf auf seinen Schreibtisch und stöhnte: Ich will meine Fiedel!«

Was war das? Er blieb abrupt stehen, bereit, sich wieder in den Einbauschrank zu flüchten. Dann wartete er ein paar Augenblicke. Schließlich entspannte er sich. Es ist wahrscheinlich nichts, dachte er.
Ich sollte lieber von hier weggehen.
Aber zuerst …
Er öffnete die Tür zu dem Zimmer, in dem, dessen war er sich sicher, Brigid wohnte.
Ja, sicher, das war es! Eine Gitarre lehnte aufrecht in einer Ecke. Er ging hinüber zur Kommode, wo ein Bild von Brigid und einer blonden Frau, die die Arme umeinander gelegt hatten, ihn anlächelte. Ich möchte meine Arme um dich legen, Brigid, dachte er.
Er musterte ihre Hautcremes, ihren Kamm, ihre Bürste und ihr Parfüm. Er besprühte sich sogar damit. Auf dem Bett lag ein kleiner Teddybär. Er ergriff ihn und setzte sich in den Schaukelstuhl am Fenster. Während er den Teddy ganz fest an sich drückte, schaukelte er ein paar Minuten lang und schaute hinaus auf das Wasser.
Ich liebe dich, Brigid.
Er wollte sich auf ihr Bett legen, aber er hatte Angst. Dann werde ich nie wieder gehen wollen.
Er legte den Teddybären wieder weg.
Ich komme zurück, dachte er.
Er ging auf den Flur hinaus und fand das Badezimmer.
Nachdem er die Toilette benutzt hatte, rannte er die Stufen hinunter, zur Tür hinaus und ein Stück am Strand entlang. Er wollte sich möglichst weit von Chappys Anwesen entfernen.
Er war hungrig. Zeit für ein Western-Omelett, dachte er.

vierzig 40

Also – wie viele Leute können in diesem Haus schlafen?« fragte Regan, als Kit einen dampfenden Teller mit Pasta auf den Tisch stellte.

»Acht oben«, sagte Kit. »Jedenfalls gehen wir für das nächste Wochenende davon aus. Hier unten ist noch ein Nebenraum. Darin steht eine Ausziehcouch; wenn noch mehr Leute kommen, können wir die auch noch benutzen.«

Garrett kam herein und setzte sich Regan gegenüber an den Tisch. Sein Haar war mit Frisiercreme zurückgekämmt, und er roch nach Eau de Cologne. Mit geübter Eleganz griff er hinter sich und legte sein Handy auf dem Sideboard ab. »Es ist herrlich, in diesem kleinen Nebenraum zu wohnen. Er ist so ruhig und privat«, sagte er, während er seine Serviette vom Tisch zog und sie sich auf den Schoß legte. »Das riecht aber gut.«

»Erwartest du einen Anruf?« fragte Regan.

»Mein Büro«, sagte er und räusperte sich. »Die Börsen in Übersee sind jetzt geöffnet ...«

»Haben wir alles?« fragte Angela von der Türöffnung aus. In einer Hand hielt sie ein Weinglas; sie hatte das erschöpfte Aussehen einer Chefköchin, die dafür gesorgt hat, daß alle Gerichte zur gleichen Zeit fertig sind, und von der Anstrengung völlig überfordert ist.

»Angela, das sieht toll aus«, sagte Brigid. »Setz dich zu uns.«

»Marinarasauce ist meine Spezialität«, erwiderte Angela, ein wenig beruhigt, mit einem Lächeln. Sie trug einen kurzen Rock und ein extrem enges, ärmelloses T-Shirt. Sie hatte ihr blondes

Haar wieder zu einer Hochfrisur gekämmt, und ihre Bräune sah aus, als hätte sie sich in den letzten Tagen noch vertieft. Regan dachte, daß sie wie das kleine Mädchen aus der Coppertone-Werbung aussah, das erwachsen geworden war. Dasjenige, das vor Jahren auf allen Reklametafeln geprangt hatte und dank seines munteren Hündchens, das Spaß daran hatte, am Hinterteil seines Badeanzuges zu zerren, der ganzen Nation seinen knackigen Popo zeigte.

Angela ließ sich auf den Stuhl am Kopfende des Tisches fallen. »Kit hat mir ein bißchen geholfen«, gab sie zu.

»Kit ist eine begeisterte Köchin«, sagte Regan kichernd, bevor sie in einen Stoß grüner Salatblätter biß, die sie auf eine Gabel gespießt hatte.

»Reilly, die Feinschmeckerin«, sagte Kit mit einem ironischen Lächeln. »Was ißt du am liebsten? Durch heißes Wasser gezogenes Hühnchen?«

»Mit einem Butterflöckchen und Salz und Pfeffer auf jedem Bissen«, antwortete Regan.

Einige Augenblicke lang redete niemand; alle waren hungrig und mit dem Essen beschäftigt. Die Pasta war köstlich, das Brot heiß und mit Knoblauchbutter durchtränkt und der Chianti samtig. Die Kerzen auf dem Tisch flackerten, und die Wände, die mit einer altmodischen Tapete beklebt waren, reflektierten ihr sanftes Licht.

Regan war froh, daß Brigid so entspannt aussah. Es war ein ziemlich aufregender Tag für sie gewesen.

Als sie fertig gegessen hatten, wischte Brigid sich den Mund mit einer Serviette ab. »Also erzähl mir mal, wie diese Wohngemeinschaften funktionieren«, sagte sie. »Wie kommt ihr zusammen?«

Angela verdrehte die Augen. »Das kann ziemlich anstrengend sein, glaub ich. Ich war eine Weile lang für die Organisation verantwortlich, aber dieses Jahr hat Garrett die Sache in die

Hand genommen. Wir sind jetzt seit drei oder vier Jahren im großen und ganzen dieselbe Gruppe. Kit ist natürlich neu dazugekommen.«

»Wie bist du auf die Idee gekommen?« fragte Brigid Kit, die sich jetzt satt und zufrieden auf ihrem Stuhl zurücklehnte.

Kit spielte mit ihrem Weinglas. »Eine meiner Freundinnen aus New York wohnte in dem Haus. Sie hatte bereits ihren Anteil für diesen Sommer bezahlt. Aber an ihrem Geburtstag im Mai stellte ihr Freund die entscheidende Frage ...«

Angela stöhnte und schlug die Hand vor die Stirn. »Sie hatten sich erst sechs Wochen vorher kennengelernt. Ist das zu glauben? Mir passiert so was nie.«

Regan zwinkerte Kit zu. Wie oft gedenkst du dich zu verloben, Angela? dachte sie.

»Also«, fuhr Kit fort, »schmiedeten diese Freundin Sue und ihr Verlobter, Bruce, für den Sommer andere Pläne. Sie fragte, ob ich Lust hätte, ihr ihren Anteil abzukaufen. Da ich in Hartford wohne, ist der Weg hierher ziemlich lang, aber ich dachte, ich versuch's einfach mal. Ich lernte die anderen kennen, als Angela vor dem Wochenende des Memorial Day eine Party gab.«

Garrett räusperte sich. »Weißt du, Brigid, im Sommer hat jeder den Wunsch, die Stadt zu verlassen. Freunde tun sich zusammen, um in der heißen Jahreszeit gemeinsam Häuser zu mieten. So um den Februar herum muß man anfangen, hier rauszufahren, sich Häuser anzuschauen und zu prüfen, welche für Gruppen geeignet wären. Wenn man ein passendes findet, dann teilt man sich die Miete. Einige Leute möchten jedes Wochenende kommen, also bezahlen sie ihren vollen Anteil. Andere kommen nur jedes zweite Wochenende, also bezahlen sie nur den halben Anteil, und so weiter.« Er unterstrich seine Worte mit anschaulichen Gesten. »An Wochenenden wie dem vierten Juli möchte jedermann ein paar Tage Urlaub machen,

deshalb platzen wir hier sozusagen aus allen Nähten. Wie an diesem Wochenende – und es geht diesmal nicht nur um den vierten Juli, sondern alle möchten dein Konzert besuchen.«
Brigid lächelte. »Und wie habt ihr dieses Haus gefunden?« fragte sie.
»Also …« Garrett stach mit dem Finger in die Luft. »Eigentlich hat Bettina *uns* gefunden, weil wir alle Fans der Countrymusic sind.«
Brigids Lächeln wurde noch breiter. »Freut mich zu hören.«
»Im vergangenen Winter haben wir uns in einem Lokal getroffen, in dem Countrymusic gespielt wird, um uns ein paar neue Sänger anzuhören. Chappy und Bettina saßen am Nebentisch. Bettina fing ein Gespräch mit uns an – woher wir uns kannten und so weiter. Schließlich schlug sie vor, daß wir den Sommer über das Haus für das Personal mieten.«
Also so kam das, dachte Regan.
»Ich hab nie große Lust, lange nach einem Haus zu suchen. Gleich am nächsten Tag fuhr ich mit Bettina hierher, um es mir anzuschauen.«
Regan erinnerte sich an das, was Ned erzählt hatte: Chappy habe erst hinterher erfahren, daß Bettina das Haus vermietet hatte. Sie räusperte sich. »Chappy ist also nicht mit euch rausgefahren, um es euch selbst zu zeigen?« fragte sie.
»Nein«, sagte Garrett. »Anscheinend nahm er an einem Seminar teil, in dem es darum ging, wie man für eine Rolle in einer Seifenoper vorspricht.« Er zuckte mit den Schultern. »Als ich das Haus sah, fand ich es sofort toll. Direkt am Wasser …«
»Es könnte ein paar moderne Haushaltsgeräte vertragen«, bemerkte Angela.
»Der Preis war jedenfalls in Ordnung. Deshalb habe ich es sofort gemietet.«
»Mir gefällt es ja auch«, sagte Angela murrend. »Aber im

nächsten Jahr – das heißt, wenn ich bis dahin nicht verheiratet bin – werden wir erneut auf die Suche gehen müssen, weil sie dies Gebäude hier niederreißen, um ein Theater zu bauen.«

»Also könnte jemand im nächsten Jahr genau an dieser Stelle und genau in diesem Augenblick einen Gefühlsausbruch mimen«, sagte Kit.

»Ja«, sagte Angela, während sie mit einem Brotkrümel auf ihrem Teller spielte. »Duke lernt schon jetzt seinen Text für *Romeo und Julia* auswendig. Er möchte, daß Chappy das Schauspiel im nächsten Jahr auf den Spielplan setzt und ihn den Romeo spielen läßt. Ich werde ihm seinen Text abhören.«

Ich würde alles dafür geben, das mitzuerleben, dachte Regan.

Jemand klopfte an die Fliegengittertür. »Wer kann das sein?« fragte Angela. Sie stand auf, schob die Träger ihres T-Shirts auf ihre Schultern zurück, strich sich das Haar glatt und ging zur Tür. Dann knipste sie das Licht auf der Veranda an.

»Duke!« rief sie aus. »Ich dachte, Sie müßten arbeiten!«

Es ist Romeo, dachte Regan. Wherefore art thou been?

Duke trat ein; er trug Jeans und ein schwarzes Lacoste-Polohemd. »Chappy und Bettina sind zu einer Dinnerparty gegangen. Ich dachte, ich schau mal vorbei und sag ›Hallo‹.«

»Kommen Sie rein, Duke«, rief Kit. »Sie kommen gerade rechtzeitig zum Dessert.«

Während sie Kits Erdbeer-Shortcake aßen, der aus einzelnen, fertig gekauften Teigschichten bestand, auf die reichlich Schlagsahne aus der Dose und kleingeschnittene Erdbeeren gehäuft waren, redeten sie über Brigids bevorstehendes Konzert und ihre Tournee.

Duke aß gierig alles auf, was Angela ihm auf den Teller gefüllt hatte. »Und wo sind die anderen heute abend?« fragte er Brigid.

»Sie sind alle ausgegangen«, antwortete sie. »Haben Sie nicht Hank und Teddy selbst in die Stadt gefahren?«

»Ja, sicher.« Duke legte seine Gabel nieder. »Also sind Pammy und Kieran auch ausgegangen?«

»Ja«, antwortete Brigid.

»Und – kommt sonst noch jemand, der Sie diese Woche besucht?« fragte er verlegen.

Brigid runzelte, verdutzt über die Frage, die Stirn. »Nein. Und was ist mit dir? Bekommst du Besuch, Regan?« erkundigte sie sich.

»Ich bestimmt nicht«, antwortete Regan. »Wir sind hier Chappys Gäste, also würde ich nicht auf die Idee kommen, noch irgend jemanden einzuladen.« Warum interessiert ihn das so sehr? fragte sie sich.

»Duke, möchten Sie noch etwas von dem Dessert?« fragte Angela. Seit Duke im Zimmer war, verhielt sie sich völlig anders. Sie hob ständig die Arme, um mit ihrem Haar zu spielen – und, nicht ganz zufällig, ihre körperlichen Vorzüge zur Schau zu stellen. Aber im Augenblick scheint ihr Romeo das nicht zu bemerken, dachte Regan. *Warum* ist er hier?

»Nein, danke«, sagte er.

Ein paar Minuten später räumten sie ihre Teller ab und nahmen ihre Gläser, um sich auf die Veranda zu setzen. Die Nachtluft war kühl, und die Grillen zirpten.

Angela setzte sich in den Schaukelstuhl neben Duke. Mittlerweile lächelte und kicherte sie ständig und füllte andauernd die Gläser nach.

Es gibt nichts Schöneres als die freudige Erregung in Gegenwart eines Menschen, in den du verliebt bist, dachte Regan. Aber Duke scheint so zerstreut zu sein. Vielleicht ist er immer so.

Als sie den Wein ausgetrunken hatten und Brigid und Regan aufstanden, um zu gehen, war es fast elf Uhr. Zu Angelas Enttäuschung bestand Duke darauf, Regan und Brigid zum Gästehaus zu begleiten.

»Man kann nicht vorsichtig genug sein«, sagte er.
»Lassen Sie es mich wissen, wenn Sie möchten, daß ich Ihnen Ihren Text abhöre«, rief Angela, als sie von der Veranda hinunterstiegen.
»Ja, sicher, Angela«, sagte er. »Vielleicht irgendwann in den nächsten Tagen.«
Regan und Brigid und Duke schlenderten zum Gästehaus hinüber. Es lag völlig im Dunkeln.
»Ich vermute, es ist noch niemand zurückgekommen«, sagte Duke.
»Vermutlich nicht«, erwiderte Regan.
Regan und Brigid sagten ihm gute Nacht und gingen geradewegs ins obere Stockwerk, wobei sie auf dem Weg die Lichter anknipsten. Beide waren müde von dem langen Tag.
Brigid ging in ihr Zimmer und ließ sich auf ihr Bett fallen. »Was bin ich froh«, rief sie zu Regan hinüber, »daß wir morgen früh nicht so zeitig aufstehen müssen.«
»Ich auch«, sagte Regan, nach dem Schalter für das Badezimmerlicht tastend. Sie schloß die Tür und blieb wie angewurzelt stehen.
Der Toilettensitz war hochgeklappt.
Aber die Männer haben das Haus vor uns verlassen, dachte sie nervös. Und ich war die letzte im Badezimmer, bevor wir zu Kit und Angela rübergingen. Was ist hier bloß los?
Duke hatte all diese merkwürdigen Fragen gestellt, wer heute abend zu Hause gewesen sei. Hatte er sich ins Gästehaus geschlichen? Aber warum?
Regan spürte, wie sie für einen Moment von Angst und Panik überwältigt wurde. Vielleicht ist einer der jungen Männer aus irgendeinem Grund noch einmal ins Haus zurückgekehrt.
Aber warum hat er dann gerade *diese* Toilette benutzt?
Regan lehnte sich gegen das Sockelwaschbecken und klappte

den Sitz herunter. Er landete mit einem Knall auf der Klosettschüssel.
Wenn Chappy das Theater gebaut hat, kann er das Gästehaus in ein Spukhaus verwandeln, dachte sie. Mit einer Tür im Erdgeschoß, an der ein Griff fehlt.
Regan starrte auf die Waschkommode. Vielleicht gibt es dafür eine gute Erklärung, dachte sie. Aber was soll ich machen? Ich kann doch die jungen Leute morgen nicht einfach fragen, ob sie den Toilettendeckel nicht zurückgeklappt haben. Das klingt dann nicht wie die Frage einer Detektivin, sondern wie pure Nörgelei.
Und wenn die einzige Spur, die ich verfolgen könnte, die eines jungen Mannes ist, der den Toilettendeckel nicht wieder runterklappt, dann würde am Ende der größte Teil der männlichen Bevölkerung auf der Liste der Verdächtigen stehen.
Sie seufzte. Ich sollte lieber nach unten gehen und noch mal nachschauen, ob die Türen abgeschlossen sind. Sie wußte, daß die anderen Schlüssel hatten.
Regan lief die Treppe hinunter und überprüfte die Hintertür, die zum Strand hinausführte. Sie und Brigid waren durch diese Tür hereingekommen, und sie war, so wie Regan es erwartet hatte, fest abgeschlossen. Sie lief kreuz und quer durch das Erdgeschoß und vergewisserte sich, daß auch sämtliche Fenster fest geschlossen und abgeschlossen waren. Sie zog an der Eingangstür, die niemand wirklich benutzte, um sie zu öffnen. Sie wollte sie noch einmal fest zuknallen, um sicherzugehen, daß das Schloß zugeschnappt war. Die Eingangstür gehörte zu der Sorte Türen, die klemmten. Regan mußte ein paarmal kräftig ziehen, um sie zu öffnen. Als sie es geschafft hatte, schnappte sie vor Schreck nach Luft: Jemand hatte eine kaputte CD gegen die Fliegengittertür gestellt. Sie bückte sich, um sie aufzuheben.
Eine CD mit Brigids Hit darauf, völlig kaputt und verbogen,

die aussah, als hätte jemand sie mit einem Hammer bearbeitet. Jemand, der wütend war, dachte Regan. Sie zog die Tür wieder zu, verschloß sie und rannte mit der CD nach oben. Brigid darf das keinesfalls sehen, dachte sie. Ich werde es nicht zulassen, daß derjenige, der dies getan hat, Brigid alles vermasselt.

Sie saß auf ihrem Bett und starrte auf die CD. Eine lächelnde Brigid starrte durch die zerbrochene Plastikhülle zurück. Die CD erinnerte Regan auf unheimliche Weise an die geköpfte Puppe.

O Brigid, dachte sie, wer will dir Schaden zufügen?

einundvierzig

Dienstag, 1. Juli

Regan schlief unruhig. Im Laufe der Nacht wachte sie immer wieder auf, starrte auf die Uhr und dachte über alles nach, was geschehen war. Schließlich, kurz vor dem Morgengrauen, fiel sie in einen tiefen Schlaf.

Als ihre Augenlider sich flatternd öffneten, schaute sie auf die Uhr; sie hatte das Gefühl, daß sie dies etwa zum zwanzigsten Mal tat, seit sie ins Bett gegangen war. Es war acht Uhr siebenunddreißig.

Für diese Uhrzeit kommt mir das Zimmer zu dunkel vor, dachte Regan. Selbst mit einer Jalousie vor dem Fenster. Und es ist kalt hier und feucht. Sie warf die Decken zurück und hievte sich aus dem Bett. Dann ging sie zum Fenster und zog an der Jalousie. Gehorsam flog sie bis zur Halterolle hoch und entschwand dem Blick bis auf die Schnur, die mehrmals gegen die Decke schlug, bevor sie sich schließlich beruhigte.

Draußen war der Tag grau und bedeckt. Es war noch immer trocken, aber es sah nicht aus, als wenn das Wetter sich halten würde. Regen lag in der Luft.

Oh, toll, dachte Regan. Ein Regentag ist mehr als alles andere dazu geschaffen, jedermann verrückt zu machen.

Gähnend schlüpfte sie in Jeans und ein Sweatshirt und trat in den Flur. Brigids Tür war geschlossen.

Regan ging eilig ins Badezimmer. Der Fliesenfußboden fühlte sich unter ihren nackten Füßen kalt und feucht an. Regentage am Strand, dachte sie, als sie Zahnpasta auf ihre gebogene Zahnbürste drückte, deren Hersteller versprachen, daß sie mehr Zahnstein entferne, als man sich in seinen wildesten

Träumen vorzustellen vermochte. Regentage können dir endlos vorkommen, sie bewirken, daß du dich wieder wie ein Kind fühlst, eingesperrt und ruhelos. Ein Gefühl von Klaustrophobie kann sich einstellen, noch bevor der Boden völlig naß ist.

Regan drehte den Hahn auf und ließ Wasser über ihre Zahnbürste laufen. Du hast deine Rechnungen nicht dabei, die du bezahlen könntest, du hast deine Schränke nicht dabei, die du aufräumen könntest, du hast deine schmutzige Wäsche nicht dabei, die du waschen könntest. Du hast nichts dabei, womit du dich sinnvoll beschäftigen könntest, dachte sie.

Regan starrte in den Spiegel und begann sich die Zähne zu putzen.

Du hast zuviel Zeit, um nachzudenken und dir Sorgen zu machen.

Unten in der Küche fand sie Brigid und Pammy vor, die Kaffee tranken. Brigid war noch im Morgenmantel, aber Pammy war bereits angezogen. Bagels und Donuts lagen auf verschiedenen Tellern, und mehrere Zeitungen lagen aufeinandergestapelt auf dem Tisch.

»Guten Morgen«, sagte Regan.

Brigid lächelte. »Morgen, Regan.«

»Regan, ich hab gerade eine Kanne Kaffee aufgebrüht«, sagte Pammy fröhlich. Sie zeigte auf den Tisch. »Und hier sind Donuts und Bagels. Bedien dich.«

»Danke«, sagte Regan. Sie griff nach einem Becher und schenkte sich Kaffee ein. »Bist du schon einkaufen gegangen?«

»Ja, ich war früh auf. Die Männer gehen erst heute nachmittag zum Golfspielen, deshalb dachte ich, ich hole ein paar Sachen fürs Frühstück und die Zeitungen.«

Das fürsorgliche Hausmütterchen, dachte Regan. In jeder Gruppe gibt es eine Frau, die diese Rolle übernimmt. Sie setzte sich an den Tisch. Ich sollte nicht so boshaft sein. Vor allem, weil diese Donuts wirklich köstlich aussehen. Sie nahm sich einen mit Zuckerguß und biß hinein.

Pammy stellte ihren Becher ab und zögerte einen Moment. Sie zog ihre kleine Nase kraus und strich ihr langes, goldbraunes Haar zurück.

»Brigid hatte eine unruhige Nacht«, sagte sie schließlich.

Ich auch, dachte Regan. Sie wandte sich Brigid zu. »Was ist passiert?«

Brigid sah von ihrer Zeitung auf und machte eine Handbewegung, als wollte sie das ganze Thema vom Tisch wischen. »Ich hatte ein paar schlechte Träume. Nichts weiter.«

»Über das, was gestern passiert ist?«

»Ja«, erwiderte Brigid. »Jemand verfolgte mich mit einer Pistole.«

Pammy stand von ihrem Stuhl auf und stellte sich hinter Brigid. Sie legte ihre Arme auf deren Schultern und begann, sie zu massieren. »Seit seinem Unfall kriegt Kieran manchmal einen steifen Nacken. Er mag es gern, wenn ich ihn ein bißchen durchknete.« Sie arbeitete sich von Brigids Nacken zu ihrem Schädel hoch.

»Wie fühlt sich das an, Brigid?«

»Gut«, sagte Brigid hastig.

Regan dachte, daß es den Anschein hatte, als wäre es ihr unangenehm, sie aber zu höflich war, um etwas dagegen einzuwenden.

»Du bist ziemlich verspannt. Aber das ist eine natürliche Reaktion«, erklärte Pammy mit Entschiedenheit. »Das posttraumatische Streßsyndrom kann sich auf vielerlei Weise manifestieren. Ich habe das bei Patienten beobachtet.« Sie schwieg einen Augenblick. »Ich hab's auch bei mir selbst beobachtet.«

Regan sah sie an. »Tatsächlich? Was ist passiert?«

Pammys Stimme wurde leiser, fast flüsternd. »Als ich noch ein

Kind war, ertrank meine Cousine. Direkt vor meinen Augen. Sie war meine beste Freundin.«

»Pammy, das tut mir schrecklich leid.«

»Es ist schon lange her«, sagte Pammy. »Danach habe ich Erste Hilfe gelernt. Ich sagte mir, wenn so etwas jemals wieder passieren sollte, und ich kann irgend jemandem helfen, der in Not ist, möchte ich wissen, was zu tun ist. Deshalb bin ich neulich nacht sofort in den Pool gesprungen, um Louisa zu helfen. Ich habe damals meiner Cousine nicht helfen können, deshalb hatte ich das Gefühl, ich könnte mein Versäumnis wiedergutmachen, indem ich anderen Menschen helfe. Ich vermute, das ist einer der Gründe, warum ich Krankenschwester geworden bin. Es gefällt mir, Menschen zu helfen. Nichts hat mich jemals zufriedener gemacht, als Kieran wieder gesund zu pflegen ...«

Das glaube ich dir ohne weiteres, dachte Regan.

»... und ihn zu ermutigen, wieder sein Instrument zu spielen.«

»Die Sache mit deiner Cousine tut mir schrecklich leid«, murmelte Brigid.

Pammy nickte. »Es hat mich sehr mitgenommen. Ich träumte immer wieder davon, daß sie nach mir rief. Das war vor über zehn Jahren, und noch heute träume ich manchmal davon.«

Alle schwiegen für einen Moment.

Was für ein Geständnis, dachte Regan. Vor allem zu dieser frühen Stunde.

»Deshalb weiß ich, wie schlimm es sein kann, solche Träume zu haben«, fuhr Pammy fort. »Als ich heute morgen runterkam, Regan, konnte ich an Brigids Gesicht ablesen, daß sie ziemlich durcheinander war.«

»Tja, Gott sei Dank ist die Sache gestern gut für mich ausgegangen. Dank Regan. Hey, ich werde ein Lied darüber schreiben. In der Zwischenzeit ...« Als Pammy aufhörte, sie zu massieren und sich am Tisch niederließ, setzte Brigid sich gerade auf. »Danke, Pammy«, sagte sie und reichte Regan ein paar Zeitungen. »Hier kann jeder lesen, was der Grund für meine Alpträume ist.«

Regan überflog den Artikel in *USA Today.* Es war ein kurzer Bericht über Brigid O'Neill und ihre Fiedel, auf der ein Fluch laste und die zwei junge Burschen zu stehlen versucht hätten, woran sie jedoch durch das rasche Eingreifen von Brigids Leibwächterin gehindert worden seien. In der *Hamptons News* stand ein längerer Artikel, in dem erneut die Frage gestellt wurde, ob die Fiedel wirklich verflucht sei.

»Ich bin überrascht, daß hier gestern nicht eine Menge Reporter aufgetaucht sind«, sagte Regan.

Brigid verteilte ein großes Stück Rahmkäse auf einem Sesambagel. »Vielleicht haben sie's versucht. Wir waren draußen am Strand, und danach habe ich gestern nachmittag lange mit meiner Mutter und Roy telefoniert. Es gibt hier kein Call-waiting, also war die Leitung ständig besetzt. Gestern abend sind wir alle ausgegangen. Ich hatte übrigens recht: Es war eine gute Idee, meine Mutter anzurufen, um sie wissen zu lassen, was passiert war.«

Während Brigid das sagte, klingelte das Telefon.

Sie stand auf.

»Möchtest du, daß ich rangehe?« fragte Regan.

»Nein«, antwortete Brigid lächelnd.

Draußen in der Küche nahm sie den Hörer des schnurlosen Telefons ab.

Regan schaute hinaus auf das Meer. Schaumkronen tanzten auf dem aufgewühlten Wasser, während die Wellen wütend an den Strand donnerten. »Ich weiß nicht, ob die Männer heute nachmittag Golf spielen können«, sagte sie zu Pammy.

»Aber ich weiß es«, antwortete Pammy, während sie sich umdrehte, um auf das Wasser zu schauen, »sie werden bestimmt enttäuscht sein.«

»Spielst du auch Golf?«
Pammy lachte und verdrehte die Augen. »Nein, überhaupt nicht.«
»Nein?« fuhr Regan fort. »Und was machst du dann? Fährst mit ihnen in einem Golfwagen durch die Gegend?«
»Manchmal«, gab Pammy zu. »Manchmal sitze ich auch im Clubhaus und lese.«
Sie scheint ihren Kieran nie aus den Augen zu lassen, dachte Regan. »Gehst du mit ihnen auf Tournee?«
Pammys Gesicht verfinsterte sich. »Ich kann nicht. Ich muß wieder arbeiten. Wenn wir Freitagabend hier abfahren, setzen sie mich in einem Hotel in der Nähe des Kennedy Airport ab, und ich fliege am nächsten Morgen nach Hause.«
»Oh«, sagte Regan. »Wo arbeitest du?«
»Ich bin Privatkrankenschwester in Nashville.«
»Und – wirst du dich im Laufe der Tournee irgendwann mit ihnen treffen?«
»Ich versuche, das irgendwie zu arrangieren.«
Regan drehte sich um und sah, daß Brigid das Zimmer betrat; sie hielt sich das schnurlose Telefon ans Ohr. Sie lachte. »Einen Moment, Roy. Regan, Pammy, wißt ihr was? Mein Album hat ein paar tolle Rezensionen gekriegt!« Brigid sprach wieder in das Telefon. »Was sagst du da, Roy?« Sie schaute Regan an. »Sie haben geschrieben, meine Stimme sei ›voll und rein und‹ ... was? ... und hätte ›ein wunderbares Volumen. Brigids Lieder werden Sie zum Lachen und zum Weinen bringen. Ihre Darbietungen sind großartig‹.« Brigid stampfte mit dem Fuß auf. »Nicht schlecht!«
Regan hob die Hände über ihren Kopf und klatschte. »Brigid, das ist großartig.«
»Wunderbar«, murmelte Pammy.
»Wer hat sonst noch angerufen?« fragte Brigid ins Telefon. Sie war heiter, geradezu ausgelassen; die Dämonen der Nacht

waren anscheinend aus ihren Gedanken verbannt. »Mensch, Leute, Garth und Clint und Dolly haben Roy heute morgen schon angerufen, um sich zu vergewissern, daß mit mir alles in Ordnung ist. Sie haben es in den Zeitungen gelesen. Hey, Roy, sonst noch jemand? Nein!« sagte Brigid mit einem schallenden Lachen. »Es ist ja noch früh. Vielleicht bringt mir die Fiedel am Ende doch noch Glück!«
Regan setzte sich auf ihrem Stuhl zurück. Es war großartig, Brigid so gutgelaunt zu sehen. Gutgelaunt, weil sie großartige Rezensionen für das Album bekommt, das jemand kaputtmachen wollte. Regan erschauderte.
Pammy saß, über die Zeitung gebeugt, ihr gegenüber am Tisch.
»Super«, schrie Regan, während sie das schnurlose Telefon ausschaltete und es auf den Tisch fallen ließ. »Das sieht ja hervorragend aus!«
»Das ist phantastisch!« sagte Regan.
Pammy schaute auf. »Herzliche Glückwünsche, Brigid.«
»Ich danke euch!« Brigid ließ sich auf ihren Stuhl fallen. »Plötzlich sieht der Tag nicht mehr so trübe aus. Ich wünschte nur, daß das Festival nicht erst in drei Tagen stattfinden würde! Ich möchte so schnell wie möglich auf die Bühne und Musik machen!«
»Wenn du am Freitag den Anfang gemacht hast, wirst du praktisch den ganzen Sommer über jeden Abend irgendwo auftreten!« sagte Regan.
»Ich kann es nicht erwarten!«
Pammy stand auf, in der Hand hielt sie ihre Tasse Kaffee. »Ich werd mal nachschauen, ob Kieran schon aufgewacht ist. Ich bin sicher, daß er die gute Nachricht hören möchte.«
Brigids Lächeln erstarrte für einen Moment. »Bitte erzähl es ihm.«
»Auf jeden Fall. Tja, hoffen wir, daß nicht doch noch etwas passiert, was dir den Auftritt vermasselt, Brigid. Auf noch so

einen Tag wie gestern, von dem du dann wieder Alpträume bekommst, können wir gern verzichten.«

»Oh, ich wette, heute nacht sind meine Träume angenehm«, versicherte Brigid ihr mit einem Lächeln. »Daß mein Album so gut ankam, ist für mich wie ein Traum, der wahr geworden ist. Ein Traum, den ich mein ganzes Leben lang geträumt habe.«

Als Pammy das Zimmer verließ, lächelte sie Brigid zu und nickte.

Regan wandte sich Brigid zu. »In ein paar Stunden wird das Wetter umschlagen. Wie wär's mit einem Spaziergang am Strand, bevor es anfängt zu regnen?«

»Ich werde wie auf Wolken wandern«, sagte Brigid. Sie sprang auf. »Komm, gehen wir!«

zweiundvierzig 42

Ned und Claudia waren am Dienstagmorgen schon früh in ihrem Büro. Ned hatte darauf bestanden. Dank der Tatsache, daß er im Radio interviewt worden war, war ihr Büro mit Anrufen für Beratungsgespräche über Feng Shui überschwemmt worden, und Ned war vor Freude fast außer sich. Claudia hatte ihn am Montagabend geradezu zwingen müssen, überhaupt nach Hause zu gehen.

»Ich möchte auf keinen Fall einen Anruf verpassen«, hatte er gejammert.

»Deshalb haben wir ja Voice Mail«, hatte Claudia gesagt. Sie war sehr resolut mit ihm umgegangen. Liebevoll, aber resolut. »Du brauchst deine Erholung.«

Von einem Tag zum anderen war Neds Selbstachtung um ein Vielfaches gestiegen.

Jetzt saß Claudia am Tisch in ihrem Büro und schaute sich Pläne für ein Haus an, dessen Eigentümer ständig seine Meinung über den Grundriß änderte. Ned hatte versucht, ihm klarzumachen, daß er auf keinen Fall neben der Eingangstür ein Badezimmer planen solle. Das bringe Unglück. Aber der Eigentümer wollte unbedingt ein Gästebadezimmer haben, da war nichts zu machen. Nachdem er zufällig im Radio das Interview gehört hatte, hatte er Claudia in höchster Not angerufen. Streichen Sie das Badezimmer neben der Eingangstür und finden Sie einen neuen Platz dafür.

Wie wär's denn, wenn man es in den Garten hinter dem Haus legte? hatte Claudia gedacht. Sie hatte Stunden damit verbracht, die Pläne zu zeichnen, und jetzt drängte er sie, alles zu verändern, bevor die Bauarbeiter mit ihrer Arbeit begannen. Aber sie war glücklich, daß Neds Meinung endlich gefragt war.

Ned steckte seinen Kopf durch die Türöffnung. Er trug einen Blazer, ein Hemd mit Schlips und Blue jeans. Er war der Ansicht, daß er damit zugleich konservativ und modisch wirkte. Die Schuhe waren ein bißchen abgetragen, aber insgesamt war dies eine deutliche Verbesserung.

»Ich fahre zu Darla Wells, Schätzchen«, rief er.

Claudia schaute auf. Heute harmonierten die Farben ihres Stirnbandes mit einem blau-grünen Pullover.

»Viel Glück!« Sie machte das V-Zeichen.

Ned hielt den Daumen in die Höhe und ging zu seinem Wagen. Er hatte den Auftrag, Darla in Sachen Feng Shui zu beraten. Sie könnte ihm eine Menge weiterer Aufträge in den Hamptons vermitteln. Gestern nachmittag hatte sie ihn angerufen und ihn gebeten, heute morgen als erstes bei ihr vorbeizukommen. Wenn sie ihren Freunden davon erzählt – wer weiß, was dann noch alles passiert?

Und all dies geschah, weil er zu der Dinnerparty in Chappy Tinkas Haus eingeladen worden war! Was war das für eine Nacht gewesen! Ned stieg in den Range Rover und fädelte ihn in den Verkehrsfluß der Main Street in Southampton ein. Darla lebte in East Hampton; es würde mehr als eine halbe Stunde dauern, bis er dort ankam. Aber er hatte reichlich Zeit für die Fahrt.

Während er in Richtung Route 27 fuhr, warf er einen Blick auf den bewölkten Himmel. Das Wetter scheint schlecht zu werden, dachte er. Wenigstens ist es gut für die Ladenbesitzer und das Theater und die Restaurantbesitzer. Sämtliche Urlauber werden versuchen, sich irgendwie zu beschäftigen.

Die Musik im Radio mitsummend fuhr er die Straße entlang. Er dachte über seinen Auftrag nach und wie wichtig dieses Treffen für seine Zukunft sein könnte. Genau siebenundfünfzig Minuten später, als er in Darla Wells Straße einbog, stöhnte er laut auf.

Eine Sackgasse! Sie wohnt in einer Sackgasse! Nach den Regeln des Feng Shui war das sehr schlecht. Er ruckte mit seinem Kopf vor und zurück. Vermutlich bleibt uns nichts anderes übrig, als das Beste daraus zu machen.

Er fuhr mit seinem Fahrzeug sehr langsam die lange, weiße, kiesbedeckte Zufahrt hinauf. Er war froh zu sehen, daß das Grundstück flach war und daß keine Bäume die Eingangstür blockierten. In dieser Hinsicht gab es kein drohendes Unheil, über das man sich hätte Sorgen machen müssen. Und Gott sei Dank gab es in ihrer Adresse keine Vier.

Das Haus sah sehr imposant aus. Es war groß und weiß und hatte das traditionelle Aussehen der Häuser in den Hamptons. Eine umlaufende Veranda und ein großer, saftiggrüner Rasen mit Bäumen und Blumen vervollständigten den Eindruck, daß es sich hier um altes Geld handelte.

Ned ging die Stufen zur Veranda hinauf, klingelte an der Tür und blieb dann wartend davor stehen, wobei er nervös mit den Fingern auf seine Aktenmappe trommelte.

Er wartete.

Er schaute auf seine Uhr. Sie zeigte neun Uhr dreißig; er war wie immer sehr pünktlich. Er hatte sogar für ein paar Minuten in der Stadt angehalten und sich einen Becher Kaffee gekauft, damit er nicht zu früh kam, was genauso schlecht ist wie zu spät, wenn dein Lebensziel Harmonie und Ausgleich ist.

Entmutigt drückte er noch einmal auf die Klingel. Er konnte fühlen, wie sein ganzer Körper in sich zusammenzusacken begann.

Plötzlich wurde die Tür aufgerissen. Darla Wells, in rosa Stretchhosen und einem schwarzen Oberteil, stand vor ihm und stammelte irgendeine Entschuldigung. Ned hatte sie noch nicht persönlich kennengelernt, aber er hatte ihr Foto auf den

Gesellschaftsseiten der Zeitschrift *Hamptons* und in *Dan's Paper* gesehen. Ihr blond gesträhntes Haar war schulterlang. Ihre Rehaugen und ihre olivfarbene Haut ließen sie irgendwie exotisch aussehen. Sie war ein völlig anderer Typ als seine Claudia.

»Es tut mir leid«, sagte sie und fuhr sich mit einer Hand, die von einem dicken Diamantring beschwert war, durchs Haar. »Ich habe gerade mit meinem Agenten telefoniert. Wir sind dabei, zu entscheiden, welche Lieder ich Freitagabend auf dem Konzert singen werde.«

»Oh, wie wunderbar«, erwiderte Ned, während er ihr ins Haus hinein und ins Wohnzimmer folgte.

»Tja, ich weiß nicht, ob es wirklich so wunderbar ist«, sagte sie. »Es ist schwer, die Auswahl zu treffen. Ich kenne so viele gute Songs, die ich singen möchte, aber ich habe nicht genügend Zeit dafür.«

Neds Blicke flogen wild durchs Zimmer. Obwohl es geschmackvoll möbliert war, wartete hier noch sehr viel Arbeit auf ihn.

»Ich habe von Ihnen gehört, als ich mir gestern das Haar machen ließ«, sagte Darla. Sie bedeutete ihm, sich auf die Couch zu setzen.

»Oh, ich dachte, sie hätten die Sendung im Radio gehört«, erwiderte er, während er sich vorsichtig auf einer makellos weißen Couch niederließ, die zu seiner Erleichterung genau richtig plaziert war.

»Nach Brigid O'Neills Interview habe ich den Apparat abgeschaltet.« Darla setzte sich auf das andere Ende der Couch.

Na, toll, dachte Ned.

Darla fuhr fort: »Jemand im Frisiersalon redete über Ihr Interview und sagte, es sei sehr interessant gewesen.«

»Das freut mich«, sagte Ned.

»Was für ein Mensch ist Brigid O'Neill denn eigentlich?«

»Sie ist sehr nett. Sie mag Feng Shui.«

»Feng was? Was ist das denn?«

»Das ist der Grund, weswegen Sie mich gerufen haben, nicht wahr?« sagte Ned mit einem höflichen Lächeln.

»Ja, natürlich! Natürlich! Sie stellen Möbel um.«

Ned biß die Zähne zusammen. »Es geht dabei um etwas mehr als das. Es geht darum, harmonisch zu leben und die Energie seiner Umgebung zu nutzen, um Reichtum, Glück und Ruhm zu erlangen.«

»Genau!« Darla schlug ein Bein über das andere und begann, mit der Fußspitze zu wippen. »Reichtum ist nicht mein Problem. Es ist der Ruhm, an dem ich interessiert bin.«

Ned kratzte sich am Kinn und sah sich um. Bevor er antworten konnte, stellte Darla ihm noch eine weitere Frage.

»Haben Sie das auch für Brigid O'Neill getan?«

Ned sah sie an. »Nein. Wie könnte ich das? Sie wohnt in Nashville. Aber gestern sagte sie mir, sie möchte, daß ich nach ihrer Tournee mal runterfliege und einen Blick auf ihr Haus werfe.«

»Also ist sie auch ohne Feng Shui berühmt geworden.«

»Ja. Aber sie wird noch berühmter, wenn sie es wirklich anwendet. GARANTIERT!« sagte Ned mit Nachdruck.

»Sie wohnt drüben in Southampton«, bemerkte Darla.

»Ja«, sagte Ned. »Auf Chappys Anwesen.«

»Wie ich hörte, haben Sie dort an der Dinnerparty teilgenommen, über die ich gestern in der Zeitung las.«

»Ja. Und heute steht wieder eine Menge über Brigid O'Neill in den Zeitungen. Und zwar in den überregionalen!«

Darla spürte, wie sich ihr der Magen umdrehte.

»Warum?«

»Gestern tauchten ein paar Kids auf Chappys Anwesen auf und behaupteten, sie wollten Brigid für die Schülerzeitung interviewen. Sie ließ sie ins Haus, und sie versuchten, ihre Fiedel zu rauben. Aber sie hat eine Leibwächterin, die die Sache in die Hand nahm.«

»Sie hat eine Leibwächterin?«

»Ja. Möchten Sie jetzt über Feng Shui reden?«

»Natürlich.«

Ned stand auf. »Ich würde gerne einmal mit Ihnen durch das Haus gehen und Sie auf ein paar Dinge hinweisen, die Sie tun könnten.«

Darla nickte. »Ich folge Ihnen.«

»Vor allem«, sagte Ned, »sollten Sie im linken Bereich des Hauses, der die Reichtum-und-Kraft-Ecke ist, einen Kristall aufstellen ... Hängen Sie ein paar Spiegel hinter den Küchenherd, um noch mehr Reichtum zu schaffen ... Stellen Sie Ihr Bett gegenüber der Tür auf. Wären Sie ein Single, würde ich Ihnen raten, es nicht an eine Wand zu stellen, weil Sie dann möglicherweise für eine Beziehung blockiert wären ...«

Darla lief hinter ihm her und machte sich eifrig Notizen. Ich werde alles tun, was mir hilft, berühmt zu werden, dachte sie.

Eine Stunde später fuhr er nach Hause, glücklich, daß sie einen Vertrag für eine gründliche Analyse ihres Anwesens ›Vier Säulen der Weisheit‹ unterschrieben und anscheinend das Bedürfnis hatte, ihren Freunden von ihm zu erzählen.

Er hatte versprochen, mit Claudia in ihre Garderobe zu kommen und Darla am Freitagabend vor ihrem Konzert zu begrüßen. Ich werde Blumen mitbringen müssen, dachte er. Man muß dem Kunden ein wenig schmeicheln.

Er konnte es nicht erwarten, Claudia von dem Treffen zu erzählen. Ich weiß, was ich sonst noch tun möchte, dachte er. Heute nachmittag werde ich zu Chappys Anwesen hinüberfahren und mir das Gästehaus anschauen. Eine kostenlose Feng-Shui-Beratung. Ich werde es Chappy nicht erzählen. Es soll eine Überraschung für ihn sein. Schließlich habe ich es ihm zu verdanken, daß die Dinge endlich ins Rollen gekommen sind.

Ned lächelte selbstzufrieden. Es gab nur eine einzige Sache, die ihn störte. Warum fragte Darla Wells ihn ständig über Brigid O'Neill aus?

dreiundvierzig

Brigid und Regan waren ein ganzes Stück barfuß am Strand entlanggewandert, bevor sie umkehrten und wieder zurückgingen. Der Himmel sah aus, als könnte er sich jede Minute öffnen, und sie wollten nicht von einem Wolkenbruch überrascht werden. Es war ein gutes Gefühl, draußen in der frischen Luft zu sein und den kühlen Sand an den Füßen zu spüren.

Brigid hob ein paar Steine auf und warf sie in das aufgewühlte Wasser. »Ich bin so aufgeregt, Regan«, sagte sie. »Diese Rezensionen sind so wichtig. Roy sagt, von ihnen hängt es ab, ob man auch für wichtige Shows engagiert wird.«

»Du solltest auch Austin die guten Neuigkeiten wissen lassen«, sagte Regan. »Und du solltest ihn über die gestrigen Abenteuer informieren, bevor er darüber in der Zeitung liest. Er hat sich wirklich Sorgen um dich gemacht.«

»Ich weiß«, sagte Brigid. »Er ist ein so fürsorglicher Cousin. Wir beide sind wie Bruder und Schwester. Ich werde ihn anrufen, sobald wir wieder im Haus sind.«

Wenig später erreichten sie Chappys Anwesen und gingen zu dem Platz, an dem der Tourneebus und Peace Mans Wohnmobil geparkt waren.

»Da wirst du also den Sommer verbringen?« Regan zeigte lächelnd auf den Bus.

»Ich schlafe mit den Füßen in Richtung Frontseite, falls der Fahrer plötzlich bremsen muß.«

»Wirklich?« sagte Regan. »Das ist vermutlich eine gute Idee.«

Plötzlich hörten sie das wütende Gekläff von Bettinas

Hündchen. Tootsie kam mit kleinen, federnden Sätzen von der Vorderseite des Hauses auf sie zugesprungen und begann, Peace Mans Wohnmobil anzubellen.
Man konnte Bettinas Stimme hören, die ihm hinterherlief. »Nein, Tootsie. Nein. Mama hat gesagt, du sollst nicht bellen. Nein.«
Anscheinend war Tootsie nicht ihrer Meinung. Der kleine Hund stand zwischen dem Tourneebus und dem Wohnmobil und bellte sich die Seele aus dem Leib.
Bettina und Garrett tauchten an der Vorderseite des Hauses auf.
Als sie und Brigid an ihnen vorbeigingen, winkte Regan ihnen zu. »Hi!« rief sie.
»Hi!« rief Bettina.
Verkauft er ihr gerade Aktien oder diskutieren sie über die Miete für das Sommerhaus? fragte sich Regan. Oder spielt sich vielleicht etwas ganz anderes zwischen ihnen ab?
Peace Man kam aus seinem Wohnwagen und machte das Friedenszeichen in Richtung Bettina und Garrett.
»Vergib uns, Peace Man«, sagte Bettina. »Tootsie ist heute ein bißchen gestreßt.«
Peace Man nickte, schloß die Tür seines Wohnwagens zu, schwang sich auf sein Fahrrad und fuhr davon.
Was für ein verrückter Kerl, dachte Regan.
In der Küche saßen Teddy, Kieran und Hank über ihrem Frühstück am Tisch und lasen die Zeitungen. Pammy war eifrig damit beschäftigt, ihre Kaffeetassen nachzufüllen.
»Herzliche Glückwünsche«, sagte Kieran zu Brigid. »Großartige Rezensionen!«
»Wir sind stolz auf dich«, fügte Teddy liebevoll hinzu.
»Ja, genau«, stimmte Hank ihm zu.
»Stolz auf *uns!*« korrigierte ihn Brigid. »Ihr habt auch euren Anteil daran.«

Bei diesen Worten krachte ein Donnerschlag und rollte über den Himmel.
»Trommelwirbel, bitte«, sagte Brigid und blickte zur Zimmerdecke empor.
Ein zweites Krachen erfüllte den Raum.
Alle lachten, als der Regen herunterzuprasseln begann.
Pammy reichte Kieran den Gummiball, den er für seine Therapie brauchte. »Warum drückst du ihn nicht ein bißchen, während du die Zeitungen liest, Schätzchen?« schlug sie vor.
»Später«, sagte er.
Die Regentropfen schlugen auf das Dach und prallten wieder zurück, während Blitz und Donner durch die Luft krachten. Danach verbrachten sie alle den größten Teil der nächsten achtundvierzig Stunden im Gästehaus, während es regnete und regnete.

Später am Nachmittag, nachdem alle ein bißchen genascht und gelesen oder ferngesehen hatten, ging Brigid nach oben, und Kieran, Pammy, Hank und Teddy fuhren in die Stadt, um Brot fürs Abendessen zu kaufen. Regan saß auf der Couch und las, als es klopfte. Sie schaute auf und sah Ned Alingham, der vor der Tür stand und einen Schirm über seinen Kopf hielt.
Sie stand auf und ließ ihn herein.
»Hallo, Regan«, sagte er.
»Ned, was ist los?«
»Ich möchte dich nicht stören. Ich dachte, ich schaue mir mal rasch den Wohnbereich hier an, um zu sehen, was ich zu seiner Verbesserung tun kann. Ich möchte Chappy damit überraschen. Wenn ihr alle fort seid, werde ich mir die Schlafzimmer anschauen und sämtliche Möbel umstellen. Kostenlos, wie ich hinzufügen möchte.«
Regan hob die Augenbrauen. »Großartig«, sagte sie und fragte

sich, wie es möglich sei, in einem so kurzen Zeitraum so viele seltsame Menschen kennenzulernen.
Ned legte seinen Schirm auf den Boden und schaute sich im Zimmer um. »Aha!« rief er aus. »Würdest du mir bitte sagen, was die Couch da vor dem Fenster zu suchen hat, während sie eigentlich an der Wand mit Blick aufs Fenster und den schönen Ozean stehen sollte?«
»Ich hab keine Ahnung«, sagte Regan.
»Könntest du mir vielleicht helfen, sie umzustellen?« fragte er.
»Ja, sicher.«
Die Couch war schwer wie eine Tonne Backsteine. Ächzend schoben sie sie gegen die Wand mit der Tür, an der der Griff fehlte.
»Ich habe noch nie eine Tür ohne Knauf gesehen«, erklärte Ned. »Ich muß mal nachschauen, was das im Feng Shui bedeutet. Da sie keinen Griff hat, sehe ich keinen Grund, warum wir die Couch nicht direkt davorstellen können.«
Regan setzte sich auf die soeben umgestellte Couch. »So ist es viel besser«, sagte sie. Sie hatte ebenfalls nichts dagegen, daß die Tür blockiert war. Was mochte Chappy in dem Keller verstecken? Wenn man von außen durch die Fenster schaute, sah er dunkel und leer aus. Sie wünschte sich, daß sie nicht so klein wären, damit man sich hindurchzwängen könnte.
»Es öffnet den Raum für Frieden und Harmonie«, erläuterte Ned ihr voller Stolz. »Ich verspreche dir, daß du den Unterschied spüren wirst.«
Er schaute sich im restlichen Bereich des Erdgeschosses um. »Gar nicht so schlecht«, sagte er. »Ich möchte euch jetzt nicht stören. Wie ich schon sagte – ich komme zurück, wenn ihr fort seid. Bitte sag Chappy nicht, daß ich hier war. Ich möchte ihn überraschen, wenn das ganze Haus fertig ist.«
»Meine Lippen sind versiegelt«, versicherte ihm Regan.
»Ich sehe dich beim Konzert.«

»Genau.« Regan begleitete ihn zur Tür und sah ihm zu, wie er vor den Eingang trat und seinen Schirm mit Schwung öffnete. Mit großen, energischen Schritten ging er den Weg zu seinem Wagen hinunter.
Da geht jemand, der Spaß an seiner Arbeit hat, dachte Regan. Sie wandte sich um und schaute auf die neu plazierte Couch. Aber er hat recht. Es sieht tatsächlich sehr viel besser aus. Die Frage ist: Was wird Chappy davon halten?

vierundvierzig

Er sah aus dem Fenster seiner Hütte und seufzte. Schau dir doch bloß diesen Regen an! Es regnete Katzen und Hunde, wie seine Mutter immer zu sagen pflegte.

Und jetzt? Er konnte unmöglich am Strand von Brigids Haus spazierengehen. Nicht bei diesem Wetter. Man würde ihn für verrückt halten und ihn einsperren.

Aber ich bin nicht verrückt! dachte er.

Er schaltete den Fernsehapparat an. So viele seiner liebsten Spielshows waren im Laufe der Jahre abgesetzt worden. Warum mußten sie »Supermarket Sweep« streichen? Und »Hollywood Squares?« Und »I've got a secret«?

Er brach in lautes Gelächter aus. »I've got a secret«. Das war wirklich eine gute Show gewesen. Ich habe auch ein Geheimnis, dachte er.

Wie wär's mit: »Honeymoon«? Er würde liebend gern in dieser Show auftreten – mit Brigid als Partnerin. Er setzte sich aufs Bett, und plötzlich überfiel ihn eine tiefe Depression.

Ich möchte sie sehen! Aber ich kann es nicht, bevor es aufgehört hat zu regnen! Es sollte lieber bald aufhören, oder ich drehe durch, dachte er.

Brigid wartet auf mich. Ich weiß einfach, daß sie es tut.

Heute ist Dienstag, und am Freitag fährt sie ab. Ich muß unbedingt vorher an sie herankommen, und dieses verdammte Wetter spielt nicht mit!

Er zog sich die Bettdecke über den Kopf, rollte sich zu einem Ball zusammen und weinte.

fünfundvierzig 45

Dienstag, 2. Juli

»REGEN, REGEN GEH DOCH FORT, GEH AN EINEN ANDEREN ORT UND KOMM ERST SAMSTAG WIEDER!« jammerte Chappy am Fenster seines Arbeitszimmers. »WENN DU ÜBERHAUPT WIEDERKOMMEN MUSST!«

Es war Teestunde. Duke saß auf seinem Stuhl vor Chappys Schreibtisch, trank in kleinen Schlucken aus seinem Becher und schüttelte seinen Kopf. »Da draußen ist es naß«, sagte er.

»Natürlich ist es draußen naß! Es regnet seit eineinhalb Tagen ununterbrochen!« stöhnte Chappy. »Wie soll ich an meine Fiedel rankommen?«

»Ich weiß es nicht. Anscheinend wollen sie das Haus nicht verlassen. Und man kann unmöglich verfolgen, wo jeder sich gerade aufhält«, sagte Duke. »Als ich anrief, um zu fragen, ob sie irgend etwas brauchen, sagte Regan, sie beschäftigten sich damit, zu lesen, fernzusehen, die Zeit zu vertrödeln, zu schlummern und Brettspiele zu spielen.«

Chappy sah Duke durchdringend in die Augen. »Brettspiele?«

»Ja. Parcheesi, Monopoly, Rutschen und Leitern …«

»Wo kommen die denn her?«

»Im letzten Jahr, als deine Cousins dich besuchten und du keine Zeit mit ihnen verbringen wolltest, hast du mir gesagt, ich solle ein paar Spiele kaufen.«

Chappy schlug mit der flachen Hand auf den Tisch. »Ja, genau.« Er legte seine Hände an seine Schläfen. »Ich hab Kopfschmerzen, die bestimmt erst weggehen werden, wenn ich endlich diese Fiedel in den Händen halte.«

Duke sah ihn an. »Würdest du dich besser fühlen, wenn wir rübergingen und ein wenig lauschten?«
Chappys Gesichtsausdruck wurde ein wenig milder. »Vielleicht«, sagte er auf eine Weise, die bedeutete: »Ja, aber du mußt mich dazu zwingen.«
Duke stand auf. »Laß uns gehen.«
Innerhalb von Minuten waren sie im Keller des Gästehauses. Über ihnen erklang Musik.
Duke spitzte die Ohren. »Es klingt, als übten sie.«
»Ohhhhh«, stöhnte Chappy.
Sie standen auf den Stufen und hörten zu, wie Brigid sang. Chappys Augen füllten sich mit Tränen. So möchte ich auch singen können, dachte er. Und mein eigenes Theater haben und auf der Bühne auftreten.
Die Musik hörte auf, und mehrere Leute applaudierten.
»Wer ist das?« flüsterte Chappy Duke zu.
»Ich glaube, Angela und Garrett und Kit sind da drinnen«, antwortete Duke seufzend.
Eine weibliche Stimme fragte: »Sollen wir heute zum Dinner in ein Restaurant gehen?«
Chappy ergriff Dukes Arm und wartete gespannt.
»Neiiin«, sagten die anderen im Chor.
»Zu viele Leute.«
»Man findet keinen Parkplatz.«
»Mein Haar wird kraus.«
»Wir werden alle naß.«
»Wir lassen uns was kommen und leihen uns ein paar Filme aus.«
»Gute Idee!« stimmten alle dem Vorschlag zu.
Chappy schüttelte wehmütig den Kopf, da ihn jede einzelne Antwort in tiefster Seele verletzte. Duke klopfte ihm auf den Rücken. Schweigend gingen sie durch den Tunnel zurück und betraten wieder Chappys Arbeitszimmer.

»Ich verstehe es nicht, Duke«, sagte Chappy und unterdrückte mühsam einen Seufzer. »Warum muß alles so schwierig sein?«
Duke räusperte sich und begann, den Titelsong aus dem Broadway-Musical *Annie* zu singen. »The sun will come out, tomorrow, bet your bottom dollar that tomorrow, there'll be sunnnnnn.«
Chappy sah ihn mit einem Ausdruck von Ekel an, den Duke nie zuvor an ihm gesehen hatte. »RAUS MIT DIR!«
»Okay, Mann, tut mir leid.« Duke stand auf und ging hinaus. Nachdem er die Tür hinter sich zugezogen hatte, blieb er stehen und wartete auf den dumpfen Aufprall von Chappys durch die Luft geschleudertem Schuh, der Kontakt mit der anderen Seite des Holzes aufnahm.
Chappy enttäuschte ihn nicht.
Er wird darüber hinwegkommen, dachte Duke. Aber eines wünsche ich mir: daß es zu regnen aufhört. Er schaute auf seine Armbanduhr: siebzehn Uhr fünfundvierzig. Zeit, mir etwas zu essen zu holen, dachte er, und meinen Text zu lernen. Mit federnden Schritten ging er in Richtung Küche.

sechsundvierzig

Arnold Baker saß an seinem Schreibtisch und lauschte, wie der Regen gegen seine Fenster prasselte. Bei jedem lauten Tropfen erschauderte er. Das Konzert sollte in zwei Tagen stattfinden, und das Wetter sah nicht so aus, als würde es sich aufklaren. Wenn das Konzert abgesagt werden müßte, dann würde es das College ein Vermögen kosten. Es waren viel zu viele Tickets verkauft worden, als daß man es in einem geschlossenen Raum hätte abhalten können.

Also: Regen verboten.

Und nach dem Freitag waren die Bands und die Sänger alle irgendwo anders engagiert. Alle, die bei dem Konzert auftraten, außer Darla Wells. Er lachte unglücklich. Sie kann am Samstag das Konzert allein bestreiten und sich das Herz aus dem Leib singen, dachte er. Sie kann jedes einzelne Lied singen, das sie jemals in ihrem Leben gehört hat. Sie ist jetzt wahrscheinlich draußen in East Hampton und vollführt einen Regentanz.

Dot steckte ihren Kopf in die Tür. »Ich geh nach Hause. Schauen Sie doch nicht so deprimiert drein. Wie ich gehört habe, soll gutes Wetter im Anzug sein.«

»Wo ist es denn jetzt?« fragte Arnold. »Im Südpazifik?«

»Nein.« Dot lachte. »Es kommt vom Pluto.«

Arnold schüttelte den Kopf.

»Oh, bevor ich es vergesse«, sagte Dot. »Wenn Sie mit Regan Reilly sprechen, sagen Sie ihr bitte, daß meine Freundin Cindy, diejenige, die die Puppen gemacht hat, auf dem Anrufbeantworter ihrer Tochter eine Botschaft hinterlassen hat. Sie haben irgendwo angelegt und warten darauf, daß der Sturm vorüberzieht.« Dot winkte. »Gute Nacht.«

Arnold winkte ihr zögernd zu. »Nacht.« Ich werde bestimmt keine *gute* Nacht haben, bevor dieser schreckliche Regen nicht aufhört, dachte er. Und bevor der Rasen wieder trocknet und sich nicht mehr so leicht in eine Matschfläche verwandeln kann.

Ist das zuviel verlangt? fragte er sich. Sollte das wirklich zuviel verlangt sein?

Er stand von seinem Schreibtisch auf, schaltete die Lampen aus und fuhr nach Hause.

Als er aus der langen Zufahrt zum Welth College hinausfuhr, betrachtete Arnold betrübt den Rasen, der aussah, als würde er noch tagelang naß und matschig sein.

siebenundvierzig

Ballyford, Irland

Malachy war damit beschäftigt, sein Cottage zu putzen und aufzuräumen. Wenn ich ins Ausland fahre, dachte er, dann will ich hier alles sauber zurücklassen. Denn wenn ich sterbe, dann möchte ich nicht, daß man denkt, ich wäre schlampig gewesen.
Leise vor sich hinsingend setzte er sich hin und begann, einen Stapel alter Zeitungen durchzusehen, die neben dem Kamin lagen und sich im Laufe des letzten Monats angesammelt hatten. Brigid wird sich schrecklich freuen, dachte er. Wenigstens hoffe ich, daß sie es tun wird!
Er hatte alles sorgfältig geplant. Er würde am Donnerstag zum Kennedy Airport fliegen, dort übernachten und dann am Freitag einen Bus in die Hamptons nehmen. Er würde Brigid bei dem Konzert überraschen.
Je länger er darüber nachgedacht hatte, daß er ihr Konzert besuchen würde, desto sinnvoller erschien es ihm. Und desto mehr gewann er den Eindruck, daß er das Ganze schon vor langer Zeit hätte planen sollen. Ich werde älter, und wie oft werde ich noch eine solche Chance bekommen? dachte er. Eine Chance, mit anzusehen, wie jemand, den man liebt, so viel Erfolg hat. Er kannte Irland wie seine Westentasche, hatte das Land jedoch nie verlassen. Es war höchste Zeit, wirklich. Das Ticket war teuer, aber wofür sollte er sein Geld sparen? Nicht, daß er viel davon gehabt hätte.
Brigids Mutter und ihre Tante hatten das für eine wunderbare Idee gehalten. Sie konnten es nicht erwarten, wenn er in einer Woche zurückkehrte und ihnen alles darüber erzählte. Er

wollte nicht länger als eine Woche fortbleiben. Ein paar Tage in den Hamptons, und danach würde er nach New York City fahren und ein paar alte Kumpels aufsuchen, die dorthin gezogen waren. Das würde genügen.

Ein grüner Papierstreifen, der seitlich aus einer der Zeitungen heraushing, flatterte zu Boden. »Was ist denn das?« sagte er zu sich selbst. Er hob ihn auf und sah ihn sich genau an. »›Hamptons Wagenwäsche. Gutschein für eine kostenlose Wäsche‹«, las er. Das Datum, das daraufgestempelt war, lautete 15. Juni. Wie kommt das denn hierher? dachte er. Ich besitze doch noch nicht einmal einen Wagen. Und ich will jetzt erst in die Hamptons reisen.

Keiner meiner alten Kumpels hat mich in letzter Zeit hier besucht. Malachy lehnte sich auf seinem Stuhl zurück. Er schaute auf den Stapel Zeitungen, in denen der Coupon versteckt gewesen war. Sie waren alle vom Juni.

Ob dieser Gutschein wohl von dem Dieb, der die Fiedel gestohlen hat, hier fallengelassen wurde? Wo könnte er sonst herkommen?

Der Gedanke machte ihn nervös. Hielt sich der Betreffende im Augenblick in den Hamptons auf? In der Nähe von Brigid?

Ich werde den Gutschein mit nach New York nehmen und ihn dieser Regan Reilly zeigen, dachte Malachy. Ich möchte wissen, was sie davon hält. Sie scheint sehr tüchtig zu sein, da sie so gut auf unsere Brigid aufgepaßt hat.

Er legte den Zettel in seine Brieftasche.

Nur noch zwei Tage, dachte er, dann bin ich endlich bei Brigid. Ich kann es nicht erwarten.

achtundvierzig

Regan stand in der Türöffnung von Brigids Zimmer. Sie waren beide die Treppe zum ersten Stock hinaufgestiegen, um ins Bett zu gehen. Kit und Angela waren gerade zu ihrem Haus hinübergelaufen, nachdem sie vorher zusammen mit Brigid und Regan zu Abend gegessen und sich einen Film angeschaut hatten.

»Morgen früh müssen wir noch mal zum Radiosender«, sagte Regan. »Meinst du, du bist fit genug dafür?«

»Ich sollte es eigentlich sein«, erwiderte Brigid. »Ich habe zwei Tage lang nichts anderes getan, als mich auszuruhen.«

»Sie werden den Gewinner des Wettbewerbs verkünden. Was glaubst du – wofür stehen die Initialen CT?«

Brigid schwieg einen Moment. »Wie wär's mit Chappy Tinka?« platzte sie heraus.

Regan lachte. »Daran habe ich noch gar nicht gedacht«, sagte sie kopfschüttelnd. *»Du* solltest den Preis gewinnen, Brigid!«

»Tickets für mein eigenes Konzert! Falls es jemals zu regnen aufhören sollte!«

»Das wird es bestimmt«, versicherte ihr Regan. »Gute Nacht, Brigid.«

»Gute Nacht, Regan.«

Regan ging lächelnd zur anderen Seite des Flurs und schloß die Tür.

Später, als sie im Dunkeln wachlag, dem Regen lauschte und auf jenen magischen Augenblick wartete, in dem sie einschlafen würde, fand sie die Sache nicht mehr so lustig. Die Preis-

verleihung war vielmehr ein weiterer Punkt, der ihr Sorgen machte.
Regan wickelte sich in die Bettdecke. Nur noch zwei Tage. Brigid wird mir fehlen, aber ich bin froh, wenn sie nicht mehr hier, sondern endlich in Sicherheit ist.
Ich bin wahrscheinlich verrückt, aber ich kann die Initialen CT nicht aus meinen Gedanken verbannen. Chappy Tinka! Das ist wirklich ein seltsamer Zufall.
Regan rollte sich zur Seite und schlief endlich ein. Sie träumte von Türen, die keine Griffe hatten.

49 neunundvierzig

Dienstag, 3. Juli

Als Regan aufwachte, hörte sie, daß es noch immer regnete. Aber das Geräusch der Tropfen, die auf die Blätter der Bäume fielen, klang irgendwie weicher, gedämpfter, als hätte der Regen ein wenig nachgelassen.
Sie stand auf, zog die Jalousie hoch und schaute hinaus. Ist das ein kleiner Spalt in den Wolken? fragte sie sich. Wollen wir's hoffen, dachte sie, als sie begann, sich fertig zu machen.

Unten in der Radiostation war ziemlich viel los. Brad und Chuck waren regelrecht aufgekratzt. Es war eine gute Woche gewesen. Seitdem Brigid am Montag in ihrer Sendung aufgetreten war, hatten die Leute ihr Radio auf ihren Sender eingestellt und ständig bei ihnen angerufen. Die aufregenden Ereignisse in Brigids Leben, die darauf folgten, hatten der Begeisterung ebenfalls keinen Abbruch getan. Die Leute begannen, auf den neuen Sender aufmerksam zu werden!
Jetzt saß Brigid mit den beiden im Studio; sie hatte, während eine Serie von Werbespots lief, ihre Kopfhörer angelegt. Louisa und Regan saßen mit dem Ingenieur im Kontrollraum.
»Ich hab mir gestern abend Brigids Webseite angeschaut«, flüsterte Louisa.
»Gab es da irgend etwas Ungewöhnliches?« fragte Regan.
»Nein. Aber sie bekommt mittlerweile eine Menge Mail!«
»Laß mich mal schauen, ob mir irgend etwas daran seltsam vorkommt.«
»Okay.« Louisa zog ein paar Papiere aus einem Ordner. »Ich dachte, Brigid würde sich gerne einmal diese Bilder anschauen,

die ich ausgedruckt habe. Sie waren gestern abend neu im Web.«

Regan schaute sich die Fotos an. Es waren Aufnahmen von Brigid, wie sie Autogramme gab und die Fiedel spielte. Auf einem Gruppenfoto der Band sah man auch Pammy, die ihren Arm um Kieran geschlungen hatte. Wie hat Pammy es geschafft, auf ein Foto der Band zu kommen? fragte sich Regan. Auf jeden Fall drängt sie sich irgendwie immer in den Mittelpunkt. Ich kann mir nicht vorstellen, daß Brigid allzu begeistert darüber sein wird. »Ich werde sie Brigid später geben, Louisa. Vielen Dank.« Regan schob die Seiten in ihre Tasche.

»Wir sind zurück!« sagte Chuck. »Und wir haben großartige Nachrichten für diejenigen von euch, die, so wie wir, sich gerade irgendwo mitten im Haus aufhalten und nicht in der Nähe eines Fensters. Der Regen hat aufgehört! Die Sonne ist wieder da! Das ist eine offizielle Mitteilung!«

»Du sagst es, Partner«, frohlockte Brad. »Der Boden kann rasch wieder trocknen, und morgen abend findet das Konzert statt. Der Wetterbericht sagt, daß wir gutes Segelwetter und einen sonnigen Himmel haben werden. Wie findest du das, Brigid?«

»Ich bin begeistert! Nur noch ein Tag, und wir stehen da draußen auf der Bühne und spielen unsere Musik!«

»Was uns«, sagte Chuck, »daran erinnert, daß wir heute den Gewinner unseres Wettbewerbs verkünden. Er wird natürlich zwei kostenlose Tickets für das Konzert erhalten und ein Exemplar der heißen – und ich meine wirklich heißen – neuen CD, *Brigid,* sowie die Chance, Brigid O'Neill persönlich kennenzulernen.«

»Für diejenigen von euch, die sich gerade eingeschaltet haben«, ergänzte Brad, »möchte ich sagen, daß wir einen Wettbewerb veranstaltet haben, um zu sehen, wer die beste Erklärung dafür findet, was die Initialen CT, die in Brigids berühmte Fiedel eingeschnitzt sind, bedeuten.«

Brigid beugte sich zum Mikrofon herunter. »Ich kann es nicht erwarten, das Ergebnis zu hören.«
»Tja, Brigid« – Chuck sah sie mit einem schelmischen Lächeln in den Augen an –, »die Erklärung, die wir ausgewählt haben, ist simpel, aber wir glauben, daß sie am besten paßt ...«
Brigid lachte. »Wie lange wollt ihr mich noch auf die Folter spannen?«
»Nicht sehr viel länger«, versicherte ihr Brad. »Er hat nur Spaß daran, die Sache ein bißchen in die Länge zu ziehen.«
Chuck ignorierte ihn. »Diejenige, die uns – und wir glauben auch dir – am sinnvollsten erscheint, ist ... Trommelwirbel bitte ... COUNTRY-TANZMUSIK!!!«

»Das ist perfekt!« sagte Brigid. »Das ist einfach perfekt. Ich kann es nicht erwarten, den, der sich das ausgedacht hat, kennenzulernen.«
Es funktioniert tatsächlich, dachte Regan.
Zwanzig Minuten später, nachdem Louisa sich wieder in ihr Auto gesetzt hatte, wandte sich Regan Brigid zu. »Wie fühlst du dich? Sollen wir irgendwo zum Essen gehen?«
»Nicht bei dem blauen Himmel da oben! Dies ist der letzte Tag, an dem ich nichts anderes zu tun brauche, als am Strand zu sitzen und zu schwimmen. Morgen werden wir die ganze Zeit üben. Laß uns zum Haus zurückfahren und irgendwas essen, was gerade da ist.«
»Das klingt gut«, sagte Regan. Sie stiegen ein und fuhren los, ohne den unscheinbaren kleinen zweitürigen Wagen zu bemerken, der hinter ihnen vom Parkplatz fuhr.
Als sie nach rechts anstatt nach links abbogen, stöhnte der Fahrer auf und zog einen Schmollmund.
Sie fahren nicht ins Restaurant, dachte er wütend. *Ich wollte nach ihnen hineingehen und mich irgendwo hinsetzen, von wo aus ich Brigid beobachten kann. Ich wollte unbedingt bei ihr*

sein. Ich habe nur noch einen Tag, und dann fährt sie weg. Ich muß etwas tun.

Tja, wenigstens würde er morgen die Chance haben, mit ihr zu reden. Sie waren dazu bestimmt, ein Paar zu sein. Sie hatte sogar gesagt, sie könne es nicht erwarten, ihn kennenzulernen. Schließlich hatte er den Wettbewerb gewonnen.

fünfzig

Jetzt kann ich nicht entscheiden, was schlimmer ist, DER REGEN ODER DIE SONNE! So oder so halten sich unsere Gäste ständig hier auf dem Anwesen auf. Sie sitzen im Haus oder hängen draußen am Strand herum. Und wir können es einfach nicht riskieren, ins Haus zu gehen, wenn sie in der Nähe sind!« meckerte Chappy.

Duke nickte. »Ich wünschte, mir wäre auch die Erklärung ›Country-Tanzmusik‹ eingefallen. Ich gewinne nie was.«

»Ach, halt die Klappe. Die Initialen stehen nicht für Country-Tanzmusik, sondern für Chappy Tinka!«

Wie gewöhnlich saßen sie in Chappys Arbeitszimmer. Duke war heute morgen, ohne daß man ihn darum gebeten hatte, losgefahren, um bei Dunkin' Donuts einzukaufen. Er hatte gedacht, Chappy brauche ein wenig Aufmunterung. Dann hatten sie sich gemeinsam die Sendung angehört, in der Brigid aufgetreten war.

»Vielleicht gehen sie ja heute abend aus«, sagte Duke.

»Tja, wir haben noch immer nicht herausgefunden, wer neulich abend, als wir dachten, alle wären ausgeflogen, im Gästehaus war«, knurrte Chappy. »Ich wache schweißgebadet auf, weil ich mir deswegen die ganze Nacht über Sorgen mache.«

»Hmmm«, sagte Duke. »Ich hatte mit dem Schlafen keine Probleme.«

»Die hast du nie! Um offen zu sein: Manchmal macht mir auch das Sorgen.«

Duke zuckte mit den Schultern.

»Bettina hat mich letzte Nacht aufgeweckt; sie sagte, ich redete im Schlaf. Sie macht sich meinetwegen Gedanken und möchte mehr Zeit mit mir verbringen. ›Nach Freitag‹ wollte ich sagen, aber dann hab ich es lieber gelassen.«

Duke bemühte sich, verständnisvoll dreinzuschauen.

»Jetzt besteht sie darauf, daß wir zusammen zum Konzert fahren. Sie möchte mit ihrem eigenen Wagen hinfahren, weil es ihr peinlich wäre, in meinem gesehen zu werden, mit der dicken Beule darin.«

»Und – welchen Einfluß hat das auf deine Pläne?«

»Ich werde Brigid trotzdem bitten, hier ins Haus zu kommen und ein letztes Mal für uns zu spielen. Wir werden sie zum Auto begleiten ... ich bin sicher, diese Nervensäge Regan wird ständig an ihrer Seite sein, deshalb muß ich die beiden unbedingt ablenken und sie dazu bringen, in den Wagen einzusteigen. Du legst die Fiedel in den Kofferraum, wo bereits die andere Fiedel wartet. Dann mußt du nur noch rasch den Kasten öffnen und den Austausch vornehmen und danach die gute Fiedel in die Golftasche stecken ... Hörst du mir zu?«

Duke blinzelte. »Ja.«

»Hast du die Golftasche leer gemacht, so daß die Fiedel reinpaßt?«

»Ich habe die Trennbahnen rausgeschnitten. So kann ich die Fiedel problemlos reinstecken.«

»Halleluja! Also: Was sollst du sagen, wenn du die Golftasche aus dem Kofferraum nimmst?«

»Oh, ich hab vergessen, die Tasche hier rauszunehmen«, sagte Duke und klang, als wäre er bei einer Anhörprobe.

»Üb das noch ein paarmal!« befahl Chappy. »Ich werde dir die Tasche abnehmen und darauf bestehen, sie reinzutragen, während du die beiden zum Konzert fährst. Ich komme dann später mit Bettina nach.«

»Was ist, wenn sie die Fiedel *nicht* in den Kofferraum legen wollen?«

»Es geht darum, ihnen überhaupt keine Wahl zu lassen. Nimm sie Brigid aus den Händen und leg sie in den Kofferraum, bevor sie überhaupt die Chance hat, nein zu sagen. Meinst du, daß du das schaffst?«
»Natürlich, ich bin Schauspieler.«
»Ich auch, stell dir vor«, sagte Chappy gereizt.
»Du bist noch nie in einem Schauspiel aufgetreten.«
»Du nennst die Stücke, in denen du aufgetreten bist, Schauspiele?« kreischte Chappy. »Diese miserablen Produktionen, die ich mir anschauen mußte! Ich hätte mir besser eine Spritze gegen Tollwut verpassen lassen sollen, bevor ich in diesen rattenverseuchten Keller stieg, in dem du zuletzt auftratest.«
»Es ging um die Kunst der Darstellung.«
»Ach, halt die Klappe!« Chappy hob seine Kaffeetasse und nahm einen Schluck. »Um noch einmal auf die Fiedel zurückzukommen: Ich möchte eigentlich nicht unbedingt auf diesen Plan zurückgreifen müssen. Ich würde die magische Fiedel lieber *heute* in meinen Besitz bringen. Hab also ein Auge darauf, was sie da drüben machen.« Er zeigte in Richtung des Pools und des Gästehauses.
»Ja, Sir!«
»Ich muß Bettina finden. Ich habe versprochen, heute morgen mit ihr schwimmen zu gehen. Sie ist wahrscheinlich mal wieder damit beschäftigt, die Wirtschaftsseite der Zeitung zu lesen. Die Aktienkurse zu vergleichen.« Chappy schüttelte den Kopf. »Manchmal überrascht sie mich wirklich. Und diesmal scheint sie so viel liebevoller und zärtlicher zu sein.«
»Wahrscheinlich weil deine Mutter nicht hier ist, um die ganze Zeit an ihr herumzunörgeln«, erwiderte Duke.
»Du sollst nicht so über Mutter reden«, schnauzte Chappy ihn an.
»Aber *du* tust es doch.«
»Es ist etwas anderes, wenn *ich* so was sage. Sie konnte

manchmal ein bißchen schwierig sein, aber jetzt ruht sie in Frieden, und wir sollten ihr diesen Frieden lassen.«

»Aye, aye, Sir.«

Chappy stand auf und ging wortlos zur Tür hinaus. Leise murmelte er: »Country-Tanzmusik. Einfach lächerlich.«

51 einundfünfzig

Der Tag verging rasch. Alle nutzten das ersehnte gute Wetter und verbrachten die meiste Zeit am Strand.

Die anderen Bewohner von Kits Haus trafen im Laufe des Morgens einer nach dem anderen ein, bereit, das lange Wochenende des vierten Juli zu feiern. Sie gingen hinaus zum Strand, und bald wurden dort mehrere Wolldecken ausgebreitet.

»Wie himmlisch«, sagte Brigid.

Sie gingen ins Wasser, das in dieser Jahreszeit und wegen des Regens ziemlich kühl war, aber die Wellen waren so hoch, daß man ständig hüpfen und springen mußte und dadurch warm blieb.

Als Regan, Brigid und Kit aus dem Wasser kamen und auf ihre Wolldecken zusteuerten, sagte Regan zu Brigid, sie wolle jetzt losfahren, um die Fiedel aus dem Haus ihrer Eltern zu holen.

Brigid schob ihre Sonnenbrille herunter. »Ich hasse es, daß du meinetwegen wieder ins Auto steigen mußt …«

»Das ist schon in Ordnung. Ich würde sie lieber jetzt holen. Der morgige Tag wird ziemlich hektisch, und ich weiß, daß du noch üben möchtest. Aber ich möchte dich nicht allein lassen.«

»Regan«, sagte Brigid und zeigte auf die Gruppe von Menschen, die um sie herum waren, »mir wird bestimmt nichts passieren.«

»Ich verspreche, daß ich ihr nicht von der Seite weichen werde«, sagte Kit in einem ungewohnt ernsten Tonfall. »Meine Schlüssel sind unter dem Sitz.«

»Danke, Kit«, erwiderte Regan. Kits Versprechen bewirkte, daß sie sich besser fühlte. Sie wollte die Fiedel holen und wußte, daß Brigid keine Lust hatte, überallhin mitgeschleppt zu werden. Nicht an ihrem letzten Ferientag.

Regan lief zum Gästehaus hinauf, zog sich rasch um und ging auf ihrem Weg hinaus um das Gebäude herum, um durch die Kellerfenster zu schauen. Sie beugte sich hinunter und drückte ihr Gesicht gegen die schmutzige Scheibe. Ja, genau, dachte sie. Das sieht wie ein Keller aus.

Sie lief zu Kits Wagen hinüber und fuhr zum Haus ihrer Eltern. Es war ein wunderbares Gefühl, daß die Sonne wieder hinter den Wolken hervorgekommen war.

Bei ihren Eltern angekommen, fand sie die vier am Swimmingpool vor.

Louisa sonnte sich. »Ich hab mich entschieden, den Sonnenschein zu genießen, da Lambie und ich am Samstag heimfahren. Wir hassen es, dieses Haus zu verlassen!«

Das glaube ich euch sofort, dachte Regan.

»Brigid klang sehr munter, als sie heute morgen im Radio war«, sagte Luke. »Wie geht es ihr?«

»Ihre Rezensionen haben sie richtig high gemacht. Sie freut sich auf die Tournee.«

»Hast du ihr die Bilder gezeigt, Regan?« fragte Louisa.

Regan blinzelte. »Noch nicht. Um die Wahrheit zu sagen: ich glaube nicht, daß es sie besonders freuen würde, Pammy auf einem Foto von der Band im Internet zu sehen.«

»Oje«, sagte Louisa. »Und ich wette, Pammy wäre ebenfalls froh, wenn sie einige der Mails, die Brigids Fans über das Internet geschickt haben, nicht zu sehen bekäme. In sehr vielen von ihnen wird die Frage gestellt, warum Kieran und Brigid nicht ein Paar sind. Ich zitiere: ›Wenn ihr zusammen singt, dann sieht es aus, als wäret ihr wirklich ein Paar‹.«

»Tatsächlich?« fragte Regan.

»Ja, tatsächlich.«

»Aber ich muß jetzt wirklich wieder zurückfahren. Mom, könntest du bitte diese berühmte, verfluchte Fiedel für mich holen?«

»Natürlich, Schatz.«

Regan und Nora gingen ins Haus. In ihrem Zimmer schloß Nora den Safe auf und reichte ihrer Tochter das Objekt so vieler Spekulationen. »Die Woche war ganz schön anstrengend.«

»Ja«, sagte Regan. »Gott sei Dank ist sie fast vorbei. Übrigens habe ich mich entschlossen, in der nächsten Woche hier bei euch zu wohnen.«

»Wunderbar.«

Als Regan wieder auf Chappys Anwesen fuhr, kam Duke gerade aus Kits Haus. Angela stand an der Fliegengittertür. Regan winkte ihnen zu und parkte Kits Wagen.

»Regan«, sagte Duke, als er, *Die gesammelten Werke von William Shakespeare* unter dem Arm, auf sie zukam. Er zog einen Brief aus seiner Tasche. »Jemand hat diesen Brief für Brigid in den Briefkasten geworfen. Würde es Ihnen etwas ausmachen, ihn ihr zu geben?«

»Nein, überhaupt nicht.« Regan nahm den Brief und schaute auf die Schrift auf dem Umschlag. O Gott, dachte sie. Es waren dieselben großen, schwarzen, wütenden Lettern. Es stand keine Adresse darauf. Und auch kein Absender. Nur Brigids Name. Duke war bereits wieder auf dem Weg zurück ins Haus.

»Duke?« rief Regan.

Er drehte sich um und sah sie an. »Ja«, antwortete er.

»Wann haben Sie diesen Brief gefunden?«

»Heute nachmittag, als ich losging, um die restliche Post zu holen.«

»War sonst noch jemand da?«

»Ich hab niemanden gesehen. Warum?«

»Ich bin bloß neugierig«, sagte Regan. Es war nicht nötig, daß sie ihm von ihren Sorgen erzählte. Als er weiterging, riß sie den Umschlag auf. Sie überflog den Brief und schnappte entsetzt nach Luft. Abgesehen von dem letzten Satz kamen darin genau dieselben Gefühle zum Ausdruck wie in dem anderen Brief, der in Nashville zurückgelassen worden war.

Liebe Brigid,

Du hast etwas genommen, was Dir nicht gehört. Ich möchte Dich nie wieder diesen Song über das Gefängnis singen hören. Du bist hiermit gewarnt. Was muß eigentlich noch alles passieren, damit Du endlich zuhörst?

Nein, entschied Regan. Ich glaube nicht, daß ich ihn Brigid aushändigen werde. Nach dem Konzert werde ich die Puppe, die zerbrochene CD und den Brief der Polizei übergeben. Es gibt augenblicklich nichts, was sie tun kann, und ich möchte Brigid nicht beunruhigen. Sobald sie die Hamptons verlassen hat, rufe ich ihren Manager an und führe mit ihm ein längeres Gespräch über die Maßnahmen, die man ergreifen sollte, damit ihre Sicherheit in Zukunft gewährleistet ist.

Der Gedanke ließ Regan erschaudern.

»Jetzt machen sie auch noch ein BARBECUE«, rief Chappy. »Hat denn keiner von ihnen jemals die Absicht, in einem Restaurant dieser Stadt ein paar Pennys auszugeben? Gehen sie denn nie aus?«

Duke schüttelte den Kopf. »Sie wollen am Strand einen Grill aufbauen.«

»Bist du auch eingeladen?« fragte Chappy mißtrauisch.

»Ja. Und du und Bettina ebenfalls.«

»Das halten meine Nerven nicht aus.«

An jenem Abend saß Angela im Sand und hielt ein Script in der Hand. »Romeo, Romeo, wherefore art thou, Romeo?« fragte sie Duke, während sie in einen Hamburger biß.

»Tja, das hätten wir geschafft, Brigid«, sagte Regan, als sie sich vor dem Zubettgehen noch in der Diele unterhielten. »Morgen ist der große Tag.«
»Und *was* für ein Tag!« antwortete Brigid fröhlich. »Es wird bestimmt wahnsinnig aufregend.«
»Zweifellos«, stimmte Regan ihr zu.

Er lag im Bett und starrte an die Decke. Er hatte den Sender für Countrymusic eingestellt, und sie hatten ununterbrochen über Brigid geredet und den Song gespielt. Er war kurz davor, den Verstand zu verlieren.
Seine Pläne standen bereits fest. Er konnte Brigid nicht sofort hierher zurückbringen. Er hatte den Wagen mit seinen Campingsachen vollgeladen. Er würde sie in den Wald bringen, so, wie er es schon in Branson geplant hatte, und sie würde sich in ihn verlieben.
Danach könnte er sie herbringen, und sie würden bis ans Ende ihrer Tage glücklich und zufrieden zusammenleben.
Er starrte die ganze Nacht über an die Decke.

zweiundfünfzig

Freitag, 4. Juli

Am Freitag, dem 4. Juli, lag Erwartung und freudige Erregung in der Luft. Die Atmosphäre glich der eines Collegeballs oder einer Abschlußfeier.

Am Morgen war die Sonne strahlend hell am Horizont aufgegangen, und während sie weiter am Himmel emporstieg, schien sie mit aller Kraft auf den Rasen des Welth College hinunter und tat ihr Bestes, um ihn weiter zu trocknen.

Arnold Baker war ein glücklicher Mann. In legerer Kleidung war er nach draußen gegangen, um die Fortschritte der Arbeiter zu überwachen, die auf dem Rasen die Bühne aufbauten. Dank des Regens leuchtete das Gras grüner und saftiger denn je zuvor.

Heute abend wird es auf diesem Rasen von Musikfans wimmeln, die sich großartig amüsieren, dachte er. Der Tag war gerettet. Er schaute zum Himmel empor, lächelte und sprach drei Worte: »Danke, lieber Gott.«

Drüben im Gästehaus auf Chappys Anwesen hatte der Tag gerade erst begonnen.

Als Regan um neun Uhr in die Küche hinunterkam, traten Teddy und Hank mit den Zeitungen und Tüten voller Bagels zur Tür herein. Brigid saß allein am Frühstückstisch.

»Hey, Brigid«, sagte Hank. »Heute morgen starrte mich dein Gesicht aus der Zeitung hier an, deshalb dachte ich, ich sollte sie mir kaufen.«

Brigid lachte herzlich. »Wirf sie mir mal rüber.«

Regan beugte sich über Brigids Schulter, um sich die *Southampton Sun* anzuschauen. Ein Publicityfoto einer lächelnden Brigid schaute ihnen entgegen.
»Tolle Aufnahme, Brigid«, sagte Regan.
»Was steht denn da eigentlich?« fragte Regan und begann, laut vorzulesen. »›Die Countrymusic-Sängerin Brigid O'Neill wird beim Schmelztiegel-Musikfestival am Freitag, dem vierten Juli auftreten. So wie bei den meisten Countrysängern handeln ihre Songs von Liebe und Herzeleid, aber Brigid selbst hat den Mann ihrer Träume noch nicht gefunden. Bei ihrem Aussehen, ihrem Talent und ihrem Charme sollte es jedoch nicht lange dauern, bis sie jemandem das Herz stiehlt und aus eigener Erfahrung von der Liebe singt ...‹«
Brigid schaute zu Regan hoch und verdrehte die Augen. »Wie peinlich.«
Das Telefon klingelte. Teddy und Hank standen in der Küche und holten den Rahmkäse, die Marmelade und die Butter aus der Einkaufstüte. Hank ging in den Nebenraum und ergriff das Telefon.
»Hallo ... ja. Hey, Roy! ... Was? ... Oh, das ist ja großartig! ... Hier ist Brigid.« Er ging zu Brigid hinüber und reichte ihr das schnurlose Telefon. »Du bist für den nächsten Dienstagmorgen für Imus' Sendung gebucht, und am selben Abend treten wir in der Conan-O'Brian-Show auf.«
Und danach verkaufen sich die Alben noch besser, dachte Regan. Millionen Menschen hören die Sendung »Imus am Morgen«. Wenn er ein Album mag, dann spielt er immer ein paar Songs daraus vor und redet darüber. Regan wußte, daß Imus Countrymusic ganz besonders mochte. Und Conan O'Brian's Talkshow am späten Abend war bekannt dafür, daß sie ein Sprungbrett für neue, junge Musikbands war.
»Ja!« sagte Brigid und machte für Hank das Daumen-oben-Zeichen. Dann nahm sie das Telefon und begann, damit im

Zimmer umherzulaufen. »Roy, das sind ja großartige Nachrichten«, rief sie begeistert.

Regan flüsterte Hank ins Ohr: »Gibt das Probleme für eure Tournee?«

»Nein, die Shows finden ohnehin erst statt, wenn wir auf der Rückreise von New York sind.«

Kieran kam in das Zimmer und setzte sich an den Tisch. »Was ist los?« fragte er.

Als Hank es ihm sagte, fiel Kierans Blick auf Brigids Bild. Er zog die Zeitung zu sich heran und begann, den Artikel zu lesen. Regan fand, daß er besorgt dreinschaute. Bevor er zu Ende lesen konnte, kam Pammy die Treppe heruntergesprungen und stürmte, mit Kierans Gummiball in der Hand, in den Raum.

»Was ist denn hier für eine Aufregung?« fragte sie. »Ich habe Hank und Brigid gehört und ...« Sie schaute Kieran an, der sich hinter der Zeitung vergraben hatte. »Kieran, was liest du denn da, das so wichtig ist?« Sie beugte sich über seine Schulter.

Regan schenkte sich eine Tasse Kaffee ein und beobachtete, wie Brigids Gesicht vor Freude strahlte, während sie sich mit ihrem Manager unterhielt. Plötzlich sah sie im Geiste das Bild der verstümmelten Puppe mit Brigids Namen auf dem Lätzchen. Nur ein Verrückter kann so etwas getan haben. Wenn dieser Mensch Brigid ein Leid zufügen wollte, dann wäre das Konzert genau der richtige Ort, um an sie heranzukommen. Ich werde mich heute wie eine Klette an sie hängen, schwor sich Regan.

Chappy wachte auf und war schockiert zu sehen, daß es nach neun Uhr war. Eigentlich sollte ich nicht allzu überrascht sein, dachte er. Ich hab mich so viel im Bett hin- und hergewälzt, daß ich erst im Morgengrauen eingeschlafen bin. Er rollte sich

zur Seite, wobei er Tootsie störte, deren Schnauze auf der Kante seines Kopfkissens ruhte. Ein langgezogenes Knurren stieg aus ihrer Kehle empor.
Bettina, die auf der anderen Seite neben ihrem Hündchen auf dem Rücken lag, öffnete langsam ihre Augen. »Was ist los, Baby?« fragte sie liebevoll.
»Ohhhh, nichts vermutlich«, erwiderte Chappy.
»Ich hab mit meinem anderen Baby geredet.« Bettina streckte ihre manikürte Hand aus und streichelte Tootsies Nacken. Die Hündin drehte sich auf den Rücken und streckte ihre vier Beine in die Luft, wodurch plötzlich der Eindruck entstand, daß sie in eine Art Totenstarre gefallen sei. Dies war ihre Lieblingsstellung, wenn sie Lust hatte, sich den Brustkorb kraulen zu lassen. »Hat Daddy dich aufgeweckt? Daddy wollte dich aber nicht aufwecken, nicht wahr, Daddy?«
»Das war in der Tat nicht meine Absicht«, antwortete Chappy kalt. Gott, wie ich diesen Köter hasse, dachte er.
»Daddy, wünsch Tootsie einen fröhlichen vierten Juli.«
Laß mich verdammt noch mal in Ruhe, dachte Chappy. »Einen fröhlichen vierten Juli, Tootsie«, sagte er und warf rasch die Bettdecken zurück. »Ich steh jetzt auf.«
Bettina ergriff Tootsies Pfote. »Mach winke-winke … Ja, genau so, mein Herzchen … ›Tschüs, Daddy … Tschüühüs‹.«
Chappy wandte sich von Bettina ab, die Tootsies Pfote in seine Richtung hielt und sie auf und ab bewegte. Das größte Glück, das mir diese Fiedel bringen könnte, entschied er auf dem Weg ins Badezimmer, wäre, wenn diese vierbeinige Bellmaschine sich entschließen würde, ein für allemal wegzulaufen. Selbst Lassie hat es einmal geschafft, sich zu verlaufen. Chappy schloß die Tür hinter sich und schaute in den Spiegel. Ich brauch mir bloß die Tränensäcke unter meinen Augen anzuschauen, dachte er. Der Streß bringt mich noch um.
Wenigstens wird heute nacht alles vorbei sein. Entweder ist

die Fiedel in meinem Besitz, bevor Brigid O'Neill Chappys Anwesen verläßt, oder ich bin zu einem Leben in Langeweile verdammt. Er griff nach der Badehose, die an ihrem weißen Netz von einem der vielen Duschköpfe herabhing. Am besten nehme ich erst mal ein kurzes Bad im Meer. Ich hoffe, danach fühle ich mich ein bißchen besser und es hilft mir, den dramatischsten Tag im Leben von Chaplain Wickham Tinka zu überstehen.

»Ich kann es nicht erwarten, heute abend zu dem Konzert zu gehen!« rief Louisa am Frühstückstisch. Wir werden bestimmt sehr viel Spaß haben.«
»Regan sagte, wir sollten bis fünf Uhr dort sein, um unsere Stühle aufzustellen. Das Konzert beginnt um sechs. Ich mach uns einen Picknickkorb«, sagte Nora, während sie ein Stück saftige Melone aus ihrer Schale löffelte.
»Ich hab meinen Cowboyhut schon bereitgelegt«, bemerkte Luke träge.
Lambie schaute von dem Kleiemuffin auf, den er gerade in vier Teile in der Größe jeweils eines Happens geschnitten hatte. »Verflucht, ich hab meinen zu Hause gelassen.«
Louisa lächelte ihn an. *»Hnnnnnn.«* Dann wandte sie sich Nora und Luke zu. »Lambie hat vor Jahren, als wir beschlossen, im Central Park Reitunterricht zu nehmen, einen Cowboyhut gekauft. Ich hatte auch einen, aber er ist mir weggeflogen, als wir zu traben begannen. Die sechs Pferde, die hinter uns waren, trampelten einfach über ihn hinweg.«
»Wie schade«, sagte Nora.
»Eigentlich war ich froh, ihn zu verlieren. Meine Frisur war dadurch ständig zerdrückt.« Louisa trank ihre Tasse Kaffee aus. »Gibt es noch irgendwelche Anrufe, die ihr erledigen müßt? Sonst würde ich meinen Computer gern wieder an die Telefonleitung anschließen und ein bißchen arbeiten.«

Luke und Nora schüttelten die Köpfe.
»Gut. Ich würde mir gerne mal Brigids Homepage nach allem durchsehen, was möglicherweise interessant für sie sein könnte. Abgesehen von Pammys Bild. Wenn ich etwas finde, werde ich es ausdrucken, so daß sie es sich anschauen kann, wenn sie im Bus sitzt und durchs Land fährt. In diesen Tourneebussen wird es bestimmt nach mehreren Wochen auf der Straße schrecklich eng und gemütlich.« Louisa stand auf. »World Wide Web, ich komme!«

Ein Taxi brachte Rudy, den ausgeruhten, entspannten Tourneebusfahrer, um zehn Uhr fünfzehn auf Chappys Anwesen und hielt in der Nähe des Gästehauses.
Rudy bezahlte das Fahrgeld und stieg aus; er drückte rasch auf die Klingel, in der Hoffnung, ein Zusammentreffen mit Chappy Tinka vermeiden zu können. Das Bild des eingebeulten Rolls Royce war ihm noch immer frisch im Gedächtnis.

»Hi, Rudy«, rief Brigid, die die Treppe heruntergelaufen kam, um ihn hereinzulassen. Seinen Matchbeutel hinter sich herschleifend betrat Rudy das Haus. »Brigid, schön, dich zu sehen. Hast du wieder Lust auf das Leben auf der Straße?«
»Ja«, sagte Brigid mit Begeisterung. »Wir haben schon fast alles gepackt.«
»Großartig. Ich bringe die technischen Anlagen jetzt zum College rüber. Deine Probe ist heute mittag?«
»Ja.«
»Okay. Nachdem alle von dort wieder zurückgekommen sind, werden wir die Koffer einladen, damit wir direkt nach dem Konzert losfahren können. Wir müßten es, bis die Sonne aufgeht, eigentlich bis Boston schaffen. Wie ich gehört habe, ist dein Konzert morgen abend ausverkauft.«
Brigid lachte. »Ich weiß. Roy hat gerade eben angerufen.«

Rudy streckte die Hand aus und drückte ihren Arm. »Du hast es verdient.«
»Danke, Rudy«, sagte Brigid leise.

Er saß in dem Schnellrestaurant und aß seine Rühreier. Gestern war er zu einem Friseur gegangen und hatte sich das Haar kurz schneiden lassen. Er trug auch eine blaue Baseballkappe. Das letzte, was er jetzt brauchen konnte, war Brigids Freundin, die ihn einen verrückten Typen genannt hatte. Er merkte, wie er nervös wurde. Heute war seine letzte Chance, Brigid dazu zu bewegen, mit ihm fortzugehen. Er legte seine Gabel nieder und starrte auf seinen Teller. Sein Appetit war verflogen. Es wird bestimmt nicht klappen, dachte er. Brigid wird mich verlassen, und ich werde ganz allein sein.
Tränen traten ihm in die Augen. Ich muß hier raus, dachte er. Sonst glaubt die Kellnerin, ich wäre ein großes Baby.

Die Probe lief gut. Im College waren sämtliche Vorbereitungen getroffen. Um vier Uhr verließ der ächzende Tourneebus, der mit den Koffern und Taschen von Pammy und der Band vollgepackt war, im Licht der Nachmittagssonne Chappys Anwesen.
»Welth College oder der Untergang«, rief Rudy. Es war ihm wichtig, zu Beginn jeder Fahrt immer das nächste Ziel anzusagen, egal, wie nahe es war.
Kieran und Pammy waren die einzigen an Bord.
Teddy und Hank waren schon früher in dem roten Kombi, den Kit danach wieder zum Gästehaus zurückfahren würde, zum College rübergefahren. Sie und ein paar andere aus ihrem Haus befanden sich bereits auf dem Gelände. Sie wollten für sich und die ständig wachsende Anzahl an Freunden, die sich zu ihnen gesellen würden, einen guten Platz auf dem Rasen sichern. Angela, die sich um das Essen kümmerte, hatte ein

paar Delikatessen besorgt, die auf einer Wolldecke ausgebreitet werden sollten.

Jetzt, da alle anderen fort waren, schauten Regan und Brigid sich ein letztes Mal im Haus um, um sich zu vergewissern, daß nichts vergessen worden war. Brigids Fiedel lag in ihrem Kasten neben der Tür.

»Ich denke, wir haben alles«, sagte Regan. »Es ist Zeit, diesem Ort ›Auf Wiedersehen‹ zu sagen.«

»Obwohl es zu Anfang der Woche ein paar Probleme gab«, fügte Brigid hinzu, »hatten wir, wenn wir ehrlich sind, doch eine Menge Spaß.«

»Ja, das finde ich auch«, stimmte Regan ihr zu und dachte sowohl an die zerstörte CD als auch an den Brief, den sie nicht zu erwähnen wagte. Sie schaute zur Couch hinüber. »Ich hoffe, Chappy gefällt der neue Platz für seine Couch.«

Brigid zuckte mit den Schultern. »Sie sieht da, wo sie jetzt steht, sehr viel besser aus. Aber wahrscheinlich wird er es noch nicht einmal bemerken.«

Regan lachte. »Weißt du, Brigid, ich bin froh, daß wir uns heute nicht voneinander verabschieden müssen. Ich freue mich, dich in der nächsten Woche in New York zu sehen.«

»Paßt das nicht großartig?« erwiderte Brigid. »Du und Kit, ihr beiden kommt und schaut euch die Show an, und dann gehen wir alle gemeinsam zum Abendessen. Was meinst du, wo wir essen sollten?«

»Bei Elaine's. Ein Restaurant an der Upper East Side, das es schon seit vielen Jahren gibt. Es ist ein ganz heißer Tip. Zu Anfang war es vor allem ein Treffpunkt für Schriftsteller, aber mittlerweile kommen auch eine Menge anderer Berühmtheiten dorthin.« Regan lachte noch einmal. »Jetzt, da du eine Berühmtheit bist, wird es höchste Zeit, daß du dich dort mal zeigst.«

Jetzt war Brigid mit dem Kichern an der Reihe. »Ich fühle mich nicht anders als vorher. Aber ich möchte nicht, daß irgend etwas diese Seifenblase zum Platzen bringt.«

Regan betrachtete Brigids Gesicht. Sie war so jung und hoffnungsvoll und aufgeregt. Aber unter der Oberfläche konnte Regan auch sehr viel Verletzlichkeit erkennen. »Das wird nicht geschehen«, sagte Regan mit fester Stimme. Sie wünschte nur, daß sie so sicher sein könnte.

Sie gingen zusammen hinaus, schlossen die Tür und schlenderten zu Chappys Schloß hinüber. Chappy, Bettina und Duke begrüßten sie.

»Wir fühlen uns äußerst privilegiert«, rief Chappy, »daß Sie für uns ganz persönlich spielen wollen, bevor Sie auf die Bühne gehen!«

»Das tue ich doch gern«, sagte Brigid und zog die echte CT-Fiedel aus dem Kasten. »Es wird mir helfen, mich aufzuwärmen.«

Chappy hatte sie ins Wohnzimmer geführt. Brigid stand an derselben Stelle, wo sie am letzten Samstagabend gespielt hatte. Es kommt mir vor, als wäre das schon Ewigkeiten her, dachte Regan. Und während die Party in vollem Gange war, fand ich Louisa im Pool. Regan atmete scharf ein und lehnte sich gegen ihre Sessellehne.

»Bevor ich anfange«, sagte Brigid mit ihrer Fiedel im Arm, »möchte ich Ihnen danken, daß Sie uns die ganze Woche über hier haben wohnen lassen.«

»Es war uns ein Vergnügen«, erklärte Bettina.

»Es ist eine Erinnerung, die uns immer kostbar sein wird«, betonte Chappy.

Brigid lächelte, legte die Fiedel an ihre Schulter, hielt einen Moment inne und schlug dann mit dem Bogen dagegen. Das Instrument wurde plötzlich lebendig. Fröhliche, anregende Musik erfüllte den Raum.

Chappy sah sich lächelnd um und klopfte mit dem Fuß den

Takt mit. Bettina, die schwarze Stretchhosen, ein weißes T-Shirt in Übergröße und flache Sandalen trug, hatte ihre Arme in ihrem Schoß gekreuzt und schien die Darbietung ebenfalls zu genießen. Duke ließ sich in den Rhythmus hineinfallen, indem er mit gewölbten Handflächen auf seine Oberschenkel klopfte.

Als Brigid das zweite Lied zu Ende gespielt hatte, machte sie eine kleine Verbeugung.

Chappy sprang auf. »Bravo!« rief er. »Bravo.«

Bettina, Duke und Regan fielen ebenfalls begeistert in das Klatschen ein. Schließlich stand Regan auf. »Brigid, wir sollten lieber gehen. Duke, du fährst uns doch hin, oder?«

»Ja«, sagte er und erhob sich.

Brigid bückte sich, legte ihre sagenhafte Fiedel zurück in ihren Kasten und ließ ihn zuschnappen.

Chappy eilte zu ihr hinüber, ergriff ihre beiden Hände und schüttelte sie begeistert.

»Wunderbar. Das war einfach wunderbar.«

Duke nahm die Fiedel in die Hand und ging zur Tür. »*Ich* werde sie tragen.«

»Sehen wir Sie beim Konzert?« fragte Brigid.

»Natürlich. Natürlich«, sagte Chappy. »Man hat uns Sonderplätze reserviert. Bettina fährt ein bißchen später, aber sie wird rechtzeitig zur Show dort sein.«

»Ich sollte lieber anfangen, mich fertig zu machen«, sagte Bettina. »Bis später.« Sie wandte sich ab und stieg die Treppe hinauf. Die anderen gingen hinaus zu Chappys Rolls Royce. Duke lief zum hinteren Teil des Wagens und öffnete rasch den Kofferraum. Mit einer eleganten Verbeugung öffnete Chappy die Vorder- und Hintertüren des Wagens für Regan und Brigid. »Ich werde Sie vermissen. Dieser Ort wird nie mehr derselbe sein. Ich weiß nur, daß ich morgen früh aufwachen und schrecklich traurig sein werde.«

Brigid lachte. »Ich vermute, das bedeutet, daß Sie uns noch einmal hierher einladen müssen.«

»Jederzeit! Besuchen Sie uns jederzeit, bitte!«

»Hey, Boß«, rief Duke, den Kofferraum schließend, »hier ist deine Golftasche. Ich hatte vergessen, sie rauszunehmen.«

Regan drehte sich um und sah Chappy, der die Golftasche sehr hoch in die Luft hielt. Die sieht für einen reichen Mann wie Chappy, der mit ihr auf den Golfplätzen in den Hamptons herumzieht, ziemlich billig aus, dachte Regan. Außerdem habe ich nicht den Eindruck, als wenn irgendwelche Golfschläger darin wären.

»Ach ja, die!« rief Chappy. »Ich nehm sie mit rein. Auf Wiedersehen, Ladys.« Mit wedelnden Händen komplimentierte er die beiden jungen Frauen ins Auto, schloß die Türen und ging zum hinteren Teil des Wagens, wo Duke ihm die Golftasche aushändigte.

Brigid, die auf dem Beifahrersitz saß, drehte den Kopf und sagte: »Jetzt geht's los, Regan.«

»Fein.«

Duke sprang in den Wagen, und sie verließen in rascher Fahrt Chappys Anwesen.

Louisa, festlich gekleidet und bereit, zum Konzert zu gehen, saß mit ihrem Laptop auf dem Schoß auf einem Stuhl und wartete auf die anderen. Ein Stoß ausgedruckter Seiten von Brigids Homepage lag auf der Couch neben ihr. Sie wollte gerade ihren Computer ausschalten, aber dann beschloß sie, noch ein paar der Mails zu lesen. Ich könnte genausogut weiterarbeiten, bis die anderen fertig sind, dachte sie. Sie holte einen weiteren Fanbrief auf den Bildschirm und begann, ihn zu lesen.

»O mein Gott«, murmelte Louisa. Hastig drückte sie auf den

PRINT-Knopf an ihrem Gerät. Den hier muß ich Regan zeigen, sobald ich sie sehe.

Chappy war überglücklich. Er trat ein paar Schritte vom Wagen zurück und winkte ihm nach, als er aus der Zufahrt fuhr. Dann drehte er sich um und ging, die Tür hastig hinter sich schließend, ins Haus.

Bettina ist oben, dachte er. Sie sagte, sie wolle ein Bad im Whirlpool nehmen und würde in einer Stunde zum Ausgehen fertig sein. Ich sagte ihr, ich wolle rasch eine Runde schwimmen. Keine schlechte Idee. So habe ich also noch mindestens vierzig Minuten, bevor ich zum Meer laufe, mich ein bißchen naßmache und dann wieder hierher zurückkomme, um mich umzuziehen. Er hielt die Golftasche mit beiden Händen fest, lief in sein Arbeitszimmer und schloß die Tür. Innerhalb von Sekunden hatte er sich seine gelb-schwarze Badehose angezogen und war hinter dem Bücherbord verschwunden. Die sperrige Golftasche in der Hand eilte er die Treppe hinunter, rannte quer durch den Keller und öffnete die Tür zum Herrensalon. Sobald er drinnen war, schloß er sie wieder und blieb keuchend stehen.

»Danke, Grandpa, daß du dieses geheime Zimmer gebaut hast!« sagte er.

Er riß an der Schnur für die Glühbirne und zog liebevoll und vorsichtig die Fiedel und den Bogen aus der Golftasche. Sein ganzer Körper zitterte vor Freude. Wir haben's geschafft! dachte er. Wir haben's geschafft! Tränen füllten seine Augen. Ich kann es nicht glauben, daß ich die legendäre Fiedel in den Armen halte, die mir Glück bringen wird. Die Fiedel, die noch wenige Augenblicke zuvor sein Haus mit so wunderbarer Musik erfüllt hatte!

Chappy sah ungeduldig zur Glühbirne empor. Es ist hier drinnen so dunkel; ich möchte mir die Fiedel mal gründlich anschauen und für ein paar Augenblicke im hellen Tageslicht darauf spielen.

Endlich! dachte er und sprang dabei vor Freude fast in die Luft. Das Gästehaus ist leer! Alle sind fort! Ich kann hineingehen und nach Herzenslust spielen. Oder wenigstens bis es Zeit ist, zum Konzert zu gehen.

Er hastete, die Fiedel sanft in seinen Armen schaukelnd, durch den Tunnel. »If I were a rich man, diedle diedle diedle diedle diedle diedle diedle dummmmm, all day long I'd diddy diddy dum, diedle diedle diedle diedle dummmmm«, sang er. »Genau diese Passage werde ich auf der Fiedel spielen, das weiß ich ganz genau«, sagte er. Seine Stimme hallte im Tunnel wider, während er rasch durch ihn hindurchlief. Seine Füße hatten Mühe, mit den Kommandos, die von seinem Gehirn ausgingen, Schritt zu halten.

Er öffnete die Tür zum Keller des Gästehauses und schickte ein stummes Dankgebet dafür zum Himmel, daß er nicht mehr auf Zehenspitzen herumzulaufen brauchte. Er durchquerte summend das Kellergeschoß und lief dann die Stufen hinauf. Dann drehte er den Türknauf und drückte. Die Tür bewegte sich nicht. Hey, dachte er. Was ist denn hier los? Er drückte noch einmal, und die Tür öffnete sich einen winzigen Spalt. Nanu? Ist das die Rückseite der Couch? Großer Gott! Wer hat ihnen gesagt, daß sie die Couch verrücken dürfen? Gibt es noch einen zweiten Feng-Shui-Experten in ihrer Mitte? Er warf sich mit seinem ganzen Gewicht gegen die Tür, aber die Couch bewegte sich nicht mehr als ein paar Zentimeter.

»BITTE!« stöhnte er. Seufzend beschloß er, die Sache aufzugeben. Es bringt nichts, wenn ich mich dagegenstemme. Ich habe die magische Fiedel, und das ist alles, was zählt. Ich werde noch viel Zeit haben, um später, im hellen Licht das Gästehauses, darauf zu spielen. Für den Augenblick kann ich es genausogut im Herrensalon tun. Er drehte sich um und rannte die Stufen

wieder hinunter, lief quer durch den Keller und durch die Tür zum Tunnel. Während er auf Grandpas Flüsterkneipe zusteuerte, begann er wieder zu singen. »Diedle diedle diedle diedle diedle diedle diedle dummmm.«
Im Herrensalon, wo er so viele glückliche Augenblicke verbracht hatte, setzte Chappy sich auf seinen Lieblingsstuhl, betrachtete liebevoll die Initialen CT auf der Fiedel, legte sie gegen seine Schulter und begann zu spielen.
Er hatte keine Ahnung, daß auf der anderen Seite der Tür zwei Personen standen und seinem Spiel lauschten.

Darla war in dem ihr zugewiesenen Raum und bereitete sich auf ihren großen Augenblick vor. Jedem, der in der Show auftrat, war eine »Garderobe« zugeteilt worden, in der sich ein paar bequeme Stühle und ein paar Erfrischungen befanden. Darlas Mann war noch nicht da. Er würde bald vorbeikommen.
Es klopfte an der Tür. Sie öffnete sie und erblickte Ned, den Feng-Shui-Meister. Neben ihm stand eine blonde Frau. Er hielt einen großen Blumenstrauß in der Hand.
»Wir wollten Ihnen Glück wünschen!« rief er und spähte in den Raum hinein. »Möchten Sie, daß ich die Stühle, die man Ihnen hier reingestellt hat, umstelle?«

Als Duke in die kurvige Straße, die zum Welth College führte und heute außer für ganz besondere Fahrzeuge gesperrt war, einbog, zeigte sich ein strahlendes Lächeln auf Brigids Gesicht. Der Rasen wimmelte von Konzertbesuchern, die mit ihrem Picknick beschäftigt waren und miteinander plauderten.
»Wo soll ich euch rauslassen?« fragte Duke.
»Oben links, in der Nähe der Übertragungskabine der Radiostation«, sagte Regan. »Brigid soll den Mann, der den Wettbewerb gewonnen hat, kennenlernen. Und was willst du machen, Duke?«

»Ich dachte, ich trinke ein Bier und komme zurück, wenn es Zeit für das Konzert ist.«

Er setzte sie auf der Kuppe des Hügels, in der Nähe der Bühne vor den Verwaltungsgebäuden ab, wo die Country-113-Kabine aufgebaut war. Brad und Chuck waren dort, gekleidet in ihre Cowboy-und-Western-Klamotten. Überall liefen Leute herum, und aus den Boxen ertönte Musik. Eine vogelähnliche Frau, die bereits in ihren Achtzigern sein mußte, trat ihnen in den Weg und legte erstaunlich feste Hände auf ihrer beider Arme.

»Dies ist für mich ein Glückstag – dem Star der Countrymusic persönlich zu begegnen. Ich wollte immer Sängerin werden, und Sie sind einfach wundervoll.«

»Danke«, lächelte Brigid.

»Und sind *Sie* nicht Regan Reilly, deren Mutter diese Bücher schreibt?«

»Ja«, sagte Regan.

»Könnte ich vielleicht Autogramme von Ihnen bekommen? Mein Enkel sammelt Autogramme.« Sie fischte in ihrer Tasche nach zwei weißen Karten und hielt Brigid die erste hin.

Brigid signierte sie rasch.

»Und Miss Regan, würden Sie bitte Ihre Mutter fragen – ach, du liebe Güte!« Sie hatte ihre Handtasche fallen gelassen. Brillenetuis, eine Brieftasche, Wechselgeld, Taschentücher, Hustendrops, Familienschnappschüsse, Medizinfläschchen, noch mehr weiße Karten, Schlüsselringe und Kompaktpuder waren unter den vielen Utensilien, die auf dem Boden verstreut lagen.

Als Regan und Brigid sich bückten, um beim Aufsammeln zu helfen, klopfte Brad von der Radiostation auf Brigids Arm und zog sie ein paar Meter mit sich fort. »Brigid«, sagte er, »der Gewinner des Wettbewerbs ist hier, aber er ist schrecklich durcheinander. Er will uns nicht sagen, warum. Wir müssen ihn erst mal so weit beruhigen, daß er überhaupt fähig ist, den

Preis im Sender in Empfang zu nehmen. Wir haben so viel Aufhebens um die Sache gemacht, daß wir als Trottel dastünden, wenn wir ihn nicht dazu bringen können, den Preis anzunehmen. Er sagte, er würde vielleicht einfach nach Hause gehen.«

»Der arme Kerl«, sagte Brigid. »Warum ist er denn bloß so durcheinander?«

Brad zuckte mit den Schultern. »O Gott, sieh mal. Da geht er.« Er zeigte auf das Verwaltungsgebäude. Ein Mann mit einer blauen Baseballkappe kam heraus und ging in Richtung Parkplatz. »Ich lauf los und hole ihn.«

Brigid legte eine Hand auf seinen Arm. »Laß es mich mal versuchen.«

»Schauen Sie, das Glas ist aus meiner Lesebrille gefallen«, jammerte die alte Dame. Ihre Stimme zitterte. »Regan, achten Sie bitte darauf, daß niemand drauftritt.«

Regan konnte, während sie im Gras nach dem Brillenglas tastete, hören, wie Brad und Brigid sich unterhielten. »Wir werden das Glas schon finden«, sagte sie hastig. »Es kann nicht weit weg sein.«

Ich fühle mich wie ein Kleinkind, dachte er, als er aus dem Gebäude kam, wo er zur Toilette gegangen war. Er putzte sich die Nase und schnüffelte. Hier sind einfach zu viele Leute. Er ging zu seinem Wagen. Ich werde Brigids Kassette einlegen und sie ganz laut spielen. Wieso habe ich mir jemals vorgestellt, daß ich fähig sein würde, sie von hier zu entführen?

In dem Moment hörte er ihre Stimme. Er drehte den Kopf. Sie rannte auf ihn zu. O mein Gott! Sie will mich!

»Hallo«, stieß Brigid atemlos hervor. In der Hand hielt sie den Fiedelkasten. »Wie ich gehört habe, sind Sie der Gewinner des Wettbewerbs.«

»Ja«, erwiderte er.
»Würden Sie bitte mit mir kommen und den Preis entgegenehmen?« fragte Brigid.
Ich möchte, daß du mit mir *kommst,* dachte er.
»Ja, aber könnte ich erst mal ein Foto von Ihnen schießen? Meine Mutter wird nicht glauben, daß ich Sie tatsächlich kennengelernt habe, wenn ich nicht mit meiner Kamera ein Foto von Ihnen mache.«
»Sicher«, sagte Brigid. »Wo ist Ihre Kamera?«
»In meinem Auto. Hier.« Er ging die drei Meter zu dem Parkplatz hinüber, der für ihn reserviert worden war, öffnete die Beifahrertür und griff nach seiner Kamera. Er nahm sie heraus und wandte sich Brigid zu. »Würde es Ihnen was ausmachen, sich auf den Beifahrersitz zu setzen? Alle werden lachen, wenn sie sehen, daß ich Brigid O'Neill dazu gebracht habe, sich in meinen alten Wagen zu setzen.«
»Okay«, antwortete Brigid. Sie setzte sich in den Wagen, stellte aber ihre Füße auf die Erde und ließ die Tür offen. »Cheese«, sagte sie.
»Ich brauche eine Nahaufnahme«, sagte er und beugte sich zu ihr hinüber. Mit seiner ganzen Kraft stieß er sie zurück. Sie ließ den Fiedelkasten fallen, und ihr Kopf schlug gegen das Lenkrad. Er schob ihre Beine in den Wagen, schlug die Tür zu und rannte um den Wagen herum zur anderen Seite.
Endlich kann ich sie mitnehmen, dachte er.

Regans Hand schloß sich über dem Brillenglas. Sie reichte es der alten Dame und sah sich um. Brigid war fort!
»Brad, wo ist Brigid?« rief sie.
Er wandte sich zu ihr um und zeigte in Richtung des Wagens. »Sie ist bei dem Typ, der den Wettbewerb gewonnen hat.«
Regan kniff die Augen zusammen und sah Brigid in den Wagen eines Mannes steigen, der eine Kamera in den Händen hielt.

Als er die Tür schloß und zur anderen Seite des Wagens lief, schoß Regan wie ein Blitz davon und rannte quer über den Rasen zu ihm.

»Haltet ihn auf!« schrie sie.

Er wollte gerade den Zündschlüssel herumdrehen, als Regan den Wagen erreichte. Sie riß die Tür auf und schnappte sich die Schlüssel, während von allen Seiten Leute herbeirannten.

»Sie fahren nirgendwo hin«, sagte sie atemlos.

»Geh weg! Ich möchte mit Brigid allein sein!« Er begann zu weinen.

Es war der Typ aus dem Schnellrestaurant! Der Mann, der so gerne Eier aß. Ich vermute, meine Theorie über die Eierschalen war richtig, dachte Regan.

Brigid saß im Wagen und rieb sich die Schläfe.

»Alles in Ordnung, Brigid?« fragte Regan.

»Ich glaube ja«, sagte Brigid, während sie sich zur Seite drehte und ihre Tür öffnete.

Ned, Claudia und Darla waren, als sie Regan schreien gehört hatten, aus ihrem Zimmer gerannt. »Man hatte ihm einen Parkplatz reserviert, der es ihm ermöglicht hätte, sich rasch aus dem Staub zu machen«, erklärte Ned. »Der Wagen war genau richtig, nämlich in Richtung Ausfahrt, plaziert.«

»Alles in Ordnung mit Ihnen?« fragte Darla Brigid vorsichtig.

»Ja«, sagte Brigid. »Es geht mir bestimmt gleich wieder besser.«

»Vermutlich sind Sie auch derjenige, der Brigid diese Briefe geschrieben und ihr die hübsche kleine Puppe geschenkt hat«, zischte Regan dem Möchtegern-Kidnapper zu.

»Nein, das war ich nicht«, schluchzte er.

»Sicher, und Sie haben auch nicht versucht, sie zu kidnappen, Sie Idiot. Steigen Sie sofort aus dem Wagen.«

Als er ausstieg, entdeckte Regan Brigids Kassette auf dem Vordersitz des Wagens.

»Wie ich sehe, mögen Sie Kassetten. Lassen Sie vielleicht auch gern zertrampelte CDs herumliegen, damit die Leute sie finden?«

»NEIN!« rief er. »Ich möchte nur bei Brigid sein!« Sein Körper wurde von Schluchzern geschüttelt, während zwei Wachmänner ihm Handschellen anlegten und ihn davonführten. »Ich liebe dich, Brigid«, rief er ihr zu. »Ich habe dein Lied gehört, als ich im Gefängnis war. Du hast es doch für mich gesungen, eh? Ich würde dir niemals ein Leid antun!«

Mittlerweile war eine kleine Menschenmenge zusammengelaufen. Regan schaute sich Brigids Kopf an.

»Der Typ hat dir einen ganz schönen Schlag verpaßt. Du hast da eine kleine Beule, genau wie Louisa eine hatte.« Ich kann es nicht erwarten herauszufinden, ob er ein Alibi für die Nacht hat, in der Louisa in den Pool geschubst wurde, dachte Regan. Schubsen scheint seine übliche Methode zu sein. »Komm, wir bringen dich rein.« Sie nahm den Fiedelkasten vom Boden des Wagens und legte den Arm um Brigid, um sie zu stützen. Dann gingen sie die kurze Strecke bis zu den Stufen des Gebäudes.

Ein betrübter Arnold Baker trat aus der Tür. »Ich führe Sie in mein Büro im ersten Stock. Es steht eine Couch drin, auf der Brigid sich ausruhen kann.«

Eine vertraute Stimme rief von hinten: »Brigid!«

Regan und Brigid drehten sich um und sahen, daß Malachy und Pammy hinter ihnen standen.

»Malachy!« rief Brigid, während er die Hände nach ihr ausstreckte und sie umarmte. »Was machst du denn hier?«

»Ich wollte dein erstes großes Konzert nicht versäumen. Um keinen Preis der Welt. Und du – steckst du mittlerweile vielleicht in noch größeren Schwierigkeiten?«

»Worte verbreiten sich schnell. Ich kann nicht glauben, daß du hier bist.«

»Er hat hinter der Bühne nach dir gesucht. Ich sagte ihm, du

wärest wahrscheinlich in deiner Garderobe, und ich würde ihn dort hinbringen«, sagte Pammy fröhlich.
»Warum begleiten wir Brigid nicht nach drinnen?« schlug Regan vor und erklärte Pammy und Malachy, was gerade geschehen war.
In Arnold Bakers Büro halfen sie Brigid, sich auf die Couch zu legen. Pammy schob ihr ein Kissen unter den Kopf. »Sie muß sich ausruhen«, sagte sie bestimmt.
Regan legte die Fiedel auf den Fußboden neben die Couch.
»Hey, Malachy«, scherzte Brigid. »Vielleicht ist die Fiedel, die du mir geschenkt hast, wirklich verflucht.«
»Oh, meine Liebe«, entgegnete er ihr. »Sag das nicht!«
Arnold Baker stand verlegen daneben. »Ich lasse Sie hier allein, damit Sie ein bißchen Ruhe haben. Ich bin draußen bei der Bühne, falls ich Ihnen irgendwie helfen kann ...«
Nachdem er fortgegangen war, kniete Malachy sich neben Brigid auf den Fußboden. Er öffnete den Fiedelkasten und nahm das Instrument heraus. »Laßt mich mal einen Blick auf meine alte Freundin hier werfen«, sagte er. Als er sie betrachtete, war sein Gesicht betrübt. Er fuhr mit den Fingern über das Instrument. Er kniff die Augen zusammen und hielt es näher an sein Gesicht. »Dies ist nicht unsere Fiedel«, erklärte er schließlich.
Brigids halb geschlossene Augen öffneten sich. »Oh, Malachy, das solltest du noch nicht mal im Scherz sagen.«
»Ich mache keine Scherze, Liebes. Dies ist eine genaue Nachbildung, aber bevor ich dir meine geschenkt habe, schnitzte ich das Wörtchen BON in winzigen Buchstaben seitlich in das Instrument. Man kann es kaum erkennen, wenn man nicht weiß, daß es dort ist.«
»Malachy, ich hab doch erst vor fünfundvierzig Minuten darauf gespielt«, protestierte Brigid.
»Und ich hab länger als fünfundvierzig Jahre darauf gespielt.

Die hier fühlt sich ein wenig anders an. Aber wenn sie *deine* Initialen ebenso wie die Buchstaben CT trüge, dann hätte ich es möglicherweise nicht bemerkt. Aber wo sind diese Initialen? Kann es sein, daß die magische Fiedel genauso gestohlen wurde wie die andere Fiedel, die man mir vom Schoß nahm?«

Regan ließ die Ereignisse seit der Zeit, als Brigid im Haus gespielt hatte, bis zu diesem Augenblick im Geist Revue passieren.

»Ich glaube, daß derjenige, der versucht hat, die Fiedel aus Irland zu stehlen, in den Hamptons geboren wurde.« Malachy zog seine Brieftasche hervor. »Schaut mal, was ich in meinem Haus gefunden habe. Ich glaube, der Dieb ließ es fallen, als er die Fiedel gestohlen hat.« Er gab Regan den Papierstreifen.

Ein grüner Coupon von der »Hamptons«-Autowaschanlage. Ein Coupon so wie die, die Chappy sammelte. Ein Coupon wie die, von denen Duke sagte, er habe vor ein paar Wochen einen verloren. Vor ein paar Wochen, als Malachys Fiedel gestohlen wurde.

Das Ganze begann allmählich, einen Sinn zu ergeben. In der Golftasche im Kofferraum waren überhaupt keine Schläger gewesen. Hatte Duke die echte Fiedel hineingeschoben und dafür die Kopie in Brigids Fiedelkasten gelegt? Was war mit dem älteren Mann, der in die Zufahrt gefahren war und gesagt hatte: »Sie sieht genauso aus?« Worüber hatte *er* geredet? Und Chappy hatte Brigid scheinbar ganz spontan eingeladen, in seinem Haus zu wohnen. Und die Initialen CT standen für Chappy Tinka!

»Ich hab eine Idee, wo sie ist«, sagte Regan grimmig.

Brigid, Malachy und Pammy sahen sie an.

»Wo?« fragte Brigid.

»Bei Chappy. Ich glaube, Duke hat die Fiedeln vertauscht, als wir im Wagen saßen.«

»Nein!« rief Brigid. »Wir müssen sie wiederhaben! Regan, glaubst du, daß du sie von ihm zurückholen kannst?«
»Brigid, ich möchte dich nicht noch einmal verlassen.«
Brigid begann zu weinen. »Ich werde sie nie wiedersehen. Malachy hat sie mir geschenkt, und jetzt ist sie weg.«
Malachy wandte sich Regan zu. »Glaubst du, du könntest versuchen, sie zurückzubekommen? Ich bleibe die ganze Zeit über hier bei Brigid. Ich verspreche es.«
»Ich auch«, erklärte Pammy.
Regan zögerte. Brigid war so traurig, daß die Fiedel nicht mehr in ihrem Besitz war. Der Mensch, der sie bedroht hatte, saß jetzt in Untersuchungshaft. Malachy und Pammy hatten versprochen, die ganze Zeit über bei ihr zu bleiben.
»Okay, ich gehe«, sagte Regan. »Aber ich möchte nicht, daß Brigid, bis ich zurückkomme, auch nur für eine Sekunde dieses Zimmer verläßt. Es ist mir ernst.«
»Das wird sie nicht tun. Ich garantiere es«, sagte Pammy. »Wir werden bei ihr bleiben und die Tür abschließen.«
Brigid lächelte. »Danke, Regan. »Warum nimmst du nicht ein paar Polizisten mit?«
»Nein«, sagte Regan. »Wir haben keine Beweise, daß er es getan hat. Im übrigen möchte ich ihn überraschen.« Sie wandte sich zum Gehen.
»Regan, bitte sei vorsichtig!« rief Brigid ihr hinterher, als sie aus dem Zimmer eilte.
Äußerst besorgt rannte Regan den Flur entlang, die Treppen hinunter und dann zur Tür hinaus zum Parkplatz, wo, wie sie wußte, der rote Kombi geparkt war. Sie sprang hinein und griff nach den Schlüsseln unter dem Sitz. Sie wußte, daß die jungen Leute sie dort liegen lassen hatten, damit Kit den Wagen später nach Hause fahren konnte. Sie fuhr rückwärts aus der Parklücke und wollte gerade die Automatik auf DRIVE stellen, als sie hörte, wie jemand ihren Namen rief. Earl, der Wachmann,

näherte sich ihr von den Tennisplätzen, zusammen mit einem Mann in weißer Tenniskleidung. Sie kurbelte das Fenster herunter.
»Dies ist der Mann«, sagte Earl stolz. »Der Mann, der letzten Sonntag Tennis spielte, als die Puppe zurückgelassen wurde. Ich habe ihn erkannt.«
»Ah, ja«, sagte Regan rasch. »Ich hab nicht viel Zeit, und ich glaube, wir haben unseren Mann ohnehin gefunden, aber ich hätte gern gewußt, ob Sie letzten Sonntag, als Sie Tennis spielten, irgend etwas gesehen haben. Vielleicht irgendwelche Autos, die durch die Gegend fuhren?«
Er sah sie fragend an. »Ja, hab ich.«
»Und *was* haben Sie gesehen?«
»Ein Wagen fuhr auf den Parkplatz und hielt an.«
»Was für ein Wagen?«
Er lachte. »Sie sitzen drin.«
»Was?« sagte Regan. »So ein Wagen?«
»Ich glaube, es war genau dieser Wagen. Wie viele große, alte, rote Kombis sieht man hier durch die Gegend fahren? Ich erinnere mich daran, weil es so ungewöhnlich ist.«
»Letzten Sonntag?« sagte Regan fast unhörbar. Es ergab keinen Sinn.

»Du hast da ja eine ganz schöne Beule«, sagte Pammy zu Brigid. Sie wandte sich Malachy zu. »Ich hab gesehen, daß unten eine Sodamaschine steht. Könnten Sie nachschauen, ob ein wenig Eis oder vielleicht eine kalte Kanne darin ist, die wir an Brigids Kopf halten können?«
»Ja, sicher«, sagte Malachy. Er wollte Brigid unbedingt helfen. Er stand auf und ging rasch zur Tür hinaus.
Pammy verschloß sie resolut. Mit einem drohenden Gesichtsausdruck wandte sie sich Brigid zu, die ihre Augen geschlossen hatte.

»Tja, vielen Dank«, sagte Regan. »Ich muß mich beeilen, aber vielleicht rufe ich Sie an, um die Sache später noch einmal mit Ihnen zu besprechen.«

»Okay«, erwiderte der Tennisspieler. Er und der Wachmann entfernten sich wieder.

Regan wollte den Wagen gerade beschleunigen, als sie hörte, wie erneut jemand ihren Namen rief. Die Beifahrertür öffnete sich, und eine keuchende Louisa ließ sich neben ihr auf den Sitz fallen.

»Louisa, ich kann im Augenblick nicht reden«, sagte Regan abrupt.

»Dies könnte wichtig sein«, beharrte Louisa. Sie drückte Regan einen Brief in die Hand.

»Was ist das?« fragte Regan.

»Ein Fanbrief für Brigid, den ich aus dem Internet ausgedruckt habe.«

Regan begann zu lesen.

Liebe Brigid O'Neill,

ich mag Ihre Songs, deshalb beschloß ich, mir Ihre Homepage im Internet anzuschauen. Ich habe das Foto von Ihrer Band gesehen. War das Pammy Wagner, die neben Ihnen stand? Sie ist eine Mörderin!

Es gab nie einen Beweis, daß sie schuldig war, aber vor etwas mehr als zehn Jahren passierte etwas in unserer Stadt, dort, wo Pammy aufwuchs. Pammys Cousine ertrank. Jedermann wußte, daß Pammy sie vorsätzlich betrunken gemacht hatte und dann beschloß, spät in der Nacht ganz allein mit ihr in einem See schwimmen zu gehen. Ihre Cousine war das Trinken weder gewöhnt, noch war sie eine gute Schwimmerin, und sie ertrank. Warum hat Pammy das getan? Weil ihre Cousine mit einem Jungen ausging, den sie mochte.

Sie ist VERRÜCKT. *Ganz bestimmt. Oder sie gehört zu den*

Frauen, die ihre Rivalinnen unbedingt ausschalten wollen. Erinnern Sie sich an die Szene aus Eine verhängnisvolle Affäre? *Der Film hat mir unheimlich gut gefallen.*
Wie ist es möglich, daß dieser Bursche in Ihrer Band sie mag?
Herzliche Grüße
Ihr Fan Nr. 1

In Arnold Bakers Büro stellte sich Pammy hinter Brigids Stuhl. »Komm, ich massiere dir ein bißchen den Nacken«, bot sie ihr an. »Dann wirst du dich gleich besser fühlen.«
»Okay.«
»Weißt du, was gerade passiert ist, Brigid?«
»Nein.«
»Kieran hat gerade mit mir Schluß gemacht. Er sagte mir, es sei vorbei. Er sagte, er sei dankbar für all meine Hilfe, aber die Beziehung funktioniere nicht mehr. Sie hätte schon eine ganze Weile lang nicht mehr funktioniert.«
»Das tut mir leid, Pammy«, sagte Brigid sanft.
»Nein, tut es nicht. Du bist doch bloß froh, daß du mich los bist. Ich sehe doch, wie ihr einander anschaut.«
»Nein …«, protestierte Brigid.
»Doch. O doch. Aber wenn *ich* ihn nicht haben kann, dann sollst du ihn auch nicht haben«, zischte sie und stülpte eine Plastiktüte über Brigids Kopf.

»Was meinst du?« fragte Louisa.
»Das ist unglaublich«, sagte Regan und sprach damit ihre Gedanken laut aus. »Der Tennisspieler sagte, er habe an dem Tag, an dem das Paket mit der Puppe abgelegt wurde, *diesen* Wagen durch die Gegend fahren sehen. Es war ein Sonntagmorgen. Die jungen Männer waren beim Golfspiel, und Pammy begleitete sie. Sie selbst spielt nicht Golf. Sie sagte, sie habe im Clubhaus gesessen und gelesen. Sie muß, während sie

spielten, den Wagen genommen und die Puppe hier abgelegt haben.«
»Und wo ist sie jetzt?«
»Im Büro des Präsidenten, zusammen mit Brigid und Malachy. Louisa, halt dich fest!«
Regan trat bis zum Anschlag auf das Gaspedal und sauste zum Eingangsportal des Verwaltungsgebäudes. Sie stellte die Automatik auf PARK und rannte, gefolgt von Louisa, zur Eingangstür des Gebäudes. Sie riß sie auf und stieß im Flur des ersten Stockwerks mit Malachy zusammen. Er trug einen Behälter mit Eis.
»Brigid ist mit Pammy allein!« kreischte Regan. Ohne auf eine Antwort zu warten rannte sie, zwei Stufen auf einmal nehmend, die Treppe hinauf. Als sie die Tür von Arnolds Büro erreichte, war diese verschlossen. Sie drehte hektisch den Knauf und schlug mit beiden Fäusten dagegen. »Pammy, ich muß unbedingt rein!« schrie sie.
Von der anderen Seite der Tür aus konnte sie Pammy kreischen hören. »ICH WILL NICHT, DASS DU NOCH LÄNGER DIESES LIED ÜBER DAS GEFÄNGNIS SINGST. VOR ALLEM NICHT ZUSAMMEN MIT KIERAN!!«
»Vorsicht, Regan«, sagte Malachy, der hinter ihr stand. Sie trat beiseite, und er warf sich mit seinem ganzen Gewicht gegen die Tür. Sie flog auf, und Malachy fiel auf den Fußboden.
Brigids rechte Hand war schlaff, ihre linke bemühte sich schwach, die Plastiktüte zu ergreifen, die Pammy gegen ihr Gesicht drückte.

Regan stürzte quer durch den Raum und warf sich auf Pammy, während Louisas Fingernägel sich in die Tüte bohrten und sie aufrissen. Sie drückte ihren Mund gegen Brigids Mund und begann, sie zu beatmen.
Regan überwältigte Pammy und drehte ihr die Arme auf den Rücken.

Einen Augenblick später war der Raum voller Menschen. Louisas letztes »Hnnnnnnn«, das sie in Brigids Kehle blies, holte diese endgültig wieder ins Leben zurück.
Regan konnte sehen, daß Brigid sich wieder erholen würde. »Ihr übernehmt die Sache«, sagte sie zu Malachy und den Wachmännern, die herbeigerannt waren, als sie Regans Auto heranflitzen sahen. »Es gibt da etwas, was ich für sie erledigen muß.«

Chappy war im siebten Himmel. Er konnte deutlich hören, daß die Fiedel nicht dieselben Laute von sich gab, wie wenn Brigid sie spielte, aber das schreckte ihn nicht ab. Üben, dachte er.

Vor der Tür von Grandpas Flüsterkneipe schauten zwei Zuhörer einander an und krümmten sich beim Kreischen der hohen Noten.
»Wuff! Wuff!« Tootsie kam die Kellertreppe heruntergesprungen.
»Ich hab dir doch gesagt, du sollst das Mistvieh im Schlafzimmer einschließen«, sagte einer von ihnen.
Tootsie sprang die beiden vergnügt mit wedelndem Schwanz an.
Bettina drehte sich um, um das Hündchen auf die Arme zu nehmen, aber Tootsie entzog sich zappelnd ihren Händen und sprang davon. »Ich dachte, ich hätte die Tür geschlossen. Mamas Baby ist so intelligent.«
»Jetzt geh schon und schließ sie ein. Ich möchte nicht, daß sie wie eine Verrückte bellt, während wir diesen Loser hier einschläfern.«
Bettina verzog das Gesicht. »Sie sieht aus, als wollte sie Fangen spielen. Aber ich schaffe es nie, sie zu fangen.«

Wenn ich einen Polizisten brauche, dann ist natürlich keiner zu sehen, dachte Regan, als sie in Windeseile zu Chappys

Anwesen fuhr. Sie sauste auf das Grundstück und stoppte den Wagen erst, als sie direkt vor dem Schloß stand. Sie sprang heraus und klingelte an der Tür. Keine Antwort.
Sie versuchte, die Tür zu öffnen. Wie erwartet war sie verschlossen. Sie rannte zu Peace Mans Wohnmobil und klopfte an die Tür. Keine Antwort. Sie war ebenfalls verschlossen.
Sie rannte zum hinteren Bereich des Hauses, auf die hölzerne Terrasse, und spähte durch die gläsernen Schiebetüren.
Kein Lebenszeichen.

Chappy beschloß, mit dem Spielen aufzuhören, obwohl er eigentlich keine Lust dazu hatte. Es war Zeit, Bettina zu holen und zum Konzert zu fahren. Ehrfürchtig legte er die Fiedel auf den Stuhl, öffnete die Tür, um ins Erdgeschoß zurückzukehren, und war völlig schockiert, als er sah, wer vor ihm stand.
»Peace Man! Bettina! Was macht ihr denn hier?«
»Peace Man hat ein paar spezielle Vitamine erfunden, die wir an dir testen wollen«, sagte Bettina.
»Aber wir müssen doch jetzt zum Konzert gehen«, erwiderte Chappy nervös.
»Wir gehen nicht zum Konzert«, entgegnete Bettina. Unbemerkt schlüpfte Tootsie an ihr vorbei, rannte durch die Flüsterkneipe und entdeckte den langen Tunnel an der anderen Seite.
»Du hast deinen letzten Song bereits gehört«, sagte Bettina.
Peace Man drückte einen Revolver gegen Chappys Schläfe.
»Los, geh wieder rein.«
»Wir können doch bestimmt darüber reden!« rief Chappy.

Regan stand schweigend auf der Holzterrasse von Chappys Herrenhaus. Hinter ihr brachen sich die Wellen des Ozeans. Aber sie hörte noch etwas anderes. Es klang wie ein schwaches

Bellen. Bettinas Hündchen? Es kam aus der Richtung des Gästehauses.
Ich probier's mal, dachte sie.
Als sie sich dem Haus näherte, wurde das Bellen lauter. Es kam durch die offenen Fenster. Regan, froh, daß sie beim Weggehen nicht abgeschlossen hatten, öffnete die Tür und ging in das Haus, in dem sie die ganze Woche über gewohnt hatte.
Tootsie kam sofort herbeigesprungen.
»Hallo, Tootsie«, sagte Regan. »Wo sind sie denn alle?«
Tootsie rannte zur Couch hinüber. Als Regan ihr folgte, bemerkte sie, daß die Tür ohne Griff ... einen Spalt offen stand! Die Couch stand nicht ganz gerade, als hätte jemand versucht, sie mit der Tür wegzuschieben. Tootsie bellte immer weiter, wobei sie vergeblich versuchte, sich hinter die Couch zu zwängen.
»Bist du auf diesem Weg gekommen?« fragte Regan. Mühsam zog sie die Couch so weit vor, daß für sie selbst und Tootsie genügend Platz war, um hindurchzugehen. Dann folgte sie dem Hund die Treppe hinunter in den modrigen, schwach beleuchteten Keller.
Tootsie rannte zum anderen Ende des Raumes, wo eine Tür offenstand. Regan tastete nach ihrer Pistole. Wer weiß, was ich dort vorfinde? dachte sie. Als sie die Tür erreichte, entdeckte sie mit Erstaunen, daß sich dahinter kein Zimmer, sondern ein Tunnel verbarg!
Tootsie rannte voran; ihr Bellen hallte in dem langen Gang wider. Vorsichtig folgte Regan ihr durch das feuchte, dunkle Gewölbe. Am Ende sah sie Licht.
Ist es so, wenn du stirbst? fragte sie sich. Das alte Licht am Ende des Tunnels. Aber dieses Licht schenkte ihr nicht das warme, Geborgenheit vermittelnde Gefühl, das man angeblich empfand. Als sie näherkam, verlangsamten sich ihre Schritte. Was hörte sie da eigentlich? Bettinas Stimme!

»Los, jetzt schluck Peace Mans Pillen!«

»Aber ich möchte es nicht. Du weißt doch, daß es mir schrecklich schwerfällt, Pillen zu schlucken. Ich gebe dir soviel Geld, wie du willst.«

»Dein Geld krieg ich sowieso. Deine Mutter wird sich deswegen noch im Grabe umdrehen«, sagte Bettina gackernd. »Sie hat mich nie gemocht, stimmt's?«

»Nein, hat sie nicht. Und jetzt kann ich sehen, warum. Jetzt weiß ich, warum du ständig die Aktienkurse studiert hast. Du hast dir überlegt, was du mit meinem Geld anfangen kannst!«

»Ja, Garrett hat mir alles über Investitionen beigebracht. Ich sagte ihm, ich hätte einen kleinen Notgroschen, den ich wachsen sehen möchte. Warum, glaubst du, hab ich in diesem Sommer wohl das Haus für die Dienstboten vermietet? Ich wollte nicht, daß für das blöde Theater, das du bauen wolltest, noch mehr Geld verpulvert wird. Ich wußte, daß wir dich in diesem Sommer umbringen würden. Welcher Zeitpunkt wäre besser, um deinen Selbstmord zu inszenieren, als gerade dann, wenn du eine gestohlene Fiedel in deinem Besitz hast? Jeder wird denken, daß du durchgedreht bist. Du wirst völlig ehrlos sein, und die ganze Welt wird Mitleid mit mir haben!«

»Peace Man!« sagte Chappy. »Ich bin schockiert. Aber es stimmt, Duke sagte, du seist ein guter Schauspieler.«

»Danke«, sagte Peace Man. »Ich hab an dem Kurs teilgenommen, damit ich zu deiner Party eingeladen werde.«

»Tatsächlich?«

»Ja«, bestätigte Bettina mit einem breiten Lächeln. »Wir wollten, daß es so aussah, als hätte ich ihn erst auf der Weihnachtsparty kennengelernt.«

»Und wo hast du ihn vorher getroffen?«

Bettina streckte ihren Arm aus. »Los, sag meinem zweiten Mann ›Guten Tag‹.«

»WAS? Sie sind Arthur? Das ist aber wirklich geschmacklos, Bettina!«

»Ja. Wir hatten Angst, daß jemand es herausfinden könnte. Deshalb hat er dieses neugierige Weib Louisa in den Pool gestoßen. Es sah aus, als würde sie sich als eine ständige Nervensäge entpuppen. Er beschloß, eine Schweigewoche einzulegen, damit sie ihn nicht interviewen konnte.«

»Offenbar hat er das Schweigen jetzt gebrochen«, bemerkte Chappy.

»Nur dir gegenüber. Arthur und ich liebten uns, aber wir waren arm; wir ließen uns scheiden, damit ich dich erneut heiraten konnte. Er ist nicht wirklich ein Guru, weißt du.«

»Arschloch«, sagte Chappy mit tonloser Stimme.

»Selbst Arschloch. Ich sagte ihm, ich würde dich erst heiraten, wenn ich hörte, daß deine Mutter, diese alte Hexe, tot ist. Kein Geld der Welt könnte mich dazu bringen, dich noch mal zu heiraten, solange *sie* noch in der Nähe ist!«

»Du sollst nicht so über Mutter reden!«

»Tja, du wirst sie ja bald wiedersehen. Grüß sie von mir. Wenn du nicht Arthurs Pillen nimmst, die dich für alle Zeiten sanft einschläfern werden, dann müssen wir dich erschießen. Du hast die Wahl.«

»Gebt mir die Pillen«, sagte Chappy. Vielleicht, dachte er, findet Duke mich, bevor es zu spät ist. Dann können sie mir im Krankenhaus den Magen auspumpen. Mutter sagte, ich hätte als Kleinkind Terpentin getrunken, und die Ärzte seien erstaunt gewesen über meine Widerstandsfähigkeit.

»Wir haben dir sogar eine Flasche Wasser mitgebracht, um die Dinger runterzuspülen«, sagte Bettina.

Peace Man reichte Chappy eine Handvoll Pillen. »Nimm sie!« befahl er.

Jetzt muß ich eingreifen, dachte Regan. Sie platzte in das Zimmer. »KEINE BEWEGUNG!« rief sie.

Peace Man und Bettina schraken zusammen. Chappy spuckte einen Mund voller Pillen aus. »Regan! Wie schön, Sie zu sehen.« Es hörte sich fast wie ein Schluchzen an.
»Lassen Sie die Pistole fallen, Peace Man!« rief Regan.
Als er seine Waffe auf den Boden warf, funkelte er sie mit einem haßerfüllten Blick an.
»Sie und Bettina stellen sich jetzt mit erhobenen Armen an die Wand. Und ich meine nicht, um Gymnastik zu machen.«
Die beiden kamen zögernd ihrer Aufforderung nach.
Chappy brach in Tränen der Erleichterung aus.
Tootsie, die zur Tür hinausgelaufen war, kam, hüpfend wie ein Gummiball, zurück.
»Der Hund hat Ihnen das Leben gerettet«, bemerkte Regan.
Chappy bückte sich, und der Hund sprang in seine Arme. Brigids Fiedel lag auf dem Stuhl.
»Wie ich sehe, ist die gestohlene Fiedel ebenfalls hier«, sagte Regan.
»Damit hatte ich nichts zu tun!« protestierte Bettina.
»Ruhe!« kommandierte Regan.
»Ich hab sie gestohlen«, gab Chappy zu, während Tootsie ihm die Ohren leckte. »Es tut mir schrecklich leid. Ich möchte ein Geständnis machen: Ich habe Duke gezwungen, die Fiedel, die dort in der Ecke steht, aus dem Haus dieses alten Mannes in Irland zu stehlen. Jetzt, da Sie mir das Leben gerettet haben, möchte ich reinen Tisch machen!«
Regan schüttelte angewidert den Kopf, was bewirkte, daß Chappy erneut zu weinen begann.
»Ich werde alles tun, um es wiedergutzumachen«, sagte er schluchzend. »Alles! Aber bevor Sie mich ins Gefängnis schicken, würden Sie mir bitte erlauben, daß Tootsie und ich mit Ihnen ins Konzert gehen?«
»Ich werde darüber nachdenken«, sagte Regan. »Jetzt gehen Sie erst mal los und rufen Sie die Polizei an.«

Nachdem die Polizisten eingetroffen waren und Bettina und Peace Man Handschellen angelegt hatten, wandte Regan sich Chappy zu. »Weil Sie fast ermordet worden sind, werde ich Ihnen erlauben, das Konzert zu besuchen. Ich weiß nicht, was Brigid darüber denken oder ob sie Sie verklagen wird. Das ist ihre Sache. Im Moment möchte ich, daß diese verfluchte – und ich meine wirklich *verfluchte* – Fiedel wieder in Brigids Hände kommt.«

Chappys Augen schwammen in Tränen. »Sie sind eine wunderbare Frau, Regan Reilly.«

»Ja, ich weiß. Und jetzt steigen Sie ins Auto.«

Von Polizeiwagen eskortiert fuhren sie rasch zurück zum College.

Brad und Chuck standen auf der Bühne und waren gerade dabei, Brigid und ihre Band dem Publikum vorzustellen, als die Autos herangebraust kamen.

Luke und Nora, Louisa und Herbert, Ned und Claudia und Kits Gruppe saßen ganz vorn in einem speziell reservierten Bereich. Sogar Darla und ihr Mann hatten sich, nachdem Darla mit ihrem Auftritt das Konzert eröffnet hatte, zu ihnen gesellt. Ihre Show war ein großer Erfolg gewesen, aber nachdem sie gesehen hatte, was Brigid hatte durchmachen müssen, hatte Darla entschieden, daß es zu gefährlich sei, berühmt zu sein. Es sei denn, jemand würde ihr einen wirklich tollen Plattenvertrag anbieten …

»Hey, Partner«, sagte Chuck ins Mikrofon hinein. »Es sieht so aus, als würden uns noch mehr Aufregungen erwarten.«

Regan und Chappy rannten hinüber zum seitlichen Bereich der Bühne. Dort, hinter der Kulisse, stand Malachy.

Regan klopfte ihm auf den Rücken. »Malachy«, flüsterte sie. »Ich hab hier etwas, von dem ich möchte, daß du es Brigid gibst.«

Sie reichte ihm die magische Fiedel.

Malachy zwinkerte ihr zu. »Ach, Regan«, erwiderte er. »Du bist großartig.« Er ging auf die Bühne und reichte Brigid die Fiedel. Brigid machte vor Freude einen Luftsprung, als die Fiedel wieder in ihren Armen lag. Sie umarmte Malachy und hielt dann die Fiedel hoch, damit die Zuschauer sie sehen konnten.
»Es sieht aus, als hätte Brigid ihre Fiedel zurückbekommen«, sagte Brad, während die Menge wild applaudierte.
»Die magische Fiedel, über die Sie so viel gehört haben, war heute für ein paar Stunden eine verlorene Fiedel«, sagte Brigid. »Aber dank meiner Freundin Regan Reilly ist sie wieder da.«
Wieder jubelten und applaudierten die Zuhörer.
»Ich würde mich wahnsinnig freuen, wenn mein Freund Malachy hier ein Duett mit mir spielen würde, aber seine andere Fiedel wurde in Irland gestohlen, und *die* haben wir noch nicht zurückbekommen.«
»Doch, habt ihr«, sagte Chappy und rannte mit Tootsie unter dem einen und der Fiedel unter dem anderen Arm auf die Bühne. »Hier ist sie.« Er reichte Malachy die Fiedel.
»Danke«, sagte Brigid.
Ihm brauchst du nicht dafür zu danken, dachte Regan mit einem Lächeln.
»Tja, Leute, heute abend haben wir etwas ganz Besonderes für euch«, kündigte Brad an, während Regan und Chappy von der Bühne stiegen, um sich zu der Gruppe zu gesellen, die direkt davor saß. »Wir haben heue Malachy Sheerin zu Gast, den früheren Fiedelchampion von Irland, der heute zusammen mit Brigid O'Neill, dem kleinen Mädchen, dem er, als es dreizehn Jahre alt war, das Spielen beibrachte, für uns spielen wird.«
Die Zuhörer brüllten vor Begeisterung.
Nora sah Regan, als diese sich zusammen mit Chappy hinsetzte, mit einem verwunderten Gesichtsausdruck an. »Frag mich nicht«, bat Regan sie und wandte sich um, um Malachy und Brigid zuzuschauen, die Seite an Seite auf der Bühne standen

und zusammen spielten, so wie sie es, dort drüben auf der anderen Seite des Ozeans in jener kleinen Stadt in Irland, so viele Male getan hatten.

Und als Kieran und Brigid zu singen begannen: »If I' da known You Were in Jail ...«, spürte sie so etwas wie einen Zauber, eine tiefe Verbindung zwischen den beiden. Einen Zauber, der, trotz der Anstrengung zweier Verrückter, nicht hatte gebrochen werden können.

Ich habe das Gefühl, daß sie noch sehr lange zusammen musizieren werden, dachte Regan.

53 dreiundfünfzig

Dienstag, 8. Juli
Restaurant »Elaine's«, New York City

Regan saß an dem großen Tisch im Restaurant »Elaine's« und schaute in die Runde. Es gab gewiß eine Menge zu feiern. Kieran und Brigid saßen nebeneinander; er hatte seinen Arm auf ihren Stuhl gelegt. Jeder konnte deutlich sehen, daß sie verliebt waren. »Ich fühlte mich Pammy so sehr verpflichtet«, hatte er gesagt. »Aber schließlich erkannte ich, daß meine Gefühle sich verändert hatten. Ich mußte mit Brigid zusammensein.«

Herauszufinden, daß sie eine Mörderin war, muß seine Schuldgefühle beträchtlich gedämpft haben, dachte Regan. Wenn man sich vorstellt, daß *sie* die Briefe geschrieben, die Puppe enthauptet und die zerbrochene Kassette zurückgelassen hatte. ›Total ausgerastet‹ ist noch milde ausgedrückt.

Luke und Nora saßen zusammen mit Louisa und Herbert am anderen Ende des Tisches. Kein Zweifel: Louisa und ihr Computer hatten Großartiges geleistet, dachte Regan. Hätte sie mir nicht die Mail aus der Homepage gezeigt, so wäre das Brigids Ende gewesen. Louisa war überglücklich, daß sie mehrere Angebote für ihre bisher noch ungeschriebene Geschichte über ihre aufregende Woche in den Hamptons erhalten hatte.

Pammy, Peace Man, Bettina und Horace Helm, Brigids Verfolger, der so gern Eier mochte – sie alle waren hinter Gittern, von wo aus sie eine ganz andere Aussicht hatten als die, die sie eine Woche zuvor von Chappys Anwesen aus genossen hatten. Die beiden Schüler, die versucht hatten, die Fiedel zu stehlen, saßen ebenfalls hinter Schloß und Riegel.

Nur Horace Helm hatte ein wenig Mitleid verdient. Regan war überrascht, als sie herausfand, warum er das erstemal im Gefängnis gelandet war: Er hatte Hühner gestohlen. Wenigstens gehört er zu der praktischen Sorte, dachte sie.
Regan schaute zu Chappy hinüber. Dank der Großzügigkeit von Brigid und Malachy brauchten Chappy und Duke das Schicksal der anderen Kriminellen nicht zu teilen. Vielmehr hatte Brigid einen Handel mit ihnen abgeschlossen.
»Ich habe mit Malachy über diese Angelegenheit gesprochen«, hatte sie gesagt. »Diese Fiedel war gewiß etwas Wunderbares, aber sie hat mir auch eine Menge Probleme bereitet. Als wir beide sahen, daß ich mehr als einmal in Gefahr war, begannen wir zu glauben, daß tatsächlich ein Fluch auf ihr laste. Wir meinen, sie wollte wieder nach Irland zurückkehren, wo sie ja auch hingehört. Deshalb werde ich Sie nicht verklagen, Chappy, wenn Sie den Bau einer Musikschule im Westen Irlands durch Spendengelder unterstützen. Die Fiedel wird dort bleiben, woher sie gekommen ist! Sie wird jedes Jahr hervorgeholt werden, damit der beste Schüler auf ihr spielen kann. Auf die Weise wird man weiter auf ihr Musik machen können, und die jungen Musiker werden eine Chance bekommen, an dem Glück, das sie bringt, teilzuhaben. Und natürlich wird die Schule nach Malachy benannt werden.«
»Ich tue alles, was Sie wollen!« hatte Chappy ausgerufen. »Alles!«
Brigid hatte Duke gesagt, sie verlange von ihm, daß er im Herbst in New York City Gemeindearbeit leiste. Er saß auf der anderen Seite des Tisches neben Angela, die es, als sie von der Feier erfahren hatte, geschafft hatte, eine Einladung zu bekommen.
Wer weiß? dachte Regan. Vielleicht sind die beiden gut füreinander.
Sie waren alle zur Aufnahme der Conan-O'Brien-Show gegan-

gen und hatten sich am Morgen Brigid in Imus' Radiosendung angehört. Imus hatte Brigid geneckt und gesagt, sie gehe offenbar ziemlich weit, um sich einen Freund zu angeln. »Und Sie haben diese Pammy tatsächlich ins Gefängnis werfen lassen?« fragte er.

Malachy saß zwischen Hank und Teddy und lauschte mit Vergnügen einer lebhaften Diskussion über Countrymusic. Kit saß neben Regan und Brad und Chuck von der Radiostation. Brigid hatte sie bei der Feier dabeihaben wollen, und sie waren begeistert gewesen.

»Wir fühlen uns, als wären wir ein Teil von Brigids Abenteuern in den Hamptons«, sagte Chuck.

»Ja, genau, Partner«, stimmte Brad ihm zu.

Und Ned und Claudia saßen neben Chappy. Daß Ned die Couch umgestellt hatte, hatte Chappy das Leben gerettet. Jetzt konnte Claudia hören, wie Ned zum x-ten Mal sagte: »Wenn wir Feng Shui nicht angewendet hätten, dann hätte diese Tür niemals einen Spaltbreit offengestanden und Tootsie hätte nicht gebellt und ...«

Tootsie saß draußen in der Limousine in der Second Avenue und wartete auf ihr Doggie bag.

Im Restaurant herrschte ein lebhafter Betrieb; es war voll mit Berühmtheiten, die an ihrem Tisch stehenblieben und Brigid und ihrer Band gratulierten. Nora und Luke hatten im Laufe der Jahre viele Male dort zu Abend gegessen und hatten an Partys anläßlich der Neuerscheinung eines Buches teilgenommen. Jetzt waren sie froh, wieder dort zu sein. Elaine hatte ihnen zur Feier des Tages eine Flasche Champagner spendiert. Wenn man sich vorstellt, daß es die Fiedel war, die uns alle zusammengebracht hat! dachte Regan. Auf die eine oder andere Art! Mag sein, daß ein Fluch auf ihr lastet, wenn sie sich in diesem Land befindet, aber sie hat uns auf jeden Fall zumindest einiges Gute gebracht. Vor allem Chappy. Sie war

ein Segen für ihn. Hätte er sie nicht gestohlen, dann hätte Bettina es möglicherweise geschafft, ihn umzubringen.
Chappy räusperte sich. »Wenn es Ihnen nichts ausmacht, dann würde ich gern einen Trinkspruch ausbringen.«
Alle drehten sich um und sahen ihn an. Er hielt sein Glas hoch. »Dieser Trinkspruch ist Brigid gewidmet. Zunächst einmal: Irren ist menschlich, Verzeihen göttlich. Und Brigid ist göttlich.«
»Hört! Hört!« murmelten die Gäste.
»Und«, fuhr Chappy fort, »ich möchte diese Gelegenheit nutzen, um Sie alle wieder zum nächsten vierten Juli auf Chappys Anwesen zur Eröffnung von Chappys Theater am Meer einzuladen ...«
Gott steh uns bei, dachte Regan.
Chappy wandte sich Brigid zu. »Wenn ich Ihnen versprechen würde, im nächsten Jahr jeden Tag zu üben – würden Sie dann zurückkommen und wenigstens ein einziges Mal mit mir zusammen auf der Bühne spielen?« fragte er.
Brigid lächelte und erhob das Glas. »Was meinst du, Regan? Hast du das Gefühl, daß meine Sicherheit gewährleistet wäre?«
Vor den Zuhörern bist du niemals sicher, dachte Regan. Sie lachte. »Wir werden alle in der ersten Reihe sitzen!«